民國文化與文學^{研究}文叢

十二編

李 怡 主編

第 7 冊

中國新文學序跋的整體研究

彭 林 祥 著

國家圖書館出版品預行編目資料

中國新文學序跋的整體研究／彭林祥 著 -- 初版 -- 新北市：
花木蘭文化事業有限公司，2020〔民 109〕
目 2+244 面；19×26 公分
（民國文化與文學研究文叢 十二編；第 7 冊）
ISBN 978-986-518-242-7（精裝）
1. 序跋 2. 文學評論
820.9   109010992

ISBN-978-986-518-242-7

9 789865 182427

特邀編委（以姓氏筆畫為序）：

丁　帆	王德威	宋如珊
岩佐昌暲	奚　密	張中良
張堂錡	張福貴	須文蔚
馮　鐵	劉秀美	

民國文化與文學研究文叢
十二編　第七冊　　　　　　　　ISBN：978-986-518-242-7

中國新文學序跋的整體研究

作　　者　彭林祥
主　　編　李　怡
企　　劃　四川大學中國詩歌研究院
總 編 輯　杜潔祥
副總編輯　楊嘉樂
編　　輯　許郁翎、張雅淋　美術編輯　陳逸婷
出　　版　花木蘭文化事業有限公司
發 行 人　高小娟
聯絡地址　235 新北市中和區中安街七二號十三樓
　　　　　電話：02-2923-1455／傳真：02-2923-1452
網　　址　http://www.huamulan.tw 信箱 hml810518@gmail.com
印　　刷　普羅文化出版廣告事業
初　　版　2020 年 9 月
全書字數　229305 字
定　　價　十二編 14 冊（精裝）台幣 36,000 元

中國新文學序跋的整體研究

彭林祥 著

作者簡介

彭林祥（1978～），四川廣安人，文學博士，廣西大學文學院教授。主要從事現代文學廣告、版本、序跋及叢書等的研究。已在《中國社會科學》、《文學評論》、《中國現代文學研究叢刊》、《魯迅研究月刊》、《新文學史料》、《讀書》以及《人民日報》、《文藝報》、《中國社會科學報》、《中華讀書報》等報刊發表學術論文 90 餘篇。出版著作《中國新文學廣告研究》（臺灣秀威信息科技 2012 年版）、《中國新文學廣告圖志》（上中下三冊，臺灣花木蘭文化出版社 2015 年版）和《中國 20 世紀 30 年代新文學廣告研究》（湖北人民出版社 2017 年版）。

提　　要

中國新文學序跋的大量存在，使得它有成為單獨的研究對象之必要。首先確立新文學序跋為「副文學」之一種，使其在 20 世紀文學作品中具有獨立的文類地位。既有對序跋在 20 世紀中的發展演變進行本體上的研究，也有從「關係」出發，對序跋與作品、作家、譯介和文學史等逐一進行探討，還有對序跋文本內容的全面考察。全文共分五章：第一章主要考察序跋的歷史以及新文學序跋的誕生。第二章論及新文學序跋與作品（文本）之間的多層面關係。第三章以新文學序跋與作家的關係為出發點展開論述。第四章單獨探討譯本序跋。第五章從新文學序跋與文學史之間的關係出發，考察序跋的文學史意義。希圖在「大文學」觀的指導下，在現有的文學分類、文學研究的基礎上，通過對中國新文學序跋以及序跋所連接的「關係千萬重」的研究，重新審視新文學並確立起新文學本身具有的生命整體性、豐富性、複雜性。在研究方法上採用了跨學科交叉研究，追求宏觀與微觀結合、基礎與前沿並重、繼承與創新齊輝的學術品格，試圖對中國新文學序跋進行一次整體的考察。

民國時期新文學史料的保存與整理
——《民國文化與文學》第十二編引言

李　怡

　　與過去的中國現代文學研究相比，作為新框架的民國文學研究尤其強調豐富的文獻史料。因此，如何延續中國文學在民國時期的文獻工作就顯得十分必要了。

　　中國現代文學自民國時期一路走來，浩浩蕩蕩，波瀾壯闊，這百年歷程中的一切文學現象——作家作品、文學運動、思潮、論爭之種種信息，乃至影響文學發展的各種社會法規、制度、文化流俗等等都可以被稱作是不可或缺的「史料」，對百年中國文學發展歷程的所有總結回顧，首先就得立足於對「史料」的勘定和梳理。史料與闡釋，可以說是文學研究的兩翼，前者是基礎，後者則是我們的目標；而文學研究的興起則大體上經歷了這樣的過程：先是對文學新作於文學現象的急切的解讀闡釋，然後轉入對史料文獻的仔細梳理和考辨，再後可能是又一輪的再闡釋與再解讀。

　　民國創立，這是中國現代文學發生發展的最重要的時代，伴隨著現代文學影響的逐步擴大，除了宣示性推介或者批評性的闡釋之外，作品的結集、特定文獻的輯錄也日顯重要，這其實就是史料工作的開始。

　　史料意識的興起，反映著一個時代的知識分子對其所遭遇歷史的重視程度和估價敏感度。在這個意義上看，中國現代文學的史料意識大約是在它出現之後的數年就已經顯露，在十多年之後逐漸強化起來，反映速度也還是頗為可觀的。

　　如果暫不考慮個人文集的出版，那麼對特定主題或特定年代的文學作品

的彙編則肯定已經體現了一種保存文獻、收藏歷史的「史料意識」。

1920 年，在現代文學創立的第四個年頭，中國出版界就出現了對不同文學文體的總結性結集。

《新詩集》（第一編），由新詩社編輯部編輯，新詩社出版部 1920 年 1 月出版，收入胡適、劉半農、沈玄廬、康白情、周作人、俞平伯等人的初期白話新詩 103 首，分「寫實」、「寫景」、「寫意」、「寫情」四類編排。在序文《吾們為什麼要印新詩集》中，編者闡述了編輯工作的四大目的：一、彙集幾年試驗的成績，打消懷疑派的懷疑；二、提供一個寫新詩的範本；三、編輯起來便於閱讀新詩；四、便於對新詩進行批評。〔註 1〕這樣的目的已經體現出了清晰的史料意識。正如劉福春所指出的那樣：「這是我國出版的第一部新詩集。如果將發表在 1918 年 1 月 15 日《新青年》上胡適、沈尹默、劉半農的 9 首白話詩看作是第一次發表的新詩的話，至此詩集出版才兩年的時間，不能不說編者確是很有眼光。」「從詩集所注明的作品出處看，103 首詩共錄自 20 餘種報刊，這些報刊除《新青年》、《新潮》等影響較大的之外，有不少現今已很難見到，像《新空氣》、《黑潮》、《女界鐘》等。很多詩作因這本詩集不是『選』而得到了保存，使得我們今天重新回顧這段歷史的時候，可以較真實、完整地看到新詩最初的足跡。」〔註 2〕也在這一年，許德鄰編《分類白話詩選》由上海崇文書局於 1920 年 8 月出版，收入初期白話新詩 230 餘首，同樣按「寫景」、「寫實」、「寫情」與「寫意」四類編排。

在散文方面則有《白話文苑》（第一冊）與《白話文苑》（第二冊），洪北平編，上海商務印書館 1920 年 5 月出版，分別收入胡適、錢玄同、梁啟超、蔡元培等人白話散文作品 33 篇和 16 篇；同年，《白話文趣》由苕溪孤雛編，群英 1921 年出版，收入蔡元培、陳獨秀、錢玄同、梁啟超、魯迅等人白話的雜文、記敘文共 17 篇。

小說方面，止水編《小說》第一集由北京晨報社出版部 1920 年 11 月出版，編入止水、冰心、大悲、魯迅、晨曦等人的白話短篇小說共 25 篇，1922 年 5 月，「文學研究會叢書」推出《小說彙刊》，由上海商務印書館出版。匯輯葉紹鈞、朱自清、盧隱、許地山等人的短篇小說共 16 篇。

〔註 1〕 《吾們為什麼要印新詩集？》，《新詩集》第 1 頁，上海新詩社出版部 1920 年
1 月初版。

〔註 2〕 劉福春《尋詩散錄》第 5 頁，廣西師範大學出版社 2008 年。

戲劇方面，1924年2月，淩夢痕編《綠湖第一集》由民智書局出版，收入淩夢痕、侯曜、尤福謂等人的獨幕劇本6部；1925年3月，上海戲劇協社編《劇本彙刊第一集》在上海商務印書館出版，收入歐陽予倩、汪仲賢、洪深等人的獨幕劇共3部。

由以上的簡述我們大體可以知道，隨著現代文學的傳播，史料保存意識也迅速發展起來，無論是為了自我的宣傳、討論還是提供新文體的寫作範本，各種文學樣式的匯輯整理工作都很快展開了，從現代文學誕生直到新中國的建立，這種依循時代發展而出現的各種文學年選、文體彙編持續不斷，成為民國時期中國現代文學史料保存的主要方式。與新中國建立以後日益發展起來的強烈的「著史」追求不同，民國時期的文學史料的保存常常在以鑒賞、批評為主要功能的文學選本之中：

以文體和時間歸集的選本，例如1923年《中國創作小說選》（第一集），1924年《中國創作小說選》（第二集），1925年《彌灑社創作集》，1926年《戀歌（中國近代戀歌集）》，1928年《中國近代短篇小說傑作集》，1929年《中國近十年散文集》，1930年《現代中國散文選》，1931年《當代文粹》、《新劇本》，1932年《當代小說讀本》、《現代中國小說選》，1933年《現代中國詩歌選》、《初期白話詩稿》、《現代小品文選》、、《現代散文選》、《模範散文選注》，1935年《中華現代文學選》、《現代青年傑作文庫》、《注釋現代詩歌選》、《注釋現代戲劇選》，1936年《現代新詩選》、《現代創作新詩選》、《幽默小品文選》，1938年《時代劇選》，1939年《現代最佳劇選》，1944年《戰前中國新詩選》，1947年《歷史短劇》、1949年《獨幕劇選》等等。

以作家性別結集的選本，例如1932年《現代中國女作家創作選》，1933年《女作家小品選》、《女作家隨筆選》，1934年《女作家詩歌選》、《女作家戲劇選》，1935年《當代女作家小說》，1936年《現代女作家詩歌選》、《現代女作家戲劇選》等。

抗戰是民國時期最為重大的國家民族事件，我們也可以見到大量關於這一主題的文學選集，例如1932年《上海事變與報告文學》，1933年《抗日救國詩歌》、《滬戰文藝評選》、1937年《抗戰頌》、《戰時詩歌選》、1938年《抗戰詩選》、《抗戰詩歌集》、《抗戰獨幕劇集》、《抗戰劇本選集》、《國防話劇初選》、《戰時兒童獨幕劇選》、《街頭劇創作集》、1939年《抗戰文藝選》、、1941年《抗戰劇選》等等。從中透露出了文學界與出版界強烈的時代意識和民族

意識，或者也可以說，是特殊時代的民族情感強化人們對現代文學的文獻價值的認定。

就作家個人史料的整理出版方面，最值得一提的是魯迅逝世引發的悼念潮與全集出版。早在魯迅生前，就有回憶文字見諸報端（如 1924 年曾秋士《關於魯迅先生》，〔註 3〕1934 年王森然撰寫第一個魯迅評傳〔註 4〕），魯迅逝後，報刊雜誌上發表了大量歷史回憶，親朋舊友開始撰寫出版紀念著作（如許廣平、許壽裳、蔡元培、周作人、許欽文、孫伏園、郁達夫等），包括魯迅先生紀念委員會編《魯迅先生紀念集》等著述〔註 5〕匯成了現代文學有史以來最大規模的個人史料，《魯迅全集》在 1938 年的編輯出版（上海復社版），是魯迅先生逝世之後，中國文學界一次前所未有的對當代作家文獻的搜集彙編工程，編輯委員會由蔡元培、馬裕藻、許壽裳、沈兼士、茅盾、周作人、許廣平等組成，參與編輯的有近百人。胡愈之、張宗麟總攬全域並籌措經費，許廣平與王任叔（巴人）為編校，參與校對的還包括金性堯、唐弢、柯靈、王任叔等一大批人，黃幼雄、胡仲持負責出版，徐鶴、吳阿盛、陳熬生分別聯繫排版、印刷與裝訂事宜，陳明負責發行。搜集、整理、編輯、出版乃至序跋、題簽等由一代文化界精英承擔，盡顯現代文學作為時代文化主流的強大力量。

到作家選集的編輯出版已經成為「常態」的今天，人們格外注意搜集選編的「史料」又包括了那些影響文學史整體發展的思潮、流派、論爭的文字，其實，這方面的整理、呈現工作也始於民國時期，那些文學運動、文學論爭的當事人和富有歷史眼光的學人都十分在意這方面材料的保存。據我掌握的材料看，早在 1921 年 1 月，新文學運動的開展、白話新詩的倡導才剛剛 3、4 年，胡懷琛就編輯出版了《嘗試集的批評與討論》，〔註 6〕到 1920 年代後期的「革命文學」論爭之時，又有錢杏邨編輯的《現代中國文學作家》（上海泰東圖書局，1928 年），喬樓編輯的《革命文學論爭集》（生路社，1928），它們都收錄多位論爭參與人的言論。之後，我們還可以讀到各種的文學論爭資料，包括李何麟編的《中國文藝論戰》（中國書店 1929 年）、蘇汶編《文藝自由論

〔註 3〕曾秋士《關於魯迅先生》，《晨報副刊》1924 年 1 月 12 日，曾秋士即孫伏園。
〔註 4〕王森然：《周樹人先生評傳》，收入《近代二十家評傳》，北平杏岩書屋 1934 年 6 月版。
〔註 5〕北新書局 1936 年 12 月初版。
〔註 6〕胡懷琛：《嘗試集的批評與討論》，上海泰東書局 1921 年 3 月。

辨集》（現代書局 1933 年）、吳原編《民族文藝論文集》（正中書局 1934 年）、胡懷琛編《詩學討論集》、胡風編《民族形式討論集》（華中圖書公司 1941）等。

　　1930 年代，在現代文學發展進入第二個十年之後，文學的歷史意識也有所加強，「新文壇」、「新文學史」這樣的歷史概括也出現在學者的筆下，值得注意的是，這些對「新文壇」、「新文學」的記錄都努力保存各種文獻史料。1933 年，王哲甫編撰出版了《中國新文學運動史》（北平傑成印書局），除了對現代文學運動的描述、評論外，著作還列有「新文學作家傳略」、「作家圖片」、「著作目錄」等，皆有史論與史料彙編的雙重功能。同年阮無名《中國新文壇秘錄》（上海南強書局）出版，雖然「秘錄」一語帶有明顯的商業意味，但全書卻體現了頗為嚴謹的文獻意識，正如今人所評，該書「一方面為了保存歷史的真實和完整，對資料不輕易摘引、節錄；一方面更注意搜集容易被人忽略的零碎資料，前後加以串聯，詳加說明，使之條理分明，獨成系統。雖然，他聲明在組織這些材料時，盡量不加評論，當然在編輯過程中也無法掩飾自己的觀點，只要暗示幾筆也就夠了。」〔註7〕阮無名即阿英（錢杏邨），他是中國現代文學史上最早具有自覺的史料文獻意識的學人。1934 年，阿英再編輯出版了《中國新文學運動史資料》（上海光明書局，署名張若英），這部著作雖然以新文學運動的發展為線索安排專題性的章節，但卻不是編者的評論，而是在每一專題下收羅了相關的歷史文獻，可謂是現代文學發展演變的史料大彙編。對讀今日出版的現代文學著作，我們不難見出，阿英這些最早的文獻工作足以構建起了歷史景觀的主要骨架。

　　在民國時期，現代文學史料整理工作最具規模也最具有影響力的成果是《中國新文學大系》的出版。

　　1935 年，良友圖書公司隆重推出趙家璧主編《中國新文學大系》10 大卷，其中「創作」的 7 卷，共收小說 81 家的 153 篇作品，散文 33 家的 202 篇作品，新詩 59 家的 441 首詩作，話劇 18 家的 18 個劇本，「理論」與「論爭」兩卷，「史料‧索引」一卷，加以「創作」各卷的「導言」，收錄的理論文章也有近 200 篇，可以說是全方位彙集、展示了現代文學創立以來的全貌。從文學發展的角度來說，這是推動新文學作品「經典化」的重要努力，從現代文學歷史的梳理來說，則可以說是第一次文學文獻的大匯輯。《史料‧索引》

〔註7〕 姜德明：《書邊草山》第 176 頁，杭州：浙江人民出版社，1982 年。

由阿英主持，在編輯中，他注意到了現代文學的版本流變問題，又將「史料」分作作家作品史料、理論論爭史料、文學會社史料、官方關於文藝的公文、翻譯作品史料、雜誌目錄等十一類，我們可以認為，這是中國現代文學史料學的第一次自覺的建構。

不過，即便良友圖書公司和史家阿英有著這樣自覺的史料學的追求與建構，在當時歸根結底也屬於民間的和學者個人的愛好與選擇，而不是國家事業的組成部分，甚至也沒有成為學科發展、學科建設的工作願景。由此觀之，我們可以發現，民國時期中國現代文學史料的保存、整理與出版工作的顯著特點。

就如同中國現代文學本身在整體上屬於作家個人、同人群體的創造活動一樣，在整個民國時期，這些文獻史料的搜集、保存和整理出版工作的主要動力還在民間的趣味和熱情，在國家政府一方面，幾乎就沒有獲得過太多的直接支持，當然，也就因為尚未被納入國家大計而最終淪為國家政府意志的附庸。這樣的現實有兩個值得注意的結果：

其一，由於缺乏來自國家層面的頂層學科規劃，現代文學的文獻史料工作的民間發展受到了種種物質和制度上的限制，長遠的學科發展方略遲遲未能成型，文學史料工作在學術規範、學理探究、思想交流等方面建樹不多。

其二，同樣道理，由於國家政府放棄了對文史工作的強力介入，更由於現代文學陣營本身對民國專制政府的從未停止的抵抗和鬥爭，各種類型的文學著作不斷撕開書報檢查的縫隙，持續為我們揭示歷史的真相，因而，在總體上我們又可以認為，民國時期的文獻史料是豐富和多樣的，如果我們將所有的文學出版物都視作必不可少的「史料」，那麼，這些風格各異、思想多元的民國文學——包括作家個人的文集、選集、全集以及各種思潮、流派、運動、論爭的文字留存，共同構築了現代文學文獻史料的巍峨大廈，足以為後世的研究提供源源不絕的資源和靈感。

2020 年 2 月改於成都

目次

引　言

一、20 世紀中國序跋研究現狀

　　中國序跋寫作的歷史源遠流長。作為一種文體，序，又稱敘、前言、引子等。《辭海》對序文（序言）的解釋為：「是說明書籍著述或出版意旨、編次體例和作者情況等的文章，也可包括對作家作品的評論和有關問題的研究闡發。」〔註1〕在漢代，「序」作為一種文體得到了確立。跋，有後記、後敘、跋尾等別稱。《辭海》對跋文的解釋為：「文體的一種，寫在書籍或文章的後面，多用以評介內容或說明寫作經過等。」〔註2〕宋代開始，「跋」逐漸流行，也使得「序」和「跋」的位置和分工得以定型，後人多以「序跋」並稱。明清以來，隨著小說、戲曲的大量出現以及書坊刻書的興盛，序跋類文章也得到了繁榮。近代以來，隨著現代印刷技術的引進，書籍出版更為便捷，序跋寫作沿襲明清序跋的發展軌跡，在數量、質量上有新的發展。以 1915 年《青年雜誌》問世為起點的新文化運動之後，序跋寫作面貌更為之一新，隨著出版事業的迅猛發展，書籍、期刊、報紙的大量湧現，以及序跋的新形式也似浪潮一般，洶湧澎湃，呈現出十分繁榮的景象。有人這樣描述 20 世紀的序跋：「近現代許多革命家、思想家、科學家和作家，也寫了不少序跋，有的已成為了文化珍品。孫中山、李大釗、瞿秋白、毛澤東寫的序跋極為珍貴。文化名人蔡元培、胡適、馮友蘭、錢鍾書、胡繩的序跋極有特色。有的科學家也留下了優秀作品。現代著名作家中，郭沫若、茅盾、巴金、冰心、夏衍、臧

〔註 1〕辭海編輯委員會《辭海》，第 1947 頁，上海辭書出版社 1979 年版。
〔註 2〕辭海編輯委員會《辭海》，第 4504 頁，上海辭書出版社 1979 年版。

克家等也是寫作序跋的高手。這些序跋在我國文化史中大放光芒，是我國豐富的文化積累的一部分，也可以說是文化寶庫的一個窗口和縮影。」〔註3〕無論從序跋的數量、質量、種類，還是序跋作者等方面，20 世紀的序跋都遠遠超過中國歷史上任何一個時代，而此中尤以新文學作家的序跋最為燦爛耀眼。

　　新文化運動催生了大量新文學作品，促使以創作新文學為主業的職業作家誕生。而序跋因其獨特的功用、靈活的寫作等特徵而為大多數新文學作家所重視。魯迅就是個典型的例子。他認為一本書總要有序跋才好，在《〈鐵流〉編校後記》中說道：「沒有木刻的插圖還不要緊，而缺乏一篇好的序文卻實在覺得有些遺憾。」〔註4〕在《〈準風月談〉後記》中，他說：「我的雜文，所寫的常是一鼻，一嘴，一毛，但合起來，已幾乎是或一形象的全體，不加什麼原話也過得去。但畫上一條尾巴，卻見得更加完善，所以我要寫後記，除了我是弄筆的人，總要動筆以外，只在要這一本書裏所畫的形象，更成為完全的一個具象，卻不是『完全為了一條尾巴』」。〔註5〕可見，他認為序跋是作品的一個有機組成部分，是作品意義生成中不可缺少的一環。正是基於這樣的認識，寫作序跋在他創作生涯中佔有重要地位，有 260 多篇，約占其創作總篇數的四分之一。巴金同樣重視序跋的寫作，他在《〈序跋集〉再記》中認為：「在書上加一篇序或跋就像打開門招呼客人，讓他們看見我家裏究竟準備了些什麼，他們可以考慮要不要進來坐坐。」〔註6〕為了抒發其創作初衷和論著要旨，乃至某些不易一時書盡的著述經過等。他「唯一的辦法就是在自己的作品書前寫序、寫小引、寫前記，書後寫後記、寫附記、寫跋。」〔註7〕如他為不同版本的《家》寫過近十篇序跋文字。由於新文學作家重視並參與序跋的寫作，使之在 20 世紀得到了空前的繁榮。

　　據粗略統計，僅新文學作家撰寫的序跋已超過兩千萬字。如，胡適一生所寫的序跋至少在 50 萬字以上，魯迅有 40 萬字，周作人近 30 萬字，郭沫若40 萬字以上，茅盾有 40 萬字以上，巴金更多，有 60 萬字以上。這六位作家的序跋文字就超過 250 萬字。根據《中國現代作家傳略》（四川人民出版社，

〔註3〕樓光澐、孫琇編《中國序跋鑒賞詞典·代序》，河北教育出版社 2003 年版。
〔註4〕魯迅《魯迅全集》第 7 卷，第 389 頁，人民文學出版社 2005 年版。
〔註5〕魯迅《魯迅全集》第 5 卷，第 402～403 頁，人民文學出版社 2005 年版。
〔註6〕巴金《〈序跋集〉再記》，《序跋集》，花城出版社 1982 年版。
〔註7〕巴金《巴金六十年文選》，第 129 頁，上海文藝出版社 1986 年版。

1981 年版）中的統計，新文學作家有 200 餘位。〔註 8〕《中國現代文學總書目》
（福建教育出版社，1993 年版）收入的現代文學作品 13500 餘篇部。許多詩
歌、小說、散文、戲劇等作品附有序跋，有的還不只一篇（現代文學時期還
有大量的非文學作品的序跋，如大量人文社會科學學術著作的序跋等，也應
歸入現代文學序跋之列）。現已出版的現代文學序跋集（按序跋依附的作品文
體分）有《中國現代文學序跋叢書》小說卷和散文卷（海南人民出版社，1988
年版）、《中國新詩集序跋選》（湖南文藝出版社，1986 年版）、《新詩 90 年序
跋選集》（2009 年 1 月，出版地不詳）和《中國現代戲劇序跋集》（北京廣播
學院出版社，2003 年版）等。許多現代文學作家的序跋都已單集成冊，或作
為全集的一部分，或出單行本，如《魯迅序跋》（百花文藝出版社，1986 年版）、
《茅盾序跋集》（生活・讀書・新知三聯書店，1994 年版）、《劫後文存——賈
植芳序跋集》（學林出版社，1991 年版）、《臧克家序跋選》（青島出版社，1989
年版）、《晦庵序跋》（湖南人民出版社，1986 年版）以及東南大學出版社和古
吳軒出版社在 21 世紀初推出的《書人文叢・序跋小系》16 種。須知，以上結
集出版的序跋集僅僅是新文學序跋中的一部分，還有更多的作家、學者的序
跋未得到系統地收集、整理。

　　另外，在新文學時期，大量外國文學作品得到了進入中國的機會，在翻
譯作品出版的同時，大量的譯本序跋也隨之面世。《中國現代文學總書目》收
入的外國文學譯本近 5000 種，有譯者序跋的不下半數。如《民國總書目・外
國文學卷》收錄日本文學譯本大約有 232 種，有譯本序跋的為 105 種。可見
文學譯本序跋的數量也是驚人。但遺憾的是，迄今仍未見漢譯本序跋結集出
版，對譯本序跋的研究也未得研究界的重視（僅僅對林紓的譯序和魯迅譯序
跋有過一些探討〔註 9〕），系統的研究則基本沒有。造成這種局面的原因可能

〔註 8〕實際上，這裡統計出的作家數量還只是一小部分，有研究者曾全面統計過現代
　　　　作家的數量，認為有 600 餘位。
〔註 9〕關於這方面的碩士論文有一篇：駱為《規範論視角下的魯迅翻譯序跋研究》（湖
　　　　南師範大學 2008 年）。論文主要有：李文卓《從「譯文序跋」看魯迅的比較文
　　　　學觀及其方法論意義》，《華中師範大學學報》1995 年 6 期；孫之梅《林譯小
　　　　說序跋的文學史意義》，《山東大學學報》1998 年 4 期；孫昌坤《譯作序言跋
　　　　語與翻譯研究》，《四川外語學院學報》2005 年 6 期；章豔《文化視角觀照下
　　　　的譯序跋研究：以〈飄〉重譯本序為例》，國際譯聯第四屆亞洲翻譯家論壇論
　　　　文集（2005 年 6 月）；傅正義《魯迅序跋中的世界文化視野》，《內蒙古師範大
　　　　學學報》2006 年 6 期；賈紅霞《譯者的主觀意圖與客觀效果之關係：林譯小

有多種，視翻譯為「媒婆」而不是「創作」應是主要原因。但無論怎樣看，譯者所寫的序跋應視為新文學作品之列應該沒有異議。從譯本序跋的總體進行考察，它們記錄了中國新文學前輩借助域外文學參與中國新文學建設的歷史過程，記錄了中國新文學前輩從域外文學竊得天火來鍛冶自身的歷史過程，記錄了中國新文學融入並成為世界文學大家庭不可或缺的一員的歷史過程。在這些譯本序跋中，既有譯者對域外文學作家、作品、思潮、流派、創作方法的熱情紹介，也有作者既有對翻譯動機、目的、思想的真情告白，也有翻譯理論的深入探討，還有中外文學比較研究的初步嘗試等。細讀這些譯本序跋，不但能瞭解窺見其時域外作家作品對中國新文學作家的衝擊、震撼及影響，而且能真切地感受到域外作家的生平、創作道路等各種情況，還能深切感受到中國新文學作家在學習和借鑒域外文學過程中的所出現的文化過濾及誤讀等現象，甚至還能窺探出 20 世紀不同時期的政治風向和文化症候。一言以蔽之，新文學時期的域外文學譯本序跋的重要性並不下於新文學創作序跋。譯本序跋和新文學創作序跋一樣，不但需要廣泛地收集整理，更需要系統深入的研究。

長期以來，研究者大多視新文學序跋為文學研究的參考文獻，而不是單獨的研究對象。若干結集出版的序跋也僅以為作家作品研究提供參證而得到關注，大量的序跋成集也僅僅是作為一種史料存在，對其本體上的系統研究基本沒有開展。就目前序跋的研究成果看，以新文學序跋為研究對象的專著和博士論文一部都沒有，〔註 10〕碩士論文也僅有一兩篇，而且都是以魯迅的序跋為研究對象。單篇的序跋研究論文也主要涉及林紓、魯迅、胡適等人的部分序跋，〔註 11〕而郭沫若、巴金、茅盾、老舍、沈從文等眾多新文學作家

說前期序跋讀解》，《遼寧教育行政學院學報》2007 年 1 期；李峰《開闢翻譯文學研究新領域：譯本序跋研究初探》，《東方叢刊》2008 年 2 期。

〔註10〕季元龍的《魯迅書評序跋論稿》（電子科技大學出版社 1999 年版）中主要以魯迅的書評和序跋文字為研究對象，但著者卻把序跋作為書評之一種加以考察，沒有視序跋為一個獨立文體類別。

〔註11〕據筆者據中國知網查閱，關於 20 世紀作家序跋研究的碩士論文僅有兩篇：郝靈華《魯迅序跋研究》（延邊大學，2006 年）以及上面提及的駱為《規範論視角下的魯迅翻譯序跋研究》（湖南師範大學 2008 年）。論文主要有：楊匡漢《序跋的學問》，《讀書》1980 年 12 期；邱伍芳《試論魯迅序跋的特色》，《九江師專學報》1985 年 4 期；華然《讀〈周揚序跋集〉隨感》，《讀書》1986 年 10 期；金章才《序跋面面觀》，《杭州師範學院學報》1988 年 1 期；譚顯明《秦牧的序跋理論和藝術》，《暨南學報》1988 年 4 期；王德祿《魯迅的序跋觀與

的序跋，幾乎連一篇研究的論文都沒有。至於新文學序跋的文類歸屬、序跋
的現代轉型以及序跋與文本（作品）的關係等問題的探討，更鮮有成果問世。
與此相反，古代文學研究領域中的序跋研究則顯得非常活躍，專著、博士論
文和碩士論文不但數量多，而且系統深入，這種現象頗耐人尋味。〔註12〕

　　概而言之，當前文學研究領域中古代序跋研究多，而近現代序跋研究少；
魯迅序跋研究多，而其他現代作家的序跋研究少；微觀研究多，宏觀研究少。
竊以為，造成這一現象主要有以下幾方面原因：其一、新文學序跋種類繁雜
多樣，已非古典文學序跋種類所能囊括。如上個世紀80年代海南人民出版社
規劃的《中國現代文學序跋叢書》，就分散文、小說、詩歌、戲劇、譯文、理
論、期刊七卷（遺憾地是，只出了小說卷和散文卷，而譯文、理論和期刊序
跋至今沒有人系統地收集整理）。同時，除了自序和他序之外，還出現了大量

　　　　序跋藝術》，《魯迅研究月刊》1993年8期；六飛《文學批評應有的風格：讀
　　　　〈田仲濟序跋集〉》，《內蒙古電大學刊》1994年1期；周海波《作為文學批評
　　　　的近代序跋》，《聊城師範學院學報》1997年1期；劉新華《論魯迅「自序」》，
　　　　《東方論壇》2000年2期；侯墨菊《試論魯迅文集的題序》，《河北師範大學
　　　　學報》2001年3期；樓國萍《中國小說序跋發展述評：兼談胡適對小說序跋
　　　　發展的貢獻》，《山東理工大學學報》2003年5期；張承良《試論魯迅序體文》，
　　　　《咸寧學院學報》2004年4期；王樹英《談季羨林先生的序跋》，《孔子研究》
　　　　2007年4期；畢緒龍《魯迅的序跋文體及其文學批評》，《山東師範大學學報》
　　　　2007年3期；戴瑞琳，李惠瑛《周作人序跋中的散文觀管窺》，《龍巖學院學
　　　　報》2008年1期。等等。
〔註12〕專著有王先霈《古代小說序跋漫話》（遼寧教育出版社，1992年版），高玉海
　　　　《古代小說續書序跋釋論》（中國社會科學出版社，2007年版），石建初《中
　　　　國古代序跋史論》（湖南人民出版社，2008年版）。博士論文有兩篇：張紅運
　　　　《唐代詩序研究》（陝西師範大學，2007年）；王玥琳《序文研究》（北京師範
　　　　大學，2008年）。碩士論文有13篇。涉及小說序跋研究，如姜麗娟的《明清
　　　　的小說序跋研究》（蘭州大學，2007年）；戲曲序跋研究，如孫立群《清人戲
　　　　曲序跋研究》（蘭州大學，2007年）；詞籍序跋研究，如顧美和《詞籍序跋芻
　　　　議》（南京師範大學，2006年）；詩集序跋研究，如廖夢雲《唐人所撰詩集序
　　　　跋研究》（河北師範大學，2005年）；序體研究，如薛峰《序體研究》（中國社
　　　　會科學院研究生院，2003年）。等等。論文數量更多，尤以古代小說序跋為重
　　　　點研究對象。如毛慶其《明清小說序跋初探》，《學術月刊》1985年12期；萬
　　　　晴川《明清小說序跋的廣告藝術》，《江西師範大學學報》1996年2期；歐陽
　　　　健《〈聊齋誌異〉序跋涉及的小說理論》，《蒲松齡研究》2000年1期；范軍《略
　　　　論古代小說序跋中的出版史料》，《出版史料》2004年4期；賀根民《舊形新
　　　　質：晚清民初小說序跋的觀念張力》，《山西師範大學學報》2008年5期；尹
　　　　洪鋹《論古書序跋在版本鑒定中的作用》，《西北大學學報》2001年3期；等
　　　　等。

的代序、代跋等。此外，隨著叢書的出現，具有序跋性質的「叢書發行緣起」以及出版體例要求下的序跋（如「內容提要」、「出版說明」等）也大量出現。繁雜多樣的序跋形式出現，以及資料整理的缺失，給文學研究者帶來的挑戰。其二、新文學序跋面貌異彩紛呈，已非現今的文體分類理論所能囿定。20 世紀以來，由於文體分類的基本定型，關於序跋類文體的歸屬出現了「眾聲喧嘩」的現象：或列入散文類，如周作人、朱自清等人的部分序跋，因其風格如清風流水，大都歸於此類。或列入應用文類，如現今大量出現的社會名流、政府官員、書評家等的部分序跋，因其功用大都在體現人與人之間的交際、應酬，所以在《實用文體寫作格式與技巧大全》（中央民族學院出版社，1997年版）中將序跋列為文教科技應用文系列。或列入文學批評（書評）類，如胡適、茅盾、梁實秋、林語堂等人的部分序跋，因其多注目於作品內容的分析評介，故被歸於此類，如有《胡適書評序跋集》和《林語堂書評序跋集》、《朱自清序跋書評集》問世。也有被列入獨立文體者，如魯迅、巴金等作家，也許是考慮到他們序跋作品的質與量俱重，在編選全集時其序跋都獨立成卷。如《魯迅全集》第十卷、《巴金全集》第十七卷都單獨收入作家序跋。其三，值得注意的是，迄今為止，似無研究者視新文學序跋為獨立文體，也無文學史家冠胡適、魯迅、周作人等以「序跋家」之名。由此可見，在研究者的心目中，序跋只是新文學作家創作歷程中的「副業」，並無作為獨立文體的研究價值。

說到底，新文學序跋未為研究者視為獨立文體所注重的原因並不複雜，自《中國新文學大系》把中國新文學文體劃分為小說、詩歌、戲劇、散文四種後，序跋幾被全部排除在新文學作品之外，研究者的視野主要集中在這四種文體之內，序跋作為獨立文體的客觀條件不復存在。要改變這一狀況，須得重新審視新文學的文體分類，確立起序跋自身所獨有的文體特徵以及序跋在新文學中所具有的獨特價值和意義。

二、本選題研究意義及研究角度

在我看來，對新文學序跋的研究不啻是一個有價值的選題。具體而言，新文學序跋的研究具有以下幾點意義。首先，序跋作為新文學作品的重要組成部分，序跋研究當可補新文學研究的空缺。新時期以來，新文學研究取得了長足進步，幾乎每一個重要的領域都有研究成果問世。作家、作品、文學

思潮以及文學史料等領域的成果可謂汗牛充棟，不可勝數。新文學序跋則基本上是一個待開墾的處女地，值得眾多研究者在這全新的研究領域裏施展才華。其次，序跋的研究也有助於對作品作家研究的深入。從序跋與正文本的關係來看，序跋具有兩個特點：一是它的附屬性，附於正文，從而與正文形成互文性關聯，在意義上互相闡發。二是它又有相對獨立性，如果我們把它作為獨立於正文之外的文本看待，那麼，自序就是作者對寫作的一種自我期許，他序就是對著者的支持、對作品的一種宣介，而序跋與正文並不都構成必然的因果鏈條，它們之間存在統一性，但也不排除有裂縫有矛盾。作為紀實性的序跋與虛構的文學作品之間本身就形成了文本的張力，從而開拓了闡釋的空間，序跋與作品之間所構成的文本的縫隙是切入作品的重要途徑。從序跋與作家的關係看，序跋的研究有助於新文學作家多重身份的確立。魯迅曾說：「倘要論文，最好是顧及全篇，並且顧及作者的全人，以及他所處的社會狀態，這才較為準確。要不然，是很容易近乎說夢的。」〔註 13〕許多現代作家畢生寫下了大量的序跋，這些序跋與作品幾乎同時產生，及時地記錄了作家的思想、創作的緣起、初衷、作品的出版歷程等信息，這些帶有創作談式的序跋不僅是研究作品重要的參證對象，也是考察作家人生歷程、思想變遷、社會交際的重要載體。就單個作家而言，大多研究者沒把序跋作為作家創作的一類文體看待，這自然不是論及全人全文的表現。如對胡適序跋的梳理，可以證明其社會活動家身份，對魯迅、周作人譯本序跋的梳理，可以為其翻譯家身份提供有力證明。再次，從序跋的內容看，其涉及的作家間的交誼、恩怨、文壇論爭、出版體制、時代風貌等是現當代文學回到歷史現場的重要依據。從序跋中我們能窺見作家與作家、作家與作品、評論與寫作、作品與傳播、文本與版本等等之間的複雜關係。最後，因作家寫作風格的差異，從而也導致了新文學序跋呈現出異彩紛呈的藝術特色，如魯迅和周作人的序跋寫作風格差別就相當大，胡適和郭沫若的序跋也有比較的價值，巴金與茅盾的序跋也有各自的特色等。探究新文學作家序跋寫作藝術和經驗，可為現今的序跋寫作提供借鑒。

　　對新文學序跋研究的角度可多方面切入：

　　如果說文學作品（尤其是小說、戲劇、詩歌）的正文本帶有更多的虛構、想像的成分，那麼其序跋則帶有更多的紀實性。它們是對作家、作品等內容

───────────

〔註13〕魯迅《魯迅全集》第 6 卷，第 444 頁，人民文學出版社 2005 年版。

和創作情況的一種客觀評價，以及相關問題的真實的及時的交代、說明。其時效性不亞於作家的書信和日記、創作談等，其真實性遠在作家的回憶錄、口述歷史等之上。所以，從序跋的文體特質方面看，它們在現當代文學研究中具有無可替代的史料價值。

如果以周作人關於序跋寫作的內外關係而論，序跋的內容一方面指向「書裏邊」，涉及作品本身；另一方面指涉「書外邊」，諸如作家身世、思想、文藝思潮與論爭、作品產生的時代、文化背景等等。從這個意義上說，序跋可能成為新文學內部研究和外部研究的聯結點，從序跋切入作品不但可以彌補內部研究的不足，還可以擴展作品的外部研究，進而提升文學作品研究的準確性。

如果按序跋所依附作品的體裁上看，主要有小說序跋、散文序跋、詩歌序跋和戲劇序跋四大類。新文學作品每一類文體都有其發展的歷史，而各類文體所附帶的序跋自然也見證了該類作品發展的全過程，如果按時間順序把各類體裁作品的序跋匯聚在一起，就可以清晰地顯示出各類體裁作品發展的歷史軌跡。序跋中蘊涵了豐富的歷史內容，為瞭解中國現代文藝思潮和各種風格流派的嬗變以及中國現當代文學的歷史進程提供了豐富的證詞。如有研究者就認為《中國現代戲劇序跋集》「對深化現代戲劇史和文藝學史的研究都有不可忽視的意義」。〔註14〕對作家而言，序跋是一個作家長途跋涉中的印痕點點，其畢生所寫的序跋加在一起往往就是一個作家的成長史、藝術史和心靈史的寫照。如從郭沫若畢生所寫序跋中，不但可瞭解他的人生經歷，他的思想變化，也是學習和研究郭沫若著譯的指南和嚮導，還能通過它瞭解世界文藝思潮，特別是中國現代文藝運動和時代精神演變的軌跡。

此外，還可以有兩個觀察角度。從序跋與作品的關係看，序跋是環繞作品正文本的主要副文本（其他還有封面畫、插圖、扉頁引言等副文本）。序跋為讀者進入正文本營造了閱讀空間和審美氛圍。序跋是對作品的一種導讀，序跋中的「深度批評」又為作品的文學史定位和經典化提供了支持。同時，序跋與正文本之間形成的文本間性和闡釋縫隙，擴展了作品的闡釋張力。從序跋的寫作者來看，新文學序跋因為大量作家、學者的介入，呈現出獨特的寫作特色，序跋中的語言藝術、表揚藝術、批評藝術以及廣告藝術為現今的

〔註14〕黃侯興《〈中國現代戲劇序跋集〉序》，周靖波主編《中國現代戲劇序跋集》（上），北京廣播學院出版社 2003 年版。

序跋寫作提供了可資學習和借鑒的經驗。總之，對新文學序跋的研究能為新文學研究提供新的廣度、深度和精度，為 20 世紀文學史的寫作提供新的材料和視角，是一個極具研究價值的領域。

第一章　序跋源流及新文學序跋的誕生

第一節　序跋的歷史溯源

序，作為古代文章的一種特殊文體，亦稱作敍、敍文、敍言、序文、序言、引、引言、前言、弁言、題論、題記、前記等。作為一種獨立的文體，「序」到底發軔於何時？歷代學者均作過深入地探討，說法不一。漢代的司馬遷和鄭玄，三國時的孫炎，唐代的孔穎達，清代的趙翼都認為「序」產生於春秋末期，第一篇序為孔子作的《序卦傳》。唐代劉知幾《史通・序傳》則認為起源於屈原：「蓋作者自敍，其流出於中古乎？《離騷》其首章上陳氏族，下列祖考；先述厥主，次顯名字；自敍發跡，實基於此。」〔註1〕而元代徐駿、明代吳訥和郎瑛等人認為序起源於《詩經》之大序。吳訥在《文章辨體序說・序》中說：「序之體，始於《詩》之大序，首言天義，次言風雅之變，又次言二南王化之自。其言次第有序，故謂之序也。」〔註2〕當代學者也大多從上面幾種說法。但也有人提出了新的說法，如褚斌傑認為先秦時代未見序文出現，序的正式出現大約應從漢代開始，〔註3〕而樓光滬則認為戰國時期就已出現了序跋的雛形，他認為戰國時宋玉寫的《神女賦序》，可視為以序名篇的開山之作。〔註4〕筆者無意去探討孰對誰錯，但從諸家確定「序」產生的時間看，序

〔註1〕（唐）劉知幾撰、（清）浦起龍釋《史通通釋》，第 256 頁，上海古籍出版社 1978 年版。

〔註2〕（明）吳訥撰、于北山校點《文章辨體序說》，第 42 頁，人民文學出版社 1962 年版。

〔註3〕褚斌傑《中國古代文體概論》，第 362 頁，北京大學出版社 1984 年版。

〔註4〕樓光滬、孫琇編《中國序跋鑒賞詞典・代序》，河北教育出版社 2003 年版。

體正式確立最遲在漢代，此時期序不但開始大量出現，而且序已有比較完整的形態，獨立成篇，著作者也已經自覺地寫作序，並把它視為全書的一個重要組成部分。如《史記》作者司馬遷就寫了《太史公自序》，班固的《漢書》有《敘傳》，許慎的《說文解字》也有《說文解字敘》，劉向的《新序》則是第一本以序命名的文集，等等。有研究者認為：「《太史公自序》標誌序體的正式產生；劉向作《新序》標誌序進入了文集；而賈誼的《鵬鳥賦》則為單篇文序的產生提供了範式。」〔註5〕到了魏晉南北朝，我國文學進入自覺的時代，各種文學形式趨於成熟，序體也在這一時期基本定型，序首次進入文章總集，即蕭統編的《昭明文選》，《文選》不但錄入單篇賦序、詩序外，還專錄一卷序，使「序」得以正式地保存和流傳下來。

　　在「序」或「敘」流傳的同時，各種與「序」功能、性質大略相當的文體也開始出現，如「引」，劉勰在《文心雕龍》的「論說」篇中就對「序」和「引」有過比較論述：「序者次事，引者胤辭」〔註6〕「序」主要是條敘事理，而「引」則是對正文的創作背景和內容進行解釋說明。明徐師曾認為作為一種正式文體的「引」始於唐後，「大略如序而稍微簡短，蓋序之濫觴」。〔註7〕其實，初唐四傑之一的王勃在《秋日登洪府滕王閣餞別序》末尾就寫了「敢竭鄙誠，恭疏短引」，可見，此時期，「引」和「序」已經開始通用了。到了宋代，「引」又得到了蘇東坡的親睞，他一生寫了上千篇序跋，因要避諱祖父的字，給別人作序時便改用「敘」字，後又改用為「引」，此後，「引」就逐漸流傳開來，以致有「序引」並稱。作為序之另一種——題記，是刊印在書籍前面的，介於題詞和序言之間的一種文體。題記源出於題詞（辭）。古人寫書，書脫稿後往往先請社會名流、親戚故舊閱讀鑒賞，對方懇切的就認真閱讀，為之寫序作跋，對作品作評價；或者用幾句韻文，或詩或詞加以讚譽，稱為題詞。最早的題辭是漢代趙岐的《孟子題辭》，宋代朱熹又仿作《小學題辭》。〔註8〕因題記與序的功能基本相同，也被認為是序的一種形式。

　　如果從序作者的角度看，可分作兩類，一類是自序，一類是別序（也稱他序）。自序是指書、文的作者和與之相對應的「序」的作者是統一的，常標

〔註5〕吳振華《「序」體溯源及先唐詩序的流變歷程》，《學術月刊》2008 年 1 期。

〔註6〕周振甫《文心雕龍今譯》，第 167 頁，中華書局 2005 年版。

〔註7〕（明）徐師曾撰，羅根澤校點《文體明辨序說》，第 136 頁，人民文學出版社 1962 年版。

〔註8〕吳承學、劉湘蘭《序跋類文體》，《古典文學知識》2009 年 1 期。

以「自序」或「序」。如上面提到的《太史公自序》，開創了自序體例，司馬遷在文章題目中明確表明是「自序」，序中介紹了自己的身世和生平，並對《史記》的目錄和篇次進行了說明。「別序」則指書、文的作者和與之相對應的「序」的作者不是統一的，而是由他人所作。如孔子作《序卦》及《尚書序》，子夏作《詩序》，序作者與書、詩作者不統一，均應屬於別序。中國古代的別序有兩種情況，一是時人序，即著作與序者處同一時代，他們之間有過直接的交往，如左思《三都賦》成，他請當時的大名士皇甫謐為之作序。一是隨著時代的變遷，書在刊刻過程中，刊刻者又不斷地增加序，或後人假託書、文作者所作，這些別序就造成了一書多序的情況。如明清大量的小說在版本流傳過程中，刊刻序、假託之序不斷增加。此外，從唐宋開始，還大量出現了宴會序、贈序等類別。最著名的宴會序就是東晉書法家王羲之在永和九年寫下的《蘭亭序》。贈序，顧名思義，就是把臨別贈言寫成文章，而以序名。如韓愈的《送孟東野序》，柳宗元的《送薛存義序》。宋代的《文苑英華》、《唐文粹》等就收錄了大量贈序。後來還出現了生日之壽序，喬遷之賀序，受贈之謝序等等。但是這類序是否屬於序體類至今仍然是見仁見智。由此可見，「序」體文在內容和形式等方面隨著時代的發展得到了很大拓展。

跋，又稱後記、書⋯⋯後、後敘、跋尾、題跋等。產生時間約在唐、宋時期。如唐代韓愈作《科斗書後記》，曾鞏有《書魏鄭公傳後》，王安石有《書李文公集後》等。宋代歐陽修為跋文體的建立作出了重要貢獻。他的《集古錄》附有「跋尾」，後來的文人士子在著書或作文時逐漸開始採用。宋代題跋大盛，成集的就有《東坡題跋》、《山谷題跋》、《淮海題跋》、《放翁題跋》等幾十種。宋代開始，寫題跋成為讀書人的習慣。在《歐陽文忠公集》外集卷二十三《雜題跋》中，收集了大量文學性很強的題跋，稍後的蘇軾、黃庭堅又把這種文學性題跋拓展了應用領域，除金石碑銘外，詩歌、書畫等一切文章都可以在文後作題跋，而且可以在題跋中發議論，抒懷抱。而追求序跋的文學性為後來序跋的寫作提供了新的方向。與「序」一樣，也有許多具有「跋」功能和性質的新名稱。如「書⋯⋯後」，便是寫在後面的意思。如宋代歐陽修即有《書梅聖俞稿後》，王安石有《書李文公集後》等，實際也就是記錄讀了某一作品後的心得、感想等。「後記」，也是寫在書籍和文章之後的文字，多用來說明寫作經過，或評價內容等。如上面提到的《科斗書後記》等。隨著印刷術的發明，書籍刊刻增多，新的體裁小說等的出現，跋至明清兩代大放

異彩，跋的內容也得到進一步拓展，主要體現在出現了許多考訂史實、辨別版本等文字。如明清時期小說的題跋內容，已擴展到披露小說作者的生平和創作動機，說明各類體裁小說的特點，評價作者的藝術構思和表現技巧，闡述小說創作理論，介紹作品刊行和版本源流等。這在四大名著以及《金瓶梅》、《聊齋誌異》等小說的跋中有具體體現。此外，還有專門的題跋集，如廖荃孫輯的《重編紅雨樓題跋》二卷，黃丕烈的《思適齋書跋》等。跋和序一樣，也可分為自跋和他跋。到了近代，新的印刷技術的引進，傳統文人科舉之路的中斷，書籍刊刻、出版變得更加容易，序跋這一古老的文體更是出現了新的因素。特別是「五四」之後，序跋不但沒有逐漸消失，而且得到了前所未有的發展。

序和跋在長期的寫作和使用過程中確立了各自相對固定的內涵和位置。「序」本指室前堂上的東西牆，隱含了次序、排序之意。明徐師曾說：「按《爾雅》云：『序，緒也。』自亦作『敘』」。〔註9〕唐陸德明的《經典釋文》云：「序，次也。又與敘通，敘亦次也。」〔註10〕序逐漸發展為在作品完成之後，再寫上一些話作為其他讀者讀此書的端緒，以期對於作品內容有個概括性認識。如孔安國所說的「序作者之意」和王應麟的「序典籍之所以作」。章學誠在《匡謬》一文中說得就更加明確，「書之有序，所以明作書之旨也，非以為觀美也，序其篇者，所以明一篇之旨。……吾觀後人之序書，則不得其解焉。」〔註11〕吳曾祺在《文體芻言》中說：「古人每有所作，必述其用意所在，以冠一篇之首。如《尚書》每篇之首數語，乃史臣之述其緣起，即序也。……跋亦序類也，其出比序為後，其做法亦稍近，惟序有前序後序，跋則施之卷末而已，故取足後之義為名。」〔註12〕「跋」作為一個詞有多種含義，其中一個義項是「足後」。字書《篇海類編》中云「足後為跋」；又說「故書文字後曰跋」。明賀復徵也說「跋，足也。申其義於下，猶身之有足也」〔註13〕後逐漸演變

〔註9〕（明）徐師曾撰、羅根澤校點《文體明辨序說》，第135頁，人民文學出版社1962年版。

〔註10〕（唐）陸德明的《經典釋文》，轉引自薛鳳昌《文體論》，第55頁，商務印書館1934年版。

〔註11〕（清）章學誠撰、倉修良編《文史通義新編》內篇三，上海古籍出版社1993年版。

〔註12〕（清）吳曾祺《文體芻言》，轉引自吳承學、劉湘蘭《序跋類文體》，《古典文學知識》2009年1期。

〔註13〕賀復徵《文章辨體匯選》，轉引自吳承學、劉湘蘭《序跋類文體》，《古典文學知識》2009年1期。

為指寫在書籍和文章之後的文字，多用來說明寫作經過，或評價內容等。序跋作為兩類獨特的文體，儘管涉及的內容大多相同，但也還是有比較明顯的差異。版本研究家曹之歸納出兩者三點不同：第一，就位置而言，跋在正文之後，即「綴於末簡」；而序一般在正文之前（後序除外）。第二，就寫作時間而言，跋為「後覽者」所寫，一般是在圖書流傳過程中寫的，成書時沒有；而序則是成書時固有的。第三，就詳略而言，跋略而序詳，跋的篇幅一般沒有序長。〔註14〕儘管有差異，但是人們還是習慣以「序跋」並稱。

就序和跋的位置而言，並不是一成不變的。古書序最先的位置是在篇末（單篇文章的序多放在前面，如《詩經》中每篇前的小序）。如司馬遷的《太史公自序》、《漢書·序傳》等就是置於書後。宋代王應麟在《困學紀聞》卷十談揚雄《法言序》的位置時說：「《法言序》舊在卷後，司馬公集注始置之篇首，《詩》、《書》之序亦然。」〔註15〕清代紀昀評《文心雕龍·序志篇》也說：「古人之序皆在後，《史記》、《漢書》、《法言》、《潛夫論》之類，古書尚斑斑可考。」〔註16〕還有《呂氏春秋》之《敘意》篇，《史記》之《太史公自序》，《論衡》之《對作》篇與《自紀》篇，《抱朴子》之《外篇·自敘》均在後。但是，由於序能揭示全書梗概，揭示讀書門徑、激發讀書興趣，在讀正文之前，先讀序是非常有益的。因此，至蕭統編《文選》，鍾嶸作《詩品》，乃將序提至書前。但是，這僅僅是序開始向前移的趨勢，並不是完全絕對的，所謂古風猶存，如唐代韓愈就為《張中丞傳》寫過「後序」。但是從唐宋開始，隨著跋文體的產生和應用，因為跋一般是放在書後，未有過前置的傳統，特別是當一部書既有跋又有序的時候，序放在書後顯然有些重合。所以，序前移也就順理成章。序和跋的位置開始固定下來，出現序前跋尾的格式。明代徐師曾在《文體明辨序說》中說：「按『題跋』者，簡編之後語也。凡經傳、子史，詩文，圖書之類，前有序引，後有後序，可謂盡矣。」〔註17〕同時，前序和後跋的形成也使得序跋的寫作發生了變化，內容上開始互相呼應，互相補充。

〔註14〕　曹之《中國古籍版本學》，第430頁，武漢大學出版社1992年版。
〔註15〕　（宋）王應麟撰、翁元圻注《困學紀聞》卷十，商務印書館1935年版。
〔註16〕　（清）劉勰撰、詹瑛義證《文心雕龍義證·序志第五十》，上海古籍出版社1999年版。
〔註17〕　（明）徐師曾撰、羅根澤校點《文體明辨序說》，第136頁，人民文學出版社1962年版。

序跋產生後，逐漸有人對序跋進行研究。劉勰在《文心雕龍》中，從文體發展的角度認為「古文論說辭序，則《易》統其首」。他把序列入論說文類，認為論說序跋類文體從淵源上講皆生於《易經》。蕭統編《昭明文選》，把文體分為 39 類，「序」作為一種重要文體收進書中。「標誌著序已被文選家所看重，已被認為是可以獨立成篇的好文章了。」〔註 18〕宋代的王應麟、明代的徐師曾則對序的性質、功能進行了論述。明徐師曾認為序「言其善敘事理，次第有序，若絲之緒也。」在該書中，還論述了「題跋」：「按題跋者，簡編之後語也。凡經傳、子史、詩文、圖書之類，前有序引，後有後序，可謂盡矣。其後覽者，或因人之請求，或因感而有得，則復撰詞以綴於末簡，而總謂之『題跋』。」〔註 19〕到了清代，更多學者對序跋進行了研究。如清趙翼在《陔餘從考・序》中還把序分為經傳序、史傳自序，校書序、賦序等種類。他說：「何休、杜預之序《左氏》、《公羊》，乃傳經者之自為序也。史遷、班固之《序傳》，乃作史者之身為序也。劉向之《敘錄》諸書，乃校書者之自為序也。其假手於他人以重於世者，自皇甫謐之序左思《三都》始。」〔註 20〕清姚鼐的《古文辭類纂》是我國歷史上一部關於文體分類中很有代表性的重要著作。他把文章分為十三類，而將序跋列為第二大類。在《古文辭類纂・序目》中，姚鼐從劉勰說，認為序跋最早是孔子作的《序卦傳》，同時，他還指出了序跋應用上的特點：「推論本原，廣大其義，《詩》《書》皆有序，而《儀禮篇》後有記，皆孺者所為，其餘諸子，或自序其意，或弟子作之……惟載太史公，歐陽永叔表志序論數首，序之最工者也。」〔註 21〕民國以來，學者對古序跋的內容和作用也有論述。如史學家呂思勉說：「書之有序，其義有二。一曰：序者，緒也，所以助讀者，使易得其端緒也。一曰：序者，次也，所以明篇次之義也。《史記》之《自序》，《漢書》之《敘傳》，既述作書之由，復逐篇為之敘列，可謂兼此二義。」〔註 22〕可見，序跋類文章在我國古代文體分類中不但佔有十分重要的位置，而且其功能、分類以及寫作方法等方面都進行了廣泛的探討。

〔註 18〕樓光澹、孫琇編《中國序跋鑒賞詞典・代序》，河北教育出版社 2003 年版。

〔註 19〕（明）徐師曾撰、羅根澤校點《文體明辨序說》，第 136 頁，人民文學出版社 1962 年版。

〔註 20〕（清）趙翼《陔餘從考》，第 403 頁，河北人民出版社 1990 年版。

〔註 21〕（清）姚鼐撰、王先謙編《正續古文辭類纂》，第 5 頁，浙江古籍出版社 1998 年版。

〔註 22〕呂思勉《史通評・內篇三十二》，第 49 頁，商務印書館 1935 年版。

第二節　序跋的現代轉型

「光輝的古典文學有一個不失體面的尾聲，適應時代變化的新文學有一個轟轟烈列的開始」〔註23〕。經過新文學革命，中國文學完成了它的歷史性嬗變。這種變化的節奏之快，領域之廣，程度之深，在我國乃至世界文學史上，都是頗為罕見的。現代小說，詩歌、戲劇、散文等體式在繼承中國古代文學的優良傳統，又吸納外國文學的有益營養，選擇、融合、變異、創新，朝著現代化的方向競相發展。對於古今文學變革或轉型的研究，一直是文學研究者持續關注的熱點。三四十年代，胡適、周作人、朱自清等人已進行過初步的探討，解放後，王瑤、唐弢、李何林等人也有專門論述。新時期以來，許多新文學研究者更是孜孜矻矻於此，有大量的論著問世，如陳平原的《中國小說敘事模式的轉變》，馮光廉主編的《中國近百年文學體式流變史》，劉納《嬗變──辛亥革命時期至五四時期的中國文學》，袁進《中國文學的近代變革》，欒梅健《前工業文明與中國文學》等代表性著作，這些著作對近代的小說、詩歌、戲劇、散文、翻譯作品等各類體裁的作品的發展演變均有系統而詳細的論述。但除《中國近百年文學體式流變史》中對近現代序跋有過極為簡要論述之外，其他著作無一例外地重點集中於論述小說、詩歌、戲劇和散文四大文類，忽視序跋作為獨立文體的存在。事實上，作為中國文學的一個獨立文體──序跋，在近現代文學轉型中不但延續了古序跋的傳統，也增加了許多新的質素，它的現代變革顯然是中國文學現代轉型的重要組成部分。

要探討序跋的現代轉型，從什麼角度進入是一個很關鍵的問題。周作人曾指出：「新小說與舊小說的區別，思想固然重要，形式也甚重要。」他從形式和內容兩個方面來探究新舊小說的區別無疑為探討序跋的轉型帶來了啟示，但鑒於從內容和形式兩個方面切入所帶來的「幾乎是難以逾越的困難」，〔註24〕筆者把序跋的形式和內容具體化為序跋的語言和語言所負載的思想內容兩個方面展開論述。

〔註23〕劉納《嬗變──辛亥革命時期至五四時期的中國文學》，第234頁，中國社會科學出版社1998年版。

〔註24〕陳平原對從內容和形式兩個層面論述小說現代化的這種研究方法的弊端有過詳細的論述，參見其專著《中國小說敘事模式的轉變》，第2頁，北京大學出版社2003年版。

一、文言到白話的轉換

郭延禮認為，中國文學開始由古典向現代的轉型，其主要標誌表現在如下三個方面：一是創造主體的變化：近代知識分子進入創造主體。二是西學東漸已進入文學層面。三是文學語言通俗化和現代化走向。〔註 25〕文學是語言的藝術，語言是文學的外在形式，是構成文學的重要因素，要探討近代文學的變革，語言是極為重要的一環。晚清時期，隨著國門的打開，與外界交往的增加，作為士大夫專利的古文言文已難適應廣大民眾思想感情交流的需要。所謂「時運交易，質文代變，古今情理，如可言乎！」〔註 26〕傳統的文言已難以適應時代的需要。黃遵憲早在 1868 年就提出了「我手寫我口」的主張，他在《日本國志·學術志》中指出中國語言和文字的分離現象，「蓋語言與文字離，則通文者少，語言與文字合，則通文者多」，〔註 27〕主張言文一致。如果黃遵憲是在借用西方語言的經驗發現了中國語言與文字的分離現象，而洪秀全等人則從政治功用的角度要求「其語句不加藻飾，只取明白曉暢，以便人人易解」。到了 19 世紀末，改良派的理論家們也曾提出過言文合一的問題。1898 年，裘廷梁發表《論白話為維新之本》，成為晚清白話文運動的理論綱領。1900 年，陳榮袞發表《論報章宜用淺說》，大力提倡白話文。黃遵憲等倡導的「詩界革命」也力求讓詩歌「適用於今，通行於俗」。與此同時，近代白話報刊開始大量出現，為了讓普通民眾都能讀懂報紙內容，辦報者開始使用白話作為報刊寫作的主要語言，使報刊又成為宣傳白話的重要陣地。

但在近代，作為個人化色彩極濃的序跋，它的語言還落後於詩、詞、小說等主要文體的語言現代化進程。早期的《神女賦序》、《太史公自序》無疑是由古代漢語組成。就是在近代魏源、曾國藩、陳三立、陳衍、章炳麟等人所寫的序跋中，無一例外地是文言文。清末白話文運動興起，序跋寫作上儘管也逐漸開始採用淺近文言，如梁啟超所寫的《譯印政治小說序》、《〈新中國未來記〉緒言》等，但傳統文人仍然輕視、否定白話文，文言文在清末民初仍然是文人學者的不二選擇。如吳汝倫、嚴復、林紓等人譯介的西方作品仍然堅持使用文言文，他們的所寫的序跋、按語仍然是文言文。如嚴復的《〈天

〔註 25〕郭延禮《中國前現代文學的轉型》，第 4～6 頁，山東大學出版社 2005 年版。
〔註 26〕周振甫《文心雕龍·時序》，第 396 頁，中華書局 2005 年版。
〔註 27〕黃遵憲撰、吳振清等點校《日本國志·學術志二》，第 810 頁，天津人民出版社 2005 年版。

演論〉譯序》、林紓的《〈譯林〉序》等等。甚至出現這樣一種現象，一部半文半白的小說創作，前面放著一篇溫文爾雅、詰屈聱牙的文言序文。如李伯元的淺近白話小說《官場現行記》在書前附有歐陽鉅源和憂患餘生兩人用文言做的序文，如歐陽鉅源的「敘」中一段：

> 窮年累月，殫精竭神，成書一帙，名曰《官場現行記》。立體仿諸稗野，則無鉤章棘句之嫌；紀事出以方言，則無詰屈聱牙之苦。開卷一過，凡神禹所不能鑄之於鼎，溫嶠所不能燭之以犀者，無不畢備。

乃至在後來白話小說盛行的二三十年代，一些序文仍然具有很重的文言氣。民國初期的鴛鴦蝴蝶派的小說所附的序文也大都是用夾雜白話的文言。如徐枕亞的《〈雪鴻淚史〉自序》，姚民哀的《〈雙鬟記〉跋》等。

外來的語言資源加速了序跋從文言文向白話的轉變。早在 19 世紀 70 年代，在中國的西方傳教士就對中國文字進行過改造和語言實踐，創造了一種「既不是士大夫用的文言，也不是白話小說中的古代白話，而是一種接近口語，攙雜文言而又含有外來語法的書面語言。」〔註 28〕如傳教士狄就烈寫的《聖詩譜序》（1873 年濰縣刻印）可算是較早的一篇歐化色彩的序跋文了。現僅抄錄一段，可見一斑：

> ……
>
> 此書所講的樂法，既不是中國所原有的，所以書中定的名目和字眼兒，難免有不妥當之處，雖然費的工夫不少，只怕還有些毛病，望用書的人，原諒一點。作此書的本意思，就是幫助各處的先生，教導學生和教友們唱詩，而且盼望中國會唱的教友們，得著一個好法子，能自己學，又能教導眾教友們學，如是大眾可以同唱聖詩，頌讚天父。果能如此，就完全了我的意思，實為萬幸。

可以看出，這是一篇用英文想好後再翻成中國白話的文章，行文方式是英國式的，與中國傳統序跋的寫作、運思上等完全不同。除了西方傳教士的親身實踐，翻譯卻事實上促成了文言向白話的轉變。儘管近代翻譯作品大多用文言，在書前加一文言序文，如嚴復、林紓、梁啟超、伍光建等人的譯體序文等，但譯體序跋與傳統文言文序跋已有了較大差別，特別是隨著時間的推移，譯體序跋語言已悄然發生了改變。這在他們早期和晚期所寫的譯體序跋中可

以找到變遷的痕跡。可見，外來語言資源的介入，文言向白話的轉變已是不可迴避的問題了。

　　報刊以及報章文體的興盛也加速了序跋從文言到白話的轉變。正如晚清論者所指出：「自報章興，而吾國之文體，為之一變。」〔註29〕要考察序跋語言從文言到白話的變遷，能最明顯地體現出序跋語言的前進方向的是報刊發刊詞。作為面向民眾的報刊，首先就要考慮到讀者的接受情況，而要迎合普通讀者，語言通俗易懂自然是報紙的主要目標之一。下面以三篇報刊序言（發刊詞）為例，以見序跋語言從晚清到民國期間的巨大變遷。

　　《申報》本館告白》（1873 年）內容如下：

　　　　今天下可傳之事甚多矣而湮沒不彰者比比皆是其故何歟蓋無好事者為之紀載遂使奇聞逸事闃然無稱殊可歎惜也溯自古今以來史記百家載籍極博山經地志蓁詳然所載者前代之遺聞已往之故事且篇幅浩繁文辭高古……（還有部分文字從略）

《亞泉雜誌序》（1900 年）內容如下：

　　　　我國自與歐洲交通以來士大夫皆稱道其術甲午以後國論一變嘖嘖言政法者日眾即如南皮張氏所著《勸學篇》亦云西政為上西藝此之氏固今日之大政治家所言必有見且政重於藝亦我國向來傳述不刊之論也……（還有部分文字從略）

《民國日報》發刊詞》（1916 年）內容如下：

　　　　今天是本報與北京民眾初次見面的一天。北京民眾們對本報當然未能充分瞭解，所以本報不能不將發刊詞的宗旨向北京民眾們實布。

　　　　一、本刊是革命的報紙，一切言論，均與中國唯一的革命黨——國民黨一致，一切反革命的言論，均在絕對摒棄之列。

　　　　二、本報是民眾發表言論的機關。一切對民眾有利舉之言論，均在絕對的歡迎與提倡之列。

　　　　三、是革命主義的研究與宣傳的機關，中國唯一偉大的革命主義——三民主義，本報當極力研究，並向民眾宣傳，使民眾對之能真切之瞭解。

　　〔註29〕《中國各報存佚表》，《清議報》100 冊，1901 年 12 月。

　　四、中國國民革命，其成功之期已不遠，今後國人當竭盡能力
者，即是為著建設問題，本報當極其至誠的態度，發出我黨固有的
主張──三民主義與國人充分努力，已達到革命的最終目的建設新
中國。

前一篇顯然是文言文，無標點，無段落，主要閱讀對象不是普通大眾，而是
傳統的文人士大夫。第二篇屬淺近的文言文，無標點，主要面向關心和從事
「格致算化農工商工藝諸科學」知識之人。民國時期這一篇序跋，面向普通
民眾，在語言上已經取得了長足的進步，歐化的語法也運用比較自如。儘管
還有一些文言的痕跡，如多用「之」，但可看作是比較成熟的白話文。

　　序跋語言完成從文言到白話的完全轉變，是在五四新文化運動之後。1917
年 1 月，胡適在《新青年》上發表了《文學改良芻議》。他從「一時代有一時
代之文學」的文學進化論角度，認為文言文作為一種文學工具已經喪失活力，
中國文學要適應現代社會，就必須進行語體革新，廢文言而倡白話。〔註 30〕
隨後，陳獨秀、錢玄同、劉半農、傅斯年等人積極響應。一年後，胡適在《建
設的文學革命論》中，將他在《文革改良芻議》的觀點集中到四條，其中「有
什麼話，說什麼話；話怎麼說，就怎麼說」「是什麼時代的人，說什麼時代話」
〔註 31〕，主張以現時代的日常口語充當文學語言。正如錢玄同所說：「我們現
在作白話的文學，應該自由使用現代的白話，……自由發表我們自己的思想
和感情。這才是現代的白話文學，──才是我們所要提倡的『新文學』」〔註
32〕「五四」以後，各地紛紛仿傚《新青年》、《每週評論》，創辦白話報刊，僅
1919 年就出版 400 多種，到 1920 年，連那些最持重的大雜誌，如《東方雜誌》
《小說月報》等也都採用白話文。這些刊物的發刊詞（序跋）如《新社會》
發刊詞（1919 年 8 月）、《少年世界》發刊詞（1920 年 1 月）、《覺悟》的宣言
（1920 年 1 月）等都採用了白話文。1920 年 1 月 12 日，北洋政府教育部正
式確立白話文作為「國語」，「國語」在全國範圍內代替文言文而通行。此外，
在官方正式確立「國語」的合法地位之後，與國語相配套的新式標點符號順
理成章地得到了官方的確認。官方的認可和新文學先驅的努力實踐，白話文
寫作在 20 年代的文壇逐漸成為主流。序跋自然也是在五四之後，在新文學作

〔註 30〕胡適《文學改良芻議》，《新青年》第 2 卷 5 號，1917 年 1 月。
〔註 31〕胡適《建設的文學革命論》，《新青年》第 4 卷 4 號，1918 年 4 月。
〔註 32〕錢玄同《〈嘗試集〉序》，胡適《嘗試集》，上海亞東圖書館 1920 年 3 月初版。

家手中由文言轉變為白話。這從魯迅、周作人等人在五四前後所寫的序跋中可以明顯地看到。如魯迅在 1918 年發表《狂人日記》時，還在正文前寫了一篇文言小序，但這卻是魯迅序跋寫作史上的一個分界點，此前所寫的序跋全為文言文，此後，魯迅在寫作序跋時，則幾乎全用白話文了（古籍序跋除外）。周作人在 1920 年後寫的《〈點滴〉序》、《〈徐文長故事〉小引》、《〈知堂文集〉序》都用的是白話（題跋和讀書題記除外），而他此前寫的《〈黃薔薇〉序》、《〈黃華〉序說》等則都是文言。

二、思想內容的現代性

　　形式與內容本是密不可分，但為了論述的方便，只好把兩者分開。語言是思想的載體，伴隨近代序跋從文言到白話的變遷，而序跋所傳達出的思想內容與前相比也有了顯著的變化。自 1840 年第一次鴉片戰爭以來，國門大開，中國的傳統士大夫被迫放眼看世界。林則徐、魏源等人成為近代最先正視西方的先驅。隨著與西方交流的頻繁，中國政治、經濟、軍事、文化等各方面都都經受了劇烈的震盪、變革。中國近代思想在短短幾十年內，從封建主義到社會主義，像雷奔電馳似的，越過了歐洲思想發生成熟的數百年行程。具體看，中國近代思想經歷了三期的代際遞嬗，〔註 33〕思想主脈是「物質文化而制度文化而思想文化，由表層而深層，由部分而整體，由守本開新而本末俱變而思想革命（整體變革），融中西，洽古今，續中見反，逐代遞嬗」〔註 34〕。而「社會政治思想在中國近代思想史上佔有最突出的位置，是它的主要組成部分。其他方面的思想，如文學、哲學、史學、宗教等等，也無不圍繞這一中心環節而激蕩而展開，服從於它，服務於它，關係十分直接。」〔註 35〕在這種思想暗流湧動，政治動盪的大變革時代，作為與時代共脈搏的中國近代文學也只有求新求變求用才能跟上時代前進的步伐，吳組湘等人曾這樣總結近代文學的變化：「求新，求變，求用，是中國近代各派傾向進步的文學家的共識，實為中國近代文學的主要特徵，即所謂近代意識。」「中國近代文學的主流是由封閉思維體系向開放思維體系轉化，亦既自我完善、自我調節、

〔註 33〕梁啟超在《五十年中國進化論》中把 19 世紀中葉到他這篇文章問世時的七八十年的歷史分為三期。第一，從器物上感覺不足。第二期，是從制度上感覺不足。第三期，便是從文化上感覺不足。

〔註 34〕昌切《清末民初的思想主脈》，第 1～2 頁，東方出版社 1999 年版。

〔註 35〕李澤厚《〈中國近代思想史〉後記》，天津社會科學院出版社 2003 年版。

自我延續向面對世界、面對新潮、面對社會人生轉化。」〔註36〕

郭延禮在論及近現代文學轉型時，他提出了「近代文學精神」概念，
〔註37〕作為近代文學的組成部分，如果說序跋從文言到白話的轉變，還僅僅
是隨著中國文學的現代變革而發生變化。那麼序跋內容上的新變，則顯然帶
有本文體所獨有的特色。僅以近代小說序跋為例，論述其思想內容上的新
變。

與明清小說序跋相比，近代小說序跋更側重於更新小說觀念，闡釋小說
理論。晚清文學種類中，小說空前繁榮，創作和翻譯的數量都非常龐大。樽
本照雄在《中國近代小說發表數量一覽表》中，把 1840～1919 年期間的小說
創作和翻譯的篇目進行了詳細地統計，共計 11033 篇。而「當時成冊的小說，
至少在一千種上」，〔註38〕大量的小說書籍成冊，自然也產生了大量的小說序
跋。據陳平原、夏曉虹的《1897～1916 年中國小說資料編目》統計，序跋類
資料達 521 篇，約占編目總數 891 篇的 60%，足見小說序跋之盛。作為序跋，
一般主要是著述者或他序者對所序圖書的創作緣由、創作主旨、創作過程以
及創作有關的其他問題所作的以敘事和議論為主的文章。而近代小說序跋，
「往往以小說觀念的當下或未來指向為歸依，這一觀念前瞻的現代性色彩，
構成其區別於傳統序跋的顯著特徵」。〔註39〕如前所述，在語言方面，序跋的
現代化進程晚於作品；在觀念方面，序跋的現代化進程卻早於作品。這確是
序跋文體在近現代文學轉型中的獨特之處。如 1872 年蠡勺居士在《〈昕夕閒
談〉小敘》中，砸破小說為小道的傳統觀念積習。如：

> 　　若夫小說，則妝點雕飾，遂成奇觀；嬉笑怒罵，無非至文；使
> 人注目視之，傾耳聽之，而不覺其津津甚有味，孳孳然而不厭也，
> 則其感人也必易，而其入人也必深矣。誰為小說為小道哉！

把小說的社會功用提到了新的高度：

〔註36〕吳組湘等《中國近代文學鳥瞰》，本社編《中國近代文學的歷史軌跡》，1999
　　　 年版。
〔註37〕郭延禮的近代文學精神包括六個方面：啟蒙精神與文學啟蒙；憂患意識與愛
　　　 國精神；自由、民主精神的張揚；西學東漸與文學的變革；革新精神與大眾
　　　 意識，開放精神與走向世界。
〔註38〕阿英《晚清小說史》，第 1 頁，東方出版社 1996 年版。
〔註39〕賀根民《舊形新質：晚清民初小說序跋的觀念張力》，《山西師大學報》2008
　　　 年 5 期。

予則謂小說者，當以怡神悅鬼為主，使人之碌碌此世者，咸棄
其焦思繁慮，而暫邅其心於恬適之境者也。又令人之聞義俠之風，
則激其慷慨之氣；聞憂愁之事，則動其淒宛之情；聞惡則深惡，聞
善則深善，斯則又古人啟發良心懲創逸志之微旨，且又為明於庶務、
察於人之大助也。

除了更新小說觀念，闡釋小說理論之外，借序跋表達著者個人的社會政治觀
點，也是新的內容之一。晚清以前的小說序跋更多注重單個文本的闡釋，並
不對社會政治發表作者的看法。而此時期的小說序跋也和其他報刊文章一樣，
有強烈的時代應對傾向。作為處於近代動盪時局中的小說作者，有傳統士大
夫的兼濟天下的政治情懷，致使他們「位卑未敢忘憂國」，正是這種強烈的社
會責任感，使得他們時時欲加以表達，而序跋這種個人化色彩極強的文體正
好可以提供一個表達個人觀點的載體。如梁啟超在《譯印政治小說序》中極
力鼓吹政治小說的社會功用，「往往每一書出，而全國之議論為之一變。彼美、
英、德、法、奧、意、日本各國政界之日近，則政治小說，為功最高焉。」〔註
40〕俠民在《〈新新小說〉敘例》中指出：「本報純用小說家言，演任俠好義、
忠群愛國之旨，意在浸潤兼及，以一變舊社會腐敗墮落之風俗習慣。」〔註41〕
鴻都百鍊生的《〈老殘遊記〉自敘》在論及創作緣由時說：「吾人生今日之時，
有身世之感情，有家國之感情，有社會之感情，有種教之感情。其感情愈深
者，其哭泣愈痛：此鴻都百鍊生所以有《老殘遊記》之作也。」〔註42〕可見，
序跋作者不再單一地恪守於小說文本，而喜歡就序跋來張揚其社會使命，晚
清小說序跋游離於文本之外的批評方式，已是一種非常普遍的寫作現象。所
以，有人這樣評價這時期的小說序跋：「無論是就事論事、斤斤於小說文本的
考察，抑或棄質留皮、著意在社會責任上的追求，晚清民初的小說序跋都閃
耀著一代文人的智慧光華。」〔註43〕

同時，近代小說序跋中還有一種新的質素，即世界文化視野。近代社會

〔註40〕陳平原、夏曉虹編《二十世紀中國小說理論資料》第一卷，第36頁，北京大
學出版社1997年版。
〔註41〕陳平原、夏曉虹編《二十世紀中國小說理論資料》第一卷，第141頁，北京
大學出版社1997年版。
〔註42〕陳平原、夏曉虹編《二十世紀中國小說理論資料》第一卷，第222頁，北京
大學出版社1997年版。
〔註43〕賀根民《舊形新質：晚清民初小說序跋的觀念張力》，《山西師大學報》2008
年5期。

發展的歷史也是與外界交往日益加深的歷史。幾乎在引進外國自然科學、社會政治理論的同時，域外文學也進入了中國知識分子的視閾，要瞭解西方的文學，首先就需要翻譯，於是旨在吸取域外文學養料以療治中國文學沉疴的文學翻譯也在 1890 後繁榮起來。此時的中國小說作家的目光不再僅僅侷限於中國一隅，在學習、翻譯域外文學作品、文學理論的過程中，而具有了一種中外文學的比較視野。梁啟超在《譯印政治小說序》中大力為政治小說張目，自然是看到了西方文學的強大的社會功能，他力圖要在中國複製政治小說的奇蹟。這種假借異域文學觀念，進行中西對比論述的序跋，在譯書序跋中體現得尤為明顯。如林紓在《黑奴籲天錄》的譯跋及例言中都以黑奴在美國遭受的壓迫與中國現今所受的苦況聯繫起來，「近年來美洲屬禁華工，水步設為木柵，聚數百遠來之華人，柵而鐍之，一禮拜始釋，其一二人或逾越兩禮拜仍弗釋者，此即吾書中所指之奴柵也」〔註44〕「是書系小說一派，然吾華丁此時會，正可引為殷鑒。且證諸呦嚕華人及近日華工之受虐，將來黃種苦況，正難逆料。」〔註45〕近代小說家、翻譯家，「別求新聲於異邦」，他們在接受、譯介新的思想、文化等域外文學營養，目的是改變國家的現狀，他們的拿來主義顯示出近代知識分子已從夜郎自大的美夢中開始蘇醒。

此外，近代小說序跋的商業化傾向也是一個不可忽視的存在。在序跋的發展史上，作為一種應用性的文體，特別是請人作序，本身就含有宣傳自己的意思。如東晉文人左思《三都賦》成，他請當時的大名士皇甫謐為之作序，其序一出，豪門士族爭相傳抄《三都賦》，竟致洛陽紙貴。古代文學作品成冊更多屬自我玩賞，或分贈友人，並不以此求得利益，所作序跋的商業價值更無從談起。但是近代以來，傳統文人放棄科舉功名，轉而賣文為生，使得報人、職業作家出現，此時寫小說就成為一種謀生的工具。小說序跋自然就開始帶有推銷作品的性質了。如顧靖夷作的《〈紅粉劫〉序》，大力渲染此書出版的盛況：「而《紅粉劫》告成矣，逐日刊諸報端，大受社會歡迎。追維前言，益信不謬。乃刊載未竣，《民報》運盡，海內人士之談是書者，僉以重付梨棗為請。」〔註46〕為了達到促銷的目的，序跋作者自會採用華麗的辭藻，誇大

〔註44〕陳平原、夏曉虹編《二十世紀中國小說理論資料》第一卷，第 44 頁，北京大學出版社 1997 年版。

〔註45〕陳平原、夏曉虹編《二十世紀中國小說理論資料》第一卷，第 43 頁，北京大學出版社 1997 年版。

〔註46〕顧靖夷《〈紅粉劫〉序四》，李今主編，羅文軍編注《漢譯文學序跋集》第 2

其詞，渲染作品的優長，使得序文「一方面為文學的商業化推波助瀾，另一方面又在商業化的過程中促使自身發生某些體式變化」。〔註47〕又如徐枕亞寫的《〈孽冤債〉序》開頭：

> 常謂文人狡獪之筆，有奪天地感鬼神之能力：其中人焉甚於疾病，其毒人也甚於蛇蠍。有筆如刀，殺人更利於刀；有才如海，造孽亦深於海。

但這種帶有利益目的的序文很容易流入虛假，失去序跋的真正目的。序文的商業化傾向是對古代序文的反撥，它在某種程度上改造了書卷化的寫作方式，而添加了若干功利性因素，從而也開了序跋寫作的空、捧、濫、長之濫觴。

三、餘論

　　與古代序跋相比，近代序跋除了序跋的形式和內容均有突破性的改變之外，其使用範圍也發生了變化。除了書籍序跋，還有報刊的序跋即發刊詞，刊物的編者前言、贅語以及翻譯作品中的譯者按語、譯者識語，以及大量的代序等等。此外，在許多單篇作品前後也出現了序跋性質的小引和附白等。同時，序跋也增加了新的功能，如還可以作為論爭的平臺，蔡元培與胡適關於《紅樓夢》的論爭就是主要利用序跋展開的。需要指出的是，序跋的近代轉型基礎應該是語言的變遷。正是從文言到白話的轉變，使得序跋得到了大解放。胡適就曾說：「先要做文字體裁的大解放，方才可以用來做新思想新精神的運輸品。」〔註48〕更有研究者從語言本體論角度指出：「語言不再是『器』，而且也是『道』，語言也是世界觀，是思想、思維本身，語言與思想和思維不再是分離的，而是一體的。」〔註49〕可見，語言的轉變引起了思想觀念、思維模式以及審美方式等的改變，轉型也才能得以實現。但必須指出，作為一種傳統文體，無論是在古代，還是在近代，序跋的一些最主要的特徵，仍然承續著傳統。如序跋的內容一方面指向書裏邊，涉及作品本身，如交代作品寫作的歷程、闡述寫作的目的，介紹作品的藝術構思和表現技巧等；另一方面指涉書外邊，諸如作家身世、思想、文藝思潮與論爭、作品產生的時代、

　　卷，上海人民出版社 2017 年版。

〔註47〕馮光廉主編《中國近百年文學體式流變史》（下），第 477 頁，人民文學出版社 1999 年版。

〔註48〕胡適《〈嘗試集〉自序》，《嘗試集》，上海亞東圖書館 1920 年版。

〔註49〕高玉《現代漢語與中國現代文學》，第 25 頁，中國社會科學出版社 2003 年版。

文化背景等等。就序跋的功用來看，序跋應該如一把鑰匙，一座橋樑，一條門徑，是讀者理解這本書的重要憑藉。從序跋的寫作來看，實事求是應是一條永恆的法則。正如上面談到的，儘管序跋的形式、內容在近代發生了變化，以及使用範圍擴大，功能增加等，這是序跋在近代時期順應時代、社會的變化而出現的新的變化。所以，在我看來，序跋的現代轉型是一種承續傳統而演化的過程。

第三節　新文學序跋的範圍及分類

一、新文學序跋的指涉對象

所謂「現代文學」，按王瑤在 80 年代的說法，即是「用現代文學語言和文學形式，表達現代中國人的思想、感情、心理的文學」，「現代人的語言是白話文，現代人的思想就是民主、科學以及後來提倡的社會主義」〔註 50〕實際上，佔據當今學界主流的「現代文學」提法是在新中國成立後，為了「給1949 年以後的文學的命名留出位置」〔註 51〕而提出的，它的前稱是「新文學」，如朱自清的《中國新文學研究綱要》、周作人的《中國新文學的源流》、趙家璧主持出版的《中國新文學大系》以及 50 年代王遙的《中國新文學史稿》等，均以「新文學」來指稱五四文學革命之後誕生的文學。「新文學」概念的提出和最初的使用，具有這樣的含義：從「歷時」的角度而言，是在表明它與中國「古典」的、「傳統」的文學時期區分；從「共時」的角度而言，則顯示這種文學的「現代」性質：主題、語言、文學觀念上發生的重要變革與更替。〔註52〕這兩種稱謂可通用，拙文只是為了便於稱謂，擬採用「新文學序跋」這一概念，以新文學序跋作為研究對象。

要理解「新文學序跋」的具體指涉對象，可結合「新文學」的「共時」和「歷時」角度進行考察。從共時角度看，新文學主要是指新文學作品。而新文學序跋，即主要指詩歌、小說、戲劇、散文和翻譯文學〔註 53〕五大部類

〔註50〕中國現代文學研究會編《在東西古今的碰撞中——對五四新文學的文化反思》，第 3 頁，中國城市出版社 1989 年版。
〔註51〕洪子誠《中國當代文學史·前言》，北京大學出版社 1998 年版。
〔註52〕洪子誠《中國當代文學史·前言》，北京大學出版社 1998 年版。
〔註53〕翻譯文學是現代文學不可或缺的重要部分，曾有人把中國現代文學的創作和翻譯文學比喻為車之兩輪，鳥之雙翼。但是，長期以來，在中國現代文學史

圖書上所附的由編、著、譯者撰寫的序跋。此外,也包括單篇作品前後的序跋。新文學作品成冊時,編著者(或應出版社的要求)往往在書前和書後附上自己和他人撰寫的序跋。當然,並不是每一冊文學作品都有序跋,有的作品是有序無跋,有的有跋無序,並不作統一的要求(個別叢書為了體例的整齊,有統一要求,如《中國新文學大系》,每一冊在書前附《導言》等),有些圖書附的序跋還不止一篇,如胡適的《嘗試集》、華漢的《地泉》再版本等就有多篇序跋。還有大量的作品因不同的版本而產生新的序跋,如巴金就為《家》的不同版本一共寫過近十篇序跋,茅盾在不同時期為《子夜》的不斷再版也寫了多篇序跋。新文學作品序跋到底有多少,目前沒有詳細的統計。筆者僅據《中國現代文學總書目》中的詩歌、小說和散文三種文類的圖書作一個抽樣調查,數據如下:

	出版詩集冊數	序跋篇數	篇數與冊數的百分比
1924 年	16	24	150%
1934 年	41	47	114%
1944 年	51	37	73%
合計	108	108	100%

	出版小說冊數	序跋篇數	篇數與冊數的百分比
1924 年	37	40	110%
1934 年	125	50	40%
1944 年	147	102	70%
合計	309	192	62%

	出版散文冊數	序跋篇數	篇數與冊數的百分比
1924 年	10	8	80%
1934 年	72	97	135%
1944 年	87	86	100%
合計	169	191	113%

的編寫和研究工作中把翻譯文學被貶低為次等文學,筆者贊同賈植芳先生在《現代文學總書目·序》中的觀點,把翻譯文學與四大體裁視為新文學作品的五個文學單元。

　　（此外，許多文學作品在再版時又寫了再版序跋，這類情況還未能納入統計範圍）筆者粗略推算，每一冊文學作品平均有一篇序跋。《總書目》共收現代文學作品圖書 13500 餘種，新文學作品的序跋篇數大概也不會少於這個數目。這還僅僅是針對文學圖書序跋作的統計，還有大量的單篇作品序跋，因無法統計，只好從略，但也可見新文學作品序跋的數量之巨了。

　　但是，僅僅把新文學序跋的範圍確定為新文學作品的序跋，顯然還不足以概括新文學序跋的全部，還應包括新文學作家為非文學作品圖書所寫的序跋。「五四」運動伊始，陳獨秀、劉半農等人已經明確意識到文學與政論性、公文性、實用性文體之間的極大區別，把一切文字寫作而成的所有文章按「文學之文」和「應用之文」劃分開來。到了三十年代編輯出版《中國新文學大系》時，新文學作品被確立為小說、詩歌、散文、戲劇四大文類。這種分類方法，既是對新文學的一種提純，也是一種遮蔽，不但限定了新文學作品的範圍，也制約著新文學本身應有的閱讀和評價方式。非四類體裁如序跋、日記、書信等基本未納入新文學研究的視閾。竊以為，序跋也是新文學作家的創作，應屬於新文學作品範圍，新文學作家所寫的所有序跋也應納入研究新文學作家作品的研究範圍，這樣一來，新文學序跋的範圍比新文學作品的序跋範圍大得多。新文學作家在長期的寫作生涯中，不僅僅為新文學作品寫了大量的序跋，也為非文學作品寫過序跋，不但有白話序跋，也有文言文序跋。如胡適、魯迅、郭沫若等許多新文學作家，他們所寫的新文學作品序跋只是畢生所寫的序跋的一部分，為非文學作品所寫的序跋也非常多。如魯迅所寫的序跋中，既有為新文學作品所作的序跋，也有為文藝論著、畫選、木刻等所作的序跋，既有白話序跋，也有數目不少的文言序跋。胡適一生所寫的序跋中，為非文學作品的序跋可能還要遠遠多於為新文學作品而作的數量。研究新文學作品，其序跋不僅僅是其重要的參考文獻，本身也是新文學作品中一個重要的組成部分。

　　從歷時角度看，新文學也可作為一個時間概念。按現在比較通行的分期來看，新文學（或現代文學）是以 1917 年 1 月《新青年》第 2 卷 5 號發表胡適《文學改良芻議》為開端，止於 1949 年 7 月第一次全國文學藝術工作者代表大會在北京的召開。80 年代中期，陳平原、黃子平、錢理群提出了「20 世紀中國文學」，陳思和則提出「中國新文學的整體觀」，力圖使文學研究的時段向前和向後擴展。但兩者各有側重，「前者著重廓清文學史外圍各種人為界

限，竭力擴張研究領域，後者則以更具歷史性的語感，提示其所關注的重心，乃是打通之後文學史整體框架中『新』形態亦即現代性的社會意識與個體精神之流變，或者說，前者更傾向於鼓勵文學史外部研究，後者強調的是文學史內部研究。」〔註54〕本文借鑒陳思和的新文學整體觀的論點，把新文學時期的時間範圍擴大，取 1917 年為新文學開始的時間（實際上，筆者在涉及論述新文學序跋時，對於中國文學的嬗變期〔註55〕的序跋也有涉及），不作現代與當代的區分，不設時間下限。由於新文學時期的擴大，序跋指涉的範圍更為廣泛，新文學序跋就不僅僅包含現代文學作品序跋，也應包括當代作品的序跋，不僅有現代文學作家所寫的序跋，還有當代作家所寫的所有序跋，都是新文學序跋的指涉範圍。

新文學作品的序跋是新文學序跋的核心部分，新文學作家的序跋擴大了新文學序跋的共時範圍，新文學時期的序跋則延長了新文學序跋的「歷時」長度。從歷時和共時兩個維度擴大了新文學序跋的指涉對象，力圖打破狹義的新文學序跋的範圍。此外，序跋作為一種特殊的文體，並不是新文學作家的獨有，哲學、歷史等人文領域的學者在為自己或別人也寫了大量的序跋，有些序跋堪稱文、情、思三者具佳。如顧頡剛的《〈古史辨〉自序》、馮友蘭的《三松堂自序》、李慎之寫的《〈顧準日記〉序》等等。這些序跋文也將選擇性納入研究範圍。總之，序跋作為一種特殊的文類，經過現代轉型之後，不但沒有遭到淘汰，反而更趨興盛。本文所確定的「新文學序跋」，就是中國文學現代轉型之後的產物，它指涉範圍廣，數量大，取得的成就高，是四大體裁之外的一種不可忽視的文類。

二、新文學序跋的種類

依據序跋所附載的對象，可把新文學序跋分為四大類。一類是書序，歷來是序跋的主要部分，新文學序跋也不例外。在圖書出版時，編著者自己或請他人撰寫序跋。序放於書前，跋放於書後，這是最為常見的序跋。一類是單篇作品前後的序跋。新文學作家或編者也常在個別作品前後附一些交代文章寫作歷程、作者經歷等內容的說明等，這也應屬於序跋文之列。如中國現

〔註54〕郜元寶《〈中國新文學整體觀〉序》，陳思和《中國新文學整體觀》，上海文藝出版社 2001 年版。

〔註55〕「嬗變期」是指劉納先生的專著《嬗變——辛亥革命時期至五四時期的中國文學》中論及的 1912～1919 這一時間段。

代文學史上第一篇用現代體式創作的白話短篇小說《狂人日記》在篇首就有一小序，又如張賢亮的《男人的一半是女人》正文前也有一篇小序。一類是期刊序跋。近代以來，報刊雜誌出現，在報刊創刊號上刊載有序（有的叫「緣起」或「發刊詞」等）。如吳恒煒作《知新報緣起》，梁啟超為《農會報》作序，秋瑾撰《中國女報發刊辭》等。新文學革命之後，大量的新文學期刊漸次問世，如《語絲》、《新月》、《文學》等，有研究者曾作過統計，從《青年》雜誌創刊的 1915 年 9 月，到第一次全國文代會召開的 949 年 7 月間，創刊、發行的文學期刊數量就多達 3504 種。〔註 56〕這些文學期刊問世時，一般都會在創刊號上刊出發刊詞，這是序跋的新種類。此外，新文學時期出版過許多新文學叢書，而主編也常常為叢書寫出版緣起或總序等，這些自然也屬於新文學序跋範圍。如魯迅寫的《〈未名叢刊〉是什麼，要怎樣？（一）（二）》和《〈文藝連叢〉的開頭和現在》、趙家璧為《中國新文學大系》寫的《編輯緣起》以及 90 年代陳平原為「文學史研究叢書」撰寫的《總序》等都屬於新文學序跋的範圍。

　　從作者的角度看，序分自序和他序，跋也可分自跋和他跋。此外，新文學時期還出現了大量的序跋變體，儘管數量較少，但也是新文學序跋中的成員。一是「代序」和「代跋」。編著者在成書時，並不單獨為書寫序，而是利用已經寫好的與本書有密切關聯的文章作為書的序跋，並常標明是代序或代跋。如孫伏園寫的《記顧仲雍》就是《昨夜》的代序。郁達夫寫的《五六年來創作生活的回顧》就成為《過去集》的代序。80 年代以來，人民文學出版社在出版《巴金全集》和《巴金譯文全集》時，巴金就以寫給樹基（指王仰晨）的信作為代跋。〔註 57〕二是詩序。如郭沫若的《女神》、《前茅》、成仿吾的《流浪》等作品前的序就是序詩。三是歌序，如劉半農的《瓦釜集》前則有周作人寫的《序歌》。四是對話序，如《洪深戲劇集》就是以歐尼爾與洪深的「一度想像的對話」作為序言。《魯迅與我七十年》的序也是一篇王元化與吳洪森的對話。五是圖畫序，如《華君武漫畫 1984～1985》序就是著者畫的一副以「粥少了加水」為題的漫畫。

　　就目前已出版的新文學序跋集看，主要存在如下三類。一類是依據序跋

〔註 56〕劉增人等《中國現代文學期刊史論》，第 3 頁，新華出版社 2005 年版。
〔註 57〕《巴金全集》第 4～7，9～10，12，15～22，25 卷都有代跋，其中第 17 和 20 兩卷有兩篇代跋。《巴金譯文全集》第 1～10 卷每卷附代跋一篇。

所附載對象的文體類別所確定的序跋集。如海南人民出版社所出版的《中國現代文學序跋叢書》原計劃分編為散文、小說、詩歌、戲劇、譯文、理論、期刊等七卷，〔註 58〕就是主要依據序跋附載的對象類別來劃分的。〔註 59〕一類是依據序跋的寫作者來分，以序跋寫作者為依據，輯錄其畢生的序跋單獨結集出版。新文學作家序跋單獨成集的很多，如《魯迅序跋集》、《知堂序跋》、《序跋集》、《茅盾序跋集》、《葉聖陶序跋集》、《臧克家序跋選》以及東南大學出版社在 2003 年推出的《書人文叢·序跋小系》第一輯八冊和 2004 年古吳軒出版社推出的《書人文叢·序跋小系》第二輯八冊等數十種。也有在作家的文集或全集中，把序跋單獨列在一起。如《冰心文集》第 5 卷，《王蒙文集》第 7 卷，《峻青文集》第 6 卷，《唐弢文集》第 5 卷等集中收入作家所寫的部分序跋。還有一類是以《中國新文學大系導論集》（上海良友復興圖書印刷公司 1940 年版）和《中國近代文學的歷史軌跡》（上海書店出版社 1999 年版）為代表的叢書序跋集。就是把編入該叢書或大系的每一本所寫的序跋結集單獨出版。此外，還有《中國解放區文學俄文版序跋集》（宋紹香譯編，中國文史出版社 2004 年版）和《良知的感歎——二十世紀中國學人序跋精粹》（海天出版社 1998 年版）等序跋集，因無法歸入上述三類，只好單獨列出。

第四節　新文學序跋的文類辨析

文類，即文學的類型和種類，法語詞為 genre。《簡明不列顛百科全書》卷八中對「文學類型」有如下解釋：

> 文學作品的一種範疇，這些作品具有相似的主題、文體、形式或目的。文類一詞經常是任意將文學作品分類的一種手段，但它適合於描繪經常被運用的文學形式，以區分具有相似之處的形式或公認的傳統。例如喜劇、悲劇、抒情詩、輓歌——它們對題材都各有

〔註 58〕迄今為止，該叢書只出版了小說卷（上下冊）和散文卷（上下冊），之前百花文藝出版社出過《現代散文序跋選》（佘樹森編，1983 年版）和湖南文藝出版社出過《中國新詩集序跋選》（陳紹偉編，1986 年版）。後來陸續又出版了《中國百年期刊發刊詞 600 篇》（上下冊，劉宏權、劉洪澤主編，解放軍出版社 1996 年版）、《中國現代戲劇序跋集》（上下冊，周靖波編，北京廣播學院出版社 2003 年版）以及《頭版頭條：中國創刊詞》（古敏編著，年時事出版社 2005 年版）。
〔註 59〕該序跋叢書的分類標準並不統一，如把「譯文」部分與其他種類並列，但是翻譯作品也有小說、詩歌、戲劇、散文、理論等多種。

明顯的合乎格式的特殊要求與處理方法。〔註60〕

相對西方文學中用「文類」來對文學作品分類而言，中國古代文學的文類問題始終與文體辨析緊密聯繫在一起，所以，中國古代文章分類中也多用「文體」一詞。必須說明的是，它與西方20世紀60年代所出現的「文體」〔註61〕概念有質的區別。

南北朝蕭統編的《昭明文選》確立了序跋作為一單獨的文類，與賦、詩並列。從數量上看，選文9篇，在《文選》所選文類各體中，是選文較多的文體之一。這也是序作為一種獨立的文類被正式確立的開始，「標誌著序已被文選家所看重，已被認為是可以獨立成篇的好文章了。」〔註62〕北宋時的《文苑英華》卷六九九至七三三，共收序文40卷，包羅了唐代序文的各種類型。〔註63〕明代吳訥的《文章辨體》和徐師曾的《文體明辨》也對中國文體進行了分類。吳著把文體分成59類，徐著把文體分為127類，而兩者都把序跋作為單獨的文類並闡述其性質、特徵等。到了清代，序跋也被眾多選家視為獨立的文類，如清儲欣輯《唐宋十大家類選》中把文體分為六門30類，序為六門中的第二大門；清姚鼐的《古文辭類纂》是我國歷史上一部關於文體分類中具有代表性的重要著作。全書把文章分為13類，而將序跋列為文體中第二大類。清末吳曾祺撰的《涵芬樓古今文鈔》，書中分文體為13類二百一十三小類，序跋為13類中的第二大類；民初的薛鳳昌在他的《文體論》中，將文體分為十五體93類，序跋列為第二大體，僅位於論辨體之後。可以說，在古代文學領域，從《文選》開始，序跋都是作為古代文章中一種重要而獨立的文體被廣泛認同。但是，隨著中國文學現代轉型的完成，序跋卻在20世紀中國文學的文類劃分中處於十分尷尬的位置。

一、新文學文類的確立

要弄清新文學序跋的文類境遇，必須先弄清20世紀中國文學的文體分類。

〔註60〕《簡明不列顛百科全書》卷八，第267頁，中國大百科全書出版社1986年版。
〔註61〕按申丹的說法，「文體」有廣狹兩義，狹義上的文體指文學文體，包括文學語言的藝術性特徵、作品的語言特色或表現風格、作者的語言習慣以及特定創作流派或文學發展階段的語言風格等。廣義上的文體指一種語言中的各種語言變體。參見申丹《敘述學與小說文體學研究》，第77頁，北京大學出版社2005年版。
〔註62〕樓光滬、孫琇編《中國序跋鑒賞詞典·代序》，河北教育出版社2003年版。
〔註63〕鍾濤《試論魏晉南北朝詩序的文體演進》，《北京大學學報》2008年1期。

20 世紀中國文學的文體分類標準是在中國傳統的文體分類基礎上參照西方文學分類而確立的。早在 1908 年，周作人在《論文章之意義暨其使命因及中國近時論文之時》中，在比較歐美諸家文學概念後，採納了美國人宏德（Hunt）的說法，提出「文章一語，雖總括文詩，而其間實分兩部」，一為「純文章」，一為「雜文章」。純文章包括「吟式詩」（可以吟誦的詩賦、詞曲、傳奇等韻文）和不能吟誦的「讀式詩」（說部之散文），「其他書記論狀諸屬，自衛一別，皆雜文章耳。」〔註 64〕「五四」時期，陳獨秀在繼承古代文章分類中以「為用」為準則的基礎上提出：「文學之作品，與應用文字作品不同，其美感與伎倆。所謂文學、美術自身獨立存在之價值，是否可以輕輕抹殺，豈無研究之餘地？」〔註 65〕可見，他提出了「文學之文」和「應用之文」的文章劃分。稍後，他又在《文學革命論》等文章中反覆提及，文章可以按應用與否分為兩類。劉半農、錢玄同等人也分別發表文章予以支持。劉半農在《我之文學改良觀》指出：「前次獨秀君議論，每以『文學之文』與『應用之文』相對待，其說似是。」〔註 66〕作為編輯，陳獨秀還在該文後面寫下了自己的意見：「劉君所定文字與文學之界說，似與鄙見不甚相遠。鄙意凡百文字之共名，皆為之文。劉君以詩歌戲曲小說等列入文學範圍，是即余之所謂文學之文也。以評論文告日記信札等列入文字範圍，是即余所謂應用之文也。『文字』與『應用之文』名詞雖不同，而實質似無差異。」〔註 67〕可見，新文學先驅把文章分為文學之文和應用之文兩類，就是力圖使「文學」得以從文章中獨立出來，確立文學的獨特性。

「文學」從文章中獨立出來之後，而可以歸為「文學之文」的到底有那些呢？劉半農在《我之文學改良觀》中提出：「文學上有永久存在之資格與機智者，只詩歌戲曲、小說雜文二種也。」〔註 68〕陳獨秀在《答沈藻墀》中，認為可以歸入文學之文的，只有詩、詞、小說、戲（無韻曲）、曲（有韻者，傳奇亦在此內）五種。五種之中，尤以無韻之戲本及詩為最重要。〔註 69〕而

〔註 64〕周作人《論文章之意義暨其使命因及中國近時論文之時》，載《河南》1908
年第 4～5 期。收入張枬、王忍之編《辛亥革命前十年間時論選集》第 3 卷，
第 327 頁，生活・讀書・新知三聯書店 1977 年版。
〔註 65〕《通信》，《新青年》第 2 卷 2 號，1916 年 10 月。
〔註 66〕劉半農《我之文學改良觀》，《新青年》第 3 卷 3 期，1917 年 5 月 1 日。
〔註 67〕劉半農《我之文學改良觀》，《新青年》第 3 卷 3 期，1917 年 5 月 1 日。
〔註 68〕劉半農《我之文學改良觀》，《新青年》第 3 卷 3 期，1917 年 5 月 1 日。
〔註 69〕陳獨秀《答沈藻墀》，《新青年》第 3 卷 5 期，1917 年 7 月 1 日。

胡適在《建設的文學革命論》和《五十年來中國文學》兩篇文章中，從中國新文學的實際情況出發，提出了獨標一格的中國新文學四分法，即詩歌、小說、戲曲、散文為中國文學的四種基本類型。這一提法得到了大多數認同，並在《中國新文學大系》（1917～1927）中得到了具體實踐，《大系》共十集，除了建設理論集、文學論爭集、史料索引集之外，其餘七集均為文學作品，包括詩歌一集，小說三集，劇本一集，散文二集，「由於這套選集是由眾多文壇著名人物選編的，由於著名的選集（例如文學史上蕭統《文選》、姚鼐《古文辭類纂》）對於文體分類總是起著導向甚至規範的作用。」〔註70〕從某種意義上說，正是1936年《中國新文學大系》的出版讓「這些『翻譯過來』的文學形式（即指小說、詩歌、戲劇和散文完全同英語中的 fiction，poetry，drama 和 familiar prose 相對應）規範的經典化，使一些也許從梁啟超那個時代就已產生的想法最終成為現實，這就是徹底顛覆中國經典作為中國文化和中國文學的意義的合法性源泉。」〔註71〕

二、新文學序跋的文類境遇

如果說序跋在古代的雜文學體制〔註72〕中還是一個重要的文類，而在被純化的新文學四大文類中，序跋則失去了獨立的文類位置。新文學序跋的文類歸屬也出現了眾聲喧嘩的局面。概括地講，大略存在以下幾種：

一、列入應用文類。序跋寫作本身就帶有很強的目的性，或是自我表達的需要，或是應別人之請。明代徐師曾對序文的文章特性曾做過概括：「其體有二：一曰議論，二曰敘事。」〔註73〕按陳獨秀的分類標準，「應用之文，大別為評論、紀事二類。」可見，序跋具有應用之文的特性。如果自序的目的是述其用意，那麼他序還是著者與序者之間的交際、應酬手段，都具有很強的適用性。在新文學時期，文學作品的四大文類確立，序跋就常常被視為一種應用文體。後來有學者從序跋的寫作和使用範圍兩個方面認為：「序跋類文

〔註70〕錢倉水《回望20世紀的文體分類研究》，《淮陰師範學院》1999年1期。
〔註71〕劉禾《跨語際實踐——文學，民族文化與被譯介的現代性（中國1900～1937）》（修訂本），第324頁，生活・讀書・新知三聯書店2008年版。
〔註72〕古代的「文學」不是今天意義的文學，約略與現今的「文學」概念相通的是「文章」。古代文章包羅廣泛，不僅有詩、賦之類文學作品，亦有論、說、記、傳等一般議論文和記敘文，更有章、表、書、啟、碑、銘、箴各類應用文字。所以，今人以「雜文學」稱之。
〔註73〕（明）徐師曾《文體明辨序說》，第136頁，人民文學出版社1962年版。

體的寫作和應用文寫作一樣，是以滿足人們的實際需要為目的的，有很強的
客觀性、真實性；從適用範圍上來看，序跋類文體多屬於人們現代交際範疇，
是社會交際中一種特殊方式和手段。」〔註 74〕所以，在《實用文體寫作格式
與技巧大全》（中央民族學院，1997 年版）中，編者將序跋列為文教科技應用
文系列。

　　二、列入散文類。序跋不僅具有應用的功能，而且也具有散文的文類特
性。在序跋的文體演進過程中，除了議論和敘事之外，有感而發的抒情性日
益加強，歷史上的名序不可勝數，如《太史公自序》、《蘭亭集序》、《金石錄
後序》等大都可歸入散文一類。新文學誕生以來，由於人為的文體分類，序
跋也被作為散文文類中一特殊的小類，如有學者就把序跋列為議論性散文類。
〔註 75〕「序跋依文體而言，大都可以算作散文，至於散文集子的序跋，就更
是優美的散文了。」〔註 76〕在周作人為《中國新文學大系》散文卷一的《導
論》中就專門論及收入顧頡剛的《古史辨序》的原因：「因為我覺得這是很有
趣的自敘，胡適之的《四十自述》或者可以相比，……所以決定用了這序文。」
〔註 77〕魯迅、周作人、巴金、葉聖陶、郁達夫等人的序跋大多可劃為此類。
在盧今、范橋編的《郁達夫散文》（中國廣播電視出版社 1992 年版）中，就
收入郁氏所寫序跋 70 餘篇。總之，在新文學作家的散文選集中，編選者大都
把作家的序跋作為選擇對象之一。

　　三、列入文學批評類。序跋是中國傳統的文學批評方式。古代序跋批評
琳琅滿目，蔚為大觀，幾乎到了無作不序，無集不序的程度。無論是創作還
是批評，無論是初選本還是重刻本，無論是自序還是他序，序跋成了人們（包
括作者、讀者）吐露心聲、抒發感想、表達思想最重要的載體。從古代文學
研究來看，序跋是古代文論研究的重要文獻和理論資源。漢學家宇文所安對
古序跋的重要作用曾有論及：「中國文學思想有幾個比較大的資料來源，『序』
就是其中的一個。……我們從中可以發現若干對標準價值觀念所作的最為有
趣的精心闡釋和修改。」「11 世紀以後，跋成了特別重要的形式，除了包含若

〔註 74〕夏美武《序跋類文體述評》，《銅陵財經專科學校學報》1999 年 1 期。
〔註 75〕高黛英《〈古文辭類纂〉的文體學貢獻》，《文學評論》2005 年 5 期。
〔註 76〕蕭斌如《〈中國現代文學序跋叢書·散文卷〉編後記》，《中國現代文學序跋叢
　　　　書·散文卷》，1988 年版。
〔註 77〕蔡元培等《中國新文學大系導論集》，上海良友復興圖書公司 1940 年版。

干重要的文獻資料之外，跋還經常包含若干有關文學接受史和作家風格的評論。」〔註 78〕而新文學序跋也繼承了古代序跋批評的特徵。因序跋主要針對作家作品發表見解，自然也具有書評和文學批評的某些特徵。周作人就是把作序視為批評的工作，從他大量的序跋中可以看出，他把序跋作為一種獨特的言說方式，作為文學批評來經營。在新文學文體研究中，也有研究者把序跋視為批評文體加以討論。如馮光廉主編的《中國近百年文學體式流變史》中，分別對小說、詩歌、戲劇、散文、批評五種體式在 20 世紀的流變進行了梳理，而序跋則被納入到「批評體式卷」。

此外，還有人把序跋列入書評類文體。〔註 79〕古代序跋，尤其是他序或他跋，是我國古代書評文字的重要一體。許多新文學作家也是把序跋視為一種書評形式加以利用的。作為應新文學圖書出版而寫作序跋，「序書」是序跋不可缺少的內容，對圖書內容的介紹、主旨的評定自然是應有之義。特別是隨著報刊的興起，在報刊上也經常把序跋作為書評文字加以刊登，一些書評類期刊也常常登載名家序跋。在《胡適書評序跋集》和《林語堂書評序跋集》、《朱自清序跋書評集》以及《雅舍談書》等集子中，編選者就把序跋與書評等同。

從上面對序跋的分類看，新文學序跋因其自身的獨特性，其類別歸屬則呈現眾聲喧嘩的格局。事實上，就新文學作家而言，序跋只是作為一種為了出版書刊等需要而寫作的文章，所以，說序跋是一種應酬交際的產物，是有道理的。但是作序者在序跋中對作品進行分析評定，又與書評等相一致，歸為文學批評或書評也有其合理性。序跋可寫成散文、批評論文等之外，也還有書信序跋、詩序、圖畫序等多種。總之，新文學序跋很難用一種單一的標準來概括，上面的每一類標準對新文學序跋來說，僅僅是概括了序跋的一個側面，它僅僅能囊括一部分新文學序跋，而並不適用於所有的序跋類文章。此外，作為新文學作品文選的「文學大系」，也不把序跋作為獨立的文類選入。但卻在每部書前附有序或編選說明，這本身也說明序跋在新文學文類中的尷尬位置。

〔註78〕（美）宇文所安《中國文論：英譯與評論》，第 8 頁，上海社會科學院出版社
　　　　2003 年版。
〔註79〕隨著書評業的興盛，書評從批評文體中獨立出來，書評學已成為一門專門的
　　　　學科。可參見徐柏容的《現代書評學》（蘇州大學出版社 2005 年版）等著作。

三、新文學序跋是一種「副文學」

鑒於目前新文學四大文類的提法已得到廣泛認同，把新文學序跋作為一種單獨的文學類別無論從理論上、實踐上很難得到認同。筆者試借鑒「副文本」和「副文學」兩個概念來確立新文學序跋文類歸屬的可能性。

「副文本」這個概念是法國敘事學家熱拉爾·熱奈特在談到跨文本類型時提出的，法文詞為法文詞 paratext。他在 1987 年發表的《邊緣》（又可直接譯為《副文本》）就是以副文本性為研究對象。他認為正文本與副文本構成作品的整體，正文本與副文本所維持的關係構成一種跨文本關係。〔註 80〕法國當代批評家又對這一概念做了如下解釋：「副文本指圍繞在作品文本周圍的元素：標題，副標題，序、跋、題詞、插圖、圖畫、封面。這一部均質的整體決定讀者的閱讀方式與期望。」〔註 81〕如果按熱奈特的提法，序跋相對於正文本而言，屬於副文本，而且是副文本中最為重要的部分。「副文本」的提法僅僅是從一部作品的文本構成來分析的。從作家來看，新文學作家畢生在創作了大量的小說、詩歌、戲劇和散文之外，也撰寫了大量的序跋，從整個新文學來看，新文學除了小說、詩歌、戲劇和散文四大文類之外，也還有大量的序跋、口頭創作、日記、書信等存在。從這個意義上講，新文學序跋相對於具體的作品是「副文本」，相對於四大文類作品則是「副文學」。

「副文學」一詞來自法文 paralittérature。〔註 82〕它指的是被列為經典之外、並行存在的另一類文學。當代法國比較文學家謝菲雷教授認為「這個術語涵蓋所有不被各類機構承認或接受的文本」。〔註 83〕為了弄清「副文學」這一概念，必須說明三點：

〔註80〕（法）熱拉爾·熱奈特《熱奈特論文集》，第 71 頁，百花文藝出版社 2001 年版。

〔註81〕（法）弗蘭克·埃夫拉爾《雜文與文學》，第 51 頁，天津人民出版社 2003 年版。

〔註82〕欒棟認為應該把「副文學」改解為「閾文學」，他認為我國的相關辭書將 paralittérature 理解為「副」或「泛」，是語詞學、詩學、文學批評和審美哲學方面的拘謹和失策，將 paralittérature 譯成副文學或泛文學也是一種無差錯但欠準確的「拿來」，充其量是皮相的照貓畫虎。參見《閾文學通解》（《文學評論》2008 年 3 期），鑒於「副文學」概念已得到通行，以及與「副文本」相呼應，筆者仍採用「副文學」這一稱謂。

〔註83〕（美）Y·謝菲雷《當今比較文學》（英譯本），47 頁，托馬斯·勒菲森大學出版社 1995 年版。

一是確立序跋為「副文學」主要依據序跋類作品本身的「文學性」。與序跋相比，作為「文學之文」的詩歌、小說、散文和戲劇一般被認為是「純文學」，文學性自然強於序跋類作品。由於序跋本身的跨文類以及應用性特徵等，使得其本身的文學性不純，所以這裡的「副文學」也可理解為「亞文學」或「準文學」。

二是「副文學」仍然是文學。文學與科學最大的差異在於其多樣性本質。新文學的四分法就是把豐富的文學純化和單一化，似乎給人的感覺就是新文學僅僅包括這四類文體，把許多文學種類，如報告文學、書信文學、自傳文學、口頭文學、民間文學以及序跋等被排除在外。事實上，新文學遠比四類文學作品豐富得多，而有些文學類別並未納入新文學史視野加以研究。新文學序跋也處在就是這樣的境遇，新文學作家們在創作了大量的詩歌、小說、戲劇、散文之外，也撰寫了大量的序跋文字，這些序跋同樣是作家的創作，也應該歸為新文學作品之列。

三是副文學作品只是不被現有的文類劃分所認同的文學作品。新文學四大文類一經確立，勢必影響到文學的創作、研究等各個方面。「文類包含了強大的權力——沃倫就不止一次地用『權力主義』形容文類。文類可能始於說明性的類別歸納；可是，一旦這種歸納得到認同，它將隨即變成某種必須遵守的章程和約束。」〔註84〕所以，為了遵守既定的標準，新文學先驅以及後來的文學研究者只好把序跋列入散文類。但是，新文學序跋由於文體上的跨文類特性，並不是所有的序跋都可列入散文類。所以，造成新文學序跋文類歸屬眾生喧嘩局面的就是現今確立的新文學文體界限。序跋未能像古代文體分類一樣，在新文學中享有自己獨特的文體類別，只是被作家、研究者視為一種邊緣的文學創作。

所以，如果小說、詩歌、戲劇、散文是被新文學開創者和研究者所認同的主流文學作品，那麼新文學序跋與自傳文學、報告文學以及書信、日記等其他文學樣式則是新文學的「副文學」。新文學作品除了小說、詩歌、戲劇和散文等正文學外，還應該包括大量的以新文學序跋為代表的副文學。

〔註84〕南帆《文類與散文》，《文學評論》1994 年 4 期。

第二章　新文學序跋與作品

第一節　序跋與作品（文本）關係闡釋

為了便於接下來的論述，和對應前面提出的「副文本」，筆者用「文本」來指代作品。〔註1〕文本（text），從詞源上來說，它表示編織的東西。但是文本的概念後來主要變成了「任何由書寫所固定下來的任何話語」，該詞來自英文 text，另有本文、正文、語篇和課文等多種譯法。這個詞廣泛應用於語言學和文體學中，而且也在文學理論與批評中扮演活躍的角色。此處的「文本」主要指新文學作品。從新文學作品的文類構成來看，主要包括小說、詩歌、散文和戲劇四種，而未把新文學序跋整體納入其中的。而作為「副文學」的新文學序跋本是因具體新文學作品的問世而產生的，序跋與作品（文本）本身就構成一種關係閾，這種關係閾可從多方面加以闡釋和分析。

〔註 1〕羅蘭·巴特曾專門對作品和文本進行了區分，他認為，文本與作品不應互相混淆。作品是一件完成了的，可以計量的，佔據一定物理空間的（例如，放置在圖書館的書架上）的物品。文本是一個方法論的場域。因此，我們無法對它進行計量，至少傳統的方法無法湊效。我們全部能說的只是某部作品中有（或者沒有）文本。「文本可以握在手中，而文本存在於語言中。」（Roland Barthes, "Theory of the text", in *Untying the text*: A *Post-structuralist Reader*, Robert Young ed., London: Routledge and Kegan Paul, 1981, p39）在筆者看來，「作品」是從物質層面看，而「文本」是就理論層面而言。本文把作品作為文本看待，也僅僅從指涉對象，主要是為了便於與「副文本」概念相對應。

一、序跋的附屬性和獨立性

序跋相對於具體文本（作品）而言，是依存於具體的文本（作品）的存在而存在的，具有附屬性。序跋的價值和意義首先就在於此。下面具體從三個方面論述。

從序跋的產生歷史來看，作家創作作品是一個歷時的過程。先有創作動機或緣由，然後是具體的創作過程，以及創作過程中還有一些與作品創作有關聯的人和事等，這些內容在具體的文本（作品）中難以體現出來。作家在完成文本（作品）後，需要載體來記錄自己創作的心路歷程以及與此文本（作品）有關的人和事。同時，讀者在閱讀該作品時，也需要這些背景知識。這樣一來，作為作品前後的序跋也就應運而生。但就文本和序跋的誕生時間看，一般是先有文本，後有序跋（他序也多是在作品完成之後才請人撰寫的）〔註2〕，如周作人就曾說「書沒有印出來，序也沒有做得」。〔註3〕秦牧也說，序跋是「出版書籍的時候，寫幾句話，說明那本書的誕生過程，向讀者作個交代。」〔註4〕所以，相對於具體文本（作品）而言，序跋只是文本（作品）派生出來的，具有附屬性。

從某種程度上講，針對具體作品的「序書」應該是每一篇序跋的立足點和歸宿，否則序跋的存在意義也就喪失掉了。例如可交代作家的寫作過程，作品的出版經歷、作品的內容等等，都必須對作品有所涉及。就連作序跋常常「跑題」的周作人也承認，序跋應該以書為標的，說得較有範圍。從大量的序跋內容上看，序跋作者大都「喜歡借序跋說點閒話」〔註5〕。所以可寫入序跋的內容十分廣泛，例如可以介紹作家生平及思想觀點、當時的社會政治形勢、以及作家間的交往逸事等，但是，如果離開作家作品，只是一味地東

〔註2〕也有一些特殊情況與此相反，如汪靜之的詩集《蕙的風》中的朱自清序（寫作時間1922年2月1日）胡適序（寫作時間1922年6月6日）是在《蕙的風》完全編成之前。又如巴金在1986年8月20日完成「隨想錄」第150篇《懷念胡風》，但是早在20多天前的7月29日，巴金就寫下了「隨想錄」第五輯《無題記》的「後記」。此外，作為「代序」或「代跋」的序跋，它們的寫作時間也有作品之前的。但就絕大多數圖書的出版，仍然是先著手作品，然後再考慮書前後的序跋。

〔註3〕周作人《〈看雲集〉自序》，《知堂序跋》，第71頁，中國人民大學出版社2004年版。

〔註4〕秦牧《〈秦牧序跋集〉序》，《秦牧序跋集》，花城出版社1982年版。

〔註5〕陳平原《〈陳平原序跋〉小引》，《陳平原序跋》，東南大學出版社2003年版。

拉西扯，嚴格地說，這樣的文章不是真正的序跋。為具體作品而作的序跋主要內容應該還是以「序書」為主，「序人」、「序事」為輔。散文的特點是「形散神聚」，序跋的內容也可作如是觀，在隨意發揮、任心而談中，也還是應該圍繞所序之書而展開。

從序跋的存在形態看，序跋主要存在於具體的書籍中。金宏宇在考察新文學版本時認為，從版本的物質構成和內容構成上講，一個完整的版本應該有九種因素，即封面頁、扉頁、題辭（或引言頁）、序跋頁、正文頁、插圖頁、附錄頁、廣告頁、版權頁。據此稱之為「書之九葉」。〔註6〕實際上，新文學作品版本還應該增加一頁，即目錄頁。而序跋頁的位置，絕大多數情況的編排方式是：序放在正文之前（也有另外情況，即序和正文中間還插入目錄頁，但這並不是最常見的），而跋則放正文之後。顯然，序跋是離正文最近的一頁，序跋一前一後，緊緊裹住正文。如果把一本書比作一個人，封面頁顯然是書的外衣，而序跋可算是書之內衣了。當然，在所出大量的圖書中，也並不是每一本書都有序和跋，有些書序跋皆無，有些只有序或跋，但是從圖書的版本整體結構形態講，序跋緊靠正文而存在這樣的編排方式幾乎是一以貫之的。

序跋不僅具有附屬性，也有相對的獨立性。儘管序跋因具體作品而生，但是也是文學作品，它一經產生，並不是完全依附於具體的文本（作品）而存在，具有自己獨立的價值和意義。在新文學序跋史上，大量的序跋名篇，如《〈吶喊〉自序》、《〈孩兒塔〉序》、〈魯迅雜感選集〉序言》、《中國新文學大系導言》、《〈中國新詩選1919～1949〉代序》等，有些序跋在文學史上的價值甚至比所序的作品還要高。具體體現在三個方面：

第一，序跋作為一種特殊的文體，自有其產生、發展演變的歷史。先秦時期，序開始出現，到了漢代，序跋作為一種獨立的文體被廣泛使用，南朝時期，被蕭統《文選》所納入，標誌序體的正式確立。唐代開始，跋出現，序和跋的功能、位置逐步確立。序和跋在中國文學史上作為一類特殊的文體被傳承下來，成為圖書出版中必不可少的組成部分。到了20世紀，隨著出版事業的發展，從事文學創作的作家增多，新文學圖書也逐年增加，這勢必帶動了大量序跋的出現。儘管新文學作品趨於審美性和文學性的選擇標準，序跋並未成為20世紀文學作品中一個單獨的文學類型，但也並未像頌詞、壽

〔註6〕金宏宇《新文學版本之『九葉』》，《人文雜誌》2006年第6期。

序、祭文等文體一樣在文學的近代轉型中退出歷史的舞臺，反而得到了前所未有的繁榮，不但在數量上超過古代序跋的總和，而就序跋的寫作隊伍、以及出現大量的名序等方面都是空前的。就序跋的未來發展看，筆者大膽預言，只要人類社會需要由文字所構成的圖書，那麼序跋這一文體就不會消失。

第二，從大量序跋的文本內容上看，序跋包孕的內容極為豐富，已遠遠超出「序書」的範圍。如利用序跋開展某一文學觀、某種文學創作潮流的討論、進行作家間的對話，利用序跋幫助扶持青年朋友們的成長以及在序跋中輯錄大量的文學史料等等，這些文本內容本身就已經成為文學研究的重要組成部分。就某一作家而言，畢生所寫的序跋本身就是其創作生涯的重要組成部分，作為作家一生的歲月隨想記載了作家的世界觀、文藝觀等各方面的變遷過程，是研究作家生平、思想的不可或缺的重要資料。就具體序跋而言，如果我們把序跋作為獨立於正文之外的文本看待，那麼，這些文本就僅僅是作者對寫作的自我期許，與正文是否達到了這種期許不構成必然的因果鏈條，它們之間存在統一性，但也不排除有裂縫有矛盾。

第三，儘管在新文學作品中，序跋作為一個獨立的文類並不為大多數研究者認同和重視，序跋更多地出現在文學研究專著和論文的參考文獻中。但作為新文學中的一種「副文學」，其價值和意義毋庸置疑，可以說，大量序跋的存在本身就是新文學領域不可忽視的研究對象。新時期以來，隨著政治形勢的穩定，文學研究不斷得到拓展和深入，大量的序跋集得到出版，已經表明序跋獨立的存在價值和研究價值。樓光滬、孫琇主編的《中國序跋鑒賞詞典》（河北教育出版社 2003 年版）在書後附錄了到 2003 年為止的《序跋書目彙編》和《序跋論文篇目索引》，《彙編》中列出了 123 種序跋集，《索引》中列出論文 73 篇。而且，序跋集和序跋研究論文以及專著還在不斷湧現，序跋研究大有成為學界研究熱點的趨勢。

二、序跋是文學外部研究和「內部」研究的聯結點

勒內·韋勒克把文學研究分為「外部研究」和「內部研究」兩部分。外部研究「側重的是文學與時代、社會、歷史的關係」，[註 7]包括作家研究、文學社會學、文學心理學以及文學與其他學科的關係之類不屬於文學作品本

〔註 7〕劉象愚《韋勒克與他的文學理論》（代譯序），勒內·韋勒克等《文學理論》，江蘇教育出版社 2005 年版。

身的研究等。而內部研究則是「解釋和分析作品本身」〔註8〕，主張把文學作品看作是一個「多層面」的複雜結構，這些層面：一是聲音層面——諧音、節奏和格律；二是意義單元——它決定文學作品形式上的語言結構、風格與文體及其規則；三是意象與隱喻——文體中最核心的部分；四是存在於象徵系統中的作品的特殊「世界」或者說「詩的神話」等〔註9〕。但是，外部研究容易流入「將作家和作品視為考察社會、政治、經濟狀況或者個人生活經歷、心理狀況的統計史料的實證主義」，內部研究則容易流入把「作品視為孤立的自在體的『語言中心論』或者『文本中心論』（如新批評派、文體派或者結構主義文學理論）。前者威脅著文學的本體，後者則割斷了文學作品本體與外延（作品與作品之間以及作品與讀者、與社會）的有機聯繫，助長文學欣賞和研究上的苦行主義，實際上取消了文學的審美價值。〔註10〕可見，外部研究和內部研究都有其優劣之處，偏廢任何一方都不是科學的文學研究方法，需要在具體的文學研究實踐中互相補充，取長補短。

　　大量事實表明，要對一部具體的文學作品進行研究，要準確地理解作家在作品中所傳達出的真、善、美，必須結合作品以及作品外的內容加以互相參證，才能求得最能體現作者本意、透徹理解作品的豐富意蘊。作為兼涉「書裏邊」和「書外邊」的序跋恰恰可在文學研究中成為外部研究和「內部」〔註11〕研究的聯結點。如序跋中「書外邊」的內容包括作家生平、文藝觀、作家的創作心路、作品產生的時代背景、出版環境、作品產生緣起、創作過程等，這些內容可以「探索出藝術作品與其背景及淵源之間的某種程度的關係」，以及「有了這方面的知識便在一定程度上理解了文學作品」，〔註12〕而「書裏邊」的內容如作品主要內容、作品的意旨、敘事特點以及作品修改細節等是研究者理解作品的直接依據，序跋裏這兩方面的內容對全面理解文本本身勢必起到極其重要的作用。下面僅以序跋中作家生平、創作主旨兩個方面可深化文學的研究為例。

〔註8〕（美）勒內·韋勒克等《文學理論》，第156頁，江蘇教育出版社2005年版。
〔註9〕（美）勒內·韋勒克等《文學理論》，第174頁，江蘇教育出版社2005年版。
〔註10〕顧建光《〈審美經驗與文學解釋學〉譯者的話》，耀斯（姚斯）《審美經驗與文學解釋學》，上海譯文出版社1997年版。
〔註11〕儘管韋勒克的「內部」主要涉及「文本」，割裂與作者的關係，導致作品的不可解。但此處的「內部」更側重「書裏邊」，故用引號以區別於韋勒克的內部。
〔註12〕（美）勒內·韋勒克等《文學理論》，第74頁，江蘇教育出版社2005年版。

　　自序是作家在自己著作中，以自我敘述的形式，既記敘創作動機、創作過程，同時也涉及作家身世、經歷等內容，如早期的自序如司馬遷的《太史公自序》、班固的《漢書‧敘傳》以及稍後王充的《論衡‧自紀》等，都涉及作者自己的身世，自序遂與自傳產生了關聯，《太史公自序》一文就已具備了自傳的基本要素：（1）記述家世、父祖；（2）記述自己的誕生；（3）記述幼年的求學（學歷）；（4）記述為宦的經歷（職歷）。〔註 13〕新文學作家在序跋中涉及自己家世生平的也十分常見，如魯迅的《〈吶喊〉自序》，郭沫若的《〈郭沫若選集〉自序》、茅盾的《〈茅盾選集〉自序》、老舍的《〈老舍選集〉自序》和《〈神拳〉序》等，甚至還有把自序寫成自傳的情況，如馮友蘭的《三松堂自序》。從這些序跋可直接瞭解作家身世、思想變化、創作經歷等情況，如《〈吶喊〉自序》就有（1）作者家世、父親的情況；（2）自己求學以及初步的文學實踐的經歷；（3）覺醒而走出精神苦悶的契機。而《〈神拳〉序》中老舍詳細地記述了自己幼年時一次死裏逃生的過程，《〈老舍選集〉自序》中則寫到了作者在國外的任教經歷以及回國後的行蹤等。自序中記述作家的人生經歷，這些史實基本是可信的。

　　他序他跋中同樣記載了作家一些值得參考的自傳材料，因為他序者對作家的情況大都有相當的瞭解，在序跋中也會提及作家的身世、思想變化等情況，如顧頡剛為葉聖陶寫《〈隔膜〉序》，巴金為羅淑寫《〈生人妻〉後記》等等。從作者的個性和生平來研究文學作品，是一種最古老和最有基礎的文學研究方法。韋勒克從三個方面肯定了作家傳記對文學研究的功用：「首先，傳記可以有助於揭示詩歌（文學作品）實際產生的過程。其次，我們還可以從對一個天才的研究，即研究他的道德、他的智慧和感情的發展過程這些具有內在價值的東西，來為傳記辯護，並肯定它的作用。最後，我們可以說，傳記為系統地研究詩人的心理和詩的創作過程提供了材料。」〔註 14〕可見，新文學序跋可以為作家研究提供重要的實證材料。

　　事實上，作為書的序跋涉及作家生平思想等「書外邊」情況只是序跋內容的一個方面，而對作品的產生以及作品內容等「書裏邊」的介紹和評析也是序跋的重要內容，還是以上面提到的《〈吶喊〉自序》和《〈隔膜〉序》為

〔註 13〕（日）川合康三《中國的自傳文學》，第 15～16 頁，中央編譯出版社 1999 年版。

〔註 14〕（美）勒內‧韋勒克等《文學理論》，第 75 頁，江蘇教育出版社 2005 年版。

例來具體說明序跋也涉及文學的「內部」研究。魯迅在《〈吶喊〉自序》中說道：「在我自己，本以為現在是已經並非一個切迫而不能已於言的人了，但或者也還未能忘懷當日自己的寂寞的悲哀罷，所以有時候仍不免吶喊幾聲，聊以慰藉那在寂寞裏奔馳的猛士，使他不憚於前驅。至於我的喊聲是勇猛或是悲哀，是可憎或是可笑，那倒是不暇顧及的；但既然是吶喊，則當然須聽將令的了，所以我往往不恤用了曲筆，在《藥》的瑜兒的墳上平空添上一個花環，在《明天》裏也不敘單四嫂子竟沒有做到看見兒子的夢，因為那時的主將是不主張消極的。」〔註15〕可以說，這一段話可謂理解此部小說集的關鍵所在。從創作的目的看，是用文學來「慰藉那在寂寞裏奔馳的猛士」；從作家的立場上看，魯迅把自己看成普通的一員，樂於「聽將令」；對作品內容方面，作者交代《藥》和《明天》中的情節設計，說明其用意。同樣，在《〈隔膜〉序》中，顧頡剛引用了葉聖陶給他的一封信的部分內容：「我有一種空想，人與人的隔膜不是自然的。不可破的。我沒有什麼理由，只是一種信念罷了。這一層膜，是有所為而遮蓋著的；待到不必需的時候，大家自然會赤裸裸地相見。到時，個人相見以心不是相見以貌。我沒有別的能力，單想從小說裏略微將此義與人以暗示。」〔註16〕這段話不但是理解作家為什麼以「隔膜」為題，而且也是理解小說集中作品的一個重要線索。

三、解構學視野下的序跋與作品

解構主義者斯皮瓦克在《論文字學》的長篇序言中，談到了序言與作品之間通常的一種關係：「序言通常被理解為一種包含『真相規則』的闡釋性工作，是對正文的總結概括，形成的是一種類似於能指和所指的關係：序言是能指，文本是所指。」〔註17〕「能指」和「所指」是瑞士語言學家索緒爾創造的語言學術語。索緒爾認為每一個語言符號包括了由能指與所指兩個部分。能指是符號的物質形式，由聲音—形象兩部分構成。這樣的聲音—形象在社會的約定俗成中被分配與某種概念發生關係，在使用者之間能夠引發某種概念的聯想，這種概念就是所指。「能指」和「所指」是不可分割的，就像一個硬幣的兩面，但是，某個特定的能指和某個特定的所指的聯繫不是必

〔註15〕魯迅《魯迅全集》第1卷，第441頁，人民文學出版社2005年版。
〔註16〕顧頡剛《〈隔膜〉序》，葉聖陶《隔膜》，上海商務印書館1922年版。
〔註17〕李應志《解構的文化政治實踐——斯皮瓦克後殖民文化批評研究》，第2頁，
　　　　上海三聯書店2008年版。

然的，而是約定俗成的。能指與所指之間的關係是自由選擇的，對於使用它的語言社會來說，又是強制的。語言能指與所指的關係是非自然的，是可以改變的。而在同一個符號系統中，能指和所指是統一的，符號的意義則又是固定的。〔註18〕斯皮瓦克從黑格爾借《精神現象學》在他的哲學中的地位論及序言與作品的關係，認為黑格爾的觀點反映了如下結構：序言／文本＝抽象概括／自為活動＝目的／過程，他注重的是過程，而他對序言的接受又反映了另一種結構：序言／文本＝能指／所指。而公式中的「／」是黑格爾所使用的「揚棄，昇華」的意思。也就是說，一旦文本得到理解，瞭解了具體的陳述過程，那麼文本就會自然的獲得其完滿性，序言因此就終結了自己的功能。〔註19〕由此可見，序言在作品意義生成中是一個重要的組成部分。也即是序言與作品建立起一種「能指」和「所指」關係來共同表達出一個具體符號——「作品」。我們所談的作品，落腳點仍是一部具有封面、封底以及序跋等要素的作品。所以，序跋與作品本身就構成一個完整的意義整體。

而斯皮瓦克從解構學上對序言的本質特徵概括如下：

> 序言，大膽的通過另外的方式重複和重構作品，展示的僅僅是這樣一種已經存在的情形：對作品的重複總是異於作品本身。實際上，這裡並不存在一個與這些不同的重複相異的「作品」：換句話說，「作品」總是一個已經存在的「文本」，而這個文本是同一性和差異性之間的遊戲所建構的。一篇寫好的序言暫時確定了一個地點，在其中，閱讀與閱讀之間，作品與作品之間，作者、讀者和語言之間永遠在相互刻寫著……

可見，斯皮瓦克承認序跋是對作品的一種重複或重構，但是，「對作品的重複總是異於作品本身」，序跋與作品之間是兩個不同的文本，而文本又是「同一性和差異性之間的遊戲所建構的」。一篇序言僅僅只是一個暫時確定了一種「相互刻寫」而已，與作品之間不能完全構成同一性。

在解構學家們看來，文本（作品）與序言之間的同一性是不可能的，序言對於文本而言，只是一種「散播」（dissemination），即「序言作為能指遵循的不是黑格爾所謂的昇華原則，而是具有自己獨立的行動空間和行動規

〔註18〕（瑞士）費爾迪南・德・索緒爾《普通語言學教程》第100～110頁，商務印書館2002年版。

〔註19〕李應志《解構的文化政治實踐——斯皮瓦克後殖民文化批評研究》，第3頁，上海三聯書店2008年版。

則」〔註20〕。通常的觀點認為，作品一旦形成，就擁有了客觀而固定的意義，「並可以像父親對待兒子那樣，通過複製的方式來決定序言和使序言順從的想法，不過是人類希望有保障地控制外界客體的一種欲望。」〔註21〕德里達則認為，序言在這裡與其說是一種臣服，不如說是一種反抗，他們的同一性是不可能完成的。所以，斯皮瓦克據此進一步認為：「序言作為對同一性中的差異的一種紀念，把自己嵌入兩次閱讀之中。」〔註22〕也就是說，序言作為一種閱讀的紀念物，標識出的不是對作品的重複、概括；相反，它是對不同閱讀之間的差異的一種紀念。

　　既然序言是不同閱讀之間的差異的一種紀念，所以對讀者來說，序言是向「兩端開放」，一篇序言對作品的解讀只代表一個讀者（包括作者）對作品的看法，而不能以一篇序言就成為作品闡釋的唯一標準。正如斯皮瓦克所說：「把某種叫著《論文字學》的東西當成我的這篇序言的一個暫時的根源是不準確的，然而又是必要的。並且即使我此刻正計劃寫作（序言），在你閱讀時，你會在我的序言中找到你閱讀《論文字學》的臨時的根源」。〔註23〕也就是說，一篇序言可以成為理解作品的一種闡釋，不同的讀者還能從同一篇序言中讀出各自對作品的一種理解。這在一書多序中體現得尤為明顯。如錢君匋的詩集《水晶座》共有序跋 7 篇。每位序者都給予該詩集不同的看法。趙景深認為他的詩「是很有神韻的」，「有一點近似王維，還有一點近似韓偓，但卻更多近似柳永蘇東坡這一般北宋詞人。」汪靜之卻發現了君匋詩中「有畫而且有音樂」的兩個特點；葉紹鈞認為君匋的詩「大多是有境界的」；章克標則認為君匋的詩就是他平時做的夢的收集，詩中有他的秘密；汪馥泉看到了君匋詩中「感情底豐富和想像底活躍」；姚方仁認為「君匋的詩，是他歌曲中的精華。」而詩集作者自己在《題記》中談到了該詩集的寫作過程、出版經歷等。這些序言真可謂序者各自對作品閱讀的一種差異性紀念。

　　總之，從解構學視野下來看序跋和作品間的關係，則為理解作品提供一

〔註20〕李應志《解構的文化政治實踐──斯皮瓦克後殖民文化批評研究》，第4頁，上海三聯書店 2008 年版。

〔註21〕李應志《解構的文化政治實踐──斯皮瓦克後殖民文化批評研究》，第4頁，上海三聯書店 2008 年版。

〔註22〕Spivak, 'Translator's Preface', Derrida, *Of Grammatology*, p9, John's Hopkin Press, 1976.

〔註23〕Spivak, 'Translator's Preface', Derrida, *Of Grammatology*, p9, John's Hopkin Press, 1976.

個開放的、多元闡釋的可能。事實上，任何一部文學作品，它都有豐富的含義，可從不同角度對其展開闡釋。而作為具體的序跋在凸現一種闡釋的同時，則更多是對作品豐富含義的一種遮蔽。所以，必須對序跋與作品之間的關係給予辯證的認識。

四、序跋／作品＝序者意圖／文本意圖

「讀書先讀序」這是一條讀書人都知道的竅門，因為通過讀序跋可以大體知道這是一本什麼書，有那些內容，作者是誰，有那些成就，書值不值得讀，適合不適合自己讀，應該精讀還是略讀，值不值得購買和保存等等。序言是讀者登堂入室的鑰匙，是一位精明的嚮導，有助於讀者去欣賞、體驗與理解這本書的內容與價值，這顯然是序跋的積極作用。但是，序跋的存在對作品理解是否有負面作用呢？下面從闡釋學角度探討序跋與作品的另一種關係。

符號學家艾柯在《詮釋與歷史》中認為，在對作品的理解中存在「作者意圖」、「詮釋者意圖」和「文本意圖」。他說：「我所提倡的開放性閱讀必須從作品本文出發（其目的是對作品進行詮釋），因此它會受到本文的制約」〔註24〕，「在神秘的創作過程與難以駕馭的詮釋過程之間，作品『文本』的存在無異於一支舒心劑，它使我們的詮釋活動不是漫無目的地到處漂泊，而是有所歸依。」〔註25〕在他看來，真正要理解作品，立足點還是必須集中於作品上，必須依據「文本意圖」。他的這一分類對考察序跋與作品的關係帶來了啟示。由於序分自序和他序，所以可以把自序視為「作者意圖」，他序視為「詮釋者意圖」，而作品所呈現的則是「文本意圖」。就新文學圖書所附序跋而言，不外乎三種情況：一是只有自序和跋（跋絕大部分為自寫，與自序歸入一類）；二是既有他序，又有自序；三是作品前有他序，後有自跋。下面分別探討自序與作品（文本）和他序與作品（文本）兩種情況。

從詮釋的角度看，有自序的作品才出現「作者意圖」和「文本意圖」。但是，這兩者是否具有一致性，是否存在裂隙？作家在序跋主要想表達自己對作品的一種期許，至於這種期許能否得到體現，需要通過作品來印證的。如

〔註24〕艾柯等著、王宇根譯《詮釋與過度詮釋》，第 27 頁，生活·讀書·新知三聯書店 1997 年版。

〔註25〕艾柯等著、王宇根譯《詮釋與過度詮釋》，第 108 頁，生活·讀書·新知三聯書店 1997 年版。

張資平在《〈沖積期化石〉自序》中，主要表達自己對父親的深切懷念，感激父親在艱難困苦中以犧牲自我的方式，竭力把自己撫養成人。自從父親去世後，「我」始終沉浸在思念父親的思緒中。「我今把思念你的責任叫給『沖積期化石』！」，可見，作者是把創作視為懷念父親的憑藉，至於作品內容表達的是什麼，與序跋沒有多大關係，也沒在序跋中表現出來。又如茅盾在《〈子夜〉後記》中所表達的也正是作者意圖與文本意圖之間的巨大差距：

> 我的原定計劃比現在寫成的還要大得多。例如農村的經濟情形，小市鎮居民的意識形態（這決不像某一班人所想像那樣單純），以及一九三〇年的「新儒林外史」，——我本來都打算連鎖到現在這本書的總結構之內；又如書中已經描寫到的幾個小結構，本也打算還要發展得充分些；可是都因為今夏的酷熱損害了我的健康，只好馬馬虎虎割棄了，因而本書就成為現在的樣子——偏重於都市生活的描寫。

從序跋與作品的寫作時間來看，作品在前，而序跋在後，新文學作品還有相當部分是先在報刊上發表，後再通過出版社出版的。這一過程本身就會對作品的文本內容、作品主旨等產生不同程度的影響。而出版時作家所寫的序跋與作品之間很難達到統一，甚至還會造成文本的裂際，如郭沫若的《〈武則天〉序》就是如此。劇本《武則天》於 1960 年 5 月發表於《人民文學》，發表後，在社會上反響很大，也有人對劇本進行了批評，說有過分美化之嫌，所以，在出初版本時，作者借《〈武則天〉序》補充了對武則天的評價，試圖糾正劇本過分美化武則天的缺陷。巴金在 1958 年修改《寒夜》時，並未對文本大加刪削，但是在文後卻以後記的形式附錄了《談〈寒夜〉》，作者在文中緊跟時代步伐，對作品的主題有了新的闡發，歌頌了新社會的無限美好。事實上，這只是巴金自己作的一個「檢討」而已，是為了適應形勢，而作出的一種妥協。甚至還有序跋與作品根本對立的情況，如老舍所寫的《〈貓城記〉新序》和《〈老舍選集〉自序》中對《貓城記》的看法與作品所表達的意旨完全對立。

同樣，他序和作品（文本）實際上構成了「詮釋者意圖」和「作品意圖」的關係。用理查德·羅蒂的話來說，詮釋者的作用僅僅是「將文本捶打成符合自己目的的形狀」。〔註26〕自然，這種帶有序者自己目的的序跋，對作品（文

〔註26〕轉引自艾柯等著、王宇根譯《詮釋與過度詮釋》，第 30 頁，生活·讀書·新知三聯書店 1997 年版。

本）的闡釋本身就會形成一種「闡釋的遮蔽」。這種闡釋被賦予了作品某種價值和意義，但這種價值和意義「往往不是出自『作品的意圖』，而是由某種社會文化思想從外部包裹上去，是的，這樣同時也勢必會對作品的意圖造成部分的甚或整體的遮蔽，這種遮蔽同時也是強加在作家作品和文學史實身上的一種負擔，它實現了思想的目的，卻窒息了『作品的意圖』，文學最終也會因為這種闡釋的遮蔽而變成被思想風乾了的木乃伊。」〔註 27〕如蕭紅的《生死場》（初版）所附魯迅的《序言》和胡風的《讀後記》，胡風高度讚揚了書中體現的抗日精神和中國農民愛國意識的覺醒：「這些蟻子一樣的愚夫愚婦們就悲壯地站上了神聖的民族戰爭的前線。蟻子一樣地為死而生的他們現在是巨人似的為生而死了。」〔註 28〕而魯迅在《〈生死場〉序言》中認為作品寫的是「北方人民的對於生的堅強，對於死的掙扎」。〔註 29〕這只是胡風和魯迅對該作品的不同向度的理解，正如劉禾所說，魯迅和胡風更多地是從「民族寓言」去解釋蕭紅的這部作品，卻「未曾考慮這樣一種可能性，即《生死場》表現的是女性的身體體驗，特別是農村婦女生活密切相關的兩種體驗——生育以及由疾病、虐待和自殘導致的死亡。」〔註 30〕魯迅序言和胡風的讀後記儘管實現了序者對作品進行政治解讀的目的，但對於文本所具有的其他「文本意圖」卻帶來遮蔽。

此外，序跋與作品之間還會出現另一種情況，即「過度闡釋」。由於序者受主觀上愛與恨的激發和驅使，難免會出現不無偏激地閱讀本文，「自覺或不自覺地基於上面所說的一種歷史觀，以創新是鶩為激情動力的研究者，過分不相信作品本文對於作品詮釋的限制性，不相信作者早已清楚說明的寫作意圖的真實性和可信性，不相信作品中意象隱喻意義已經被多數研究者所揭示和認同的客觀事實，將詮釋者的權利，運用到了幾乎是荒唐的地步。」〔註 31〕這樣帶有極強主觀性或先入為主去閱讀作品，他序者就會對作品進行一種看似新穎而實際上偏離了作品意圖的解讀，使在他寫的序跋中出現對作品的「過

〔註 27〕於可訓《對現當代文學研究中「過度闡釋」現象的反思》，《文學評論》2006年 1 期。

〔註 28〕胡風《〈生死場〉讀後記》，蕭紅《生死場》，上海容光書局出版社 1935 年版。

〔註 29〕魯迅《〈生死場〉序言》，蕭紅《生死場》，上海容光書局出版社 1935 年版。

〔註 30〕劉禾《跨語際實踐——文學，民族文化與被譯介的現代性（中國 1900～1937）》（修訂譯本），第 279 頁，生活‧讀書‧新知三聯書店 2008 年版。

〔註 31〕孫玉石《談談魯迅研究中的「過度闡釋」問題——魯迅研究當代性和科學性關係的思考》，《魯迅研究月刊》2006 年 6 期。

度闡釋」。如晚清域外小說的譯本序跋（特別是偵探小說、科幻小說類）中凸現序跋作者極強的政治目的就是典型的「過度闡釋」。20 世紀 50 年代初馮雪峰寫的《魯迅生平及思想發展的梗概》（作為開明版《魯迅選集》代序），丁易寫的《〈郁達夫選集〉序》等，現在看來，這些序受當時的政治形勢等影響，對作家、作品的評價也出現了「過渡闡釋」。

第二節　作為副文本的新文學序跋

互文性或譯作「文本間性」（intertextuality）。作為一個重要的文學批評概念，互文性出現於 20 世紀 60 年代，隨即成為後現代、後結構主義批評的標識性術語。通常被用來指示兩個或兩個以上文本間發生的互文關係。克里斯蒂娃指出：「任何文本都是引語的鑲嵌品構成的，任何文本都是對另一文本的吸收和改編。」〔註 32〕「另一文本」既可以用來「指涉歷時層面上的前人或後人的文學作品，也可指共時層面上的社會歷史文本」；而「吸收」和「改編」則可以「在文本中通過戲擬、引用、拼貼等互文寫作手法來加以確立，也可以在文本閱讀過程中通過發揮讀者主觀能動性或通過研究者的實證分析、互文閱讀等得以實現。〔註 33〕而作為指涉具體作品的序跋與作品之間天然就構成一種互文關係，互文性理論可用於序跋與作品兩種文本的關係探討中，但是，用互文性來探討序跋與作品關係是一個非常廣闊的論說領域，本文僅僅從「副文本」角度來對互文性概念作一種精確的界定，使它與正文本（作品）之間產生的交互性關係得以彰顯。

在漢語中，「副」有如下解釋：（1）第二位的，輔助的，區別於「正」、「主」；（2）附帶的，次要的。所以，「副文本」只是相對於正文本而存在的輔助性的次要文本，但它是不可或缺的，有時甚至很關鍵。正副文本共同構成新文學作品，共同生成和確立作品的意義。

一、序跋與「期待視閾」

與其他副文本（封面畫、扉頁引言等）相比，序跋更因其內容直接具體地指涉正文本，對其構成解釋和說明，而成為確立作品意義的主要的副文本。

〔註32〕轉引自王瑾《互文性》，第 1 頁，廣西師範大學出版社 2005 年版。
〔註33〕王瑾《互文性》，第 1～2 頁，廣西師範大學出版社 2005 年版。

熱奈特認為副文本是「為文本的解讀提供一種（變化的）氛圍」。〔註34〕在熱奈特看來，副文本性為讀者的閱讀提供了許多導向性要素——文本出版的年代、背景、目的等，告訴讀者文本應該怎樣閱讀，從而有效地還原作者的意圖。筆者認為，對序跋而言，它不僅在空間上將正文本「包裹」起來，也為正文本營造了一種引導閱讀的空間，促進讀者「期待視閾」和審美心理的形成。

新文學序跋涉及的內容十分廣泛，可大致分為三項：其一是「序己」文字，即著書人敘述自己生平、著書的旨趣和經過等；其二是「序人」文字，即著書人請名人或知友作序，作序者把他與著書人之關係，寫在序裏；其三是「序書」文字，即著書人或作序者對本書內容等的介紹。歸納起來，序跋的內容主要還是關於其人其書的敘述。余嘉錫曾說：「吾人讀書，未有不欲知其為何人所著，其平生之行事若何，所處之時代若何，所學之善否若何者。此即孟子所謂知人論世也。」〔註35〕而序跋正是我們閱讀時「知人論世」的好材料。序跋中還會涉及作品正文本的寫作經過、意圖、內涵本義乃至出版、傳播等內容，是我們理解正文本的一種直接依據。因此，序跋如一把鑰匙、一座橋樑，是通向一本書、理解一本書的幫手。序跋的效用借用弗蘭克・埃爾拉夫的話是「無論是否包含了所有出版文本周圍的文字創作，我們都清楚副文本能夠激發讀者的一種期待。所以對於作家而言，它則形成了一方能夠引導閱讀的戰略性空間。」〔註36〕讀者要理解作品，則應先進入這個空間，在此形成對正文的期待視野，它「猶如津梁或門徑，必須通過這一關才可以涉及本文」。〔註37〕

從讀者接受心理看，閱讀序跋會使讀者產生對正文本的「期待視域」。「期待視域」意指「在一部作品出現時人們對它的反應、預先判斷、語言的和其他的行為之總和」。〔註38〕姚斯認為：「一部文學作品，即便它以嶄新面目出

〔註34〕（法）熱拉爾・熱奈特《熱奈特論文集》，第 71 頁，百花文藝出版社 2001 年版。

〔註35〕余嘉錫《目錄學發微》，第 42 頁，中國人民大學出版社 2004 年版。

〔註36〕（法）弗蘭克・埃夫拉爾《雜聞與文學》，第 51 頁，天津人民出版社 2003 年版。

〔註37〕葉聖陶《〈略讀指導舉隅〉前言》，葉聖陶，朱自清《略讀指導舉隅》，商務印書館 1943 年版。

〔註38〕（德）弗拉德・戈德齊希《〈審美經驗與文學解釋學〉英譯本導言》，姚斯《審美經驗與文學解釋學》，上海譯文出版社 1997 年版，第 8 頁。

現，也不可能在信息真空中以絕對新的姿態展示自身。但它卻可以通過預告、公開的或隱蔽的信號、熟悉的特點、或隱蔽的暗示，預先為讀者提示一種特殊的接受。它喚醒以往閱讀的記憶，將讀者帶入一種特定的情感態度中，隨之開始喚起『中間與終結』的期待，於是這種期待便在閱讀過程中根據這類文本的流派和風格的特殊規則被完整地保持下去，或被改變、重新定向，或諷刺性地獲得實現。」〔註39〕序跋正是能起到這種作用的「預告」，給讀者提供一種公開的信號，是讓其產生期待視野的「前文本」。它的內容能讓讀者利用「既往的審美經驗（對文學類型、形式、主題、風格和語言的審美經驗）基礎上形成的較為狹窄的文學期待視閾」或「在既往的生活經驗（對社會歷史人生的生活經驗）基礎上形成的更為廣闊的生活期待視域」。〔註40〕閱讀序跋，即是提前進入序跋所營構的閱讀空間和氛圍中，在未閱讀正文本之前，產生一個預定的審美心理。

　　新文學作家意識到副文本的重要性，而對於序跋這一主要副文本尤為重視。如魯迅在《〈鐵流〉編校後記》中說道：「沒有木刻的插圖還不要緊，而缺乏一篇好的序文卻實在覺得有些遺憾。」〔註 41〕他的每一部作品幾乎都有一篇序或跋，而且有的作品還有多篇序跋。同時，也為他人的著作寫了大量的序跋。除魯迅外，其他新文學作家胡適、周作人、郭沫若、茅盾、巴金、老舍等人都留下了大量序跋。新文學作家重視序跋的寫作，正是看到了序跋在閱讀過程中所發揮的作用。

二、序跋與著者（詮釋者）意圖

　　一部新文學作品，主要的閱讀對象應是普通讀者。為了擴大新文學作品的影響，也出於與舊文學搶奪讀者的需要，序跋更要負起引導普通讀者的任務。只有對作品中肯的介紹和評價，才能有助於普通讀者理解作品。所以，新文學序跋的主要目的首先應該是面向讀者的作品導讀。許多新文學作家寫作序跋時也注意到這一點，如有作者說：「我以為所謂書的自序者，不過是著

〔註39〕　（德）姚斯《文學史作為向文學理論的挑戰》，《接受美學與接受理論》，遼寧人民出版社 1987 年版，第 29 頁。

〔註40〕　朱立元主編《當代西方文藝理論》，第 289 頁，華東師範大學出版社 1997 年版。

〔註41〕　魯迅《〈鐵流〉編校後記》，《魯迅全集》第 7 卷，第 369 頁，人民文學出版社 2005 年版。

書人將自己著述本書的宗旨經過和書的內容，大略加以說明便了。」〔註 42〕
也正因為有序跋對作品內容和主旨等的導讀，大大消除了普通讀者對作品的
隔膜，促進了新文學作品的廣泛傳播和接受。

　　具體來看，新文學序跋對作品的導讀主要包括以下幾個方面。一是解題。
有些題目直接與作品的主旨相關，對一些令讀者費解的題目進行解釋或說明
尤為必要。如胡絜青認為，在老舍那裡，序的主要用途之一就是解釋書名〔註
43〕。在他寫的許多序中都解釋了書名，如《〈趕集〉序》首先就解釋：「這裡
的『趕集』不是逢一四七或二五八到集上去賣兩隻雞或買二斗米的意思，不
是；這是說這本集子裏的十幾篇東西都是趕出來的。」〔註 44〕張中行在《〈橫
議集〉自序》也首先交代書名來自《孟子‧滕文公下》中的「聖人不作，諸
侯放恣，處士橫議」一句。讀者讀了序，先就消除了誤會。二是闡明作品主
旨，序文中對作品主旨的闡明使讀者提前有了一種「前理解」，閱讀正文本時
就會去證實這種理解，從而會大大降低普通讀者接受新文學的難度，如郁達
夫小說集《沉淪》自序》：「《沉淪》是描寫著一個病的青年的心理，也可以
說是青年憂鬱病 Hypochondr 的解剖，裏邊也帶敘著現代人的苦悶，──便是
性的要求和靈肉的衝突。」「《南遷》是描寫一個無為的理想主義者的沒落，
主人公的思想在他的那篇演說裏頭就可以看得出來。」〔註 45〕三是篇章結構
的介紹。新文學作品有大量的選集、作品集，在序中對本集篇目的編排介紹
也是必要的。如朱雯的《〈百花洲畔〉序》中，對內容編排有說明：第一輯是
感懷之作；二三輯都是旅途雜記；第四輯是兩篇哀挽的文章；第五輯只有一
篇小說；第六輯是兩篇雜感。〔註 46〕通過這些介紹，讀者對書的內容結構和
規模就有了初步的印象。四是品評作品優劣。序跋（特別是他序）容易流入
盲目的吹捧，這樣的導讀容易給讀者帶來誤解，所以，序跋對作品的導讀應
有判斷，作品優劣之處都應該指出。茅盾為華漢的《地泉》所做的《讀後感》
就指出了作品的缺陷：「本書非但不能達到它寫作的本來目的，且亦濃厚地分
有了那時候同類作品的許多不好傾向。」具體指出本書「缺乏感情的去影響
讀者的藝術手腕」，「缺乏了對於社會現象全部的非片面的認識而只『臉譜主

〔註 42〕陳光垚《〈光垚散文集〉總序》，陳光垚《放言集》，上海啟明學社 1933 年版。
〔註 43〕胡絜青《〈老舍序跋集〉序》，老舍《老舍序跋集》，花城出版社 1984 年版。
〔註 44〕老舍《〈感集〉序》，老舍《感集》，良友圖書印刷公司 1934 年版。
〔註 45〕郁達夫《沉淪》自序》，郁達夫《沉淪》，上海泰東圖書局 1921 年版。
〔註 46〕朱雯《〈百花洲畔〉序》，朱雯《百花洲畔》，上海宇宙風社 1940 年版。

義』地去描寫人物，而只是『方程序』地去布置故事」。〔註47〕此外，對於作品理解和接受的難點，序跋也應該對讀者有所提示和說明。葉聖陶曾說：「序文的責務，最重要的當然是在替作者加一種說明，使作品潛在的容易被忽視的精神，很顯著地展現於讀者心中。」〔註48〕如曹禺在《〈雷雨〉序》中專門就劇中令人疑惑的「序幕」和「尾聲」作了說明，讓讀者和觀眾瞭解作者設置「序幕」和「尾聲」的深刻用意。

但須指出的是，讀者對於序跋的引導一定要有自己的辨別。序跋只是體現出序者對作品的一種認識或理解，如前所述的「著者意圖」或「詮釋者意圖」，由於文藝觀、時代環境、知識結構等的限制，序者在理解分析作品時，帶有各種時代、政治色彩的判斷和分析，乃至產生「評論干預」〔註49〕和「意圖謬誤」〔註50〕等現象。在解放後問世的一些作品序跋中體現的尤為明顯，如50年代巴金、老舍、葉聖陶、田漢等人在選集序跋中對各自以前的作品的全面否定，60年代，常君實在編《中國新文學大系續編》時，他在導言中對徐志摩、沈從文等人的作品的批判與否定等，還有60、70年代以「內部讀物」出版的譯作中的譯者序或出版說明等。現在看來，序者的引導大多不足取，所以有人主張讀書不要先讀序跋，「一讀序跋即入主為奴，輕而易舉地被別人牽著鼻子走，不如自己獨立思考」。〔註51〕

三、序跋與「文本意義場」

結構主義學者喬納森・卡勒認為，在文學中，「為了理解一種現象，人們不僅要描述其內在結構──其各部分之間的關係，還要描述該現象同其構成更大結構的其他現象之間的關係。〔註52〕他的這一看法對後結構主義學者帶來了理論指導，後結構主義學者們認為，對於文學研究來說，文本本身並不

〔註47〕茅盾《〈地泉〉讀後感》，華漢《地泉》，湖風書店1932年版。
〔註48〕葉聖陶：《〈雉的心〉序》，徐雉《雉的心》，天津新中國印書館發行1924年版。
〔註49〕「評論干預」在這裡是指序跋作者對作品所作的評論，試圖讓隱含讀者接受其所作的判斷與評價，按照他所給定的意義去評價人物與事件，以使隱含讀者與隱含作者保持價值判斷上的一致性。參見譚君強《敘事理論與審美文化》，第81頁，中國社會科學出版社2002年版。
〔註50〕「意圖謬誤」這裡指序跋中所表達的創作意圖與對作品的價值判斷混為一談，並以前者代替後者。
〔註51〕朱炳林《序跋斷想之一》，《江西中醫藥》2003年3期。
〔註52〕（美）喬納森・卡勒《文學中的結構主義》，《西方文藝理論名著選編》下卷，第537頁，北京大學出版社1987年版。

具有本體性，僅僅在文本內容尋求文學的意義是不夠的，文學的意義要到文本之間去尋求。作為副文本的序跋與正文本之間產生一種「文本間交互性」，也即「互文性」，本身也是追尋作品意義的一種角度。熱奈特就指出副文本性的主要任務就是「要確保文本命運與作者目的的一致」，〔註53〕「將其（指正文本）環繞，來確定它，決定著對他的解讀」。〔註54〕歷來的文學研究者都很重視作家的創作談，因為這是瞭解作家意圖的一種重要渠道，而新文學序跋（尤以作家的自序或自跋）無疑也是作家表達自己的一個重要的載體，完全可視為作家的「創作談」。同時，如果以正文為中心，前序後跋本身就與正文形成一個闡釋的場域。從讀者的閱讀順序看，序→正文→跋，與此想對應的讀者的審美體驗是：讀者首先進入作家的「現實世界」，然後順次進入正文本所建構的審美世界，最後在跋中再次回到作家的「現實世界」。而在閱讀正文的過程中，讀者自然會產生如下審美心理活動：序與正文是否相契合、相印證，而在閱讀跋時，自然也會對正文進行印證和補充。筆者認為，作為副文本的序和跋就是作家對正文本的一種闡釋和表白，對正文本意義的必要補充，是理解和研究正文本的最明確、最重要的文獻，序跋和正文本共同建構出「文本意義場」。下面以具體序跋為例來說明序跋與正文之間形成的互文性關係。

　　1935 年 5 月，瞿秋白在預知自己不久將告別人世之際，寫下了頗受後世爭議的《多餘的話》。至今為止，圍繞這篇文章到底表達什麼，仍難有一致的看法。有學者曾大體歸納出三種不同的理解。一是從勇於自我解剖的角度，基本肯定《多餘的話》，以陳鐵健發表於《歷史研究》1979 年 3 期的《重評〈多餘的話〉》為代表。二是從「正統」的「革命立場」出發，基本否定《多餘的話》，以王亞平的《怎樣看待〈多餘的話〉》為代表。三是從政治反思的角度，高度肯定和稱頌《多餘的話》，以林勃的《關於〈多餘的話〉的評論之評論》為代表。〔註55〕至於這三種理解在多大程度上接近瞿寫作此文的本意，已有研究者初步作出了判斷。〔註56〕在我看來，導致出現眾說紛紜的局

〔註53〕轉引自王瑾《互文性》，第 117 頁，廣西師範大學出版社 2005 年版。
〔註54〕（法）達維德・方丹《詩學——文學形式通論》，第 134 頁，天津人民出版社 2003 年版。
〔註55〕王彬彬《往事何堪哀》，第 256～259 頁，長江文藝出版社 2005 年版。
〔註56〕王彬彬在歸納這三種理解的同時，對這三種見解發表了自己的看法。他認為，第一種理解過於皮相；第二種得出瞿背叛革命的結論顯然是站不住腳的，但對瞿的真意的體察比較可信；第三種理解對瞿的本意的體察卻更接近。見王彬彬《往事何堪哀》，第 256～260 頁，長江文藝出版社 2005 年版。

面，是研究者脫離了具體的作品，特別是沒有重視作家在作品前後設置「副文本」。對於要理解瞿寫作此文的真實意圖，如果我們結合此文的代序、卷頭引語、附錄與正文的關係來理解，或許能作出較為準確的判斷了。在《多餘的話》正文前，瞿以《何必說？》作為代序，作者標注出此文的寫作時間和地點為：1935 年 5 月 17 日於汀州獄中，可見這是作者最先寫作的部分。代序共四段，第一段主要表達自己處於「說還是不說，這是一個問題」的猶豫中。「就是有話，也可說可不說的了」。第二段表明自己還是願意「趁這剩餘的生命還沒結束的時候，寫一點最後的最坦白的話」。為了「以後的青年不要學我的樣子」。第三段談自己因「歷史的誤會」勉強做著政治工作，但現在「被拉出了隊伍」，所以願意「說一說內心的話，徹底暴露內心的真相」。最後一段，表明作者還是想抓住最後談天的機會，為自己，也為他人，更為歷史留下自己的「供狀」。在接下來的正文中，作者以「『歷史的誤會』」、「脆弱的二元人物」、「我和馬克思主義」、「盲動主義和立三路線」『文人』」和「告別」六個部分分別寫出了自己所從事的所謂事業。從互文性角度來看，正文既是對代序的詳細的展開，又與代序形成了一種互相闡釋、互相補充的關係。如代序在「說與不說」的猶豫中，還是選擇了「說」，接下來的正文就是「說」的具體展開。正文第一部分專門就代序中的「歷史的誤會」做了詳細的論述。同時，代序中用「最坦白」、「內心的話」和「內心的真相」表明接下來說的內容自然是作者真實內心的展示。在正文中，作者反覆表達出自己始終處於政治活動與文學活動的游離狀態中，愛好文藝，但卻誤入政治，「手裏做著這個，心裏想著哪個」，結果是對政治越來越反感，而文藝也並未有所成就。在不自覺地充當了一齣滑稽劇的主角中，浪費了自己的一生。所以，在這齣滑稽劇將要閉幕時，儘管留戀自己的妻女，但終於得到了解脫了，得到的是「偉大的」的休息。人之將死，其言也善，作者甘冒被歷史誤解、曲解的危險真誠地表達出自己一生的追求以及內心一直存在的矛盾，這是作為一名具有歷史責任感的知識分子(或者說革命者)對自己的人生選擇、以及對政治、社會歷史等的深刻反思，「它把一個『革命知識分子』對『革命』的反思表達得既朦朧又深刻，把一個『革命知識分子』臨終之際對自身人生錯位的痛悔表達得既隱晦又顯赫」。〔註 57〕在正文後面，瞿還以附錄的形式寫下了《記憶中的日期》(完全可視為正文的跋看待)，這是他對自己人

〔註57〕王彬彬《往事何堪哀》，第 260 頁，長江文藝出版社 2005 年版。

生歷程的一次簡要勾勒（主要以自己的政治活動為主），說明他仍然視革命活動為自己的畢身追求，這可看作是對他在正文表達的茅盾心理的一種補充說明。而瞿在代序前，還借古人語作卷頭引語：「知我者／謂我心憂；不知我者／謂我何求。」（此引文特別標注出時間是 1935 年 5 月 17～22 日，據此可以推斷，瞿是在完成全文之後，再加上這一則引語的。）這裡，作者先就設置了一個理解的門檻，預示只有「知我者」才能真正理解我接下來所要表達的內容。可見，作者在寫《多餘的話》時已預見到他的「多餘的話」將會在他身後帶來非議。但是，作者寧願把罩在自己身上的「革命烈士」這件戲裝撕下，要讓真實的自己成為以後的青年的一面鏡子！顯然，這是作者對自己赤裸心靈的最後展示，對自己人生道路的一次真實的回顧，對自己從事的革命活動的一次清醒的反思，它的真實性毋庸置疑，而對此文的貶低、對瞿本人的誤解和攻擊根本不是基於瞿在序跋的表白以及正文中的論述，而是依據作品之外的各種複雜因素。

四、序跋與「深度批評」

周作人認為：「作序是批評的工作，他須得切要地抓住這書和人的特點，在不過分的誇揚裏明顯地表現出來，這才算是成功。」〔註 58〕如果序跋停留在對作品的導讀階段，那麼序跋在作品的傳播史、以及文學史上所起的作用就還沒有完全得到體現。作為序跋，它還應該是對具體作品進行「深度批評」。〔註 59〕「深度批評」是指批評家在準確把握作家作品的前提下，因其獨到的體認，對作家作品作出的在研究界影響頗大的定論。它對作家作品的評點深中肯綮，措語犀利而又言簡意賅，具有恆久的藝術魅力和歷史價值。在中外文學史上，有大量的序跋因對正文本的「深度批評」，準確揭示出作品的內涵和特徵，成為文學史上的名篇。如雨果的《〈克倫威爾〉序》、惠特曼《〈草葉集〉序》、蕭統的《〈文選〉序》、白居易《〈新樂府〉序》等等。

新文學序跋中也有大量的「深度批評」，這些序跋的作者大多是知名作家和學者，如魯迅、周作人、茅盾、朱自清、阿英、瞿秋白、胡風等。他們在序跋中對作品內涵的闡發、作品優劣的判斷以及對作品在文學史上的定位等

〔註 58〕周作人《〈燕知草〉跋》，俞平伯《燕知草》，上海開明書店 1930 年版。
〔註 59〕參見江錫銓論文《關於中國現代文學「深度評價」的解讀與思考》，《中國現代文學論叢》第 1 卷 2 期。

都極為準確。這些序跋中的「深度批評」不僅在當時反響巨大，且在今天對於人們正確認識作家作品仍起著引導作用。如魯迅為《白莽作〈孩兒塔〉序》，那詩一般的語言，震撼人心：「這是東方的微光，是林中的響箭，是冬末的萌芽，是進軍的第一步，是對於前驅者的愛的大纛，也是對於摧殘者憎的豐碑。一切所謂圓熟簡練、靜穆幽遠之作，都無須來作比方，因為這詩屬於別一世界。」〔註60〕採用了博喻的修辭手法，通過六個比喻，多角度、多側面地指出了殷夫詩歌的意義和價值，用具體的形象來傳達深刻的道理，切中肯綮。周作人也是通過序文呈現對廢名小說的「深度批評」，如「《莫須有先生》的文章的好處，似乎可以舊式批語評之曰，情生文，文生情。這好像是一道流水，大約總是向東去朝宗于海，他流過的地方，凡有什麼汊港灣曲，總得灌注瀠洄一番，有什麼岩石水草，總要披拂撫弄一下子再往前去，這都不是他的行程的主腦，但除去了這些也就別無行程了。」〔註61〕用「情生文，文生情」點出廢名小說的特點，又用一個比喻來加以形象的說明，使得作品的特色表達得更為具體直觀。其他如瞿秋白為《魯迅雜感選集》所作的序言、阿英《現代十六家小品》的序文等都有這樣的深度批評。

　　新文學作品眾多，並不是每一部作品一開始就能在文學史上佔據一定的地位。序跋對作品涵義的準確把握和深度揭示，發掘出作品中留下的闡釋空白，為作品的經典化提供了評論支撐。如胡風為路翎的《財主底兒女們》所作的序中對作品的定位：「時間將會證明，《財主底兒女們》底出版是中國新文學史上一個重大的事件。」「路翎所要的……是歷史事變下面的精神世界底洶湧的波瀾和它們的來根去向，是那些火辣辣的心靈在歷史運命這個無情的審判者面前搏鬥的經驗。」〔註62〕可以說，《財主底兒女們》能迅速地被讀者和研究者所接受，並被納入新文學的經典作品之列，胡風這篇序跋所起的作用不可小覷。從另一角度看，能透徹揭示作品內涵的序跋，也是對作品的一次「賦魅」，即是從作品中發掘出前人未發現的作品蘊涵、時代意義、歷史寓意等。作品豐富文本魅力需要具有深度批評的序跋來加以豐富和補充。如蘇曼殊的《破簪記》發表在《新青年》上時，陳獨秀為其寫了《後序》，大大提升了作品的思想意義，陳獨秀還從人類情感普遍性角度作了引申和概括，擴

〔註60〕魯迅《白莽遺詩序》，《文學叢報》月刊第一期，1936年4月。

〔註61〕周作人《〈莫須有先生傳〉序》，《鞭策》月刊第一卷3期，1932年3月。

〔註62〕胡風《〈財主底兒女們〉序》，路翎《財主底兒女們》，上海希望社1948年版。

展了作品所含有的意蘊。隨著時間的推移，這些序跋與正文本形成了一個統一的整體，缺一不可。同時，這些具有深度批評的序跋，不但可為作品確立歷史地位、為經典化提供支撐，而且在研究者的反覆徵引中成為新文學史上的批評經典。如三十年代出版的《中國新文學大系》，編選者所撰寫的《導言》而今已成為新文學研究史上的經典批評文本了。此外，新時期出現的《〈九葉集〉序》、《〈新感覺派小說選〉序》、《〈新月派詩選〉序》等都堪稱「深度批評」。

　　總之，從副文本角度來考察新文學序跋是必要的。它可使序跋與新文學作品之間的文本張力得以顯現。正是這種文本間的張力不但為深化新文學的作家、作品研究帶來了契機，也為新文學序跋的研究提供廣闊的言說空間和諸多可能。而且，序跋的存在更為讀者的接受提供了一種預設，可從讀者反應的角度揭示讀者與文本之間的複雜聯繫。當然，作為副文本的序跋在新文學研究中的作用和意義不可誇大。比如對作品的研究，仍要立足於正文本，有些序跋有助於明確作家的原意和正文本的本義，但這種解釋只是一家之言。如果侷限於序跋的解釋，那麼正文本意義的豐富和含混就會被限定、侵蝕甚至消解，甚至導致「意圖謬誤」。對於同一正文本，不同時期所寫的序跋，因其社會時代、作家思想的變化，所表達的內容又有不同，它與正文本之間的關係又需重新界定。所以，序跋在文本闡釋中的作用和價值只能是輔助性的。序跋作為副文本，有重要的價值和意義，我們對作品、作家以及其他方面的文學研究可以參考它，引證它，但卻不能完全依賴它。

第三節　序跋與作品的出版、傳播和接受

　　新文學序跋多是應圖書出版而生，本身就見證了新文學作品出版的歷史。新文學序跋也參與了新文學作品的傳播，從某種程度上看，序跋也是圖書另一種形式的「廣告」。它可以先圖書出版而問世，並在報刊上廣泛刊載，具有廣而告之的效果。序跋還涉及到新文學作品的接受，如他序本身就是作品接受的一種體現，序跋中也記錄下了作品問世後在讀者、批評家中的接受情況。下面分別從出版、傳播和接受三個方面展開論述。

一、序跋與新文學作品的出版

　　序跋的寫作表明幾乎每一篇序跋都是因一本即將出版的書籍而誕生的。

作家從完成作品初稿到進入出版的過程也是把作品變成商品的過程。出版把作家手稿變成裝幀精美的文學讀物，把作家的筆耕變成大規模的機械印刷品。出版實現了把作家個人的精神產品轉化成社會、人類共有的精神產品。而在這過程中，序跋參與、見證並記錄了這一過程的完成。從出版編輯學角度看，一本書就是一個獨立的整體。從書籍的內容結構而言，任何一本書都是由正文和輔文兩部分組成。而輔文又分識別性輔文、說明和參考性輔文以及檢索性輔文三大類。編輯說明、出版說明、凡例、前言、序言（自序、他序、譯序、代序）、跋、後記、注釋、附錄、參考書目、勘誤表等就屬於說明和參考性輔文。〔註 63〕可以說，序跋儘管不是新文學圖書內容構成中不可缺少的部分，但是是非常重要的構成部分。

　　從圖書出版角度看，只要圖書一旦納入到出版流程，出版社會直接干預或影響到序跋的寫作，此時的序跋寫作已經不是作家個人的私事，而成為作家和出版社的一種合謀。有時作家提交給出版社的書稿沒有序跋，出版社也會要求作家寫作序跋的。如蕭乾在商務印書館出版的《籬下集》，作者原本沒寫序，而沈從文在正文前所寫的「題記」卻「是出版者（商務印書館）通過組稿人（鄭振鐸）向推薦人（沈從文）所提的要求。」〔註 64〕甚至出版社指定邀請某人為所出圖書作序，如陳思和曾提到有時出版社願意出版書稿卻未必肯出版你的序，還必須指定你請某一位名人來寫序方能出版書稿的情況。〔註65〕或者出版社在出版一套叢書時，序跋作為叢書的體例加以要求，如 30 年代良友圖書出版公司出版的《中國新文學大系》，主持人要求每位編選者都要寫一篇萬言以上的《導言》，附於各卷之前，50 年代出版開明書店出版的「新文學選集」以及隨後人民文學出版社出版的現代作家選集都要求編選者要撰寫序言。從某種程度上講，新文學序跋的大量出現，不僅僅與作家的主動撰寫有關，而且還與出版社對序跋體例的要求有關係。

　　鴉片戰爭以後，中國社會的穩定秩序被打破，20 世紀以來，隨著辛亥革命、國共的合作與分裂、抗日戰爭以及解放戰爭等重大歷史事件的發生，社會極為動盪，作家居無定所、四處漂泊、出版社不斷倒閉和開設，作家在完成作品初稿到出版社出版書籍的過程中，並不都是一帆風順的，有的書稿經

〔註63〕關道隆、徐柏容、林穗芳《書籍編輯學概論》，第 58～60 頁，遼海出版社 2005
　　　年版。
〔註64〕蕭乾《與應紅論序跋》，《文藝爭鳴》，1993 年 3 期。
〔註65〕陳思和《我與序跋》，《書城》，1996 年 4 期。

歷了種種曲折才得以出版，而作家在寫作序跋時無意或有意記錄下了圖書的出版歷程，這些內容是研究新文學出版史的重要史料。僅以羅爾綱的《師門五年記》為例。此書有胡適的序和後記以及羅爾綱的自序。從這些序和後記中，可以清楚地梳理出此書的出版過程。羅爾綱寫作此書是應廣西省政府參議、桂林文化供應社總編輯錢實甫之約，從 1942 年 2 月底開始，3 月 9 日脫稿，到了 1944 年 6 月，此書由桂林建設書店印出，書名為《師門辱教記》，但是，「不到多少天，桂林便緊急疏散，所以在那個短短的時光內，此書還不曾得與廣大的讀者見面」〔註66〕1945 年，羅將修改本交時任重慶獨立出版社總經理的盧吉忱（逮曾），準備重印。盧請胡適寫一篇序，但胡適拖到 1948 年 8 月才寫，但此時國內的政治形勢已經危及到了出版社的經營，因此這部書未能再次印行。所以，修改本一直沒有機會印出。到了 1952 年，胡適回臺灣講學遊覽，順便向盧逮曾取得了此書的修改稿本，1953 年胡適去美國，把這稿子也帶了去，直到 1958 年胡適回到臺灣，決定自費印出，「不作賣品，只作贈送朋友之用」〔註67〕，並改題書名為《師門五年記》。

序跋中記載了文學作品的出版過程，就是序跋本身也見證了圖書的出版歷程。如 1931 年曹靖華把高爾基的《一月九日》譯成中文，魯迅為了使該書同中國讀者見面，聯繫了承印單位，並在 1933 年 5 月 17 日專門為此書寫了個小引，但是，書還沒印成，就被國民黨沒收了。讀者只見「小引」而不見正文。1972 年陝西人民出版社向曹靖華約到了《一月九日》，終於使得魯迅的「小引」和高爾基的正文有了「團圓」的機會。為此，曹靖華寫了「後記」，題目就是《清歌一曲唱「團圓」》，該書於當年 12 月出版，但是，此書出版後，很快就傳出這書有問題，所有存書，來了個技術處理：後記《清歌一曲唱「團圓」》被撕掉，為了不留撕掉的痕跡，連目錄頁也在撕掉之列。到了 1973 年 12 月，《一月九日》印第二版，目錄，後記得到了恢復，但是「後記」卻變成了曹靖華先生寫於 1973 年五一前夕的另外一篇。〔註68〕

此外，新文學從一開始就在文網嚴密的環境中生長和發展。當局要禁絕「反動思想」、「反動文學」的傳播，扼殺新文學的健康發展，最主要的

〔註66〕羅爾綱《〈師門五年記〉自序》，《師門五年記·胡適瑣記》（增補本），生活·讀書·新知三聯書店 2006 年版。

〔註67〕胡適《〈師門五年記〉胡適後記》，羅爾綱《師門五年記·胡適瑣記》（增補本），生活·讀書·新知三聯書店 2006 年版。

〔註68〕高信《常陰樓書話》，第 82～84 頁，陝西師範大學出版社 1998 年版。

手段是控制出版，實行嚴格的圖書審查制度。新文學序跋中大量地記錄了新文學作品在出版過程中所遭受的種種刁難，以及作家不屈鬥爭的事蹟。這些可信的文獻是研究新文學出版史、文網史的重要史料。如魯迅的作品常受到腰斬，他的後期雜文序跋中有大量的記載。如《偽自由書》的《前記》和《後記》，《準風月談》的《前記》和《後記》，《花邊文學》的《序言》，《且介亭雜文》的《序言》和《附記》，《且介亭雜文二集》的《序言》和《後記》等，用了大量的篇幅來說明自己的文章如何被官方審查機構禁、刪，以及國民黨對整個左翼文藝運動如何進行打擊、壓制的情況，為研究三十年代的「圖書審查」制度留下了重要的證據。對於特別敏感的作品，反動當局自然不會放過，如沈從文寫的《記丁玲女士》在送往國民黨的審查機構後，無故被刪掉作品的後半部分。編輯趙家璧特地在書後附上「編者話」：「沈從文先生所著記丁玲一稿，原文較本書發表者多三萬餘字，敘至一九三二年為止，因特種原因，目前未克全部發表，特志數語，已告讀者。」〔註69〕這一「立此存照」真實地記載了該書被腰斬的歷史事實。此外，郭沫若、巴金、王統照、冰心等人的序跋中也有大量的作品遭查禁、刪改的證據。這些序跋的存在，為現代文網史、新文學作品出版史研究提供了有價值的實證材料。

二、序跋與新文學作品的傳播

作品一經出版，就面臨如何送到讀者手中的問題。新文學序跋在作品的傳播過程中也發揮出了巨大的功用，留下了作品傳播的遺跡。作為置於書前的序，自然是讀者最先接觸的文本，許多讀者就是通過序跋來決定是否購買作品。而請名家寫序更是一條重要的傳播渠道。普通讀者崇拜名人，名家無疑就是傳播學上的「意見領袖」，他所寫的序跋就容易實現「二級傳播」。美國拉扎斯菲爾德（P.F.Lazasfeld）在他的《人民的選擇》裏有一個重要的結論，就是「二級傳播論」。這個結論認為：意見通常從廣播和印刷媒介流向意見領袖，再從意見領袖流向人群中不太活躍的部分。這一理論的關鍵詞是「意見領袖」。「意見領袖」就是人群中比較活躍的部分，因為他們擁有更多的主觀興趣，因此，他們比一般的人更多地接觸媒介，比一般的人知道更多的媒介內容。他們把他們所知的東西，「流」向人群中不太活躍的部分，以至對這些

〔註69〕趙家璧《編者話》，沈從文《記丁玲》，上海良友圖書印刷公司1934年版。

「不太活躍者」產生決策上的影響。〔註70〕事實上，魯迅、胡適、周作人、郭沫若、茅盾等名家在文學傳播中就常常扮演「意見領袖」的角色，而為他人寫序跋就是一種具體表現形式。如柔石在給兄長的信中就談到他請魯迅作序一事：「如能稱譽，代為序刊印行，則福前途之命運，不愁塞促矣！」〔註71〕1944 年沈從文寫信給胡適，請他為自己的英譯小說集《中國大地》（內收《從文小說習作選》中部分短篇小說，以及中篇小說《邊城》）寫序，以利於在美銷售。〔註72〕洪靈菲在完成的自傳體小說《流亡》後，經過昔日廣東高等師範的老師郁達夫作序並介紹，1928 年春天在現代書局出版，在全國各地甚至南洋獲得了很好的銷路，並從此稿約不斷，稿費收入足以支撐流亡同伴和家人的生活所需。〔註73〕又如臧克家的第一本詩集《烙印》出版前，作者託卞之琳邀請聞一多作序，聞在序中對臧克家其人其詩給予了很高的評價，也正因為聞一多的肯定，此書出版後，作者順利地被讀者和文壇所接受。

但是，附在圖書上的序跋的宣傳功效遠不如在報、刊上刊載序跋的影響大。新文學時期，文學期刊多達數千種，這些刊物需要大量的文章刊登。而為人寫序跋的作者大多為著名作家或社會名人，這些人有很大的社會影響力，自然也是許多報刊雜誌約稿的對象，有些甚至就是報刊的編輯或主筆，他們所寫的序跋自然也容易被許多報刊所接受。同時，由於序跋的內容大多是介紹作者，介紹這本書的主要內容、寫作特色和成書過程，還穿插些對本書的評介等等，完全可以視為書評加以刊登。而且有些序跋作者為了扶持新人、推薦新作，有意識地利用報刊的時效性，提前把為別人作的序跋刊登在報刊上，以致許多圖書在未出版時，它的序跋就已經提前刊載在報刊上了。也有序跋在圖書出版的同時或稍後刊載在期刊上。刊載在報刊上的序跋利用報刊發行量大，讀者範圍廣的優勢，促進作品的促銷，對作品傳播造成更好的效果。新文學作家把序跋刊登在報刊上的情況十分常見。魯迅不但是一位寫作序跋的好手，而且還很懂圖書的營銷之道，在他為自己所出圖書而寫的序跋類文章中，就有許多提前刊登在文學期刊上。如《〈吶喊〉自序》，曾發表於1923 年 8 月 21 日《晨報‧文學旬刊》，同時，又收入 1923 年 8 月新潮社出版

〔註70〕張慧元《大眾傳播理論解讀》，第 144～149 頁，蘇州大學出版社 2005 年版。
〔註71〕轉引自陳明遠《何以為生：文化名人的經濟背景》，第 180 頁，新華出版社 2007年版。
〔註72〕吳世勇編《沈從文年譜》，第 260 頁，天津人民出版社 2006 年版。
〔註73〕曹清華《中國左翼文學史稿》，第 177 頁，中國社會科學出版社 2008 年版。

的《吶喊》出版本中。《〈野草〉題辭》一文最初發表於 1927 年 7 月《語絲》週刊第 138 期，後收入 1927 年 7 月北新書局出版的《野草》中。為別人所寫的序跋文也有提前刊登的。如為「左聯」五烈士之一白莽的遺作《孩兒塔》所作的《序》，最初刊登在 1936 年 4 月《文學叢報》月刊第一期上，發表時題為《白莽遺詩序》，在 1936 年 5 月《文學叢報》月刊第二期上又發表了《關於〈白莽遺詩序〉的聲明》，再次介紹了《孩兒塔》。周作人所作的序跋文也有許多篇既發表在報刊上又收入所出圖書中。如他為自己的散文集《雨天的書》所作的自序一、自序二分別刊登在 1923 年 11 月 10 日《晨報副鑴》和 1925 年 11 月《語絲》第 55 期上。胡風的一段話可以說明報刊上的序跋對文學作品的傳播效用：「一個剛剛從閉塞的僻縣跑到大都市的中學生，就在《晨報》副刊上讀到了他的《吶喊·自序》。當然，讀是沒有讀懂的，但卻本能地感到了。他是沉痛地寫著這古國的靈魂，後來紅皮的《吶喊》出版了，馬上買了回來，當然也不會怎樣讀懂的，但也本能地感到了，他所寫的正是包圍著我自己的黑暗和痛苦。」〔註74〕

　　為了利於作品的傳播和促銷，作家在寫作序跋時，往往會有意通過一定的寫作策略，增加序跋的文字魅力，凸現正文本的文本魅力，巧妙地達成序跋的宣傳效用。如夏丏尊收集整理出版了朱光潛的《給青年的十二封信》，親自撰寫了序文，序文的生動解說，拉近了作者與讀者的距離，使該書成為暢銷書。此外，還有一個最明顯的事實可以說明序跋文充當了作品宣傳的廣告文本。新文學的圖書出版有刊載廣告的傳統，在報紙、期刊上連續刊登新出的圖書廣告。而序跋文字中有關於該書內容、寫作特色等方面的精彩評價，圖書編輯在刊載該圖書的廣告時常常就直接採用了圖書序跋的部分文字。如新月書店為陳衡哲的《小雨點》一書刊載的書刊廣告就完全用三段序文組成。原文如下：

　　　　胡適之先生在本書序文裏說：「……試想。魯迅先生的第一篇創作《狂人日記》——是何時發表的，試想當日有意作白話文學的人怎樣稀少，便可以瞭解莎菲的這幾篇小說在新文學運動史上的地位了……」

　　　　任叔永先生在本書的序文裏說，「……我們曉得有了文學天賦的人，他做文學家的根本可算是有的了；其餘的便是他的訓練與修

〔註74〕胡風《胡風全集》第 2 卷，第 657～676 頁，湖北人民出版社 1999 年版。

養。作者是專修歷史的人，她的文學作品，不過是正業外的小玩意；
但她的作品，卻也未嘗沒有她的訓練與修養。我們看了這十來篇小
說，至少可以看出她文學技術的改變與進步……」

　　作者自己在本書的序文裏說，「……我每作一偏小說，必是由
於內心的被擾。那時我的心中，好像有無數不能自己表現的人物再
那裡硬迫軟求的，要我替他們說話……」

又如魯迅為葉永蓁的《小小十年》所作的《小引》，周作人為廢名的《莫須有
先生傳》的《序》，徐志摩為凌叔華的《花之寺》所作的《序》等等，這些序
引的部分文字都曾作為圖書廣告的宣傳文字加以刊載。可見，新文學序跋直
接充當了作品的宣傳廣告，儘管某些自序有自賣自誇之嫌，他序有拉大旗做
虎皮之虞，但是，從大量的序跋類廣告看，新文學序跋的作者大都能對作品
作出客觀公正的評價，那些序跋文字能經受讀者和歷史的檢驗。

三、序跋與新文學作品的接受

　　如果新文學序跋把作品順利送到讀者手中發揮了重要作用，那麼讀者拿
到書後，序跋在引導讀者閱讀和接受作品的過程中也是不可或缺。如前所述，
序是進入一本書的門徑，是理解這本書的幫手。序跋的導讀作用也為新文學
作家所認同。巴金對前言的看法是：「把讀者當作朋友和熟人，在書上加一篇
序或跋就像打開門招呼客人，讓他們看見我家裏究竟準備了些什麼，他們可
以考慮要不要進來坐坐。」〔註75〕唐弢也有相似的看法：「讀它的序跋，企圖
由此領會全書的精神；自己出書，不管內容如何貧乏，也要繫上一篇前言或
後記，順便向讀者作個交代。我以為序跋是書的靈魂。」〔註76〕正因為讀者
的閱讀習慣以及序跋的文字魅力使得刊載在期刊上的序跋具有「前文本」的
功能，引導並促進讀者對作品的進一步理解。

　　在我看來，新文學序跋中的他序本身就是對作品接受的一個具體實踐。
寫作他序的作家，大多早於普通讀者閱讀該作品，他在序中也是以一名讀者
的身份對作品進行評介，所以，他序也可看作一個讀者對閱讀作品後的一種
讀後感。如茅盾在為孔另境的《斧聲集》作序時說：「看完全書以後，說句
老實話，我覺得作者所寫議論文，病在分析的未盡深刻；而回憶文則病在缺

〔註75〕巴金《〈序跋集〉再序》，巴金《序跋集》，花城出版社 1982 年版。
〔註76〕唐弢《〈書葉集〉序》，姜德明《書葉集》，花城出版社 1981 年版。

少噴薄的情緒。」「他的回憶材料是豐富的，倘使能把手腕練得更好些，將那一時期的經過很細膩地寫出來，那或者比這《斧聲集》更加可觀而且有意義罷？」〔註77〕但是，有大量的新文學圖書不止一篇他序，如汪靜之的《蕙的風》，劉大白的《舊夢》、陳衡蟄的《小雨點》、陽翰笙的《地泉》等等，這些書出版時，他序就至少有兩篇以上。如《蕙的風》除了自序之外，還有朱自清、胡適、劉延陵的他序。出自不同作者之手的序跋不但與正文構成一種闡釋關係，就是這些序跋本身也構成了一種對話關係，形成一個「接受場域」。以俞平伯的《燕知草》為例，該書於1930年上海開明書店出版，除作者自序外，有周作人和朱自清的兩篇他序。自序是作者的創作自述，主要交代全書寫作的相關情況。而朱自清則是以一名普通讀者的身份，在序中談及平伯其人其文。談人，如：「說他的性情，有些像明朝人。……這一派人的特徵，我慚愧還不大弄得清楚；借了現在流行的話，大約可以說是『以趣味為主』的吧？他們只要自己好好地受用，什麼禮法，什麼世故，是滿不在乎的」。談文，如：《雪晚歸船》一類東西便是以這種意態寫下來的。這種『夾敘夾議』的體制，卻並沒有墮入理障中去；因為說得乾脆，說得親切，既不『隔靴搔癢』，又非『懸空八隻腳』。〔註78〕而周作人在《〈燕知草〉跋》則是「整個讀過之後隨感地寫出一點印象」。所以，他從《燕知草》說到明朝，又從明朝說到革命，但最後還是回到了《燕知草》。他給予了此書一個很高的評價：「平伯這部小集是現今散文一派的代表，可以與張宗子的《文秕》，（刻本改名《琅嬛文集》）相比，各占一個時代的地位，所不同者只是平伯年紀尚青，《燕知草》的分量也較少耳。」〔註79〕朱、周兩人從不同立場、不同角度、互相補充地對《燕知草》給予的評介，也可作為是兩個讀者對作品的具體接受實踐。

　　新文學史上，有大量的作品經歷了先刊後書的問世過程。這樣一來，序跋的寫作與作品創作之間就有一個較長的時間差，因作品一經發表，批評家的評論、讀者的閱讀接受等情況自然也會產生。此外，還有同一作品隨著時間的推移，不停地重版、改版而不斷增加序跋等。這些序跋也會記錄下關於作品發表後所產生的反響等。如魯迅在《俄文譯本〈阿Q正傳〉

〔註77〕茅盾《〈斧聲集〉序》，孔令境《斧聲集》，上海泰山出版社1936年版。
〔註78〕朱自清《〈燕知草〉序》，俞平伯《燕知草》，上海開明書店1930年版。
〔註79〕周作人《〈燕知草〉跋》，俞平伯《燕知草》，上海開明書店1930年版。

序》有一段文字記錄了小說出版後的反響:「我的小說出版後,首先收到的是一個青年批評家的譴責;後來,也有以為是病的,也有以為滑稽的,也有以為諷刺的;或者還以為冷嘲,至於使我自己也要疑心自己的心理真藏著可怕的冰塊。」〔註80〕文中所說的「青年批評家的譴責」指成仿吾在1924年發表了《〈吶喊〉的評論》一文,認為「《阿Q正傳》為淺薄的紀實的傳記」,「描寫雖佳,而結構極壞」〔註81〕。「有以為是病的」指的是張定璜發表在《現代評論》一卷八期(1925年1月30日)的《魯迅先生》一文,文章認為「《吶喊》的作家的看法帶點病態,所以他看的人生也帶點病態,其實實在的人生並不如此。〔註82〕「有以為滑稽的」指的是馮文炳發表在《晨報副刊》(1924年4月13日)的文章認為:「魯迅君的刺笑的筆鋒,隨在可以碰見,……至於阿Q,更要使人笑得不亦樂乎。」〔註83〕而「有以為諷刺的;或者還以為冷嘲」則指的是周作人發表評《阿Q正傳》一文,他認為「《阿Q正傳》是一篇諷刺小說……因為他多是反語(irony),便是所謂冷的諷刺──『冷嘲』」。〔註84〕如果魯迅的序中記錄了一些專業讀者的批評,那麼董每戡的《〈C夫人肖像〉再版自序》則記錄了作品發表後,普通讀者的反響:「當劇本產生以後,居然能在短期內連經幾個劇團上演它,並且上演的成績還很可以,初版千冊也竟能在幾次公演時當場發賣,而至於售罄。這在我自己,當然不能毫無意外的欣喜!在理,今年二三月就須將它再版,但困於資,只得擱著,因之,使好幾個劇團要上演而終不能實現,最近上海及內地又有許多劇團來信討劇本,所以只好拼命去借錢來把他再版,或許這就是中國劇作者的普遍的痛苦也未可知。」〔註85〕曹禺在《〈雷雨〉序》、《〈日出〉跋》中儘管是在交代創作動機以及過程,但是也從側面記錄下了劇本所產生的反響,等等。可見,在大量的新文學序跋中,記錄下作品產生後的文學接受情況很多,這些可信的文字記錄是研究和考察新文學作品接受情況的重要依據。

〔註80〕 魯迅《魯迅全集》第7卷,第84頁,人民文學出版社2005年版。
〔註81〕 成仿吾《〈吶喊〉的評論》,《創造季刊》第2卷2號,1924年2月。
〔註82〕 張定璜《魯迅先生》,《現代評論》第1卷8期,1925年1月30日。
〔註83〕 馮文炳《〈吶喊〉》,《晨報副刊》,1924年4月13日。
〔註84〕 知堂《〈阿Q正傳〉》,《晨報副刊》,1922年3月19日。
〔註85〕 董每戡《〈C夫人肖像〉再版自序》,《C夫人肖像》(增訂本),戲劇文化出版社1933年版。

第四節　作為版本批評資源的新文學序跋

　　新文學的版本研究很早就開始了，阿英和唐弢兩人是新文學版本研究的先行者。阿英先生「是第一位提出要重視新文學版本的人，堪稱一位有遠見的版本學家」。〔註86〕他早在20世紀30年代中期就已談到新文學書刊版本的學術價值，在《版本小言》中，他專門談到新文學版本的重要性，提出：「注意版本，是不僅在舊書方面，新文學的研究者，同樣的是不應該忽略的。無論研究新舊學問，中外學問，對於版本，是應該加以注意的。」〔註87〕阿英之後，唐弢是又一位新文學版本研究大家，他在《晦庵書話》中考察了許多新文學作品的版本變遷，是研究新文學版本的重要著作。新時期以來，一些新文學版本研究的著述相繼出現，專著如姜德明的《新文學版本》、朱金順的《新文學資料引論》、龔明德的《新文學散札》等，編著如唐弢等《魯迅著作版本叢談》、陳漱渝編《魯迅版本書話》等，以及大量的關於作品版本的書話文章。新文學版本研究有了新的突破。

　　但是，這些著述多是從文獻學的角度來進行版本方面的研究，往往缺少文本學的拓展。〔註88〕所以，有研究者試圖彌補傳統版本學研究的缺陷，結合新文學版本研究的具體實踐，提出了「版本批評」概念。「版本批評」就是一種把版本研究延伸至文本批評，力圖在版本和文本之間尋找差異的研究方法。從版本的差異中尋找作品的時代特色、政治印記、意義變化等方面的情況。〔註89〕就具體操作而言，版本批評，既要有版本變遷的考證和梳理，又要有對文本的精細的評論，實現「將版本研究與文本研究整合起來，既拓展一下版本學的研究空間，也為長篇小說的研究尋找一個新的領域」。〔註90〕序跋因具有較大的文本含量，更因其序跋內容指涉文本，涉及作品出版的時代特色、作家對文本的修改以及作家對不同文本的闡釋等，是新文學版本批評的一個重要資源。

〔註86〕姜德明《新文學版本》，第9頁，江蘇古籍出版社2002年版。

〔註87〕阿英《阿英文集》，第241頁，生活·讀書·新知三聯書店1981年版。

〔註88〕龔明德先生的《〈太陽照在桑乾河上〉修改箋評》（湖南人民出版社1984年版）是個例外，著者在對不同版本進行匯校的基礎上，對修改的具體文本內容進行了箚記式的評述，已不是傳統意義上的版本研究了。

〔註89〕金宏宇《〈新文學的版本批評〉後記》，武漢大學出版社2007年版。

〔註90〕金宏宇《中國現代長篇小說名著版本校評》，第2頁，人民文學出版社2004年版。

一、理清版本源流

20 世紀恰是一個社會動盪、變革激烈的大時代。內憂外患不斷，社會矛盾錯綜複雜。這些歷史特點必然會反映到新文學發展全過程中。為了適應政治、地域、讀者等情況，圖書在生產流傳過程中，作家對作品內容進行修改的現象非常普遍。序跋自然要介紹作品的修改、異文、版本等多方面情況，也因此成為考察作品版本變遷的重要依據之一。

一般情況下，不同的版本有不同的序跋，而不同的序跋就是不同版本的標誌。如胡適的《嘗試集》初版有錢玄同序，胡適的自序，後來，作者還為此書寫過《再版自序》、《四版自序》，從序跋的題目就可知道該書的再版情況。在 1920 年 3 月出版《嘗試集》後，到 1922 年 10 月出的增訂四版為止，《嘗試集》一共印刷了四次，但是只有三個不同的版本。1920 年 3 月出的為初版本，同年九月第一次再版，除原有的錢玄同序和胡適的自序外，增加了《再版自序》，並新增了作者半年來的六首詩，此後又再版過一次。1922 年 10 月出的為《嘗試集》的第三個版本，錢玄同序和胡適的自序以及《再版自序》，「為減輕書價起見，我把他們都刪去了」。〔註91〕而具體詩歌的刪改情況，《四版自序》中也有很詳細的說明。又如孫犁的《文藝學習》，他寫了《油印本後記》、《前記》、《校正後記》和《新版題記》，這四篇序跋就是《文藝學習》四個不同版本的標誌。除此之外，還有許多作品隨著版本的變化也產生了不同的序跋。如茅盾的《子夜》，有初版本、刪節本、重印修訂本、文集本、全集本等多種版本，留下了無標題跋、後記、蒙文版序、朝文版序等多種。錢鍾書的《圍城》有初版本、重印本，產生了序、重印前記等。研究者要探究作品的版本源流，這些序跋自然不應放過。

作為熟悉作品版本情況者，莫過於作家本人，所以，也有作者在序跋中，專門交代關於某一作品的版本變遷情況。如胡絜青認為老舍所寫的序跋用途大概有三種，其一就是說明版本情況。例如在《〈四世同堂〉序》中，老舍開頭便說：假若諸事都能「照計而行」，則此書的組織將使：1、段──一百段。每段約有萬字，所以 2、字──共百萬字。3、部──三部。第一部容納三十四段，二部三部各三十三段，共百段。接著他談到三個分標題，《惶惑》、《偷生》和《饑荒》是勉強加的，全部寫完就會讓它們失蹤。而在後面的敘述中，

〔註91〕胡適《〈嘗試集〉四版自序》，《嘗試集》，上海亞東圖書館 1922 年版。

他也談到了各本的預計情況：寫到夠十五萬字左右，即出一本，故三部各有兩本，全套六本。在《〈龍鬚溝〉修正本序》中，他就具體介紹了該書的四種不同版本變遷情況，原有兩種，一種是按照我的原稿印的，一種是北京人民藝術劇院的舞臺本。另兩種分別是晨光本和人文本，上海晨光出版公司出版的晨光本是在原稿基礎上，借用了部分舞臺本的對話和穿插以及舞臺布景的說明，而人民文學出版社出版的人文本又是在晨光版基礎上修正而成。在他為《駱駝祥子》所作的《序》和《後記》中，也可瞭解《駱駝祥子》的部分版本情況。在晨光版《〈駱駝祥子〉序》中，作者介紹了初刊本是在《宇宙風》上，廣州、桂林、四川都印過單行本。此外還有日文譯本、英文譯本。從開明版《〈老舍選集〉自序》中可知，選入的《駱駝祥子》是個節錄本。而 1955年人民文學出版社出版《駱駝祥子》新版本時，作者寫了《後記》，表明作者對《駱駝祥子》又修訂過一次。

當圖書成為商品之後，經營圖書成為可以謀取利益的手段時，由於沒有嚴格的出版法保障作家和出版者的經濟利益。一些不法之徒趁機印行盜版書籍，越是為讀者喜愛的作品，遭受這種厄運的機會也就越多。印盜版圖書，勢必要對圖書進行改頭換面的工作，如換封面、取新的題目，換掉或去掉序跋等，所以，對這樣的盜版書版本首先就需要鑒別，而序跋自然也是鑒別圖書真偽的一個重要依據。如有研究者考證《給青年二十四封信》非朱光潛所作時，主要就是依據朱光潛所寫的序跋來得出結論的。此書的序寫於 1936年6月，但在 1942 年冬天朱光潛寫的《〈談修養〉自序》中說自己從 1932 年出版《給青年的十二封信》之後，十餘年間沒有再寫給青年信那一類的文章了。〔註92〕此外，由於國民黨的文化專制，思想左傾的文學圖書常遭到查禁，而作者（或編者）在「變戲法」出版圖書時，也通過改名、另寫序跋等障眼法，使得圖書得以出版，而這特殊情況下另寫的序跋就是辨別圖書版本的重要標誌。如巴金的小說《萌芽》，1933 年 8 月在現代書局出版，初版兩千冊，未售盡，即被禁止發行。1934 年 8 月，作者替小說中幾個重要人物改名換姓，並重寫「結尾」，書名改為《煤》，但同樣遭到停印，於是作者只好向書店買下紙型，書名改為《雪》，自費出版，委託生活書店秘密發行。作者書前另寫了一篇序，並若無其事地介紹了此書的寫作、發表過程，以圖蒙過圖書雜誌審查。

〔註92〕商金林《求真集》，第 301 頁，安徽教育出版社 2004 年版。

總之，無論是古書的版本研究，還是新文學圖書版本研究，首先要對圖書版本進行真偽辨別，考訂版本源流，比較版本優劣。序跋是進行這類學術研究的重要依據。當然，要搞清一本書有多少種版本，僅僅關注序跋還遠遠不夠。比如上文提到《駱駝祥子》的版本情況，序跋中只是簡單地提到，僅從這些序跋中是很難弄清《駱駝祥子》的版本源流的。有的修改，作家保持沉默，而且作家並不是每一版都有新的序跋，有的版本修改了但作家沒在序跋中提及，即使提到也是輕描淡寫地一筆帶過。有的關於該書版本方面的變化情況的介紹，並不在作家的序跋中，而是在回憶錄、創作談中，如馮德英的小說《苦菜花》、《迎春華》和《山茶花》的版本變遷，在小說的序跋中幾乎沒有提及，而是在他後來寫的一篇文章有詳細介紹。〔註93〕由此看來，序跋僅僅是版本批評和文本研究必須佔有的資料之一。

二、找出版本間的差異

在理清作品版本源流、辨別版本真偽之後，要進行新文學的版本批評，首先必須瞭解作家修改作品的動因。作家修改作品之後，本著對讀者負責的態度，或者提醒讀者修改作品的用意，作家要對修改的前因後果有所說明，而作為書的序跋無疑提供了一個很好的表達空間。所以，要考察作家對作品修改的具體原因，作家的序跋也是一個不可忽視的文本，如陳白塵在1955年寫的《〈歲寒集〉後記》中說：「《歲寒集》的修改，不能不感謝何其芳同志，是他在一九四六年演出時候所寫的一篇批評，給了我很大的幫助。他對於劇本結尾所提的要求，十年來我沒有忘懷，今天才有機會給予答覆。」〔註94〕艾蕪在1952年開始修改《文學手冊》的直接原因，也主要是收到了來自中國文藝界最高層領導何其芳的信，何在信中對《文學手冊》的修改提出了具體而詳細的修改意見，而艾蕪的修改基本上是完全按照何的指示來進行的。〔註95〕五十年代中期，何其芳在編選《何其芳散文選集》，他在序中也交代了修改的原因：「當我的生活或我的思想發生了大的變化，而且是一種向前邁進的變化的時候，我寫的散文或雜文卻好像在藝術上並沒有什麼進步，而且有時還有些退步的樣子。」所以，對於「今天看來過於刺目的謬誤的地方，我略為

〔註93〕馮德英《我與「三花」》，《北京日報》2005年6月24日。
〔註94〕陳白塵《〈歲寒集〉後記》，《歲寒集》，人民文學出版社1956年版。
〔註95〕龔明德《昨日書香》，第225～227頁，東南大學出版社2002年版。

作了一些刪節。」〔註96〕1953 年人民文學出版社出版了葉聖陶的《倪煥之》，但是這是一個刪節本，作者在《前記》中交代了刪節的動因：「1953 年人民文學出版社準備把它重印，有幾位朋友向我建議，原來的第二十章和第二十四章到末了兒的七章不妨刪去。我接受了他們的建議，因此，1953 年的版本只有二十二章。」〔註97〕總之，從上面的具體例子可以看出，序跋是瞭解修改動因的重要窗口，通過作家的序跋文字，瞭解作家修改作品的具體原因，這是對不同版本（文本）進行闡釋的重要依據，也是瞭解作家、社會、政治形勢等如何影響到既有的文學作品不斷衍生、不斷闡釋的重要入口。

　　弄清了版本變化的原因之後，接下來需要搞清版本之間的具體變化，也就是修改或刪改了那些內容，而作者也常在序跋中對這些修改情況作一些簡單地提示，如沈從文在 1981 年 11 月江西人民文學出版社出版的《邊城》重校本的正文末尾有一跋式的說明：「1934 年 4 月 19 日完成。1940 年 10 月 4 日在昆明重校改。1957 年 1 月 10 日校正於北京歷史博物館，距最初動筆已 23 年。1981 年 8 月 13 日重校於北京。」〔註98〕作者只交代了修改次數，對修改的內容隻字不體。楊沫在《青春之歌》的序跋中則交代得比較詳細，作品自 1958 年 1 月作家出版社出版以來，作者又進行了多次修改，其中較大的有兩次：一次是 1959 年的修改，一是 1977 年的修改。1959 年的修改的內容，在《再版後記》中，作者概括為三個方面，即「一，林道靜的小資產階級感情問題；二、林道靜和工農結合問題；三林道靜入黨後的作用問題——也就是『一二·九』學生運動展示的不夠宏闊有力的問題。」〔註99〕而在 1977 年的修改中，作者在《重印後記》中交代：「這本書在這次再版中，除了明顯的政治方面問題，和某些有損書中英雄人物的描寫作了個別修改外，其他方面改動很小。」〔註100〕陳白塵在《〈歲寒集〉後記》中則較詳細地說明了選入的三個劇本的修改情況，如他對《金田村》的修改的交代：「《金田村》刪去原第

〔註96〕何其芳《〈何其芳散文選集〉序》，人民文學 1957 年版。

〔註97〕葉聖陶《葉聖陶文集》第三卷《前記》，人民文學出版社 1958 年版。需要說明的是，1953 年的刪改本具體是由人民文學出版社方面和馮雪峰具體操持出來的本子，但是，修改後的絕大部分內容得到了葉聖陶的同意，在葉聖陶 1953 年 6 月 2 日的日記中有「余十之八九從之」一句。

〔註98〕沈從文著，金宏宇等匯校《邊城匯校本·匯校說明》，長江文藝出版社 2009 年版。

〔註99〕楊沫《再版後記》，《青春之歌》，人民文學出版社 1960 年版。

〔註100〕楊沫《重印後記》，《青春之歌》，人民文學出版社 1978 年版。

一幕,把原第六幕和第七幕合併,改成為一個五幕劇了。但主要的修正則是對於楊秀清這一人物的塑造。原來劇本中,楊秀清在好多地方被『貶』得近於醜化了,這雖然不是作者的主觀意圖,卻不能說不是原劇的主要缺點。」〔註101〕

多數情況下,作者在序跋中的話是基本可信的,當然也不排除作者在序跋中作不實的陳述。在國民黨時期的政治高壓下,圖書出版前需要送審,而作為序跋顯然也是送審內容之一,所以作家(或出版社)在序跋中不得不有所公開表示。如郭沫若的《反正前後》於1929年8月由現代書局初版,出版不久,國民黨以「詆毀本黨」的罪名查禁。1931年現代書局將此書改名為《劃時代的轉變》再版,在該書的「出版聲明」中,以「讀者紛紛要求再版,乃將內容修正一過,改易今名,並經呈部審定,以內容並無過激核准發行」的文字來矇騙「檢查老爺」,繼續發售,其實並未作任何改動。所以,這樣的序跋必須仔細鑑別。解放後,作家紛紛修改舊作,以適應新的形勢的需要。由於種種原因,作家修改作品之後,只在序跋中簡單說明,一筆帶過。如錢鍾書的《圍城》在1980年重印時,作者修改了原文,並在《重印前記》中交代:「這部書初版時的校讀很草率,留下不少字句和標點的脫誤,就無意中為翻譯者安置了攔路石和陷阱。我乘重印的機會,校看一遍,也順手有節制地修改了一些字句。」〔註102〕在第二次、三次印刷時,作者也修改了部分內容,但是都很輕描淡寫。實際上,據統計,發現定本在初版本的基礎上一共修改了1470多處,而且只有少數是對標點符號和字、詞脫誤的修改。〔註103〕有的作家甚至在修改作品後,在序跋中根本不加介紹說明,如茅盾在《寫在〈蝕〉新版之前》中說:「對於作品的思想內容,則根本不動」〔註104〕,實際上,新版刪去了大量的描寫性的內容,而因這方面的刪減,對作品的思想內容的闡釋會帶來影響。

三、追索版本的修改動因

勒內·韋勒克認為:「在文學研究的歷史中,各種版本的編輯佔了一個非常重要的地位:每一版本,都可算是一個滿載學識的倉庫,可作為有關一個

〔註101〕陳白塵《〈歲寒集〉後記》,《歲寒集》,人民文學出版社1956年版。
〔註102〕錢鍾書《重印前記》,《圍城》,人民文學出版社1980年版。
〔註103〕金宏宇《中國現代長篇小說名著版本校評》,第176頁,人民文學出版社2004年版。
〔註104〕茅盾《寫在〈蝕〉新版之前》,《蝕》,人民文學出版社1954年版。

作家的所有知識的手冊。」〔註105〕作品不同版本的存在為版本批評提供了研究資源。版本批評注重考察版本之間的增刪和修改的變化，力圖在版本和文本的差異中展開對文學作品的探討。阿英就曾說：「一個作家的作品，往往有雖已發表而不愜意，或因其他關係，在輯集時刪棄的，這樣的例子是很多，……專門的文學研究者，尤其重視，因為這是增加了他們對於作家研究的材料。」〔註106〕韋勒克也認為：「作品的每一版與另一版之間的不同，可使我們追溯出作者的修改過程，因此有助於解決藝術作品的起源和進化的問題。」〔註107〕不同的序跋既是不同版本的標誌，而且從作者所寫的序跋中還能找到對圖書版本變遷情況的蛛絲馬蹟，這對瞭解作者的修改動因，進而展開版本批評有重要價值。以巴金的《家》為例。1931 年 4 月 18 日在《時報》開始以《激流》為名開始連載，到 1986 年收入《巴金全集》終，《家》有初刊本、五版校訂本、十版改頂訂本、人文初印本、英譯刪改本、人文挖版改動本、文集本、人文重印本、選集本、全集本。從《家》的初刊到定本 50 多年的歷程中，作者多次修改、修訂，同時也為新的版本寫下八篇序、代序、題記和後記，這還不包括作為附在不同版本後的附錄。這些序、題記和附錄顯然是我們追索版本源流，探討作者對作品的闡釋變化的重要依據。例如對於高家到底是一個封建地主家庭還是一個帶有濃厚封建色彩的資產階級家庭，這在不同的序跋中有不同的說法，在初版本的《後記》中作者認為是資產階級家庭；在《十版改定本代序》中認定是資產階級大家庭。在文集本的附錄三《和讀者談〈家〉》中，作者認為是封建大家庭、地主階級的封建大家庭、官僚地主家庭，在法文譯本《序》中則變為專制的封建家庭，而在羅馬尼亞譯本《序》中則又改為封建地主家庭。〔註108〕這些不同的定性自然可以反映出作者的思想變化，並因思想的變化，勢必在刪改中會體現出來，這些不同傾向的修改也會對不同版本的闡釋帶來新的向度。

同樣，曹禺的《雷雨》的序跋對作品的版本批評也帶來了極大的參考價值。該作品自 1934 年發表於《文學季刊》第 1 卷 3 期以來，在 60 餘年的時間裏，陸續有了初版本、開明選集本、「劇本選」本、戲劇二版本、人文選集

〔註105〕（美）勒內・韋勒克等《文學理論》，第 55 頁，江蘇教育出版社 2005 年版。
〔註106〕阮無名（阿英）《中國新文壇秘聞》，第 99 頁，上海南強書局 1933 年版。
〔註107〕（美）勒內・韋勒克等《文學理論》，第 55 頁，江蘇教育出版社 2005 年版。
〔註108〕金宏宇《中國現代長篇小說名著版本校評》，第 93～95 頁，人民文學出版社 2004 年版。

本、四川本、文集本、全集本等，「存在異文的版本一共是 8 個（文集本與全集本算一個）」，「曹禺本人修改《雷雨》至少有 5 次」。〔註 109〕除正文之外，作者寫了初版本序，開明選集本自序，「劇本選」前言，戲劇二版序（為初版本序，但刪去兩部分）以及《雷雨》的英譯本序等。下面以初版本的序和開明版的自序為例來說明序跋對作品版本批評的作用。從初刊本到初版本的過程中，作者只是對原作有些小改動，主要是劇本藝術方面的精益求精，重要的是，作者增加了一篇長序。作者在序中，對該劇的創作動機、作品主旨、劇中人物、戲劇結構等許多方面逐一進行了闡釋。可以說，要理解作品的初版本，這篇創作談式的序是不可或缺的。如關於作品的創作動機，「我可以追認——譬如『暴露大家庭的罪惡』——但是很奇怪，現在回憶起三年前提筆的光景，我以為我不應該用欺騙來炫耀自己的見地，我並沒有明顯地意識著我是要匡正諷刺或攻擊什麼。……逗起我的興趣的，只是一兩段情節，幾個人物，一種複雜而又原始的情緒。」〔註 110〕作品所要顯示的就是天地間鬥爭的「殘忍」和「冷酷」，而這冥冥之中又有一個「上帝」或「命運」來主宰。而對劇中人物繁漪，作者的看法是：「她是一個最『雷雨的』性格，她的生命交織著最殘酷的愛和最不忍的恨，她擁有行為上許多矛盾，但沒有一個矛盾不是極端的，『極端』和『矛盾』是《雷雨》蒸熱的氛圍裏兩種自然的基調，劇情的調整多半以它們為轉移。」〔註 111〕從初刊到初版的修改過程可以看出，初版序是最接近作者寫作意圖，也是最能夠準確理解初版本作品的論述。到了開明選集本，作者「依照工農觀眾的口味、激進批評家的情趣、國家意識形態以及革命現實主義的藝術成規刪改了自己的作品」。〔註 112〕凸現「暗無天日的舊社會」和「兇惡醜陋的上層人物」，記錄下「舊社會的人們所遭受的苦難」和「他們對統治者的憤怒」，作者「根據原有的人物、結構，再描寫了一遍（有些地方簡直不是描，是另寫）。『描』的結果，可能又露出一些補綴的痕跡，但比原來接近於真實」〔註 113〕。正是基於這樣的修改目的，作家刪去了體現宗教意識的「序幕」和「尾聲」，改寫了第四幕，刪改了一至三幕，增補了喬參議這個角色。而初版本序中的觀點也因不適合新版作品而隨之刪

〔註 109〕金宏宇《新文學的版本批評》，第 68～69 頁，武漢大學出版社 2007 年版。
〔註 110〕曹禺《〈雷雨〉序》，《雷雨》，上海文化生活出版社 1936 年版。
〔註 111〕曹禺《〈雷雨〉序》，《雷雨》，上海文化生活出版社 1936 年版。
〔註 112〕金宏宇《新文學的版本批評》，第 75 頁，武漢大學出版社 2007 年版。
〔註 113〕曹禺《〈曹禺選集〉序言》，《曹禺選集》，開明書店 1951 年版。

去。從上面所舉的兩篇序言看，這些寫於不同時代的序跋，既是理清作品版本的重要線索，也是追索作家思想變化以及展開版本批評和文本批評的重要文本。曹禺在後來不斷修改的過程中，要麼重寫序言，要麼使用刪改的初版序，都是基於不同的版本（文本），故對它的闡釋就應該有所不同。

　　總之，序跋在作品版本批評中發揮了重要作用，它是作家不斷表達自己的一種手段，也是記錄作家思想變遷等的重要窗口。在大多數序跋中，因既具有版本變遷的內容，也有作品文本的分析，不但是梳理版本變遷重要參考對象，也是研究者進行文本分析的重要參照。如師陀《無望村的館主》，福建本（福建人民出版社 1983 年）在開明本（開明書店 1941 年版）基礎山增加了「跋」，「跋」的出現不但「改變了小說敘事者與故事之間的關係」，也「徹底改變了小說中人物百合花的性格及命運結局」。〔註 114〕80 年代中期，文壇對《男人的一半是女人》掀起了激烈爭論，批評家們對於張賢亮在正文之前的小序沒有給予足夠的重視也是重要原因。需要指出的是，序跋雖然有大量的關於版本情況的描敘，但對作品版本的考證，序跋僅僅是一種重要的參考文獻，還應結合作家的回憶錄、年譜以及具體的版本實物等，這樣才能準確地考證出作品版本的變遷情況。同樣，對文本的分析，因種種不可言說的原因，作家在序跋中對作品的闡釋並不都是完全可信的，有時還需要辨別和糾正。此外，就是序跋本身也有一些版本問題。同一篇序跋文在收入作品的不同版本時，也會作一些修改，這樣序跋本身也有異文或不同版本，這本身也是一個值得研究的對象，如巴金的《寒夜》再版本《後記》卻是在初版本《後記》的基礎上增加了一段文字。所有這些情況都增加了序跋與版本關係研究的複雜性。但序跋能為版本批評提供直接依據，這一點是毋容置疑的。

〔註 114〕劉進才《〈無望村的館主〉的版本問題》，《中國現代文學研究叢刊》2005 年 3
　　　　期。

第三章 新文學序跋與作家

第一節 新文學作家的序跋觀

序跋作為中國古典文學中一個特殊的「文類」（genre），從西漢代至清末，眾多文人、學者對其起源、性質以及功能等均有深入的探討。「五四」新文學以來，隨著中國文學現代轉型的完成，新文學序跋也隨之誕生，新文學作家不但撰寫了大量的序跋，而且對序跋發表了各自的看法。下面從四個方面歸納新文學作家的序跋觀。

一、序跋必要性的總體看法

新文學作家在大量的序跋寫作實踐中，對書前後附序跋發表了各自的看法。需要注意的是，因序有自序和他序之分，新文學作家對自序和他序的態度又有差別。所以，新文學作家對有無序跋的看法主要集中四個方面。

概括地講，大多數新文學作家對書前後附自寫的序跋幾乎都認為有其必要。「自序」，簡言之，指作家為自己所出的書寫的序，而跋絕大部分為作家自寫。魯迅是主張作品應該有序跋的，畢生為自己編譯著寫了大量序跋。自1903 年在日本弘文學院學習時為他的翻譯作品寫的第一篇序《〈月界旅行〉辨言》起，直至逝世止，他的每一部著作都有自寫的序跋，而且大部分是序跋都有，有的還不止一篇序（跋）。有人曾據 1981 年版魯迅全集作過統計，而魯迅為自己的作品寫作的序跋至少有 150 篇，占總篇數的 15%左右。如前所引：「我的雜文，所寫的常是一鼻，一嘴，一毛，但合起來，已幾乎是或一形象的全體，不加什麼原話也過得去。但畫上一條尾巴，卻見得更加完善，所

以我要寫後記，除了我是弄筆的人，總要動筆以外，只在要這一本書裏所畫的形象，更成為完全的一個具象，卻不是『完全為了一條尾巴』。」〔註1〕在魯迅看來，序跋不是作品可有可無的點綴，更不是庸俗無聊的捧場，它應該是作品不可缺少的一個有機的組成部分，所以有「沒有木刻的插圖還不要緊，而缺乏一篇好的序文卻實在覺得有些遺憾」〔註2〕的感歎。朱自清也主張書前有自序，「他一生寫過許多本書，除早期的一兩本外，都寫了序」。〔註3〕蕭乾也贊成寫自序，他從讀者接受的角度，認為「寫序跋既是一本書作者對讀者應盡的義務，也是他（她）自己應享的權利。這個權利不可放棄。這個義務也不能逃避」。〔註4〕此外，對於翻譯作品，序跋更是必不可少。余光中結合自己的閱讀經驗認為：「一本譯書只要夠分量，前面竟然沒有譯者的序言交代，總令人覺得唐突無憑」。〔註5〕

但是，新文學作家對於作品前附他序卻有分歧。「他序」就是指除了該書的編著者之外的人所寫的序跋。魯迅的作品不但有自序，也有他序，如他與顧琅合著的《中國礦產志》就有馬良（相伯）的序。同時，他也為別人的著作寫了大量的他序，如為了支持和扶植的青年作家，使他們的作品能早日發表出版，魯迅到處奔走，親自寫序。據統計，魯迅曾為 49 位青年作家的 54 部作品寫過序跋。與魯迅樂意為別人作序相反，許多作家就很不願意寫他序。如郭沫若曾說：「我向來是不大肯替人作序的，不是由於拿身份，而是由於不敢拿身份。因為大凡替人寫序的人，自他雙方都覺得比作者還要高明，不是言不由衷地恭維一大篇，便是老氣橫秋地指責一兩點。」〔註6〕他甚至認為「替人作序之類就是等於做媒婆。天地間做侮辱人的事情的人，我想怕要以媒婆為天字號第一號的角色」。〔註7〕巴金在《謝絕寫序書》也說：「我素來不贊成替別人寫序的辦法。我自己的譯著也不曾要別人寫過序。」〔註8〕有人向蕭乾求序，他也委婉地拒絕，說：「……最能指引讀者的，還是作者本人。旁人總

〔註1〕魯迅《魯迅全集》第5卷，第402～403頁，人民文學出版社2005年版。
〔註2〕魯迅《魯迅全集》第7卷，第389頁，人民文學出版社2005年版。
〔註3〕朱喬森《〈朱自清序跋書評集〉跋》，《朱自清序跋書評集》，生活·讀書·新知三聯書店1983年版。
〔註4〕蕭乾《與應紅論序跋》，《文藝爭鳴》1993年3期。
〔註5〕余光中《余光中談翻譯》，《聯副》1985年2月3日。
〔註6〕郭沫若《〈情虛集〉序》，田仲濟《情虛集》，重慶東方書社1942年版。
〔註7〕郭沫若《序〈威廉邁斯達〉》，《說文月刊》第2卷第6、7合刊，1940年10月。
〔註8〕巴金《巴金全集》18卷，第439頁，人民文學出版社。

難免隔靴搔癢，甚至會客氣恭維。」「由我這老頭子在你書前亂彈幾句，豈不可惜？那樣，你既委屈了自己，也有負於讀者。〔註9〕文獻學家家張舜徽也曾說：「顧氏又云：『人之患在好為人序。』此可深長思也！舜徽終身謹守是言，不甘為人序書。」〔註10〕當代作家秦兆陽也「向來不愛為別人的著作寫序」。〔註11〕作家們願意為自己的著作寫自序，但不願為他人作序，更見出他們對序跋寫作態度的慎重和嚴肅。

但歷史的弔詭之處在於，儘管一些作家、學者聲稱不寫他序，但他們仍然寫了大量的他序。有些作家如郭沫若、巴金等，既使聲明不願寫作他序，但他畢生所寫的序跋中，他序的數量也相當大。余英時在考察古代的「他序」時，對這一傳統形成的心理背景進行了探討。他認為：「求序者是『同氣相求』，寫序者則是『同聲相應』。」「『同聲相應，同氣相求』的結果是作者與序者之間達成了一種互為『知音』的精神交流，而且是既自由又平等的交流。作者固然必須有自己的真知灼見，序者也必須言出肺腑。」〔註12〕在新文學序跋中，「他序」同樣具有這樣的心理特徵，也自有其存在的價值和意義。

無論是自序，還是他序，都持反對態度的也大有人在。如開元（即沈啟無）在他的詩集《思念》題記，曾說：「其實自己為自己作序，也是不必要的，別人寫也不必要，總之是多餘的東西。」〔註13〕李唯建也不贊成為書作序，「因為一本書的如何，讀者自然能品評的；在書前冠或在書後附一後序，我都以為不必」。〔註14〕老舍也不願意給自己的作品寫序跋，「我向來不給自己的作品寫序。怕麻煩；很立得住的一個理由。還有呢，要說的話已在書中說了，何必再絮絮叨叨？再說，誇獎自己吧，不好；咒罵自己吧，更合不著。莫若不言不語，隨它去」。〔註15〕老舍最早的四部長篇小說就都沒有

〔註9〕蕭乾《與應紅論序跋》，《文藝爭鳴》1993年3期。

〔註10〕張舜徽《答友人論為人著述撰序書》，《中國文化》第7期。生活‧讀書‧新知三聯書店1993年版。

〔註11〕秦兆陽《〈龍世輝的編輯生涯〉序》，李頻《龍世輝的編輯生涯》，河南大學出版社1992年版。

〔註12〕余英時《原「序」：中國書寫史上的一個特色》，《清華大學學報》2009年1期。

〔註13〕開元《〈思念〉題記》，《思念》，漢口大楚報社1945年版。

〔註14〕李唯建《〈英國近代詩歌選譯〉自序》，李唯建選譯《英國近代詩歌選譯》，中華書局1934年版。

〔註15〕老舍《〈貓城記〉自序》，《貓城記》，上海現代書局1933年版。

序，但是，後來老舍仍然為自己的作品寫了不少的序。錢鍾書在《圍城》日譯本序中也表達出不願作序的看法：「作品好歹自會說它的話，作者不用再搶在頭裏、出面開口；多嘴是多餘的。」〔註16〕例外的是，俞平伯對序跋的態度經歷了一個由否定到贊成的過程。早年，他認為出版詩集不必有序，他尤其反對「恃序以詮詩」的做法。因此，他對自己的第一部詩集《冬夜》初版時曾冠以兩序——朱自清序和自序而感到後悔，以為它們是「如象之巨座，蛇之贅足」，故而到了詩集《西還》出版時，便不再作序跋（散文集《燕郊集》出版時也是如此）。但是後來，他終於發現「不帶一點披掛以求知遇」的《西還》，「果然不為世所知」，於是，抗戰勝利後出版的《遙夜閨思引》長詩，他竟然為之作了序跋共計十八篇。〔註17〕

周作人無疑是持序跋可有可無的觀點的代表，他在《〈看雲集〉自序》中說：「書上面一定有序的麼？這似乎可以不必，但又覺得似乎也是要的，假如是可以有，雖然不一定是非有不可。」〔註18〕他無疑點出了序跋與書之間的相對關係。在一些作家看來，出版作品並不一定非要在前後附上序跋，序跋與作品並不構成必然聯繫。許多現代作家如葉聖陶、許地山、丁玲等，並沒有在他們的每本書前後附序跋。當代作家如茹志娟、賈平凹、王安憶、余華、格非等多不為自己的作品寫序跋。

二、序跋功能的觀點

關於序跋的功能，作家們從不同角度發表了各自的看法。從便利讀者閱讀的角度看。如郁達夫的讀書經驗是：「看書的時候，也愛看看那些寫在書前面的緒言導詞之類，有時患著無事忙病，就有憑了一篇序文而來決定要不要把那冊書讀完的行動。」〔註19〕這是從一個讀者的角度來說的。從作序者的角度看，序跋給了著者一個說明作品的用意或者為他自己剖白並且答覆他的批評家的機會，如巴金的《〈寒夜〉後記》、曹禺的《〈雷雨〉序》、《〈日出〉跋》等。從圖書的出版發行看，序跋不但是圖書構成的重要組成部分，而且還會為圖書的宣傳和促銷帶來便利。所以，王禮錫認為，「『序』對於一本書

〔註16〕錢鍾書《〈圍城〉日譯本序》，轉引自吳道弘《寫序說序》，《書屋》2000 年 7 期。
〔註17〕孫玉蓉《編後記》，孫玉蓉編《俞平伯序跋集》，生活·讀書·新知三聯書店1986 年版。
〔註18〕周作人《知堂序跋》，第 71 頁，中國人民大學出版社 2004 年版。
〔註19〕郁達夫《郁達夫全集》第 6 卷，第 257 頁，浙江文藝出版社 1992 年版。

的作品，或者是增光、或者是提要，與索隱」。〔註20〕下面分別從讀者、序者以及出版發行三個方面來具體分析作家們對序跋的作用和意義的看法。

　　從讀者來看，就是希望通過序跋能幫助自己更好地理解作品。如葉聖陶認為：「序文的責務，最重要的當然在替作者加一種說明，使作品的潛在的容易被忽視的精神很顯著地展開於讀者的心中。」〔註21〕老舍也認為：「序的正當作用是扼要的精到的介紹一本書、一作家的思想與特點，使讀者在讀前有個清楚的認識，或在讀後有個意見的參證。」〔註22〕吳泰昌則打了一個形象的比喻：「一篇寫得好的序文，對急於進山採擷『珍寶』的讀者，真猶如一位引路的嚮導。」〔註23〕作為與作品距離最近的序跋者，他在序跋中對作品的內容、主旨等的交代和說明，可幫助讀者更好地閱讀和理解作品。同時，序跋中關於作者個人情況的介紹，也使讀者有了理解作品的背景。余嘉錫曾說：「吾人讀書，未有不欲知其為何人所著，其平生之行事若何，所處之時代若何，所學之善否若何者。此即孟子所謂知人論世也。」〔註24〕序跋正是我們閱讀時「知人論世」的好材料，「把作者的生平，如性情，境遇，乃至面貌、身材等，等等，同寫生一般敘述下來作為序文，也就大有刊載於卷首的價值。因為這樣可使讀者與作者心心相通，到閱讀作者的作品時，便絕無翳蔽和誤會了」。〔註25〕與葉聖陶持同樣看法的還有陸志韋和艾蕪。陸志韋在《〈渡河〉自序》中也說：「我常說作序的本意，為了使讀者認識作者的生平。因為作者的主張，尋常人看了他的著作，大概不致有所誤會。」〔註26〕艾蕪則對「他序」也發表了同樣的看法：「別人代作的序跋，也是很寶貴的，他瞭解作者的生平，又讀過作者所著的書，會提供很好的材料，是讀者能夠充分瞭解其人其書，而不至感到困惑。」〔註27〕除了對普通讀者外，研究者也能從序跋中得到研究的參證。如臧克家在《〈中國新詩集序跋選〉小序》裏說：「序跋，

〔註20〕王禮錫《〈雲鷗情書集〉序》，黃廬隱、李唯建《雲鷗情書集》，神州國光社1931年版。

〔註21〕葉聖陶《〈雛的心〉序》，徐雉《雛的心》，天津新中國印書館1924年版。

〔註22〕老舍《〈芭蕉集〉序》，《益世報》1935年12月22日。

〔註23〕吳泰昌《藝文軼話》，第229頁，安徽人民出版社1981年版。

〔註24〕余嘉錫：《目錄學發微》，中國人民大學出版社2004年版，第42頁。

〔註25〕葉聖陶《〈雛的心〉序》，徐雉《雛的心》，天津新中國印書館1924年版。

〔註26〕陸志韋在《〈渡河〉自序》，《渡河》，上海亞東圖書館1923年版。

〔註27〕艾蕪《〈中國現代文學序跋叢書·小說卷〉序》，楊正中等編《中國現代文學序跋叢書·小說卷》（上），海南人民出版社1988年版。

雖然不一定是長篇宏論，可是，它的意義卻是不小的。詩人對詩歌問題的看法，對作品的要求與評價，憑個人的親身經驗而道其甘苦，對於一般讀者、詩論家以及從事詩史寫作與研究的同志，都是有啟發和參考價值的。」〔註28〕

從序者來看，作者的文藝觀、思想傾向等各種主張難以通過虛構的作品來直接表達，而序跋卻能為作家提供一個表達自己的窗口或平臺。從這個意義上講，序跋是作家表達自己的一種手段，一個載體。巴金說過他自己寫序跋的目的：「寫前言、後記有兩種想法：一是向讀者宣傳甚至灌輸我的思想，怕讀者看不出我的用意，不惜一再提醒，反覆說明；二是把讀者當作朋友和熟人，在書上加一篇序和跋就像打開門招呼客人，讓他們看見我家裏究竟準備了些什麼，他們可以考慮要不要近來坐坐。」〔註29〕陳平原甚至認為：「最需要序跋的，其實是作者本人。表面上是面對讀者，介紹自家新書；實則面對自己，檢討走過來的足跡。也正因此，有真意，去粉飾，隨意點染，長短不拘，是序跋的基本特徵。而其中最為關鍵的，是有自家面目及心跡在。」〔註30〕這僅僅針對單篇序跋而言，實際上，作家在創作歷程中，為自己或別人寫下了大量的序跋，這些序跋自然是作家創作、思想歷程的見證，是作家另一種形式的「隨想錄」。70 年代末，沈從文寫給孫玉石的回信中指出：「有幾個書的題記，能暇中看看，或許就可以把握到了我作品的整體。一即良友《習作選》代序，二即《邊城》題記，三即《湘西》題記，四即《長河》題記，五即後來五七年《小說選》題記。」〔註31〕可見，「序和跋可以成為作家、作品的一種真實紀錄。……不論是出自作者手筆，或是他人代作，它們都其著向讀者開啟窗扉，溝通作者讀者心靈的作用，並具有一定歷史價值。……不僅有助於我們對作品的評價和賞析，而且還有助於我們從一個側面去瞭解中國現代文藝思潮和各種風格流派的嬗變以及中國現代小說（文學）所走過的足跡」。〔註32〕此外，序跋的寫作還體現作家間的關係，如他序是序者和著者文事交往的見證，序跋中也記錄了作家間的交誼等佚事。所以，「序跋，……

〔註28〕臧克家《〈中國新詩集序跋選〉小序》，陳紹偉編《中國新詩集序跋選》，113頁，湖南文藝出版社 1986 年版。
〔註29〕巴金《〈序跋集〉再序》，《序跋集》，花城出版社 1982 年版。
〔註30〕陳平原《〈陳平原序跋〉小引》，《陳平原序跋》，東南大學出版社 2003 年版。
〔註31〕沈從文《沈從文全集》第 25 卷，第 404 頁，北嶽文藝出版社 2002 年版。
〔註32〕楊正中《〈中國現代文學序跋叢書·小說卷〉後記》，《中國現代文學序跋叢書·小說卷》（下），海南人民出版社 1988 年版。

也可以看出朋友之間的關係，彼此不同的風格，相互砥礪，取長補短。這類文章，不論長短，大半寫來認真又比較自然。當然，對知心的朋友，寫的時候，筆端充滿情感；對不熟悉的同志，他的作品引起了我的『樂莫樂兮新相知』之感」。〔註33〕

不得不承認，新文學圖書出版已完全納入了一種商業化運作機制。為了促銷，新文學作家也看到了序跋的廣告價值，特別是名人序跋，它已是圖書促銷的一種重要策略，如20年代「亞東版」出版的大受讀者歡迎的標點本古典小說，書前就有胡適、陳獨秀等名人序跋。魯迅為了幫助青年作家出書，親自為他們寫序，自然也有廣告的目的。他在給蕭紅的信裏說，「因為做序文，也要顧及銷路，所以只得說的彎曲一點」。〔註34〕柔石在致兄長的信中就談到，「魯迅先生乃當今有名之文人，如能稱善，代為序刊印行，則福前途之命運，不愁蹇促矣！」〔註35〕賈植芳也說他為中青年朋友寫的序跋，「目的是起個廣告作用，用商業語言說，是為了『以廣招徠』」。〔註36〕甚至有些出版社點名要求著者請名人作序，以此作為出版該書的條件。可見，新文學作家已深知序跋的廣告功效，並在實踐中加以運用。

三、序跋內容的主張

柯靈在《〈中國現代文學序跋叢書〉前言》中對輯入本叢書的序跋內容這樣說道：「有論述評介作品內容的，有介紹作者的創作道路和創作經驗的，有評述作者的寫作風格和成敗得失的，也有追溯作品的出版過程或交代編書的目的和意圖的，或者直接抒發自己的思想觀點、發表議論向讀者表示自己贊成什麼、反對什麼。也有借題發揮，作社會批評，由此反映出一個時代的風尚的。」〔註37〕可見，從內容上看，新文學序跋涉及範圍極其廣泛，而要對十分廣泛的內容進行探究，必須進行分類。周作人在談及做序的方法時，曾把序跋的內容分為「書裏邊」和「書外邊」。序跋的內容一方面指向「書

〔註33〕臧克家《〈序〉中序》，劉增人編《臧克家序跋選》，青島出版社1989年版。
〔註34〕魯迅《魯迅全集》13卷，584頁，人民文學出版社2005年版。
〔註35〕轉引自陳明遠《何以為生：文化名人的經濟背靜》，第180頁，新華出版社2007年版。
〔註36〕賈植芳《〈劫後文存：賈植芳序跋集〉前記》，《劫後文存：賈植芳序跋集》，學林出版社1991年版。
〔註37〕柯靈《〈中國現代文學序跋從書〉前言》，楊正中等編《中國現代文學序跋叢書·小說卷》（上），海南人民出版社1988年版。

裏邊」，涉及作品本身；另一方面指涉「書外邊」，諸如作家身世、思想、文藝思潮與論爭、作品產生的時代、文化背景等等。而林培廬在《〈波羅蜜〉序》中，則把序的內容分三項，其一是「序己」文字，即是著書人敘述自己著書的旨趣和經過；其二是「序人」文字，即是著書人請名人或知友作序，把他一切與作序之人之關係寫在序裏；其三是「序書」文字，即是著書的人或被邀作序的人介紹書綱要或精彩地方給讀者。〔註38〕實際上，前兩項可歸為「書外邊」，第三項等同於周作人的「書裏邊」。〔註39〕下面具體以這兩個方面來分別論述。

作品的存在是序跋寫作的前提，作家寫作序跋，其內容必然要指涉作品，這應是序跋存在的應有之義。如序跋中交代作品的創作動機、寫作過程、書的內容和主旨等與作品有直接關係的內容，使讀者在讀作品之前，對作品有一個較全面的認識。陳光垚以自己的序跋寫作實踐來現身說法：「我以為所謂書的自序者，不過是著書人將自己著述本書的宗旨經過和書的內容大略加以說明便了，並沒有甚麼了不得的深文奧義存乎其間。（舊時一般文人都認為序文是一種極嚴重的事件，而必上下古今數千年東西南北數萬里地瞎扯一大套，真正可笑）。所以我為自己的任何書稿寫自序時，總是只將本書的宗旨和內容大略加以說明，不說別的廢話。」〔註40〕老舍序跋的內容主要涉及三個方面：解釋書名、指明編選原則和說明版本情況，堅持了序跋寫作的內容應指向「書裏邊」。

與序跋內容指涉「書裏邊」相比，「書外邊」式序跋更為作家喜歡。周作人就說：「書裏邊的意思已經在書裏邊了，我覺得不必再來重複地說，書外邊的或者還有些意思罷。」〔註41〕「書外邊」的內容廣泛，包括作家生平的介紹、思想文藝觀點流露、出版環境的揭露、作家友誼或恩怨的揭示、以及作家借題發揮等等。周作人的序跋，所談的絕大多數是「書外邊」的意思。「他的序跋，實踐了他自立的法度，從來不『賦得』，不『重複』。他不是『就題』，而是『借題』，是『借題發揮』，發揮自己對中國文化思想問題的見解。」

〔註38〕林培廬《〈波羅蜜〉序》，翁漫棲《波羅蜜》，上海群英書社 1935 年版。
〔註39〕實際上，周作人的「書裏邊」主要指書的內容、主旨等，而筆者借鑒林培廬的「序書」的範圍，把「書裏邊」的範圍擴大，與書有直接關係的，如寫作緣由、過程等都包含在內。而「書外邊」指除與書有直接關係外的一切內容。
〔註40〕陳光垚《〈光垚散文集〉總序》，《放言集》，上海啟明學社 1933 年版。
〔註41〕周作人《〈看雲集〉自序》，《看雲集》，上海開明書店 1932 年版。

〔註42〕「寫序跋和寫散文小品一樣，東扯西談涉筆成趣，至於寫什麼內容則變得無關緊要，所以知堂的序跋，往往亂發議論，離書的旨要不知幾千里」。

〔註43〕不僅周作人，許多新文學作家在序跋寫作實踐中，也喜歡把書外邊的內容寫進去。如魯迅在他所寫的大量「輯錄式」序跋中。剪裁很多報紙、文章、資料，附上論敵的文章，加以簡單的評論，這些序跋與作品基本沒有直接關係，但為了立此存照，保存文網史上極有價值的故實，所以就讓序跋承擔了這個責務。郭沫若、茅盾、郁達夫、許欽文等人也習慣在序跋中記錄大量書外邊內容。王富仁在給自己的序跋集作序時說：「我的序跋文實際上並不是真正意義上的序跋文。……我的序跋文則像寄生在人家的書上的寄生蟲。平時自己沒有這樣的知識，沒有研究過，人家有了系統的研究，自己看了，也有一點零零星星的想法，就借人家出書的機會，也把自己的這點想法附帶著發表出去。」〔註44〕實際上，這樣的序跋文也是對新文學序跋「借題發揮」風格的繼承，借作序的機會，發表自己的看法，所以常常給人一種跑題的印象。

事實上，「書外邊「和「書裏邊」並不是截然內對立的，絕大多數新文學作家是採取兩者兼有，一篇序跋中包含這兩方面內容，而且這兩個方面仍以「書」聯繫起來，很難嚴格分開的。如魯迅的《〈吶喊〉自序》就是一篇包含兩方面內容的例子。既有對自己家庭、求學經歷的介紹，也有對自己開始創作的記敘；既總結了自己過去一段時間的思想經歷，也闡述了本書的來由和目的；既是一篇自傳，也是一篇創作談。周作人的序跋儘管多指「書外邊」，但也還是堅持「以一書為標的，說的較有範圍」。〔註45〕

四、序跋寫作的見解

新文學作家都有寫作序跋的經歷，自然對序跋的寫作也有切身的體會，在各自的文章中也發表了各自的觀點。下面具體論述。

作為一種特殊的文體，序跋的寫作與詩歌、小說等相比自有其獨特之處。

〔註42〕鍾叔河《〈知堂序跋〉編者序》，周作人《知堂序跋》，中國人民大學出版社2004年版。

〔註43〕陳思和《我與序跋》，《書城》1996年4期。

〔註44〕王富仁《我的序跋文》，《王富仁序跋集》（上），汕頭大學出版社2006年版。

〔註45〕周作人《〈苦雨齋序跋文〉自序》，《知堂序跋》，第91頁，中國人民大學出版社2004年版。

如前所述，自序主要是作家本人申說作品創作的緣起、經歷以及所要表達的目的等。看似容易，但大多數作家仍發出難寫的感歎。如林紓在《春覺齋論文》中說：「書序最難工，人不能掩有眾長，以書求序者，各有專家之學。譬如長於經者，請序史學；長於史者，請序經學。惟既名為文家，又不能拒人之請。故宜平時博覽，運以精思。求序之書，尤必加以詳閱，果能得其精處，出數語中其要害，則求者亦必屢心而去。」〔註46〕林紓所說並不是謙虛之詞，實是古今亦然。魯迅曾說自己不善於作序，周作人也發出了「序實在不好做」、〔註47〕「我知道序是怎樣地不好做，而且也總不能說的對或不錯，即使用盡了九牛二虎之力去寫一篇小小的小序」、〔註48〕「序固不易而跋亦復難，假如想要寫得像個樣子」〔註49〕的感歎。唐弢的切身體會是：「序，確實是一種受人歡迎而又不容易寫好的文章。」「寫序難，為學術性的著作寫序——對某種研究成果發表意見——就更難。」〔註50〕而對於他序的寫作，寫作者不但要有專業的知識，瞭解該書的內容，更要對作品有準確的理解和評介，同時，還要瞭解著者的生平、經歷以及該書的寫作過程等，更重要的事，還要讓求序者滿意。寫序者對著者為文角度與分寸最不易把握，所以幾乎視為畏途。可見，無論是寫自序還是他序，都不是一件容易的事。但也有人持相反觀點。如季羨林就曾說：「序跋這一種體裁沒有什麼嚴格的模子，寫起來，你可以直抒胸臆，願意寫什麼就寫什麼，願意怎樣寫就怎樣寫。如果把其他文章比做峨冠博帶，那麼序跋（當然也有日記）則如軟巾野服。寫起來如行雲流水，不受遏止，欲行便止，圓融自如，一片天機。寫這樣的文章，簡直就是一種享受」。〔註51〕顯然，在他看來，序跋是一種很容易寫的文章。

　　不管序跋難寫與否，許多作家還是結合自己的序跋寫作經驗，提出了如何寫作序跋的方法。周作人就認為：「作序是批評的工作，他須得切要地抓住了這書和人的特點，在不過分的誇揚裏明顯地表現出來，這才算是成功，跋則只是整個讀過之後隨感地寫出一點印象，所以較為容易了。」〔註52〕洪仁

〔註46〕轉引自王凱符、張會恩主編《古國古代寫作學》，第405頁，中國人民大學出版社1992年版。

〔註47〕周作人《〈燕知草〉跋》，俞平伯《燕知草》，上海開明書店1930年版。

〔註48〕周作人《〈看雲集〉自序》，《看雲集》，上海開明書店1932年版。

〔註49〕周作人《〈雜拌兒之二〉序》，俞平伯《雜拌兒之二》，上海開明書店1933年版。

〔註50〕唐弢《〈書葉集〉序》，姜德明《書葉集》，花城出版社1981年版。

〔註51〕季羨林《〈季羨林序跋選〉序》，《季羨林序跋選》，四川人民出版社1991年版。

〔註52〕孫犁《〈紫葦集〉小引》，韓映山《紫葦集》，百花文藝出版社1979年版。

平也把序跋視為一種批評,「贈人的叫贈子,評書叫序跋,所以序跋的體例中,包含批評的成分很多。」〔註53〕既然是批評,自然要對作品的內容、風格等加以評定,鑒定優劣。

歷來的序跋容易出現「人(別人)為之每譽之過其實,己為之又歉而不當」〔註54〕的弊端。所以,寫序跋(無論是他序,還是自序)都必須堅持實事求是、客觀公正的寫作原則。孫犁自己的序跋寫作標準是:「正序之體,應提舉綱要,論列篇章。鼓吹之於序文,自不可少,然當實事求是,求序者不應把作序者視為樂傭。」〔註55〕季羨林的序跋寫作也堅持這一寫作原則:「序中可能有一點廢話;但是決沒有假話、大話、空話。對於每一本要我寫序的書,我也儘量避免使用溢美之詞。總起來看,我對書的評價總算是實事求是的。」〔註56〕如魯迅、葉聖陶、茅盾、巴金等絕大多數新文學作家的序跋,都堅持了實事求是、客觀公正的原則,如茅盾在為孔另境的作品《斧聲集》作序時,並未因為著者是自己的妻弟而大肆吹捧一番,反而在序言的開始就指出其作品的不足。

但是,有些作家礙於人情,寫了一些隔靴搔癢、空洞乏味、不負責任的過譽之辭的序跋。魯迅在《序的解放》中對當時文壇的一些文人利用序跋來相互吹捧的風氣給予了猛烈的批判。「因為自序難於吹牛,而別人來做,也不見得定規拍馬,那自然只好解放解放,即自己替別人來給自己的東西作序,術語曰『摘錄來信』,真說得錦上添花。『好評一束』還須附在後頭,代序卻一開卷就看見一大番頌揚,彷彿名角一登場,滿場就大喝一聲彩,何等有趣。」〔註57〕所以,在為劉半農校點的《何典》寫的題記中說:「我是最不擅長於此道的,雖然老朋友的事,也還是不會捧場,寫出洋洋大文,俾於書,於店,於人,有什麼涓埃之助。」〔註58〕許廣平就曾說:「魯迅先生凡有寫序,都不是空泛敷衍,必定從頭到尾,細讀一過,然後執筆,所以讀了他的序,對於原書已經十得八九,真夠得上忠實二字。」〔註59〕余光中為別人作序時,主

〔註53〕洪仁平《〈旅中隨筆〉序》,陳德風《旅中隨筆》,上海現代書局1934年版。
〔註54〕胡寄塵《〈黛痕劍影錄〉序》,《黛痕劍影錄》,上海廣益書局1914年版。
〔註55〕孫犁《序的教訓》(代序)《耕堂序跋》,湖南人民出版社1988年版。
〔註56〕季羨林《〈季羨林序跋選〉序》,《季羨林序跋選》,四川人民出版社1991年版。
〔註57〕魯迅《魯迅全集》第5卷,231頁,人民文學出版社2005年版。
〔註58〕魯迅《魯迅全集》第7卷,308頁,人民文學出版社2005年版。
〔註59〕許廣平《〈魯迅先生序跋集〉序言》,《魯迅研究月刊》1998年8期。

張自己成為求序者的諍友,「要說些實話,提些忠告,必須如此,這篇序言才真正對得起受序人,對得起讀者,也才對得起寫序人自己」。〔註60〕

同時,序跋作為書的重要組成部分,與作品本身不但在內容上有聯繫,就是寫作風格上也應相契合,針對不同風格的作品,應該有不同文筆的序跋。魯迅的序跋,在體裁、風格、語言上總是努力和正文相一致。如《野草》的《題辭》是一篇散文詩,它和集子裏的各篇在藝術風格和語言特色上是完全一致的。《偽自由書》等雜文集的後記,寫得幽默潑辣,也是和正文採取著同一的格調。此外,郭沫若、朱自清、葉聖陶等人所寫的序跋竭力與正文在風格上保持一致。所以,秦牧認為:「為了適應各種書籍的內容,(序跋)文筆也應該多用幾套。有的嚴肅,有的輕鬆,有的華麗,有的樸素。」〔註61〕

任叔永說:「我曉得替一本書做序,好像主席人致介紹詞一樣,說多了是要使人生厭的。」〔註62〕作為附屬性序跋,最好是短小精悍,不要長篇大論,切忌「喧賓奪主」。新文學作家的序跋中,長篇大論較少,大多篇幅短小。當然,篇幅短小僅僅是一個方面,內容更要精練。「序言長短,正如一切文章的篇幅,不能定其高下,關鍵仍在是否言之有無,持之有理,否則再短也是費詞。」〔註63〕所以,序跋文內容要「畫龍點睛,或擊中要害」。〔註64〕新文學作家如魯迅、茅盾、老舍、周作人等的序跋無一不是如此。

第二節　新文學序跋視野下的作家個體

有人把20世紀的作家按出生年代以及開始創作的時間分為六代。〔註65〕自然,隨著政治形勢以及人生經歷等的不同,不同代際的作家的思想觀念有明顯的差別。作為作家個體,在其一生的寫作歷程中,大多是不斷寫作不斷

〔註60〕余光中《為人作序——寫在〈井然有序〉之前》,《書屋》1997年4期。
〔註61〕秦牧《〈秦牧序跋集〉序》,《秦牧序跋集》,花城出版社1982年版。
〔註62〕任叔永《〈小雨點〉序》,陳衡哲《小雨點》,上海新月書店1928年版。
〔註63〕余光中《為人作序——寫在〈井然有序〉之前》,《書屋》1997年4期。
〔註64〕陳原《書林漫步續編》,第356頁,生活・讀書・新知三聯書店1984年版。
〔註65〕魯迅曾打算寫包括自己一代在內的四代知識分子的長篇小說。他的四代指辛亥的一代,五四的一代,大革命的一代,「三八式」一代。李澤厚在八十年代,又補充了「解放的一代」和「文化大革命」紅衛兵一代,一共六代。許紀霖劃分的20世紀中國知識分子六代則與上述有些不同,他以1949年作為中界,分為晚清一代、「五四」一代、後「五四」一代和十七年一代、「文革」一代和後「文革」一代。

出書，而每一本書都可能有一篇或幾篇序跋，這些寫於不同時期、不同環境、不同心境的序跋加在一起往往就是一個作家的成長史、藝術史和心靈史的寫照。所以，從作家的序跋來探討作家生平、思想、文藝觀等能給作家作品研究帶來諸多新的可能性。

一、作家人生歷程的見證

早在漢代，作家在序中記敘作品創作動機、創作過程的同時，也涉及作家本人的身世、經歷，如司馬遷的《太史公自序》，開啟了在自序中兼及自傳的濫觴。新文學作家寫作序跋時，也常常記載作家的身世，而且這些大量的序跋又寫於不同的歷史時期，自然也見證並記錄下了作家人生長途跋涉中的點點印痕。以郭沫若的序跋為例。

作為文學家，郭沫若畢生創作了大量詩歌、戲劇、散文、小說；作為學者，他寫下了數十本影響後世的學術著作；作為翻譯家，他不但翻譯了許多文學作品，也翻譯了為數不少的學術著作。其中許多文學作品和學術著作在初版以及再版時都附有序跋。此外，他還受邀為別人的著譯寫下了大量的序跋。粗略統計，郭沫若從 1920 年寫下《〈歌德詩中所表現的思想〉附白》始，到 1978 年完成《〈寥寥集〉跋》終，序跋寫作持續 60 餘年，在其漫長的一生中，為自己、別人的著譯寫下了近 400 篇序跋，計 40 餘萬字，這些序跋不但是郭沫若作品的重要組成部分，也見證和記錄了作者漫長的人生歷程，從默默無聞的文學愛好者，到暴得大名的青春詩人，著名的歷史學家、考古學家，再到德高望重的國家領導人。如果把這些序跋加以分類，具體包含了作家兩個方面的人生歷程：一是不同時期的序跋寫作本身就是作家人生歷程的一部分；二是序跋中記錄了作家人生歷程中的主要活動。見證和記錄了他傳奇、曲折一生。分別從這兩個方面來論述。

就郭沫若一生的文事活動而言，包括組織社團、辦刊物、進行文學創作以及領導各種文學團體等。序跋寫作自然也是其一生文事活動的重要組成部分，而且是他持續最久的文事活動之一。在 60 餘年裏，他幾乎每年都寫下了大量的序跋，如 1922 年寫了 11 篇，分別為「維特」序詩（1 月 22～23 日作）；《小年維特之煩惱》序引（1922 年 1 月 22～23 日作）；《辛夷集》小引（7 月 3 日作）；《卷耳集》序（8 月 14 日作）；《木犀》附白（9 月 20 日作）；《可憐的少女》附白（11 月 11 日作）；《孤獨君之二子》墓前序話；《孤獨君之二子》

附白;《雪萊年譜》附白;《雪萊的詩》小引（12 月 4 日作）;《星空》獻詩（12 月 24 日作）;《牧羊哀話》志（12 月 24 日作）。又如 1958 年寫了 13 篇，有《迎春序曲》（3 月 12 日作）;《百花齊放》序（3 月 3 日作）;《柳亞子詩詞選》序（4 月 6 日作）;《百花齊放》後記（4 月 9 日作）;《殷契粹編》序（4 月 15 日作）;《洪波曲》前記（5 月 9 日作）;《大躍進之歌》序（6 月 16 日作）;《長春行》小序（9 月 8 日作）;《秋瑾史蹟》序（9 月 12 日作）;《沫若文集》第十卷「前記」（11 月 25 日作）;《羽書集》改編小引（11 月 30 日作）;《斷斷集》小引（12 月 1 日作）;《魯拜集》小引（12 月作）。可見，郭沫若的序跋寫作之頻繁、密度之大，現代作家中少有人能與之匹敵，序跋寫作成為他創作活動的重要組成部分。序跋是作品問世的標誌，大量的自序和跋的寫作本身就表明不斷有新作品問世，而他序寫作則是作家間文事交往的直接證據。此外，他還為《創造季刊》、《歷史研究》等許多刊物寫了發刊詞，這些也是他組織社團、創辦刊物的文字見證。所以，從某種程度上講，郭沫若的文事活動就體現在大量的序跋寫作中，他的人生歷程也是一個不斷為自己、別人的著譯寫作序跋的過程。

在郭沫若所寫的序跋中，對自己的人生經歷也有大量記載。如《〈郭沫若選集〉自序》中就對自己的人生歷程有過回顧，「我是四川峨嵋山下一個地主家庭的兒子」，「我在十七歲的時候，在四川的家鄉害過一次腸傷寒，因而兩耳重聽，一直沒有復原」，「一九一四年到日本留學，學了十年的醫」。〔註66〕在《〈沫若自選集〉序》中，作者為自己編撰了「民國三年以來我自己的年表」，主要記錄了 1914～1932 年自己主要的文事活動，是弄清郭沫若這 20 餘年人生歷程的重要文獻，為作家年譜的撰寫提供了第一手資料。在《〈離滬之前〉前記》中，他又記載了自己在 1927 年末，從廣東到上海後，患了一場大病的事。在《〈十批判書〉後記》中，儘管主要記述自己怎樣寫《青銅時代》和《十批判書》的過程，卻也簡要地記錄了自己從幼時到 40 年代的學習、生活情況。在《〈蘇聯紀行〉前言》中，他對自己去蘇聯參觀訪問做了詳細的介紹，包括邀請、準備、路途上的耽擱、在蘇聯的訪問行程等。此外，還有一些序跋隻言片語式地記載了作家的人生歷程，如《〈木犀〉附白》中記載了「我們在日本由幾個朋友組織過一種小小的同人雜誌，名叫

〔註66〕上海圖書館文獻資料室等編《郭沫若集外序跋集》，第 136～137 頁，四川人民出版社，1983 年版。

『Green』」。〔註67〕《〈棠棣之花〉第一幕第二場附白》記載自己在日本的學習情況，「我為學校底功課日日忙個不了：自午前八日起至午後五時止，每日如像上戰場一般」〔註68〕等等。除了自序，他序中也有作家人生經歷的記載，如在《〈經濟侵略下之中國〉序》中，先就談及自己與書作者漆君樹芬的交誼。這些關於作家人生經歷的信息散落在大量的序跋文字中，是郭沫若人生歷程的忠實自述。

　　從這兩個方面的考察發現，序跋不但在作家的人生里程中是重要的組成部分，而且也是還原作家人生歷程的重要依據，序跋的寫作本身是作家人生歷程中的活動之一，而序跋記載的內容還可以與序跋的寫作之間互相補充和互證。可以說，如能從這兩個方面仔細地搜集和整理，完全能通過作家畢生的序跋理清其豐富的人生歷程，而且由於序跋裏的「作者」比文章中更見真實的自己，也比在作品中更覺親切，更能感受到作家生命個體的鮮活氣息，使得讀者或研究者能「從宏觀的社會歷史環境下和當代文學背景中來定位作者，以賦予其一個徹底現代化的學者形象」。〔註69〕

二、作家創作史的寫照

　　就大多數新文學作家而言，序跋類文字不但是他們文學創作中一個必不可少的組成部分，而且序跋的寫作也伴隨著其寫作生涯的始終。儘管序跋是針對具體出版的作品而寫，更多地是記錄具體作品的創作過程、出版經歷，但作為一個作家來說，他畢生的寫作成績就是通過一本本作品體現出來，而一本本書的序跋就是作家創作史的忠實記錄和見證。從魯迅、巴金、郭沫若、臧克家等人的序跋集中可以看到，一個作家的第一篇序跋到最後一篇序跋的時間長度幾乎就是作家文學創作的時間長度。下面以具體作家序跋來勾勒其創作歷程和創作領域。

　　茅盾最早的一篇序跋《〈履人傳〉前言》的寫作時間是 1918 年 1 月，發表於《學生雜誌》5 卷 4 號（1918 年 4 月 5 日出版），此後，應雜誌編輯的需要，作為編輯的他，又寫下了《〈縫工傳〉前言》、《〈近代戲劇家傳〉前言》、《〈地獄中之對譚〉前言》等序跋，均發表在《學生雜誌》上。1920 年開始，

〔註67〕《創造季刊》第 1 卷 3 期，1922 年 12 月。
〔註68〕《時事新報·學燈》（雙十節增刊），1920 年 10 月 9 日。
〔註69〕蔚芳淑《無心插柳的創造性：中國小說自序中的創作論》，張宏生，錢南秀主編《中國文學：傳統與現代的對話》，上海古籍出版社 2007 年版。

茅盾作為《小說月報》的主編，開始革新《小說月報》，而刊於 1921 年 1 月出版的《小說月報》十二卷一號上的《〈小說月報〉改革宣言》則是茅盾為新文學開闢領地的重要見證。作為主編，自然有更多的機會寫一些序跋文字，如《〈換巢鸞鳳〉附注》、《〈兩個乞丐〉附記》、《〈文藝上的自然主義〉附志》等，在革新後的《小說月報》上幾乎每一期都有茅盾的序跋類文字。1927 年9 月始，開始創作說《幻滅》、《動搖》和《追求》（合稱《蝕》三部曲），均連載於《小說月報》，在 1930 年 3 月，作者為開明書店初版《蝕》寫了《題詞》。此後，隨著自己創作增多，他又寫下了《〈宿莽〉弁言》、《〈子夜〉後記》、《〈茅盾自選集〉序》、《〈春蠶〉跋》等眾多序跋。解放後，茅盾不斷有新作問世，又陸續寫了《〈夜讀偶記〉前言》、《〈鼓吹集〉後記》等，除了新作之外，解放前的作品又有了重新出版的機會，所以他又寫下了《〈茅盾選集〉自序》、《寫在〈蝕〉的新版的後面》、《〈霜葉紅似二月花〉新版後記》等。文革結束以後，茅盾又寫下了《〈子夜〉再版後記》、《〈脫險雜記〉前言》、《〈我走過的道路〉序》等。《茅盾序跋集》收錄茅盾最後一篇序跋是 1981 年 2 月 1 日他為英文版《茅盾選集》寫序。事實上，茅盾的文字生涯遠比上面簡略的論述複雜得多，他畢生寫作序跋的篇數達 600 餘篇，這些序跋文字本身就表明，茅盾從進入商務印書館開始自己的文字生涯始，一直到自己生命的最後一年，序跋一直伴隨著他的文字生涯的始終。

許多新文學作家無論是文學創作、翻譯、出版以及研究等方面取得了一定的成就，所以，他們具有多重稱謂。如魯迅是小說家，也是散文家、雜文家、翻譯家、出版家，也是學者等。郭沫若是詩人、歷史學家、考古學家、散文家、小說家，翻譯家，社會活動家等。文字生涯的多領域勢必也會反映在他們所寫的序跋上。如果序跋見證了作家創作史的縱截面，而創作史的橫截面在作家的序跋中同樣能得到充分的體現。下面以葉聖陶的序跋為例。

葉聖陶畢生出版的著作數百種，在多個領域均有著述，故有教育家、小說家、散文家、兒童文學作家、出版家、社會活動家等稱號。1983 年出版了《葉聖陶序跋集》，該書收集了近百篇序跋，但這只是畢生序跋的部分，但從這些序跋已可以清晰地看到葉聖陶在各個領域的著述了。他最早的職業是教師並終生關注語文的教學，所以著有《文章例話》、《精讀指導舉隅》、《國文教學》等，而這些書的序言自然也記載了這些書的內容、編選和出版等情況。作為小說家，葉聖陶出版有《未厭集》和《倪煥之》等作品，這些作品書前

也有作者寫的序跋文字，交代了小說寫作方面的情況，如在《〈倪煥之〉作者自記》中，他交代了創作這篇小說的情形：「這篇小說，去年一月動手，十一月十五日作畢。中間分十二回，每回執筆接連七八天，寫成一部分便投送《教育雜誌》社。」〔註70〕作為兒童文學家，他又創作並翻譯了大量的童話作品，寫作的《葉聖陶童話選》後記就記載了作家在童話寫作方面的努力。作為散文家，他又出版了日記、通信等，寫有《東歸江行日記》小記、《內蒙日記》小記、《嘉滬通信》小記等。作為著名的出版家和編輯，他留下了《十三經索引》自序、《二十五史》刊行緣起、《國文雜誌》發刊辭等。此外，作為著名的教育家、作家以及社會活動家，不但為自己的書作序，自然受別人之請，為他人的書作序，如寫的《中學生各科學習法》序、《豐子愷漫畫選》序、《王統照文集》跋等。這些序跋不但可瞭解作家的見解、主張、愛好以及交遊，也是作家在不同創作領域遊弋的重要見證。

此外，通過序跋考察作家的創作史，還應該注意作家所出版圖書的序跋是他序還是自序。一般說來，作文初登文壇的青年作家，在自己的書前，往往請文壇名流作序，到了自己成名之後，自己為自己的書作序，等到成為文壇著名作家的時候，為他人作序的機會也就多了起來。這種情況，在臧克家、田間、田仲濟、徐中玉、李輝英等作家身上體現得較為明顯。如臧克家出版自己的第一本詩集時，請聞一多先生為他作序，使得他順利被文壇所接受。在接下來出版的《罪惡的黑手》、《自己的寫照》等詩集時，書前只有作者的自序。解放以後，特別是到了晚年，作為著名詩人的他應別人請求作序的機會增多，有時一年達30餘篇，以至於成為詩人晚年的一份沉重的負擔。可見，請人寫序、自己作序或為他人作序，這些序跋寫作上的變化也是考察作家創作史的一個獨特的角度。

三、作家思想變遷的餘痕

20世紀的中國處於一個全面現代化的歷史進程中，中國傳統文化思想日漸衰竭，以及西方外來思想得到廣泛接受，在這新舊轉換的大時代裏，民主、科學觀念深入人心，個人主義、無政府主義、社會主義等各種社會思潮、文化思潮紛呈。但正如張汝倫所說，「進化史觀、民族主義和社會主義，是制約和形成大多數中國人世界觀的基本意識形態，或者說，是現代中國普遍的意

〔註70〕葉聖陶《葉聖陶序跋集》，第4頁，生活‧讀書‧新知三聯書店1983年版。

識形態」。〔註71〕而李澤厚則以「啟蒙」和「救亡」作為解釋中國近現代史和思想史上許多錯綜複雜現象的基本線索，啟蒙與救亡的雙重變奏成為現代思想不斷變換的表徵。而作為生活於 20 世紀中國的新文學作家，在面臨如此劇烈的思想動盪中，自然會產生一條長長的思想變遷的痕跡，而寫於不同時期的序跋也會流露出作家思想的發展變化。下面具體以魯迅和老舍為例。

魯迅於 1898 年進入了洋學堂，後來留學日本去學西醫，最先接受的是嚴復的《天演論》等自然科學思想。其科學救國的思想在早期的序跋中留下了痕跡。如魯迅在 1903 年寫下的《〈月界旅行〉辨言》中，論及科幻小說，「掇取學理，去莊而諧，使讀者觸目會心，不勞思索，則必能於不知不覺間，獲一斑之智識，破遺傳之迷信，改良思想，補助文明，勢力之偉，有如此者」。〔註72〕可見，青年魯迅是服膺並力圖踐行西方的自然科學思想的。在《〈吶喊〉自序》提及的一次幻燈片事件，徹底改變了魯迅的科學救國思想，「從那以後，我便覺得醫學並非一件緊要事，凡是愚弱的國民，即使體格如何健全，如何茁壯，也只能做毫無意義的示眾的材料和看客，病死多少是不必以為不幸的。所以我們的第一要著，是在改變他們的精神，而善於改變精神的是，我那時以為當然要推文藝，於是想提倡文藝運動了」。〔註73〕所以，從1918 年開始發表《狂人日記》始，魯迅為著喚醒沉睡的國人，批判國民的劣根性，開始對中國社會、傳統以及現實做「文明批評」和「社會批評」。20年代中期，魯迅開始翻譯和閱讀了一些馬克思主義著作，再經過 1927 年大革命和大革命失敗的教訓，魯迅思想也有了新的變化，逐漸向馬克思主義靠攏。魯迅在 1932 年寫的《〈三閒集〉序言》中曾說：「我有一件事要感謝創造社的，是他們『擠』我看了幾種科學底文藝論，明白了先前的文學史家們說了一大堆，還是糾纏不清的疑問。並且因此譯了一本蒲力漢諾夫的《藝術論》，以糾正我——還因我而及於別人——的只信進化論的偏頗。」〔註74〕到了 1935 年，魯迅為田軍的《八月的鄉村》、蕭紅的《生死場》等作品所作的序跋中，魯迅已經運用階級、民族國家話語，高度讚揚這些充滿愛國主義精神的反帝國主義作品。

〔註71〕張汝倫《現代中國思想研究‧自序》，上海人民出版社 2001 年版。
〔註72〕魯迅《魯迅全集》第 10 卷，第 164 頁，人民文學出版社 2005 年版。
〔註73〕魯迅《魯迅全集》第 1 卷，第 439 頁，人民文學出版社 2005 年版。
〔註74〕魯迅《魯迅全集》第 4 卷，第 6 頁，人民文學出版社 2005 年版。

　　老舍一生經歷了晚清、民國、新中國三個時期，他的思想也隨著時代的變化而變化，而其序跋自然記錄了其思想變遷的軌跡。由於早期在開始出版小說時，由於老舍並不主張為作品寫序，故他早期的小說都無序跋，自然無法知曉老舍早期的思想狀況。1933 年寫的《〈貓城記〉自序》是他為自己作品所寫的第一篇序，在序中，我們看到了一個思想苦悶、悲觀的老舍。以貓喻人，貓城象徵現今的社會，記錄著歸國後的失望情緒，對國家的前途很悲觀。但老舍的苦悶最終被日本帝國主義的入侵所震醒。寫於抗戰初的〈《〈打小日本〉序》〉，就是老舍向侵略者的宣戰：「日本居心不善，要滅我中華，我們實在忍無可忍。我們若再不挺起胸來跟他拼個死活，便真要作亡國奴，子子孫孫永無抬頭之日了。」而 1951 年寫的〈〈老舍選集〉序〉無疑又暴露了他在解放初的思想狀態。經歷了抗日戰爭、解放戰爭，新中國成立等一連串的政治巨變，老舍的思想也發生了一系列的變化。所以，回過頭去，看自己寫作的歷程，他頗有點慚愧，檢討自己思想認識的膚淺和無知，他認為他的作品，在思想上缺乏積極性，沒有應有的煽動力。「我很後悔我曾寫過那樣的諷刺，並決定不再重印那本書。」「我到底還不敢高呼革命，去碰一碰檢查老爺們的虎威。」最後，老舍真誠地表示：「我希望，以後我還不偷懶，還繼續學習創作，按照毛主席所指示的那麼去創作。」在後來的《〈老舍劇作選〉序》、《〈北京文藝〉的發刊詞》以及《〈神拳〉序》等序跋中，還可以看到解放後的老舍思想上又有新的發展。

　　可以說，作為最先感受時代氛圍、引領時代思潮的作家，20 世紀中的思想激蕩都能在他們的序跋找到痕跡，他們的序跋不但反映了作家思想的變化，也記錄了時代精神的嬗替。如體現新文學作家整體思想變遷的典型例子是1950 年代的「新文學選集」和「人文版現代作家選集」的序跋。1949 年的第一次文代會確立毛澤東文藝思想為新中國文藝的指導思想，文代會確立延安文學所代表的方向為當代文學的方向後，「開始了當代文學的『一體化』的進程，確定了各種文學力量在『當代文學』中的資格和地位。」〔註75〕而 1950年代的「新文學選集」和「人文版現代作家選集」則是總結總結「五四」以來的新文學的具體舉措，而作為統一要求的序跋，不但記錄了新中國成立初新文學作家的思想動態，也記錄下了中國成立後的文學規範以及所帶來話語實踐。在序跋中，作家有對自己或他人思想的檢討和批評，對舊作的貶低以

<hr>

〔註75〕洪子誠《中國當代文學史》，第 15 頁，北京大學出版社，2000 年版。

及選擇、修改等。顯然,「這些作家的自我表白是真誠的,向黨和人民交心,他們是真心誠意地擁護中國共產黨,對新中國的未來充滿滿懷希望。他們在序跋中的話語立場是一種主動的順應和規趨。儘管作家在國家權力體系中的處境有差異,呈現出非常多樣複雜的話語立場。但 1950～1957 年現代作家選集序跋中更多地還是表現為主動順應和規趨。也可以這樣說,正因為作家主動的響應與順從,才使得權力的規訓得以順利的實現,從某種程度上講,國家權力與作家主體共謀完成了國家權力的規訓」。〔註76〕

四、作家文藝主張的記錄

就新文學作家而言,每位作家都有自己獨特的文藝觀,作品自然是他實踐文藝主張的載體,但是,作家也往往借寫作序跋的機會,在序跋中對自己的創作主張有所說明,序跋也因此成為理清作家創作主張的必不可少的依據。如 80 年代陸續出版了《中國現代作家作品研究資料叢書》,選者常在作家的「創作自述和文藝主張」部分選錄了序跋多篇。下面以沈從文的序跋為例。

沈從文畢生寫作的序跋數目也不少,筆者據《沈從文全集》統計,共計100 餘篇。前面已經提到,沈從文在 20 世紀 70 年代末在給孫玉石的回信中指出,他的幾個書的題記,是把握其作品的重要依據,一是良友《習作選》代序,二是《邊城》題記,三是《湘西》題記,四是《長河》題記,五即後來1957 年《小說選》題記。實際上,記錄其文藝觀及其變遷的重要序跋,除了沈從文提到的五篇序跋外,還有兩篇序跋,即為蕭乾寫的《籬下集》序和《七色魔》題記。

這七篇序跋中,《籬下集》序時間最早,寫於 1933 年 12 月 13 日。此時沈從文已在都市居住並奮鬥了十年,被譽為全國著名的多產作家。本年 9 月,他與楊振聲開始主編《大公報・文藝副刊》,事實上成為了京派作家圈的核心人物。為蕭乾的書作序,也是他成名後提攜後進作家的一種手段。在這篇序中,他首先表達了自己的立場、好惡。他以「鄉下人」自居,既使在城里居住了十年,仍然不習慣城裏人所習慣的道德的愉快,倫理的愉快。他崇拜朝氣,歡喜自由,讚美膽量大的精力強的鄉下人,而討厭城裏人的庸俗、陰險、

〔註76〕參見拙文《規訓與認同的話語實踐——以 1950～1957 年現代作家選集的序跋為例》,《中國礦業大學學報》2009 年 1 期。

鬼祟。接著，他解釋了自己為什麼要寫作：「因為我活到這個世界裏有所愛。美麗，清潔，智慧，以及對全人類幸福的幻影，皆永遠覺得是一種德行，也因此永遠使我對它崇拜和傾心。這點情緒同宗教情緒完全一樣。這點情緒促我來寫作，不斷地寫作，沒有厭倦，只因為我將在各個作品各種形式裏，表現我對於這個道德的努力。」可以說，這是沈從文初步闡述自己的人生及藝術哲學的文章。半年之後，沈又寫下了《邊城》題記，他的著眼點在於中國現社會變動，讓那些關心全個民族在空間與時間下所有的好處與壞處的人，認識這個民族的過去偉大處與目前墮落處。

　　寫於 1935 年年底的《習作選》代序無疑是沈從文全面表達自己文藝觀的文章。「我只想造希臘小廟。選山地作基礎，用堅硬石頭堆砌它。精緻結實，勻稱，形體雖小而不纖巧，是我理想的建築。這神廟供奉的是『人性』。」「我要表現的本是一種『人生的形式』，一種『優美，健康，自然，而又不悖乎人性的人生形式』。」而到了《湘西》題記，沈從文放棄了對湘西人和物的美化，回到了對湘西現實的批評。這可看作是他文藝觀出現變化的開始。隨著七七事變以及全面抗戰的開始，沈從文經過抗日戰爭的洗禮，以及現實環境的考驗，並對廣大農村社會現實有所接觸，他的文藝觀的變遷在 1944 年完成的《長河》題記和《七色魔》題記已能清晰可見。所以，在《〈長河〉題記》中，他看到了「農村社會所保有的那點正直素樸人情美，幾幾乎快要消失無餘，代替而來的卻是近二十年實際社會培養成功的一種唯實唯利庸俗人生觀」，所以，作者「來寫寫這個地方一些平凡人物生活上的『常』與『變』，以及在兩相乘除中所有的哀樂。問題在分析現實，所以忠忠實實和問題接觸時，心中不免痛苦，唯恐作品和讀者見面，給讀者也只是一個痛苦印象，還特意加上一點牧歌的諧趣，取得人事上的調和」。與此相對應的是，沈在同年所寫的《七色魔》題記中，他用了較多篇幅來剖析了自己整個思想和創作的「常」與「變」，所謂「常」指的是自己創作的反政治功利主義的創作態度，試圖用文學來重鑄民族感情，用湘西世界保存的那種自然生命形式作為參照，來探求民族品德的消失和重造，從而實現人的重造。所謂「變」的一面是沈從文在其中充分表達了他對其鄉土小說的反省和中國農民問題實際的再認識。〔註77〕他表白：「一個作家一支筆若能忠於土地，忠於人，忠於個人對這兩者的真實感印，這支筆如何使用，自不待理論家來指點，也會有以自見的。」「一個有良心的

〔註77〕解志熙《考文敘事錄》，第 230 頁，中華書局出版社 2009 年版。

作家，更不能不提出這個問題，關心老百姓不能再是一句空話。」這裡可以看出，與 30 年代的他相比，1944 年的沈從文在文藝觀方面已發生了變化。正如解志熙認為：「這些表白，事實上宣告了他結束『鄉土神話』式的鄉土敘事和『情感錯綜』的心理試驗如《七色魔》之類，而決心開始一種更注重揭示農民苦難現實境遇的新鄉土敘事之路。當然，這種轉念並不意味著沈從文對過去的鄉土敘事的徹底否定，而是他自覺到自己過去那些過於理想化的鄉土敘事畢竟遮蔽了農村社會的陰暗面和農民命運的悲慘真實之後，所作的自我修正。」〔註 78〕

1949 年以後，被郭沫若等人大肆批判的沈從文成為重點改造的對象，黨和政府動員他上革命大學，讓他改造思想。顯然，他這樣的「反動文人」已經不再適合進行文學創作，發表的渠道也被控制，他的文學之路被迫中斷，轉而進入歷史博物館工作。在長時間的思想改造過程中，他的思想是否發生了轉變呢？1957 年 3 月至 7 月寫的《沈從文小說選集》題記，是瞭解他這一時期文藝思想動態的重要證據。他在題記中說：「祖國在偉大的共產黨的正確堅強領導下，通過億萬人民的努力，有了個嶄新的面貌。文學藝術在人民教育中，也佔有了個歷史所少有的異常莊嚴的位置。……希望過些日子，還能夠重新拿起手中的筆，和大家一道來謳歌人民在覺醒中、在勝利中，為建設祖國，建設家鄉、保衛世界和平所貢獻的勞力，和表現的堅固信心及充沛熱情。」而本年 7 月，沈在《一點回憶，一點感想》中更是宣稱：「我擁護人民的反右派，因為六億人民都在辛辛苦苦的努力進行社會主義建設的工作，決不容許說空話的隨意破壞。如有人問我是什麼派時，倒樂意當個新的『歌德派』，好來讚美共產黨領導下社會主義祖國的偉大成就。」〔註 79〕可見，在經過長時間的思想改造後，對於國家主流意識形態支配下的文學規範，沈從文已開始自覺地接受和認同。

第三節 新文學序跋與作家文事交際

因交通、郵政、通訊等事業的發展，現代文人之間的交際都得到了很大的拓展。從某種程度上講，所謂「文壇」也就是由作家所聯繫著的人際

〔註 78〕解志熙《考文敘事錄》，第 234 頁，中華書局出版社 2009 年版。
〔註 79〕沈從文《一點回憶，一點感想》，《沈從文全集》第 14 卷，第 427 頁，北嶽文藝出版社 2002 年版。

網。而皮埃爾・布迪厄所提出的「文學場」也可以看作是一種由報刊編輯、作家以及出版商緊密聯繫的關係網。就新文學文壇而言，因政治形勢的不斷變換、各種文學思潮紛呈、不同主張的文學社團流派並立等諸多方面的原因，導致新文學作家的社會關係縱橫交錯。對於新文學作家，自己的作品要能問世，與期刊編輯或出版社編輯以及出版商的參與分不開，作品問世後，要能迅速得到讀者的積極購買或閱讀，批評家或者文壇名人的推薦也必不可少。作家的文學創作始終伴隨著作家不同層面的社會活動，這些社會交際也是新文學研究的重要組成部分，從文學社會學角度看，作家的社會交際與作家的文學創作有著密切的聯繫，研究作家作品，特別是考察作家的生存狀態，離不開對作家社會關係的梳理。而新文學序跋不論是自序還是他序，還是序跋寫作本身都可以反映出作家的社會關係。下面具體從四個方面展開論述。

一、作家與編輯、出版機構的聯繫

瓦爾特・本雅明認為：「在現代社會中文學的品格與本質在很大程度上取決於文學的生產方式和體制。以報刊雜誌、書店和出版單位為核心的文學生產體制，構成了政治體制外的文化、言論空間和社會有機體，產生和決定著文學的本質和所謂的『文學性』」。〔註80〕與古代文學相比，新文學與現代的文學生產方式緊密相連。具體來看，作品問世的途徑主要通過報紙、雜誌、出版社。自然，報刊要發表作家的作品，報刊編輯與作家要發生聯繫。對無名作者而言，自然是向編輯「投稿」，而對於成名的作家，更多是編輯的「約稿」。所以，也就產生了像葉聖陶、巴金這樣的無名作家的伯樂，產生了孫伏園、趙家璧這樣的約稿能手。作品在報刊上發表後，最後還是要結集成書，作家與出版商發生聯繫。儘管牟利是出版商出版新文學作品的重要目的之一，但是這些出版商中也有許多是新文學的支持者和愛好者，他們不但對作家有經濟上的資助，也為新文學作品的廣泛傳播提供了渠道。正是因為編輯、出版商的參與，使得作家作品能得以出版，而在作家的序跋中，作家也會對此有所記載。下面從具體序跋來談作家與編輯、出版商的關係。

在近現代文化出版業發展中，湧現了一大批職業編輯群體，其中尤以文

〔註80〕　（德）瓦爾特・本雅明著、張旭東譯《發達資本主義時代的抒情詩人》，第44頁，生活・讀書・新知三聯書店1989年版。

學領域最多。許多新文學作品能在報刊上發表與「把關人」〔註 81〕——報刊編輯有密切關係，如老舍在《〈趕集〉序》中交代了本集的緣由：「我本來不大寫短篇小說，因為不會。可是自從滬戰後，刊物增多，各處找我寫文章；既蒙賞臉，怎好不捧場？……這麼一來，快信便接得更多：『既肯寫短篇了，還有什麼說的？寫吧，夥計！三天工夫還趕不出五千字來？少點也行啊！無論怎麼著，趕一篇，要快！』話說得很『自己』，我也就不好意思，於是天昏地暗，胡扯一番……」〔註 82〕又如葉聖陶在《〈四三集〉自序》中開頭就交代：「印在這本集子裏的幾篇東西，同以前一樣，都是由雜誌的編輯逼出來的。信來了不止一封，看過之後，記在心上，好比一筆債務，總得還清了才安心。於是提起筆來寫作……」〔註 83〕這樣的情況，在魯迅、郭沫若、茅盾、巴金等作家的序跋中都有記錄。茅盾乾脆就承認：「有些作家的作品要等催逼才會出來。」〔註 84〕但是，一些不甚出名的作家則只有忍受「把關人」的怠慢。胡也頻在《寫在〈詩稿〉前面》中則憤憤不平地記述了自己投稿的遭遇。「說是要，過了許多時候賜一點薄到刻苦的稿費，這在一個單身的而又是無名的投稿者自然是恩賜；不要呢，懶洋洋地把原稿退回來，（上帝在上，這是實在的，必須經過了兩三封去詢問消息的信以後才退還！）有時還挾上一半謙仄一半苦衷的理由事，使我不得不承認編輯先生還算客氣，卻也只好在忍耐著寄到另一處去換錢。」〔註 85〕總之，無論是名家、還是無名作者，編輯都是他們最重要的交際對象。

趙家璧專門談及過作家與編輯的關係：「作家是編輯的衣食父母，過去是這樣，今天還是這樣。編輯得不到作家的支持和信任，勢必一事無成；而作家要求編輯做到的就是『以誠相見』四個大字。」〔註 86〕從編輯社會學來看，編輯和作者都是精神產品的創造者，他們是同一生產線上的合作夥伴，關係

〔註81〕 美國傳播學家威爾伯‧施拉姆的新聞工具的「把關人」論認為：「大眾媒介是社會上的信息流通過程中的主要把關人中的一部分。在信息網絡中到處設有把關人。」主要包括：記者、編輯、教員、作家等。參見威爾伯‧施拉姆等《傳播學概論》，第 161～162 頁，新華出版社 1984 年版。此處論及的報刊編輯和書局（出版社）的編輯都可視為文學生產過程中的「把關人」。
〔註82〕 老舍《〈趕集〉序》，《趕集》，上海良友圖書印刷公司 1934 年版。
〔註83〕 葉聖陶在《〈四三集〉自序》，《四三集》，上海良友復興圖書印刷公司 1936 年版。
〔註84〕 茅盾《〈茅盾散文集〉自序》，《茅盾散文集》，上海天馬書店 1933 年版。
〔註85〕 胡也頻在《寫在〈詩稿〉前面》，《詩稿》，現代書局 1928 年版。
〔註86〕 趙家璧《文壇故舊錄》，第 198 頁，生活‧讀書‧新知三聯書店 1991 年版。

異常密切，「沒有作者就沒有編輯，而在現代社會，沒有編輯，作者就得不到社會的承認，他的作品就不能複製繁衍」。〔註87〕如果把報刊比作園地，那麼編輯就是耕耘其中的園丁，花樹的繁茂是取決於他的勤勞和精心培植的。陳思和對文學編輯在文學史上的作用給予了準確定位：「其實編輯的職責遠不在對無名作家的提攜，一個優秀的編輯必須對文學具備敏銳的感受力和熾熱的愛，用他們的智慧與膽識參與作家的勞動，也可以說是一種共謀，以造成文學領域的新風氣。」〔註88〕新文學序跋大量記載了具體作品創作的緣起，交代了編輯與作家的密切聯繫，在編輯和作者「共謀」下，共同促成了新文學作品的產生。

　　作家要在報刊上發表作品，與報刊編輯發生聯繫。但要出版圖書則勢必通過出版社，出版人（這裡指出版社的主持者或者出版社的編輯人員等）也是作家的社會交際對象。就作家而言，作品如能被出版社所接受，出版後產生社會影響，還能以此得到稿酬或版稅，自然也願意與出版社發生聯繫。作為出版社也樂意緊密聯繫作家，以便順利拿到作家的書稿，為出版社賺取利潤。只要運作得好，作家與出版社就能實現互惠互利。新文學期間，大大小小的新書業出版社達數百家，分布於北京、上海、重慶、武漢、桂林等全國各地，尤以上海的出版業最為發達。新文學作家中如魯迅與北新書局、良友圖書公司，茅盾、胡愈之與商務印書館，郭沫若、郁達夫與泰東圖書局、現代書局，陳獨秀、胡適與亞東圖書館，葉聖陶、夏丏尊、豐子愷等與開明書店等都有密切聯繫。但是，他們往往不僅在一家書局出版作品，而是與多家出版社有過合作。這些新書業版社店的主持者如汪孟鄒、李小峰、洪雪帆、張靜廬等，他們不是一味追求利潤的書商，而是以出版為手段，實現自身信念與目標的出版家或出版商。在新文學發展過程中，這些出版商與新文學作家一道共同推動新文學的發展壯大。而作家在出版作品時寫的序跋見證或記錄下作家與出版社的具體聯繫。如冰心在談及她與開明書店的因緣時，就是以《〈冰心全集〉序》、《〈冰心著作集〉後記》和《〈關於女人〉再版自序》三篇序跋中內容來展開追敘的〔註89〕。茅盾在 1937 年的良友版《〈煙雲集〉後

〔註87〕張如法《編輯社會學》，第 64 頁，河南大學出版社 1989 年版。
〔註88〕陳思和《〈藝海雙槳〉序》，《藝海雙槳》（陳思和、虞靜主編），山東畫報出版社 1999 年版。
〔註89〕冰心《我和開明的一段因緣》，中國出版工作者協會編《我與開明》，中國青年出版社 1985 年版。

記》中詳細交代自己與出版社一方和諧的關係:「良友文學叢書以《煙雲集》三字登告白時,實尚未有一字,個人彼時極以『賣空』為憂,但趙家璧先生引『文章是逼出來』的『通則』批駁了我的期期以為不可。」〔註90〕正是趙家璧的循循善誘,茅盾寫出了《煙雲集》。

出版社(書局)並不都與作家有十分和諧的關係,由於經濟、藝術、政治等各種複雜的原因,出版社與作家間發生矛盾的事例也不少,有的甚至對簿公堂。作家在寫序跋時也記錄下了一些發生在他與出版社(書局)之間的不和諧。如創造社同人與泰東圖書局由合作到決裂也是一例。郭沫若在《〈少年維特之煩惱〉增訂本後序》就有針對泰東老闆趙南公的指責:「不過自己的心血譯出了一部名著出來,卻供了無賴的書賈抽大煙,養小老婆的資助,這卻是件最痛心的事體。」對於該書的印刷和裝幀方面,「印刷錯得一塌糊塗,裝潢格式等等均俗得不堪忍耐」。〔註91〕而王統照也經歷過出版社不負責任的行為,他在《〈號聲〉自序二》藉此書的遭遇發了一通牢騷:「在中國印行書籍本有許多困難,而出版家之無責任心尤使作者時時感到痛苦。即如這個小本子,數年前方以友人之勸交付某某書店出版,及至印出後,方知該書店改了名稱;又不過一年改名的書店亦寂無聞聲。因此後來作者要找幾本原書也大費周折。」〔註92〕80年代,蕭軍在《〈十月十五日〉新版前記》中說:「這書那時雖然經過黨中央毛主席批准,勉強得以在1954年出版,而最終還是被出版界官僚主義者們扼殺──『決不再版』了。」〔註93〕可見,他還對人民文學出版社扼殺他的《五月的礦山》耿耿於懷。

二、作家與作家的交誼

作家是社會的動物,在其的人生歷程中,作家間的交誼必不可少。影響作家間交往的因素很多,如作家的個人性格、創作傾向、政治觀點等方面會直接或間接影響到作家間的交往。師生關係,流派、社團等原因也會直接或間接影響作家間的交往。新文學序跋中,自序或跋在介紹該書的寫作動機、創作過程以及修改等情況時也會記載一些作家間的文事交往。他序往往是著

〔註90〕茅盾《〈煙雲集〉後記》,《煙雲集》,上海良友圖書印刷公司1937年版。
〔註91〕郭沫若《〈少年維特之煩惱〉增訂本後序》,《洪水》第2卷20期,1926年7月1日。
〔註92〕王統照《王統照短篇小說集》,第463頁,上海開明書店1937年版。
〔註93〕蕭軍《〈十月十五日〉出版前記》,《十月十五日》,山東人民出版社1983年版。

名作家、社會名人等所為，寫序者至少與著者有過交往，他們對著書者的人生歷程、創作特點等許多方面有所瞭解。請別人作序或為別人作序這一事實本身，不但可以體現出兩者關係的密切，還能窺測出他們的政治立場、好惡、審美旨趣等，同時，從序跋的內容上看，序跋（主要指他序）的作者也常會談到自己與著者交往的一些內情。從某種程度上講，每篇序跋都有一個故事，都是作家間文事交往的見證。

胡適是我國近現代史上最有影響的思想家和學者之一，他在文學、史學、哲學等諸多領域都有開創性的貢獻。而他的社會交際也十分廣泛，以致有人以「我的朋友胡適之」來顯示與胡適的密切關係。此話凸顯的並非胡適的學問或貢獻，而是其性情聲望與人緣，如此具有個人魅力或曰磁性人格的學界領袖自然是朋友遍天下，可也正因此容易成為某些有心人「拉大旗當虎皮」的絕好道具，而他所寫的序跋無疑是一個極好的例證。胡適畢生不但為自己的著作寫了大量的序跋，也好為別人的著作作序跋，這些序跋顯然是胡適與友朋文事交往的見證。如在《〈嘗試集〉四版自序》，記載任永叔、陳衡哲、魯迅、周作人、俞平伯等人為他刪改的《嘗試集》這一史實，側面反映新文學初期胡適與他們的親密交往。1987 年嶽麓書社印行了《胡適書評序跋集》，也收集了胡適為他人所寫的部分序跋。從所收的序跋來看，有為自己的密友作序，如他在為汪靜之作《〈蕙的風〉序》的開頭就有這樣的話：「我的少年朋友汪靜之把他的詩集《蕙的風》寄來給我看，後來他隨時作的詩，也都陸續寄來。」為陳衡哲作《〈小雨點〉序》，有這樣的話：「莎菲的小說集快要出版了，她寫信來說，她很希望我也寫幾句話作一篇小序。我很高興寫這篇小序，因為這幾篇小說都和我有關」。有為親友作序，如《〈胡思永的遺詩〉序》；為學生作序，如《〈師門五年記〉序》；為別人收集整理的古代小說作序，如《〈水滸續集兩種〉序》等；還有為自己景仰的已故先輩前賢的作品集作序，為年譜、族譜作序等。大量的序跋表明，胡適的交際面非常廣，與學界、文界、政界許多朋友都有文事往來，而胡適所寫的這些序跋就是胡適與各界朋友親密交往的見證。

與胡適相比，周氏兄弟則更多在文界活動，他們的社交對象更多的是與同輩或晚輩作家、學者，從他們兩人為別人所寫的序跋中就可以證明這一點。山東畫報出版社出版的《魯迅序跋集》（2004 年版）中，僅部分收錄了他為別人所撰的序跋近 50 則，其中，為青年朋友所出的新書作序特別多。作為新文

學文壇老將，魯迅的序顯然可為青年作者的書擴大銷路、提升文壇地位，而魯迅願意為這些作者們寫序，至少是與他們有過接觸，並對他們的創作有些瞭解，如為柔石作《〈二月〉小引》和為白莽作《白莽〈孩兒塔〉序》以及《續記》，為田軍作《〈八月的鄉村〉序》，為蕭紅作《〈生死場〉序》，為葉永蓁作《〈小小十年〉小引》，為葉紫作《〈豐收〉序》，為徐懋庸作《〈打雜集〉序》等等，可見魯迅對青年朋友的幫助和提攜是不遺餘力的。同時，他也應朋友之邀為一些古典文學著作寫過題記、小引，如《〈癡華鬘〉題記》等，還為所熟悉的朋友的譯作、編著、木刻、版畫寫過序引，如為曹靖華的譯作作《〈蘇聯作家七人集〉序》，為孔令境作《〈當代文人尺牘鈔〉序》以及作《〈無名木刻〉序》、《〈蘇聯版畫集〉序》等。魯迅不辭勞苦地為他們做序引，不僅僅是因為朋友關係，也為了鼓勵他們進行創作，為現代文壇培養更多更好的作家，更因為要倡導某種文學潮流或提醒注意某種文藝現象。

研究者在考察周作人與廢名的密切關係時，有一個重要的證據就是廢名幾乎每出一本書都請周作人作序。從數量上講，周作人為廢名共寫了五篇序跋，分別是：《〈竹林的故事〉序》、《〈桃園〉跋》、《〈棗〉和〈橋〉序》、《〈莫須有先生傳〉序》和《〈談新詩〉序》。除了廢名，周作人的四大弟子中其他三位，周作人也為他們的新書寫過序跋，如為俞平伯寫《〈燕知草〉跋》、《〈雜拌兒〉跋》、《〈雜拌兒之二〉序》、《〈古槐夢遇〉序》等，為江紹原寫《〈髮鬚爪〉序》，為沈啟無寫《〈近代散文抄〉序》和《〈近代散文抄〉新序》等。除為最親密的弟子寫序跋外，周還為自己的朋友寫了大量的序跋，如為劉半農的《揚鞭集》寫《序》，為劉半農編的《江陰船歌》寫《序》，為劉大白的《舊夢》寫《序》，同時，對自己所喜歡的民歌、兒童文學等書籍，他也樂意為之寫序，如為李小峰譯的丹麥童話《兩條腿》寫《序》，為《兒童故事》作《序》，為劉經庵所編的《歌謠與婦女》作《序》，為《潮州佘歌集》作《序》等。周作人所作的這些序跋大都與他自己所感興趣的話題相關，他的一些文事活動也就體現在這些序跋的寫作中。

從胡適、魯迅和周作人寫作序跋的例子看，作家所寫的序跋（主要是他序）就是作家與著者交往的文字證據。上面的例子還僅僅是作家為他人寫序，是以作家本人為交際的核心，事實上，情況還遠比這更為複雜，比如，魯迅為他人寫過序，但魯迅的作品也有他序，他和顧琅合著的《中國礦產志》就有馬良（相伯）的序，《魯迅雜感選集》也是由瞿秋白作序。魯迅逝世後，編

撰的第一版《魯迅全集》附有蔡元培先生為全集寫的總序，儘管不是魯迅本人請蔡元培作序，但從蔡元培作序這一事實，可以考察蔡元培與魯迅三十餘年的親密交往。又如田漢為洪深的《電影戲曲表演術》作《序》，而洪深也為田漢的《回春之曲》作《序》，他們之間以互相作序相交，更是一段文壇佳話。考察新文學作家間的文事交往應全方位的立體地開展，而序跋文字是考察作家間交往的直接材料。從序跋的角度來考察作家間關係，進而探測作家間創作的互相影響，這也是一個值得拓展的新視角。

三、作家參與的文學論爭

　　由於政治立場、審美趣味、文化背景等不同，新文學文壇論爭頻發。劉炎生的《中國現代文學論爭史》梳理出新文學期間（1917～1949）論爭近百次。論爭是人類古已有之的傳統，能展示人類自身的智慧和風采，論爭可以使文化、學術得到進一步的提升、傳播和推廣。作家間的論爭，自然是利用自己手中的筆，用文字來表達自己的觀點。而序跋也是作家們常採用的載體，借作序的機會來表達自己的觀點、主張。總之，序跋參與並記錄了大量的文學論爭。

　　關於《紅樓夢》的論爭，在序跋中就有所反映。紅學中影響最大的兩派就是索隱派和考證派，而蔡元培和胡適無疑是這兩派的代表人物。作為兩派的代表人物，他們之間的論爭除專門的論文之外，還有他們為自己以及為別人所寫的序跋。1915 年 11 月，蔡元培完成了《石頭記索隱》，他認為《紅樓夢》是清代康熙年間的政治小說。他的觀點遭到了胡適、俞平伯、顧頡剛等人的反對。1921 年 3 月，胡適完成《〈紅樓夢〉考證》（作為汪原放標點本《紅樓夢》的序置於書前），他在繼承乾嘉學派的治學精神的同時，又吸取了西方實驗主義理論，對《紅樓夢》的作者、成書年代等做了細緻的考證，並認為《紅樓夢》就是作者的生平自述。此外，在文章中又反駁了蔡關於索隱一說，認為蔡先生的觀點牽強附會。1922 年 1 月，蔡元培利用《石頭記索隱》六版的機會，寫了《〈石頭記索隱〉六版自序》，專門與胡適的《〈紅樓夢〉考證》商榷。稍後，胡適又寫了《跋〈紅樓夢考證〉》，引用顧頡剛的話，反駁了蔡元培的觀點。1927 年 6 月，商務印書館出版了壽鵬飛著的《〈紅樓夢〉本事辯證》，作者不滿意胡適的自述生平說，認為《紅樓夢》專演清世宗與諸兄弟爭立事。而書前附有蔡元培的短序，蔡利用這次作序的機會，又反駁了胡適等

人的觀點，其中有「先生不贊成胡適之君以此書為曹雪芹自述生平之說，余所贊同」之語。到了 1933 年 1 月，胡適在寫《跋乾隆庚辰（1760）本〈脂硯齋重評石頭記〉鈔本》時，還談到自己與蔡元培先生存在的分歧。

有關「革命文學」問題的論爭也可以在序跋中找到痕跡。如在 1927 年 4 月蔣光慈寫的《寫在〈短褲黨〉的前面》中，他表示，「當此社會鬥爭最劇烈的時候，我且把我的一支禿筆當做我的武器，在後面跟著短褲黨一道兒前進」。〔註 94〕可見，他已經把文藝視為革命的工具。而作為旁觀者的胡行之借為陳瘦石作序的機會對「革命文學」發表了自己的觀點。他認為「革命文學」的出現「是時代的背景所賜予，所贈與」，「是環境榨出了這種印象，給於文藝的作家，使文藝的作家，為一般民眾寫照，代一般民眾叫喊，而要造成一個更徹底的革命局面」。同時，他列出了真的革命文學必須具備的兩個條件：一，由感情逼真的流露的東西，而沒有攙雜半分的理智，用以為有意的宣傳。二，從客觀感到真實的群眾的痛苦，區真的寫出來，並不是個人浪漫的筆淫。綜括這兩個方面，他指出革命文學，乃是客觀的感到群眾真實的痛苦，用真情的自然的寫出來。所以，他認為革命文學也盡可不必必須寫群眾一層，「因為文學是有影響性，由一點而可推到其餘，不必盡寫幾多，方算幾多，否則可說是文學的失敗，又何必需要藝術呢？」〔註 95〕所謂當局者迷，旁觀者清，特別是他提出「革命文學」必須具備的兩個條件，確有可取之處。

而作為太陽社成員孟超在為《愛的映照》作序時，也把「革命文學」論爭的陣地轉移到了序跋上來。針對茅盾指出的革命文學中存在「標語口號」的傾向，他認為：「今後文學在他時代的責任上，是一定而不可移的是要經過初期的『標語口號』，由不可避免宣傳作用，而隨著革命的潮流推演到成熟的無產階級文學，不應該盡抹了它係在社會進化過程必然的意義，而只單純的迎合著一般讀者——小資產階級——的意識，來決定它前途的。」針對當前文壇出現的一些自命為無產階級文學和革命文學的情況，他也根據自己的創作應驗，提出了自己的看法，他認為無論無產階級文學作家，或是革命文學作家，不但對於他所屬的階級和環境，應有深切的瞭解，對於他相反的方面，更應該有確實的觀察，因為在某種文學底下，不單是表現他的本身能夠瞭解的，更當進一步站在自己的階級立場和革命觀點上來說明反對方面的情況。

〔註 94〕蔣光慈寫《寫在〈短褲黨〉的前面》，《短褲黨》，上海泰東圖書局 1927 年版。
〔註 95〕胡行之《〈秋收〉序》，陳瘦石《秋收》，上海生路社 1928 年版。

所以,「革命文學作家或無產階級作家不是呆板的生活所能限制的,不過他是為了他的抒寫而去觀察體驗對方的情況的,絕對不是矛盾現象,許多對於這個問題發生疑問的人,是不懂得文學是應該在某種觀底下,多面描寫的,而文學作家也是應該在某種觀點底下,有多方面的觀察體驗的」。〔註96〕

　　建國後,何其方及其追隨者對胡風又展開了新一輪攻勢,而雙方也是利用書的序跋開展論戰。在寫於 1949 年 11 月的《〈關於現實主義〉序》中,何沒有在文中點出胡風的名字,而是採用注文點出的方法,整篇序文一共有十條或長或短的注文涉及胡風。而在文章中,何其芳將胡風的「主觀戰鬥精神」的文藝思想界定為小資產階級的文藝理論,並且把它視為對抗毛澤東文藝思想。「這種明確的無產階級的文藝路線(指《在延安文藝座談會上的講話》)就不但要破壞小資產階級的創作情緒,而且也要破壞小資產階級的文藝理論,從此之後,對於這種理論傾向的堅持就實質上成為一種對於毛澤東的文藝方向的反對了。」〔註97〕半年後,胡風在為論文集《為了明天》寫下的長篇「校後附記」顯然是對何文的回應。「別人提到應該有思想立場,他就斷定那不是指無產階級立場,甚至是指的反毛澤東思想的思想立場,別人提到主觀戰鬥精神,他就斷定那是指的反對『真正無產階級的主觀戰鬥精神』的戰鬥精神,等等。」〔註98〕而且也學何其芳的行文方式,不在正文點出何其方的名字,卻在長達千字的注釋中點出。「這一位先生是何其芳先生。我說『有一位先生』,而且在『注』裏才寫出他的名字,是學習何其方先生自己的做法的(見何其方先生的《關於現實主義》的『序』)。」〔註99〕

四、作家與批評家的恩怨

　　文學作品問世之後,必然面臨批評家的文學批評。文學批評是文學生產過程中很重要的一個環節。具體來講,文學批評有三重意義。其一,在作者與讀者之間起到「橋樑」作用。新文學與傳統文學不同,它的影響總要借助一定的文學批評,需要文學批評的介入,使它盡快地走向社會和讀者,引導讀者順利接受作品。其二;促進文學作品的生產。正如布厄迪所說:「評論家通過他們對一種藝術的思考直接促進了作品的生產,這種藝術本身常常也加

〔註96〕孟超在為《〈愛的映照〉自序》,上海泰東圖書局 1930 年版。
〔註97〕易明善等編《何其芳研究專集》,第 268 頁,四川文藝出版社 1986 年版。
〔註98〕胡風《胡風全集》第 3 卷,第 458 頁,湖北人民出版社 1999 年版。
〔註99〕胡風《胡風全集》第 3 卷,第 460 頁,湖北人民出版社 1999 年版。

入了對藝術的思考;評論家同時也通過對一種勞動的思考促進了作品的生產，這種勞動總是包含了藝術家對其自身的一種勞動。」〔註100〕其三，上升為文學理論，給文學現象和作家創作以指導作用。因為批評家也是作為一名讀者發言的，他是在為讀者大眾選取樣本。但是，自古以來，文人相輕，文人間論辯心平氣和者少，更多是攜帶私人恩怨參與論爭，自然容易流入人身攻擊、漫罵，更有甚者用其他非論爭手段來達到打擊對方。新文學期間，由於更為複雜的政治、派別、個性以及人事上的糾葛等各種原因，文學批評容易流入譏評、嘲諷、漫罵乃至成為「整肅」的手段。這樣的論爭，只會使文人間的友誼破裂，恩怨產生。而作為圖書的序跋，就自然地成為作家回擊批評、發洩自己感情的一個窗口。序跋也因此成為記錄、見證、梳理新文學文壇恩怨的園地。

魯迅的敵人可謂多矣，他的文章也彌漫著戰鬥的熱情，而這戰鬥背後也充斥了魯迅與一些文人的恩怨。魯迅研究者專門編著了《被褻瀆的魯迅》、《圍剿集》、《魯迅與他的論敵》、《魯迅最受污蔑的人》等書來探討二三十年代魯迅與其他文人之間的恩怨。對於別人的指責、污蔑、漫罵，魯迅除了專門撰文外，還通過序跋類文章給予回應，如《〈二心集〉序言》、《〈南腔北調集〉題記》和《〈準風月談〉後記》等等，僅以《〈二心集〉序言》為例，其中有一段是這樣寫的:

> 而這時左翼作家拿著蘇聯的盧布之說，在所謂「大報」和小報
> 上，一面又紛紛的宣傳起來，新月社的批評家也從旁很賣了些力氣。
> 有些報紙，還給了先前的創造社派的幾個人的投稿於小報上的話，
> 譏笑我「投降」，有一種報則載起《文壇貳臣傳》來，第一個就是我，
> ——但後來好像並不再做下去了。

顯然，魯迅是在回應他人對他的污蔑和漫罵，但從一個側面也可以梳理出魯迅與一些文人的恩怨，如涉及魯迅與新月梁實秋等人的恩怨。梁實秋在 1929年 11 月《新月》第 2 卷 9 期發表了《「資本家的走狗」》，文中污蔑魯迅是共產黨的走狗，並拿著蘇聯的盧布。順帶提及創造社指的是魯迅 20 年代末與創造社諸君長時間的論戰。而署名男兒的《文壇貳臣傳》（發表於上海《民國時報》1930 年 5 月 7 日）中攻擊魯迅和左翼文藝運動，如說「魯迅被共產黨屈服」，「所謂自由運動大同盟，魯迅首先列名，所謂左翼作家聯盟，魯迅大作講演，

〔註100〕皮埃爾·布厄迪《藝術的法則》，第 207 頁，中央編譯出版社 2001 年版。

昔為百鍊鋼，今為繞指柔，老氣橫秋之精神，竟為二九小子玩弄於鼓掌上，作無條件之屈服」等等，所以列魯迅為文壇上的貳臣之首。

　　40 年代中期開始，胡風與左翼作家進行了一系列的有關現實主義與「主觀」的論爭。而論爭雙方就把個人的恩怨發洩到了他們所寫的序跋中。1944 年胡風為了響應延安整風，在國統區獨立發動和組織了文壇的「整肅」（清算）運動，沙丁、艾蕪、臧克家、姚雪垠等一大批作家遭到胡風無原則的近乎漫罵的批評。如胡風寫於 1947 年 2 月的《〈逆流的日子〉後記》中這樣記敘了論爭的緣由、過程等：「我提出的病根之一是客觀主義，這就引起了可以說是大的『騷動』。有的說我反對客觀主義就是反對客觀，有的說我反對客觀主義就是主張盲動，於是嘖嘖喳喳，於是憤憤然或者惶惶然。但也終於露出本意來了，原來有幾位走紅的作家以為我是把他們當作客觀主義的標本。走紅的作家照例有他們的衛星，於是調解啦，討論啦，頗鬧了一大陣，但當然也是不得要領地擱起。」〔註 101〕臧克家率先在 1944 年 7 月為自選集《十年詩選》作序時進行了反擊。他寫道：「因為我把火樣的熱情包在字句裏，我沒有將一滴稀薄的感懷吹成肥皂泡，……於是，就有些只能從表皮上認識熱情的先生們，說我的詩是什麼『客觀的』，什麼『雕塑式』的，並且還拿我和美國詩人比照了一番。」〔註 102〕而作為胡風「整肅」對象的姚雪垠在 1947 年為《雪垠創作集》所寫的序和後記（或跋），把幾年來蒙受胡風等攻擊的委屈情緒一古腦兒的發洩了出來，因此成為「現代文學史上最早的系統批判胡風宗派主義的文字」。〔註 103〕在《「差半車麥秸」》跋中，他宣稱：「我是從風雨中，從原野上，從荊棘與野獸的包圍中成長起來的，曾遇過無數打擊，嘗慣了迫害和暗算。過去既然我不曾見利失節，今後當然也不會對任何強者低頭。」〔註 104〕在《長夜》後記中，他回憶道：「一年前，胡風派的朋友們曾經對我的作品展開了熱鬧的批評……他們說我不能夠創造新的人物，那不是一向目空一切的小看慣圈外的朋友，便是像人們在憤怒時所發出的咒語一樣。」〔註 105〕在為《牛全德與紅蘿蔔》所寫的跋中，姚無所顧忌地清算了「胡風派」：胡風先生

〔註 101〕胡風《胡風全集》第 3 卷，第 306 頁，湖北人民出版社 1999 年版。

〔註 102〕臧克家《〈十年詩選〉序》，《十年詩選》，重慶現代出版社 1944 年版。

〔註 103〕吳永平《隔膜與猜忌——胡風與姚雪垠的世紀紛爭》，第 98 頁，河南大學出版社 2006 年版。

〔註 104〕姚雪垠《〈「差半車麥秸」〉跋》，《「差半車麥秸」》，上海懷正文化社 1947 年版。

〔註 105〕姚雪垠《〈長夜〉後記》，《長夜》，上海懷正文化社 1947 年版。

「理論上的法西斯毒素和機械論色彩，以及他對中國民族文化的毫無所知，對人民生活的隔膜，他的剛愎的英雄主義和主觀主義」，「處處要樹立小宗派，要關閉起現實主義的大門，要破壞文化界的聯合戰線」，歷數胡風派的業績，「兩年來，文壇上稍有成就的作家如沙汀、艾蕪，臧克家，SY 等，沒有不被胡風加以詆毀，全不顧現實條件，全不顧政治影響」。〔註 106〕

此外，如 1936 年，曹禺在《雷雨》序中對李健吾的批評表示了自己的不滿，回應了批評家的指責。1938 年，師陀在《江湖集》的編後記中，對小說家兼批評家的王任叔略加挖苦，自然是回應王在《評〈谷〉及其他》中對自己的嚴厲指責。1947 年，巴金為《寒夜》寫的後記中就滿腔憤怒地發洩了對耿庸歪曲批評的不滿，等等。總之，新文學序跋中大量記錄下了作家與批評家之間的文壇論爭史實，是從側面瞭解新文學文壇恩怨的一個窗口。

第四節　新文學作家序跋佚事談屑

作為新文學鏡子的序跋，不但從側面記錄了中國現代文藝思潮和各種風格流派的嬗變以及中國新文學所走過的歷史軌跡，反映出新文學文壇紛繁多樣的文事關係，其獨特之處還在於，序跋或序跋的寫作見證或記錄下許多作家的逸事瑣聞，而這些逸事並沒有得到收集和整理。實際上，這些內容對於解作家個性、理清作家間關係、窺探文壇風向以及反映時代環境等提供了極有價值的實證材料。筆者主要依據序跋與佚事的關係分為三個方面，下面展開具體論述。

一、因序跋而產生的作家佚事

在中國古代「文字獄」的歷史上，因序跋致禍比較鮮見，但是 20 世紀初發生的晚清中國最大的文字獄——1903 年的「蘇報案」的導火線就是一篇序。1903 年 6 月 10 日，《蘇報》發表了章太炎署名的《〈革命軍〉序》，在序中，章以熱情洋溢的語言對鄒容的《革命軍》大加讚揚，「今容為是書，一以叫呴恣言，發其慚恚，雖囂昧若羅、彭諸子。消亡猶為流汗祗悔，以是為義師先聲，庶幾民無異志而才士亦知所返乎！若夫屠沽負販之徒，利其徑直易知而能恢發智識，則其所化遠矣。藉非不交，何以致是也」！最後，章又對鄒容

〔註 106〕姚雪垠《這部小說的寫作過程及其他》，《牛全德與紅蘿蔔》，上海懷正文化社 1947 年版。

書中的「革命」進行了解釋：「容之署斯名，何哉？諒以其所規畫，不僅驅除異族而已，雖政、教、學術、禮俗、材性猶有當革命者焉，故大言之曰『革命』也。」晚清政府自然要極力阻止這「妖言」惑眾，強烈要求租界工部局逮捕章太炎、鄒容等人。1903 年 6 月 29 日，租界工部局發出對章太炎、鄒容等七人的拘票。1904 年 5 月 21 日，會審公廨終於作出判決：章太炎監禁三年、鄒容監禁二年，罰作苦工，期滿驅逐出境，不准逗留租界。

　　新文學時期，國民黨推行圖書審查制度，對危及自身統治的圖書採取刪、禁。因序跋致禍的事例不少。如 1928 年 3 月，上海春野書店出版了由錢杏邨、楊邨人、孟超編選的《達夫代表作》，此書有錢杏邨長達萬言的《〈達夫代表作〉後序》，在《致讀者》部分，有一些鼓動青年人起來革命抗爭的語句，如「沒有快樂，沒有自由，也沒有幸福，要就革命起來，要就痛苦下去，歧路決不是現代青年的生活，青年的唯一出路只有革命！」「已經革命的，因著達夫的暗示，應該更加英勇起來，去領導勞動階級向這個資本主義的社會抗鬥！把徘徊歧路的！呵，你徘徊歧路的青年喲！是時候了！是時候了！你們斬斷了徘徊的思念，勇猛的走上革命的站陣上來罷？……」國民黨當局當然不會容忍寫序者這樣赤裸裸地鼓動宣傳，1931 年，此書以「附錢杏邨後序不妥」罪名查禁。〔註107〕又如，1929 年 4 月，上海光華書局初版郭沫若的自傳《我的幼年》，在書的《後話》中有一句話：「革命已經成功，小民無處吃飯」，被主管查禁的上海教育局局長視為反動，以「普羅文藝」罪名查禁。書局為了減少損失，被迫作了些修改，並改名為《幼年時代》，於 1933 年出版。書中附有一則聲明：「本書原名《我的幼年》，前以上海特別市黨部命令指出本書二十頁內中一段及後話內之最後二句詞句不妥，暫停發行，茲本局特將以上二處刪去，並改名為《幼年時代》，特此聲名。」出版後又被政府禁止發行。直到 1942 年 8 月，重慶作家書屋以「沫若自傳之一」出版了《童年時代》。80 年代初，文學界還有些思想禁錮，也曾出現因序跋闖禍的事例，如 1982 年，凌宇編選沈從文的選本《鳳凰》時，轉請朱光潛作序，朱寫了《關於沈從文同志的文學成就歷史會重新評價》，文中有些提法，引起了一些人的不滿，此時正值文壇開展「思想清污」運動，這篇序文成為了清污對象，在出版該書時，朱的序言有兩處遭到了刪節。

　　序跋不僅僅是文學論爭的載體、平臺，也是一個引起文壇論爭的導火線。

〔註107〕張靜盧編《中國現代出版史料》丙編，第 152 頁，中華書局 1956 年版。

在新文學論爭中，就有因序跋作為論爭由頭的事例。如 1923 年 7 月 7 日的《時事新報・學燈》刊登了徐志摩的詩作《康橋西野暮色》，這是一首沒有標點的詩作，詩前有一段小序，專門對詩作有無圈點提出了自己的看法，他在小序中這樣說：「我常以為文字無論韻散的圈點並非絕對必要。我們口裏說筆上寫得清利曉暢的時候，段落語氣自然分明，何必多添枝葉去加點畫。……真好文字其實沒有圈點的必要……我膽敢主張一部分的詩文廢棄圈點。」爭論由此引發。7 月 13 日，《晨報副刊》上登出了兩篇文章，一篇是署名「十地」的《廢新圈點問題》，一篇是署名「松年」的《圈點問題的聯想》，這兩篇文章對徐志摩的小序中的關於圈點的主張提出了嚴厲地批評。稍後的 7 月 18 日，《晨報副刊》上又登出了黃汝翼的《廢棄新圈點問題》，又對徐志摩的觀點進行了批評，並把徐的觀點奚落稱為「徐志摩定律」。自然，徐志摩對於批評者對於自己觀點的誤會也給予了回擊，在看到黃汝翼文章的當天，徐就寫了致伏廬（《晨報副刊》編輯孫伏園）的《一封公開信》，此信在 22 日的《晨報副刊》登出。在信中，他申明：「我相信我並不無條件的廢棄圈點，至少我自己是實行圈點的一個人。一半是我自己的筆滑，一半也許是讀者看文字太認真了，想不到我一年前隨興寫下的，竟變成了什麼『主張』。不，我並不主張廢棄圈點。……」在申明自己主張的同時，也承認了自己筆滑。但因前面幾篇批評他的文章的發表，徐又對《晨報副刊》的編輯方針提起了意見：「所以我勸你，伏廬，選稿時應得有一個標準：揣詳附會乃至憑空造慌都不礙事，只要有趣味──只要是『美的』──這是編輯先生，我想，對於讀者應負的責任。」這又得罪了作為編輯的孫伏園，在徐的公開信的後面，編輯寫了《伏廬後記》，對於徐的意見進行了反駁，首先就說，辯論而至於教訓記者，這是下下策，最後嚴正地指出，平常作者被人駁倒無可申訴卻遷怒於編輯的窠臼，這是大文學家們不屑為的。

此外，因序跋惹禍的還有一件著名的事例。1936 年 9 月 2 日，避難日本的郭沫若在與金祖同閒聊時，以國內正在爭論的「兩個口號」戲擬一聯：

> 魯迅將徐懋庸格殺勿論，弄的怨聲載道
> 茅盾向周起應請求自由，未免呼籲失門

但是，金祖同在未徵得郭沫若同意的情況下，私自在戲聯上寫了一段「附記」，並將戲聯及附記寄給阿英，請其轉寄報刊發表。阿英就將祖同的附語，稍加了一點改動，並寫上「戲論魯迅茅盾聯」的題目，交給了《今代文藝》的主

編侯楓，發表在《今代文藝》第三期（1936年9月20日）上。而金祖同在附記中說他曾在郭沫若先生處看到過茅盾最近給郭的一封長信，「大致是勸他對此番論爭不要發表意見，以免為仇者所快，似乎是動以大義。可知茅盾先生連續發表的反周起應先生的論著，就不是為仇者所快麼？國亡無日，再沒有比團結起來救國更重要的事，我看這些不必要的手段，還是趕快的停止吧！」金祖同在附記中的大肆攻擊，影響很壞，理所當然引起了茅盾的不滿，他寫了《談最近的文壇現象》對金的指責進行了逐一駁斥，給一切嘰嘰喳喳、挑撥離間者以沉重一擊。

　　圖書出版時，如有名人作序，無疑是為圖書增色添彩的事。中國古代早就有這類文壇佳話。但是名人的序，並不好求。所以，甚至出現了有人不惜手段騙取名人序跋。魯迅就曾受過別人的騙，而他寫的《白莽作〈孩兒塔〉序》就是受騙的產物。所以在他為《關於〈白莽遺詩序〉的聲明》（收入《且介亭雜文末編》改為《續記》）中交代了事情的過程，魯迅於1936年3月10日得到一個不相識者由漢口寄來的信，自說和白莽是同濟學校的同學，藏有他的遺稿《孩兒塔》，正在經營出版，但出版家有個要求：要魯迅作一篇序；至於原稿，因為紙張零碎，不寄給魯迅了，不過如果要看的話，卻也可以補寄。十日接到信，魯迅於十一日完成序，立即寄給了「不相識者」，寄出後，才發現自己受了騙，所以，魯迅特地在四月一日寫了《關於〈白莽遺詩序〉的聲明》，發表在1936年5月的《文學週報》（月刊）第二期上，這也是魯迅序跋寫作生涯中唯一的一次為一部書連續寫兩篇序跋。

二、因序跋而產生的寫作佚事

　　在20世紀所留下的新文學序跋中，在序跋的寫作上也留下了許多佚事趣聞。下面分幾個方面舉例說明。

　　一般來講，序跋短於作品。但是，序跋的長度超過正文的情形也有，而且早在中國古代的序跋寫作史上就有了。如唐代王勃的滕王閣詩是一首七律，只有八句56字。但作為這首詩的序言《秋日登洪府滕王閣餞別序》則有七百來字，序壓倒了詩，也比詩更有名。20世紀的序跋寫作中也多有這種情形。如周作人的《若子的死》一篇，正文僅49字，而作者所寫的附記卻長達600多字。此文最初在1929年12月4日的《華北日報》副刊上發表，還有一段更長的《再記》，約1300字。作者義正詞嚴，聲情激越地控訴日本醫生山本

之誤診殺人，但收入集子時卻刪去了。還有周作人的《怎麼說才說》一文，只有三百餘字，但作者寫的附記卻有九百多字，是正文的三倍。另外，詩人路易士（紀弦）的詩歌《向日葵》發表時附的一篇長跋，長度也遠遠超過了詩本身。

序分自序和他序，他序是一種相對的說法，在 20 世紀眾多的序跋中，有時也會出現序者與著者互換的情況，即雙方互相為對方的著作作序。如梁啟超應蔣方震（字百里）之邀，為其《歐洲文藝復興時代史》作序，但「吾覺泛泛為一序，無以益其善美，計不如取吾史中類似之時代相印證焉，庶可以校彼我之長短而自淬厲也。乃與約，作此文以代序。既而下筆不能自休，遂成數萬言，篇幅幾與原書埒。天下古今，固無此等序文。脫稿後，只得對於蔣書宣告獨立矣。」進而轉請蔣方震為其書作序。故蔣氏在序中說：「方震編歐洲文藝復興史，既峻，乃徵序於新會（梁啟超），而新會之序，量與原書埒，則別為清學概論，而復徵序於我。」但是，梁為蔣方震書作序的任務仍然沒有完成，「對於百里之若責，不可不踐也，故更為今序」，梁只好為該書另寫了新序。這樣情況還不止一例。牛漢向舒蕪約稿，請他為人民文學社和香港三聯書店合作出版的《周作人散文選》寫序，舒蕪一寫，竟然長達六萬多字，超過正文的三份之一，無法作為書序。所以，這就有了《周作人概觀》（湖南人民出版社 1986 年版）的問世。

田漢和洪深是新文學戲劇史上的雙子星座。他們也曾以互相作序，給對方「捧場」。如洪深為田漢的《回春之曲》（1935 年 5 月版）作《序》，高度讚揚了他這部劇集：「始終不曾失去『反封建和反帝國主義是中華民族的唯一道路』那個『自信』的，除了田先生這個集子外，竟不容易找到第二部！這部集子的可以『傳』，應當『傳』，是毫無疑義的。」稍後，田漢為洪深的《電影戲劇表演術》（1937 年）所作《序》中，投桃報李，表達了對著者其人其書的欣賞：「本書是洪先生傾注著半生蘊蓄的大著，對於我們這些愛好戲劇藝術的學徒們是非常寶貴的寄與。」利用作序這一特殊的表達方式，他們共同演繹了一段文壇佳話。另外，我們都知道周作人為廢名寫了多篇序，有《〈竹林的故事〉序》、《〈桃園〉跋》、《〈棗〉和〈橋〉序》、《〈莫須有先生傳〉序》和《〈談新詩〉序》等。但是，廢名為周作人的著作寫過序就鮮為人知了。1933年章錫琛徵得周作人同意編選的《周作人散文鈔》，就由廢名作序。這也算是互相作序的又一事例。可見，雙方互序為文人間的文事交往增添了雅趣。

　　新文學史上有許多對夫妻作家，如陳衡哲與任叔永、凌叔華與陳西瀅、馮沅君與陸侃如等，還可以開出一長串。這些作家在出書時，作為最瞭解的愛人，自然有義務喝彩、捧場，這些序跋敘及夫妻間的趣事佚聞，是瞭解作家的珍貴史料，對作品的評論也能深中肯綮，同時，讀這些序跋中還能感受到夫妻間的濃濃情意。如陳衡哲的《小雨點》就有夫君任叔永所作的《序》，序作者開頭就說：「她這本小說集的印行，也可以說是我常常慫恿的結果，所以我覺得有說幾句話的必要——即使犯一點『臺內喝彩』的嫌疑。」又如陸侃如在 1928 年給馮沅君的《卷葹》寫了《再版後記》、《〈春痕〉後記》和《〈劫灰〉後記》，這些後記有作品版本變遷的介紹、作品內容的概述以及解題等，為研究馮沅君的文學創作提供了很大幫助。孫俍工為她的妻子王梅痕的詩集《遺贈》也寫了《前序》和《後序》，在《後序》中，交代了該詩集的出版過程，對詩集內容也展開了具體評說，有很高的史料價值。上面的例子都是夫為妻序，而妻為夫序也不乏其例，如陸小曼就曾為徐志摩的詩集《雲遊》、散文集《愛眉小劄》以及《志摩日記》作過三篇《序》，這些序是讀者知悉徐陸兩人浪漫愛情的重要文本。此外，還有黃炎培出版的詩集《天長集》和《紅桑》，分別由其妻姚維鈞作序。秦牧儘管認為一般情況下，夫妻之間不應互相寫序，就好像醫生不願給自己的親人動手術一樣，但是他還是曾為自己的妻子紫風的一本小書寫序。

　　序跋一般由一人寫成，若是多人寫成，自然應該署上每位寫作者的名字。但 20 世紀序跋寫作史上有許多幕後英雄，本來是他撰寫的序跋（或參與了序跋的撰寫），但是序跋上沒有署上名字。既然有無名英雄，那自然也就有冒名頂替者。如孫中山就曾做過一回冒名者，在上海廣益書局出版的《民國文瘁》，收錄了一篇《〈太平天國戰史〉序》，署名是孫文逸仙拜撰，實際上是《太平天國戰史》的著者劉成禺所作，這篇序只經孫中山同意而署他名。陳獨秀也曾作過一回，亞東圖書館在出版《儒林外史》新式標點本時，汪孟鄒懇請陳獨秀作序，但陳轉而請汪原放寫，陳獨秀對汪原放的文章只修改了幾個字，經陳同意，在序末加了一行：民國九年十月二十五號，陳獨秀。這樣，這篇序的版權就變成陳獨秀的了。無名英雄也並非無名，有些更是「赫赫有名」。如 1929 年上海群益書店重印《域外小說集》，魯迅寫了新序，但署的卻是周作人之名，可見，魯迅也當了一回無名英雄。毛澤東在序跋寫作中也作過一回無名英雄，1960 年，文學研究所根據黨中央書記處的指示，編輯了《不怕

鬼的故事》，該書由所長何其芳撰寫了序言。因事關大局，序言送毛澤東審閱，毛澤東於 1961 年 1 月 4 日和 1 月 23 日前後兩次召見何其芳去中南海頤年堂他的住處，與他談話，並親筆對序文做了修改，但最後仍單獨署何其芳。而錢鍾書充當無名英雄還不止一回。1931 年商務印書館出版了錢穆的《國學概論》，書前有署名宗人基博的序，但實際上是由不到 20 歲的錢鍾書代父捉刀的，其父一字不改交付錢穆，而錢穆在弁言中感謝錢基博賜序顯然謝錯了對象。此外，錢基博的《復堂日記續錄》序文也是出自錢鍾書手筆。〔註 108〕

在筆者看來，新文學圖書中，書前有兩三篇序跋文字的情況太多，這裡僅舉幾個序跋數量教多的例子。如眾所周知的華漢的小說《地泉》，在 1932 年湖風書局重版時，著者在正文前增收《〈地泉〉重版自序》、瞿秋白《革命的浪漫蒂克》、茅盾《〈地泉〉讀後感》，以及錢杏邨、鄭伯奇等序文 5 篇。錢君匋的詩集《水晶座》（1929 年 3 月亞東圖書館出版）有趙景深、汪靜之、葉紹鈞、章克標、汪馥泉、錢君匋和姚方仁的序跋六篇。孔另境、王任叔等著的《橫眉集》（1937 年 12 月上海世界書局出版）前有孔另境的序言 1 篇，後有王任叔、文載道等人的後記 7 篇。相比較而言，舊文人的作品序跋更多，如平襟亞的短篇小說集《中國惡訟師》（1924 年 6 月上海公記書店出版），附有周瘦娟、吳朱麟、李雲、藤固以及著者等 12 篇序。范煙橋的散文集《茶煙歇》前附有序言 13 篇。俞平伯在抗戰勝利後寫訖的長詩《遙夜閨思引》，「由於種種原因，竟然自作序跋十八篇」〔註 109〕，這可能是新文學圖書中附序跋最多的一例。

此外，新文學序跋寫作史上還有一序多用的事例。所謂一序多用指一篇序跋用於兩本或多本書的情況（作為叢書的總序不屬此類）。這也不乏其例，如周作人為廢名寫的《〈棗〉和〈橋〉的序》，就分別在《棗》和《橋》出版時放置於書前。而錢鍾書寫的《〈寫在人生邊上〉和〈人‧獸‧鬼〉重印本序》則也算是兩本書（合成一本出版）寫的序。此外，1956 年上海新文學出版社出版巴金的《霧雨電》時，附了一篇《新版前記》，但是這篇前記也不是新寫的，而是把開明版《巴金選集》的自序（文末文字上有一些小改動）移用了過來。

〔註 108〕湯晏《一代才子錢鍾書》，第 49 頁，上海人民出版社 2005 年版。
〔註 109〕孫玉蓉《〈俞平伯序跋集〉編後記》，孫玉蓉編《俞平伯序跋集》，生活‧讀書‧新知三聯書店 1986 年版。

三、序跋記載的作家佚事

　　新文學序跋中記載下了大量的作家佚事趣聞，也是瞭解作家生存狀態、性情、文壇紛爭、動態，以及時代、社會環境等的最好的載體之一。下面僅以作家個人佚事和作家間交往佚事兩個方面為例。

　　作家個人的人生歷程與社會、人際是緊密聯繫的，作家的生活遭際與作家的創作道路、旨趣密切相關。在作家所寫的序跋中，作家往往不惜筆墨記錄下對自己產生重大影響的事件。而最著名的無疑要數魯迅在《〈吶喊〉自序》中記錄下的「幻燈片事件」。在魯迅的人生道路上，「幻燈片事件」無疑是一個重要的誘因。這一事件導致魯迅背叛原有的人生道路設計，思想的巨大轉變，進而引發魯迅畢生關注、思考「國民性批判」等問題，在他後來的文學創作中多次提及，成為魯迅文學想像、創作源泉的標誌。除魯迅之外，舒新城在《〈蜀遊心影〉序》中記錄下的發生在 1925 年成都高師的一件轟動全國的事件也對舒新城的生活道路和教育見解發生了決定的影響。舒新城在成都高師任教，結識了預科女學生劉舫，因走動較密，為當時學校師生所嫉妒，學校師生的一部分人假著所謂師生戀愛問題有悖禮教，有傷社會風化，由校長率教職員及學生代表至督署請兵，督署對舒新城發出了逮捕令。這次幾乎喪了舒新城生命的成都高師戀愛事件是其一生重要的轉折點，「我雖不敢說此時以前與此時以後的我，完全是兩樣，但對於人生與社會的瞭解因此而進步得許多。也許我現在與未來的生活，有形無形都為那次的事變所影響。」〔註110〕

　　三十年代轟動滬杭的許欽文受冤入獄案在許欽文所寫的《無妻之累》序和後記中也有詳細地交代。陶思謹和劉夢瑩兩位女同學借住在許欽文家，兩人有同性戀傾向，陶因劉疏遠自己，隨起殺機，在許家殘殺劉，釀成慘案，但是此案卻牽連到了許欽文，正如他在序中說道：「因弟年逾三十，尚未結婚，於是各憑臆見，多方論弟之罪。致弟被拘看守所中一月又七日，被傳候訊，不知已幾何次。」〔註111〕經過報紙等媒體的大肆渲染，一件原本案情簡單的兇殺案變的撲朔迷離，許欽文遭到了多種罪名的指控，以「組織共黨」和「窩藏叛徒」的嫌疑，又在軍人的監獄做了十多個月的囚徒，也因此弄得爹死娘病倒的遭遇。序中詳細記載下案件的審理過程：「案又『殺人』『侵佔』而『妨害家庭』，而『危害民國』，——『組織團體』與『窩藏叛徒』，名目已有四五

〔註110〕舒新城《〈蜀遊心影〉序》，《蜀遊心影》，上海開明書店 1929 年版。
〔註111〕許欽文《〈無妻之累〉序》，《無妻之累》，上海宇宙風社 1937 年版。

個，計被訴六次，又聲請再議一次，被公訴罪名三種；被上訴四次；被庭訊二十回，……被判罪名五回；自己上訴四次；宣告無罪五回，經手過的檢查官有七個，推事三十三，……」〔註112〕這次大劫，也從側面見出國民黨法律系統的腐朽無能、社會人心的可怕以及當時媒體報導的肆意渲染等。他在後記中說：「真的，一經攪動，專制思想，野蠻舉動，封建的餘孽，愚民政策的遺毒，以及口是心非，『男女授受不親』的偽道學者，就都蓬蓬勃勃的浮泛起來，連還是只知道『殺人者死』拘於『約法三章』的老古董也露出來了。」〔註113〕這次無辜受累帶給許欽文生理、心理的巨大傷害是持久的，這在他以此次遭遇為題材寫就的《無妻之累》就有明顯的體現，真是無辜受冤獄，滿紙辛酸淚。

　　而劉大白在《郵吻付印自記》記載的一則佚事，也是我們窺探作家與出版社關係的一個窗口。劉的詩集《舊夢》在以出教科書為主要盈利的商務印書館出版，出版時間經過了二十個月，而且排印和裝訂也極壞。出版後，對於此書的宣傳和推銷也不甚重視。商務有一慣例，書館每逢有新書出版，要在總發行所入口處掛出，但是——

> 《舊夢》出版以後，他們自然照例掛牌。但是因為橫行的緣故，書面上《舊夢》兩字，也是從左向右的橫排；不料寫牌子的先生，竟反其方向而讀之，把它寫成《夢舊》。出版不久，被我的朋友瞧見了，告訴他們說：「這是《舊夢》，你們寫顛倒了，應該拿下來改正」！他們果然從諫如流，立刻把他拿下來了。不過只從了一半的諫，拿是拿下來了，改卻沒改；從此這塊牌子就提前被淘汰了，不曾再掛上去。因此，此書出版數月，許多朋友們以為不曾出版。並且有人知道出版了，到總發行所去買，他們還說只有《夢舊》，沒有《舊夢》，以致失望而歸。

由此可見，對於以盈利為目的出版社來說，能為它帶來利潤的書才是重點宣傳促銷的對象，而對於不甚有名的詩人的詩作，市場前景自然不會太好，只是出版社可有可無的出版物，自然不會受到出版社的重點關注。而對於作家來講，出版的書受到此種遭遇，無疑似自己受辱，所以銘記於心，久久不能釋懷。

〔註112〕許欽文《〈無妻之累〉序》，《無妻之累》，上海宇宙風社 1937 年版。
〔註113〕許欽文《〈無妻之累〉後記》，《無妻之累》，上海宇宙風社 1937 年版。

此外，孫伏園為顧仲雍的《昨夜》寫的代序《記顧仲雍》記載了魯迅在浙江紹興師範學校任校長時曾破獲的一條繩計劃。郭沫若在《〈政治經濟學批評〉序》中記載自己的譯作被換名和自己的名字被盜用的情形，《〈師陀散文選集〉序言》記載了「蘆焚」這一筆名被別人盜用的逸事，滕固在《〈壁畫〉自記》序和為好友黃中著《三角戀愛》的序《低微的碳火》中記載自己的一場戀愛事件，〔註114〕唐弢在《〈海天集〉前記》中記載的自己與別人的論爭等，新文學序跋儼然成為新文學文壇佚事的開掘地。

上面的所舉的序跋僅僅涉及作家個人的佚事，但是，新文學序跋中有大量的他序，他序作者在寫作時，往往記錄一些關於著者與序者之間交往的過程、經歷等。這些序跋（當然也有一些自序記載了一些作家間的佚事）中則有大量的作家間的逸事，如顧頡剛和葉聖陶是小時的玩伴，私塾的同學，顧頡剛的序中自然有許多發生在他們之間的鮮為人知的故事。如記載他們在中學的一段：

> 他比我早進一年中學，我進中學時，他正是刻圖章，寫篆字最有興味的當兒。記得那時看見他手裏拿的一把大摺扇，扇上寫滿了許多小小的篆字，我看了他的勻淨工整，覺得很是羨慕。後來他極喜歡做詩。當時同學裏差不多沒有一個會做詩的，他屢屢的教導我們，於是中學校裏就結合了一個詩會，叫做放社。但別人的想像和表出，總不能像他那般的深刻，做出來的東西總是直率得很，所以我們甘心推他做盟主。〔註115〕

可見，葉聖陶的文學才華早在中學階段就有突出的表現了，他以後從小學教師到作家的轉變是有寫作才華作前提的。

任叔永為陳衡哲的寫的《〈小雨點〉序》記載下一則發生在胡適、陳衡哲和任叔永三人之間的一段趣事，也可見他們三人之間「蘊涵著的兼及傳統書生與西洋紳士（淑女）的『風雅』」〔註116〕，記載的佚事如下：

> 有一天忽然接到莎菲寄來兩首五言絕句；其中的一首道：初月曳輕雲，笑隱寒林裏。不知好容光，已映清溪水。我看了這首詩，喜歡的了不得，學著化學家倍隨留斯的話，說：我在新大陸發見了

〔註114〕參見拙文《滕固婚戀事蹟考》，《博覽群書》2009年2期。

〔註115〕顧頡剛《〈隔膜〉序》，葉聖陶《隔膜》，上海商務印書館1922年版。

〔註116〕陳平原《那些讓人永遠感懷的風雅》，《書城》2008年4期。

一個新詩人。同時我也把這首詩寫給適之看，說是我作的。（那時適
之在紐約，我在康橋。）適之回信說：「叔永有此情致，無此聰明；
杏佛有此聰明；無此細膩；這一定是個新詩人作的。

從這則逸事可看出陳衡哲的文學才華確有過人之處，而胡適對朋友才華的辨
別能力也非尋常。而胡適寫的《〈小雨點〉序》中也記載了他與陳衡哲的一段
不為人知的交往趣事，是兩人之間關係密切的一個重要證據，難怪有好事者
藉此來大肆渲染他們之間的曖昧關係。

朱自請在《〈標準與尺度〉序》記載的一則發生他與沈從文之間的故事也
頗有趣。抄錄如下：

……還有《論誦讀》那篇，寫好了寄給沈從文先生，隔了幾天
他寫信來說稿子好像未完，讓我去看看。我去看，發現缺了末半葉。
沈先生當天就要發稿，讓我在他書房裏補寫那半葉，說寫完了就在
他家吃午飯。這更是逼著趕了。等我寫完，卻在沈先生的窗臺發見
那缺了的末半葉！沈先生笑著抱歉說：「真折磨你了！」但是補稿居
然比原稿詳明些，我就用了補稿。

此外，如孔另境寫的《〈秋窗集〉前記》記載了發生在 1936 年底至 1937 年初
郭沫若和茅盾之間的一場誤會，事件由孔另境署名「東方曦」的文章指責文
壇怪現象，此時正是魯迅逝世之後，文壇群龍無首的敏感時期，而「東方曦」
署名又很自然聯繫到茅盾曾用過的筆名，所以，引起郭沫若、張若英等人的
反感，以為是在爭奪文壇領袖，一場無謂的筆戰由此展開。但是，這則佚事
也反應出了魯迅逝世之後，文壇的一些頗為敏感的人事糾紛，值得細細體會。

總之，新文學作家序跋中記載下了大量作家佚事趣聞，這也是新文學研
究的重要組成部分，但是，因序跋涉及到的佚事、趣聞不但多，而且雜亂無
章，如何進行歸納整理是個棘手的問題。拙文列舉了一些與作家有關的佚事、
趣事僅僅是新文學序跋中的冰山一角。20 世紀序跋史上的佚事瑣聞遠遠不止
上面提到的這些，它需要我們進行系統的收集、整理和勾沉。

第四章　新文學序跋與譯介

　　許多新文學作家除了文學創作外，還有大量的文學翻譯實踐。如魯迅、周作人、郭沫若、茅盾、巴金、徐志摩、鄭振鐸等人，他們的翻譯活動持續時間長、成績斐然！此外，還有以文學翻譯為主，以文學創作為輔的翻譯家，如傅雷、朱生豪、曹靖華、耿濟之等人。作家和翻譯家的共同參與，使得新文學時期的翻譯文學取得了驕人的成績，僅現代文學 30 餘年，出版的翻譯作品數量近 5000 餘種。〔註1〕所以，有人曾把新文學的創作與翻譯比喻為車之兩輪、鳥之雙翼，但長期以來，翻譯文學的研究一直被排斥在新文學研究之外，使得新文學創作與翻譯原本極為密切的活動被人為地加以割裂。竊以為，新文學研究應該充分看到創作與翻譯之間的互動關係，翻譯文學應該納入到新文學研究的範圍中來。如果說翻譯作品視為作家創作還有很大的歧異，那因翻譯而產生的序跋歸屬於新文學作家的創作則應毫無異議。鑒於翻譯文學在新文學領域中自成體系，它囊括了詩歌、小說、散文和戲劇四大文類。所以，新文學序跋包括翻譯文學序跋與新文學創作序跋兩大部分。當然，作為圖書或作品的序跋，譯本序跋與新文學創作序跋有共通之處，但它更有其自身所獨具的特色，本章論述譯本序跋主要便集中在譯本序跋所特具的價值和意義。

第一節　新文學譯本序跋的歷史定位

　　人類在同一個地球上生存，人與人之間，民族與民族之間需要不斷地

〔註 1〕此處的數據是依據《中國現代文學總書目》和《民國時期總書目》統計出來的結果。

溝通、交流。由於不同地域、民族、語言的存在，在交往過程中語際間的翻譯活動出現了。甚至可以說，自人類誕生開始，語際間的翻譯活動也就出現了。書籍產生以後，翻譯活動通過書籍得以保存下來。就我國而言，由於年代久遠，書籍、文字的無存，先秦的翻譯活動實難加以考證。論述中國翻譯史，一般從三國時代的佛經翻譯說起。漢末開始，印度的佛教經典，陸續由胡僧輸入中國，佛經翻譯出現。據今存的文字推斷，東漢桓帝建和二年（公元 148 年）時，安世高已開始較大規模地從事譯經活動了。這一時期是中國文化史上的第一次翻譯高潮。第二次翻譯高潮是從 1890 年到 1919 年。鴉片戰爭以後，中國閉關鎖國的局面被打破，先進的中國人開始開眼看世界。在「師夷長技以制夷」的思想指導下，向西歐、日等國大量派遣留學生，學習外國先進的科學知識，而要把這些知識輸入給國內，大規模地譯介是重要的途徑。而域外文學作品的翻譯自 1895 年甲午中日戰爭之後逐漸開始興盛起來，大量外國文學作品得到了進入中國的機會，以至於給人形成了翻譯多於創作的錯覺。〔註 2〕日本學者樽本照雄在《清末民初小說目錄》中共收錄了 13799 種小說，其中創作占 9437 種，翻譯占 4362 種。可見，翻譯文學數量之巨。

　　自然，在翻譯作品問世的同時，也產生了譯本序跋，如我國現今存較早的《法句經序》，譯者支謙作於公元 224 年。從晚清開始，由於文學翻譯作品大量出版，譯本序跋的數量劇增，如林紓自 1897 年開始，與近 20 位譯者合作譯介了西洋小說 180 餘部，他所寫的譯本序跋也近百篇。譯作前後附序跋已成為譯者和出版社約定俗成的做法，新文學時期以及現今出版的文學譯本概莫能外。

一、新文學譯本序跋存在狀況及研究困境

　　新文學期間，儘管中國的文學翻譯活動更多的是引進來，但走出去也大量存在。筆者據此為標準把譯本序跋分為兩個部分，一方面是翻譯外國文學作品時，譯者或譯者請人寫的序跋（不包括原著者序），具體包括附在譯本前的譯者前言（包括譯者和他人撰寫），原著者小傳等以及附於書後的譯後記、跋等。另一方面是中國作品翻譯成外文時，中國著者寫的序跋。如《〈吶喊〉

〔註 2〕阿英就認為晚清的翻譯多於創作，他粗略地估計，翻譯書的數量，總有全數量的三分之二。參見其《晚清小說史》，第 210 頁，東方出版社 1996 年版。

捷克譯本序言》,《〈寒夜〉挪威文譯本序》,《〈太陽照在桑乾河上〉俄譯本第
一版前言》等。譯本序跋是因譯作而產生的,所以要統計新文學譯本序跋的
數量,先從翻譯作品的數量著手。《中國現代文學總書目》中所收的翻譯著作
書目共計有 4330 種。正如編者在《編後記》所言:「由於現代文學書籍浩如
煙海而又歷經浩劫,出版年代日漸久遠,有些作品早已絕版,甚至已經失傳
或損壞,加上人力和物力的限制,不可能遍訪天下群書,這部總書目就難免
存在疏漏和差錯。」〔註3〕事實上,這一數字遠低於實際出版數字,有不少的
譯作版本,在總書目中卻失收,所以譯作序跋的數量實很難作一個精確的統
計。這裡只能做一個抽樣調查,根據《民國總書目・外國文學卷》,以日本文
學為例,民國期間其在中國的各類文學作品譯本大約有 232 種,有譯本序跋
的為 105 種,而且有的譯本序跋還不止一篇。將近一半的譯作有序跋這一推
斷是基本可以成立的。1949 年以後,特別是新時期以來,文學翻譯得到了極
大的繁榮,隨著翻譯作品而生的譯本序跋數量更為巨大。總的來看,20 世紀
的文學譯本序跋的數量也是驚人的。

迄今為止,已出版的序跋專集上百部,涉及 20 世紀文學序跋的專集數量
也有 80 餘種。但遺憾的是,作為新文學門類中的一個不可或缺、有機的組成
部分的翻譯文學領域,專門以譯本序跋為對象的序跋集迄今為止一本都沒有
出現。就目前所能見到的序跋集中,只有《魯迅全集》(2005 年版,第十卷)
把魯迅畢生所寫的譯文序跋集中結集。〔註4〕更多的作家序跋集是把譯文序跋
與作家的其他序跋混合在一起,如《知堂序跋》、《茅盾序跋集》、《巴金序跋
集》等。顯然,這與翻譯文學長期排斥在新文學之外是密切相關的。賈植芳
先生認為:「外國文學作品是由中國翻譯家用漢語譯出,以漢文形式存在的;
它在創造和豐富中國現代文學方面的貢獻,確與創作具有同等重要的意義和
價值。」〔註5〕但是,長期以來的中國現當代的文學史寫作中,翻譯文學從沒
有與小說、詩歌等放在同等重要的地位。有人曾這樣描述這種現狀:「自 1949
年以來中國大陸出版的中國現代文學史無一例外地取消了論述翻譯文學的專
門章節,不僅如此,它們對作家們的翻譯文學成就不是輕輕地一筆帶過,就

〔註3〕賈植芳、俞元桂主編《中國現代文學總書目》,第 1162 頁,福建教育出版社
　　　 1993 年版。
〔註4〕劉運峰編的《魯迅序跋集》(上下冊)中,共分六輯,第二輯為「翻譯序跋」,
　　　 但所收的翻譯序跋數目比《魯迅全集》少。
〔註5〕賈植芳《〈中國現代文學總書目〉序》,福建教育出版社 1993 年版。

是視若無睹，緘口不談。」〔註6〕同時，由於學科專業的劃分，翻譯文學的研究也往往被劃歸外國文學研究的範圍，這樣一來，翻譯文學研究也長期游離於中國文學之外。新時期以來，賈植芳、謝天振、王向遠、張中良、高玉等人一直提倡把翻譯文學納入中國文學研究的視野，如賈植芳、俞元桂主編的《中國現代文學總書目》第一次把翻譯文學作為與散文、小說、戲劇、詩歌並列的一個單元。謝天振在他的《譯介學》中，從文學翻譯的再創造性質、從翻譯文學作品的國籍判斷依據等方面的分析著手，令人信服地指出，翻譯文學是中國文學的一個組成部分。王向遠在他的《翻譯文學導論》中，開宗明義地宣稱：中國的「翻譯文學」不是「本土（中國）文學」，也不是「外國文學」，而是中國文學的一個特殊的組成部分。〔註7〕他們的不斷呼籲和提倡正在改變文學研究界對翻譯文學的認識。

由於翻譯文學長期得不到現代文學研究界的重視，譯本序跋不被納入出版者和研究者的視野也就不足為奇。譯文序跋集的缺失直接導致了對其研究的輕視，對翻譯序跋的研究成果更是屈指可數。據筆者所掌握到的情況看，有對林紓、魯迅的譯本序跋的探討，如賈紅霞《譯者的主觀意圖與客觀效果之關係：林譯小說前期序跋讀解》，從林紓的譯本序跋中探究其翻譯的目的、動機以及策略，從而分析譯者的主觀意圖與譯作的質量與接受的關係。李文卓《從「譯文序跋」看魯迅的比較文學觀及其方法論意義》則是從魯迅所寫的譯本序跋中窺探其世界文化視野，以及他的中外文學比較方面思想和實踐。也有從文學翻譯研究的角度進行探討，如孫昌坤《譯作序言跋語與翻譯研究》則從譯作序跋與譯者、與外部的社會關係等角度探討譯作序跋給翻譯研究帶來的意義。而李峰的《開闢翻譯文學研究新領域：譯本序跋研究初探》則是從宏觀上論述了譯本序跋的研究價值，認為譯本序跋是翻譯文學研究的新文本和新角度，是亟待開掘的處女地。此外，還有孫之梅《林譯小說序跋的文學史意義》、章豔《文化視角觀照下的譯序跋研究：以〈飄〉重譯本序為例》等論文對譯本序跋作了一些探討。但是，這些屈指可數的研究成果只是零星地出現，沒有對新文學譯本序跋進行系統、深入的發掘與探討，這與大量的譯作序跋的存在相比是遠遠不夠的。

〔註6〕謝天振《譯介學》，第209頁，上海外語教育出版社1999年版。
〔註7〕王向遠《翻譯文學導論》，第1頁，北京師範大學出版社2004年。

　　要展開對譯作序跋的研究，首要的工作是對譯本序跋資料的收集整理。需要大量地收集各類譯本序跋，可按照不同的標準、角度整理出各種譯本序跋集。如按照現有的文類標準可整理出翻譯小說，詩歌、戲劇、散文序跋集，按照作品的來源國別可整理出英國文學序跋集、法國文學序跋集、俄蘇文學序跋、美國文學序跋集、日本文學序跋集等，可以以單個作家作品為對象整理出如普希金作品序跋集〔註8〕、莎士比亞作品序跋集、巴爾扎克作品序跋集，還可以以一部作品為對象收集出不同時期的譯本序跋，如莎士比亞的《威尼斯商人》在中國的譯本就有十餘種，而每一種幾乎都有譯者寫的序跋文字。司湯達的《紅與黑》在中國也出版了十多種之多，此外還有《復活》、《高老頭》、《西線無戰事》、《洛麗塔》等大量作品因不斷重譯產生了不同的序跋，這些同一作品不同時期、不同譯者所寫的序跋完全可以收集整理成冊。總之，從不同的角度、標準收集整理的譯本序跋集能為研究者展開譯本序跋的研究提供極大的便利，這是目前首先應著手的基礎性工作。

二、譯本序跋是新文學的重要組成部分

　　如前所述，新文學時期的圖書出版，仍繼承了中國圖書出版的優良傳統，書前書後附序跋已成為新書業的一種慣例。對出版社來講，這既是書的出版體例的之一，也是圖書營銷的一種手段。對圖書的作者來說，書前後附序跋也能藉此機會，發表自己的一些看法，交代圖書的出版經歷，感謝一些曾幫助過自己的友人等等。此外，請人作序還可以成就一段文事交往，獲得朋友、師長、名人的表揚和鼓勵，還能為自己擴大聲譽、帶來經濟上的實惠等。對於譯著，譯本序跋不但具有普通序跋的功能，還有自己的獨特的價值。撰寫這些譯本序跋的作者實際充當了域外著者傳達給國內讀者的介紹人。對於國內普通讀者而言，在閱讀外國作家作品之前也需要譯者介紹一些背景知識。所以，與新文學著作相比，譯作前後附序跋顯得尤為必要。翻譯家智量在談及他譯介《上尉的女兒》時就曾現身說法：「我為我這個譯本寫了一篇簡要的譯序，已經不少讀者告訴我，我這篇序對他們的閱讀很有幫助。」〔註9〕譯本序跋有自序和他序兩類，跋或譯後記多為譯者自己所為。如果翻譯作品是否

〔註8〕在張鐵夫主編的《普希金與中國》（嶽麓書社2000年版）中的附錄三《中國普希金研究資料目錄索引》中，就收入20世紀出版的普希金作品序跋共96篇。

〔註9〕智量《我譯〈上尉的女兒〉》，楊絳等《一本書和一個世界》，第280頁，崑崙出版社2005年版。

是新文學作家的創作還存在很大的分歧，那麼譯本序跋是新文學作家的創作則應該是毫無疑問。在作家的文集或全集中，翻譯作品儘管多不被選入，但譯本序跋作為作家作品的重要組成部分，作家的作品集、文集、全集的編選中無一例外地得到了承認。

同樣，譯本序跋依附譯作而存在，特定的序跋與特定的作品一旦建立聯繫，正、副文本共同構成一個意義單元。但是，與其他新文學創作序跋相比，譯本序跋還有其特殊之處在於他是翻譯作品的「副產品」。由於翻譯文學在新文學中地位一直是個懸而未決的問題，特別是在 1949 年後，翻譯文學不屬於新文學的觀點占主流，這直接導致了翻譯作品被排斥在新文學作品之外。這樣，翻譯作品與譯文序跋就發生了位置上的分離。我們可從《魯迅全集》的內容變遷找到例證。1938 年出版的《魯迅全集》共 20 卷，收羅作家 30 餘年的著譯，而作家畢生的譯文就佔了 10 卷，附在譯文前後的序跋也順利進入全集。而到了 1956 年開始出版的《魯迅全集》，魯迅翻譯的外國文學作品和編校的中國古代作品都不收在內。全集由原來的 20 卷銳減為 10 卷。因翻譯作品被排除在外，大量的譯文序跋也沒有在這一版全集中得到保留。1981 年出版第三版《魯迅全集》時，儘管翻譯作品仍舊被排除在外，但以「譯文序跋集」的形式集中收入了作者畢生所寫的譯文序跋。2005 年版的《魯迅全集》仍循 1981 年版全集的收入體例，譯文序跋仍集中在一卷。這類序跋與譯作分離的情況，在《郭沫若全集》、《茅盾全集》、《巴金全集》等中也同樣存在。只有在單獨出版作家譯文全集時，作家所寫的譯文序跋和翻譯作品才能得以重聚，如《巴金譯文全集》（人民文學出版社 1997 年版）和《魯迅譯文全集》（福建教育出版社 2008 年版）即是如此。

儘管新文學譯本序跋屬於作家的創作，但在是否是文學作品的認定上，由於序跋本身在文類歸屬上的多元狀態，譯本序跋在文類劃分上也處於很尷尬的位置。前面已經論及，在新文學文類的四分法中，新文學序跋面臨尷尬的處境。這與新文學序跋類文體沒有在新文學作品中取得獨立的文類地位密切相關。而作為新文學序跋的重要組成部分的譯本序跋沒有納入新文學作品之列也就理所當然。這可從 20 世紀不同時段的文學《大系》的編撰體例中找到例證。如果說在《中國新文學大系》（1917～1927）中還選入了顧頡剛的《〈古史辨〉序》，那麼這一時期的譯本序跋由於「翻譯文學」沒納入大系的體例，幾乎完全被新文學選家們排斥在外，後來出版的不同時段《文學大系》仍主要以四分法為依

據，譯本序跋一直排斥在外。〔註10〕在新文學選家們的視野中，除了小說、戲劇、詩歌、散文四類文體之外，序跋根本不是一個單獨的文體，它更多是被視為散文體裁中的一個小類，而顧頡剛的《〈古史辨〉序》只是作為「很有趣的自敘」〔註11〕散文被幸運地選入。或者作為文學理論類文章選入《大系》的理論集部分。總之，就現今的文類體系而言，序跋不是作為一個獨立的文類，它不是作為「文學作品」之一種而存在的。而譯本序跋又是作為新文學序跋中一個特殊類別，更由於「翻譯文學」的次等文學地位更被疏遠。

所以，正如筆者已經對新文學創作序跋在文類歸屬上界定為「副文學」，主要是區別於新文學詩歌、小說、戲劇和散文。同樣，譯本序跋也是翻譯文學的「副文學」，區別於翻譯文學的詩歌、小說、戲劇和散文四大類作品。竊以為，把譯本序跋定位為翻譯文學的「副文學」，對翻譯文學研究能帶來以下幾點新的意義。

首先，確立了譯本序跋的獨立地位。譯本序跋是新文學作家（翻譯家）創作的重要部分，新文學作家（翻譯家）不但有大量的翻譯作品問世，也有大量的「副文學」譯本序跋產生，與作家文學創作的序跋一樣，譯本序跋也有獨立的研究價值。迄今為止，儘管新文學譯本序跋大量存在，但是鮮有系統、整體的研究和觀照。主要的原因還是在於文學史家沒把譯本序跋視為作家（翻譯家）創作的重要組成部分，沒把譯本序跋提高到作為翻譯文學的不可缺少的「副文學」地位。

其次，由於譯本序跋作為「副文學」是相對於翻譯文學中的四大文類。從整體上看，作為正文學的四大體裁與副文學的譯本序跋本身就是密不可分，它們之間所產生的文本間性和文本張力，增加了新文學翻譯研究的闡釋空間，可為新文學的翻譯研究帶來新視閾。而作為具體的譯本序跋，它又與具體的譯作構成一種正副文本關係，它們之間形成的「文本間性」也為具體譯作的研究和闡釋帶來意義增殖的可能性。

再次，從單個作家所寫的譯本序跋而言，由於把譯本序跋作為翻譯文學

〔註10〕此處還有唯一的例外，就是 1991～1996 年上海書店出版的《中國近代文學大系》，專設「翻譯文學集」，由施蟄存編撰，共三卷，其中收入一些譯作前後就有「解題」、「序」和「跋」等內容。因為涉及的時間段是 1840～1919，沒有把它歸為新文學之內。

〔註11〕蔡元培等著《中國新文學大系導論集》，第 195 頁，上海良友復興圖書印刷公司 1940 年版。

的「副文學」，從中可以完整、清楚地看到作家畢生的翻譯活動，在譯界的文事交際以及因翻譯而產生的文壇論爭、恩怨等。由於許多新文學作家還兼有翻譯家的身份，作家畢生所寫的譯本序跋也完全可作為獨立的研究對象，據此可考察作家的翻譯歷程、翻譯思想以及中外文化、文學的比較觀，還可以從作家所寫的譯本序跋中梳理作家文學創作的淵源，窺探作家與翻譯家多重身份之間的密切聯繫。

最後，確立譯本序跋為「副文學」，彌補新文學作家作品的研究存在的盲點。新文學史上，很多作家都兼翻譯家的身份，但對新文學作家的研究基本不涉及其翻譯活動，而對新文學作家的翻譯活動研究則基本由外國文學研究者來承擔。儘管最近十餘年來，大力提倡跨學科、跨領域的研究，國內已有不少從事新文學研究學者已投身於翻譯文學的研究中。但由於翻譯研究本身對研究者的要求甚高，如必須精通一兩門外語，以及語言學方面的知識，能進行原文與譯文的句法分析等。真正能深入翻譯文學研究的學者人數並不是很多。儘管有大量的翻譯研究的文章問世，但是從整體上系統研究新文學作家翻譯活動的著作並不多。〔註 12〕而要對新文學作家翻譯家身份的研究和探討，其畢生所寫的譯本序跋應該是個重要的參照對象。

此外，確立譯本序跋為「副文學」，還可以從另一角度論證「翻譯文學」是新文學的組成部分。由於「副文學」的概念是相對於正文學，是正、副文學共同構成新文學作品。所以，新文學序跋、新文學作品、新文學譯作序跋、新文學譯作都是新文學作品的組成部分。這也可算是論證新文學譯作是新文學作品組成部分的依據之一。

三、譯本序跋見證新文學作家的翻譯實踐

要進行翻譯活動，首要的條件必須是掌握外語。自 19 世紀 60 年代的洋

〔註12〕據筆者所知，國內目前出版的有《翻譯家周作人》（王友貴著，四川人民出版社 2001 年版）、《翻譯家魯迅》（王友貴著，南開大學出版社 2005 年版）、《翻譯家周作人論》（劉全福著，上海外語教育出版社 2007 年版）、《魯迅翻譯研究》（顧鈞著，福建教育出版社 2009 年版）五本專著，博士論文有斯德哥爾摩大學中國學系的倫德伯格博士 Lennart Lundberg 的《Luxun as a Translator：Lu xun`s Translation and Introduction of Literature and Literary Theory, 1903-1936》（1989）、《文學翻譯家徐志摩研究》（高偉，上海外國語大學 2007年），這些著作系統全面地探討單個作家的翻譯活動、翻譯思想等。而巴金、茅盾、郭沫若等大量新文學作家的翻譯活動則沒有出現系統的研究專著。

務運動開始，海外留學成為許多知識分子的人生選擇，此後留學生逐年增加。從海外歸來的留學者首先就擁有了語言上的優勢，中國文化史上的第二次翻譯高潮就主要由具有留學背景的知識分子來實現的。五四時期，提倡新文學並從事新文學創作的絕大部分是從海外歸來的留學者，即使沒有留學經歷者，也通過國內的教育機構，使自己學習並掌握了外語。正是因為這樣的人才構成和知識背景，所以在 20 世紀上半期出現了一個前所未有的局面，即作家不但從事於創作，而且也從事翻譯實踐。對此種現象，有學者曾這樣論及：「他們雙管齊下，左右開弓，卻並不十分刻意地區分創作與翻譯。他們言說的需要和願望非常強烈，因此在他們心理，翻譯和寫作交替成為言說和宣洩的方式。魯迅、周作人、胡適、劉半農、陳獨秀等一代人是如此，謝冰心、茅盾、徐志摩、李劼人、郭沫若等也是如此，再後面的王魯彥、巴金、梁實秋、施蟄存、梁遇春、梁宗岱、麗尼（郭安仁）等人還是如此。」〔註 13〕可見，新文學時期出現了作家與翻譯家一身兼兩任的普遍現象。除了上面提及的作家在創作和譯介齊頭並進，都取得不菲的成績之外。20 世紀上半期也出現了主要以翻譯聞名的翻譯家，如謝六逸、傅雷、朱生豪、傅東華、李霽野、戈寶權、董秋斯等人，他們儘管沒有大的創作問世，但是由於「翻譯總是一種創造性的叛逆」〔註 14〕，他們的翻譯作品應該屬於他們的創作成果。總之，新文學作家的文學生涯基本上是由翻譯和創作兩部分構成，而且創作的旨趣和譯介的取向往往相一致，使得創作和翻譯相互促進，相得益彰。

文學翻譯的開始，與譯作序跋的出現，無論從位置上、時間上，還是從意義構成上都緊密相連。與創作作品之新文學序跋一樣，譯作序跋總是在文末有較明確的寫作時間記載，給考察作家的文學翻譯活動提供了準確的依據。從譯作序跋的內容上看，譯者往往在序跋中對譯作的翻譯過程以及自己的行蹤等方面有簡要的說明，所以，對新文學作家而言，譯作序跋見證了新文學作家的翻譯實踐。下面以具體作家的譯作序跋為例。魯迅就是一個首先從事文學翻譯的新文學作家，一生翻譯作品達到了 240 餘萬字。翻閱《魯迅年譜》（人民文學出版社 2000 版）會發現這部記錄魯迅一生著譯的年譜，差不多近一半的篇幅記錄著魯迅的翻譯活動和譯作發表情況。魯迅是非常注重譯文序跋的寫作，在翻譯作品的同時，魯迅也在作品前後寫下了大量的「譯者前記」、

〔註 13〕王友貴《翻譯家周作人》，第 1～2 頁，四川人民出版社 2001 年版。
〔註 14〕羅貝爾‧埃斯卡皮《文學社會學》，第 139 頁，安徽文藝出版社 1987 年版。

「後記」或「小引」，有的譯著的序跋還不止一篇。他的《譯文序跋集》中就收錄了 120 餘篇。從 1903 年的《〈月界旅行〉辨言》到 1936 年 10 月 16 日寫的《〈蘇聯作家七人集〉序》，時間跨度長達 33 年，以至於到了生命的晚期，他還口授譯本序跋。這些寫於不同時間，不同地點的譯本序跋本身就是魯迅翻譯活動的最好見證。如 1921 年魯迅就寫了 13 篇譯序跋，平均每月一篇，足見魯迅在翻譯活動上的辛勤。正如他在《譯〈苦悶的象徵〉後三日序》中所說：「因為這於我有翻譯的必要，我便前天開首了，本以為易，譯起來卻也難。但我仍只得譯下去，並且陸續發表；又因為別一必要，此後怕於引例之類要略有省略的地方。」〔註 15〕這可看作是魯迅畢生翻譯活動的生動寫照。

再來看看李劼人的例子。1919 年底，李劼人到達法國，開始自己的留學生活。1921 年 10 月到蒙北烈居住，在蒙北烈大學上文學補習班，其間，他開始了法國文學的翻譯。此處僅以 1922 年寫的翻譯序跋為例來看這一年他的翻譯活動。1922 年 1 月，他為翻譯拉魏黨的短篇小說《煩惱》寫下了代序《關於〈煩惱〉的作者》；7 月，他又為翻譯普勒浮斯特的短篇小說《斯摩倫的日記》寫了《譯者附言》；9 月，為翻譯魯意士的短篇小說《斜陽人語》和《馬丹埃士果里野的奇遇》並寫了《〈斜陽人語〉譯後附識》；12 月為翻譯歹里埃的短篇小說《諾厄爾節之前一日》寫了《〈諾厄爾節之前一日〉譯者附語》，在短短一年時間裏，李就為翻譯的作品寫了四篇序跋文字。〔註 16〕這也印證了他本人所說的：「在蒙北列期間，僅用了一小半時間在大學讀書，而大半時間，則用來搞翻譯……」。〔註 17〕

不但從譯作序跋的寫作本身可以反映作家的翻譯活動，譯者在譯作序跋中也有意無意大量記錄下了作家的翻譯活動。以郭沫若所寫的《〈浮士德〉第一部譯後》和《〈浮士德〉第二部譯後記》為例，前者寫於 1927 年 11 月 30 日。譯者開頭就交代，民國八年秋間，曾把第一部開場的獨白譯出，第二年春間又把第二部開場的一齣翻譯出來。也就是這一年的暑假，譯者費了兩個月的工夫公然把第一部全部翻譯出來了。譯者還記得當時的情形是，「整個暑假的幾幾乎是晝夜兼勤的工作！……我用毛筆寫的稿子是謄寫過兩遍的，寫

〔註 15〕魯迅《魯迅全集》第 10 卷，第 261 頁，人民文學出版社 2005 年版。

〔註 16〕以上材料來自李眉編的《李劼人年譜》，《新文學史料》1992 年 2 期。

〔註 17〕李劼人《回憶在法國勤工儉學時的片斷生活》，《李劼人選集》（第 5 卷），第 22 頁，四川文藝出版社 1986 年版。

得非常工整。」〔註18〕但是，由於通信不暢，譯作一擱置竟達十年。譯者在
十年後再次閱讀殘稿時，發現問題很多，只好全部改譯。但這次的工作進行
得很快，自著手以來僅僅只用十天的工夫，便把這第一部的全部完全改譯了。
而郭沫若翻譯《浮士德》第二部的出版則是在第一部出版後 20 餘年的 1947
年。但是，賡續第二部的念頭則是在 1943 年左右產生了。他在 1944 年 2 月 8
日所寫的《題第一部新版》上有著這樣的話：「《浮士德》第一部譯出已二十
餘年矣，去夏曾動念欲續譯其第二部，但未果。…如有餘暇，終當續成。」〔註
19〕到了 1947 年初，郭沫若終於下定決心開始譯介第二部，在《〈浮士德〉第
二部譯後記》中，他又詳細交代了翻譯第二部的過程：

> 我是在三月尾上開始工作的，起初是作的半年計劃。我那時估
> 定我在半年之內是不會有什麼工作可做的。但一開始了工作之後便
> 漸漸感覺了興趣，而且這興趣以加速度的形勢增加，因此我的精力
> 便集中了起來，竟在五月三日便把全部譯完了。計算起來還不足四
> 十天，在這當中我也還在做著其他的工作，實際花費的時間是不足
> 一個月的。

從這三篇譯本序跋文字中，可以十分清楚的理清郭沫若在翻譯《浮士德》（共
兩部）的全過程。

第二節　譯本序跋與翻譯文學研究

　　近代以來的翻譯研究是伴隨著第二次翻譯高潮的出現而開始的。梁啟超、
嚴復、章炳麟、馬建忠等人不但有翻譯實踐，而且還對翻譯活動進行過初步
探討。新文學時期，隨著新文學作家介入文學翻譯，在不斷出版譯作的同時，
關於翻譯文學的研究也得到了重視。魯迅、周作人、郭沫若、鄭振鐸、茅盾
等人就進行過大量的摸索。但是，這些研究還停留在作家譯餘之後的片斷思
考，不成體系。王向遠曾這樣總結 20 世紀的翻譯文學研究現狀：「相對於晚
清以來我國翻譯文學的豐富實踐和碩果累累，相對於翻譯文學在我國所產生
的巨大作用和影響，我們的翻譯文學研究遠遠無法相稱。無論是史的研究還

〔註18〕郭沫若《〈浮士德〉譯後》，（德）歌德著，郭沫若譯《浮士德》，上海創造社
　　　　出版部 1928 年版。
〔註19〕郭沫若《題第一部新版》，（德）歌德著、郭沫若譯《浮世德》，福建永安東南
　　　　出版社 1944 年版。

是基本理論研究,都遠遠落後於對中國本土文學的研究,也落後於『外國文學』的研究。……翻譯文學研究乃至整個翻譯研究還沒有走出狹隘的同人圈子,融入整個時代的學術文化大潮中。」〔註 20〕隨著學科的深入發展,近二十年,在謝天振、王向遠等人的大力提倡下,翻譯文學的研究取得了較大的進展。不僅反映在近年來發表的高質量研究論文,還體現在國內出版界推出的幾套頗具規模的翻譯研究叢書,如「中華翻譯研究叢書」、「外國翻譯理論叢書」、「翻譯理論與實踐叢書」、「翻譯與跨學科學術研究叢書」、「外教社翻譯研究叢書」、「譯學新論叢書」以及一套全面展示翻譯家創作風采的《巴別塔文叢》〔註 21〕等。

但是,就目前國內的文學翻譯研究而言,鮮有人從譯本序跋的角度切入。其實,譯本序跋隨著文學翻譯而不斷產生,它本身就與翻譯文學的研究密切相關,有的甚至本身就是文學翻譯研究的重要成果。對譯本序跋的研究,不但能增強翻譯文學研究的科學性,也拓寬了文學翻譯研究的領域。竊以為,譯本序跋是翻譯研究的重要組成部分,把譯本序跋作為獨立的研究對象,完全應該成為翻譯文學研究的新文本和新角度。下面具體從四個方面探討它與翻譯文學研究的關係。

一、譯介動機、目的的表白

要進行翻譯文學的研究,具體到一部譯作而言,譯者的翻譯動機、目的必須首先弄清。從整個翻譯活動過程看來,譯者的翻譯動機是制約譯介的題材選擇、主題選擇以及影響翻譯質量的一個不可忽視的因素。在譯介的過程中,譯者的預期目的潛在或顯在影響和制約譯介活動,同時,從譯介動機的比較中還能體現譯者不同的文化態度以及多樣的翻譯行為等。作為翻譯作品,譯者難以在作品中表達出譯介動機、目的等方面的內容,而多在譯本序跋加以表白。就 20 世紀的翻譯文學史來看,翻譯活動受時代、政治、意識形態等多種因素的制約,同時,譯者的政治立場、審美趣味以及經濟條件等都影響譯者的翻譯動機。筆者從新文學譯本序跋中歸納出四種常見的翻譯動機。

〔註20〕王向遠《〈翻譯文學導論〉前言》,第 1~2 頁,北京師範大學出版社 2004 年版。

〔註21〕部分材料來自謝天振的《〈翻譯研究新視野〉前言》,《翻譯研究新視野》,第 1 頁,青島出版社 2003 年版。

　　20 世紀初，隨著「西上中下」的思想等級結構形成，為了改變落後中國的面貌，掀起了全面向西方學習的熱潮，文學領域也是如此，大量翻譯域外文學就是文學領域向西方學習的重要手段之一。借西方文學來建立新文學成為五四一代作家（翻譯家）的最大使命，所以，最大的譯介動機應該是以翻譯文學為契機，藉以建立新文學的架構，用以推進新文學運動的朝前發展。魯迅在 1909 年為《〈域外小說集〉序言》中這樣說出了他們的譯書目的：「異域文術新宗，自此始入華土。使有士卓特，不為常俗所囿，必將梨然有當於心，按邦國時期，籀讀其心聲，以相度神思之所在。」〔註 22〕在魯迅看來，他的譯書目的是向域外文學學習，使我們自己從中得到借鑒和提高。1920 年，瞿秋白在《〈俄羅斯名家短篇小說第一集〉序》中說：「我們創造新文學的材料本來不一定取之於俄國文學，然而俄國的國情很有中國相似的地方，所以還是應當介紹。」〔註 23〕鄭振鐸也在這本書的序中說：「俄羅斯的文學是近代的世界文學的結晶。現在能夠把俄國文學介紹來，則我們可以因所得見世界的近代的文學真價，而中國新文學的創造，也可以在此建立其基礎了。」〔註 24〕1930 年，耿濟之在沈穎譯的《〈前夜〉序》中也說：「我相信沈穎君用佳妙的手筆來翻譯這種佳妙的著作，他影響於中國的社會也決不會少。俄國社會因著這種書而變更一部分思想，希望中國社會也能因為這種書而變更其平時陳腐虛偽的思想！」〔註 25〕50 年代初，隨著政治的一邊倒，向「老大哥」學習成為指導思想。文學上，全面譯介蘇聯的文學作品，「俄蘇重要作家的代表作幾乎都有了中譯本，甚至有不少作家的全部創作都已譯介過來」。〔註 26〕據統計，僅建國後的 7 年中，人民文學出版社（包括作家出版社）就翻譯出版了 196 種俄蘇文學作品。在大量翻譯俄蘇文學作品同時，蘇聯文壇重要的政策、理論性文本也被介紹進來。顯然，譯介目的是為了仿照蘇聯模式，建立我國的社會主義文學體系。新時期的文學翻譯實踐，同樣也有是抱著向域外

〔註 22〕魯迅《魯迅全集》第 10 卷，第 168 頁，人民文學出版社 2005 年版。
〔註 23〕瞿秋白《〈俄羅斯名家短篇小說第一集〉序》，沈穎等譯《俄羅斯名家短篇小說第一集》，北京新中國雜誌 1920 年版。
〔註 24〕鄭振鐸《〈俄羅斯名家短篇小說第一集〉序》，沈穎等譯《俄羅斯名家短篇小說第一集》，北京新中國雜誌 1920 年版。
〔註 25〕耿濟之《〈前夜〉序》，（俄）屠格涅夫著、沈穎譯《前夜》，商務印書館 1930 年版。
〔註 26〕陳玉剛主編《中國翻譯文學史稿》，第 360 頁，中國對外翻譯出版公司 1989 年版。

文學（如歐美的現代主義文學、拉美的魔幻現實主義文學）的目的翻譯了大量的文學作品，這些譯介動機在大量的譯作序跋中都有明顯的流露。

第二種翻譯動機是順應現實政治的需要。從近代開始，有人就提倡文學翻譯應為政治服務。1898 年，梁啟超發表了《譯印政治小說序》，文中指出：「在昔歐洲各國變革之始，其魁儒碩學，仁人志士，往往以其身之所經歷，及胸中所懷，政治之議論，一寄之於小說。於是彼中輟學之子，熟之暇，手之口之，下而兵丁、而市儈、而農氓、而工匠、而車夫馬卒、而婦女、而童儒，靡不手之口之。往往每一書出，而全國之議論為之一變。彼美、英、德、法、奧、意、日本各國政界之日進，則政治小說，為功最高焉。」〔註 27〕在這篇序中，梁大力鼓吹了域外小說的政治功用，力圖通過翻譯引進此類小說，來振興處於危亡的中國政局。林紓在《〈黑奴籲天錄〉跋》中說：「則吾書雖俚淺，亦足為振作志氣，愛國報種之一助」。〔註 28〕新文學時期的文學翻譯也有大量的作品是應現實政治的需要而譯介過來的。魯迅、茅盾等人譯介「被侮辱被損害的」民族的文學，自然是想以原著者的奮力救亡的事蹟以及作品中塑造的志士仁人作為我們學習的榜樣，所以，密茨凱維制支、顯克維支、裴多菲等人的作品為他們所親睞。如茅盾在《〈英雄包爾〉譯後記》中，重點介紹了作者亞拉爾的革命行動以及發表的文學作品，翻譯目的自然是以此來指引中國革命志士的奮進。魯迅後期的翻譯實踐主要致力於俄國進步文學和蘇聯革命文學，還不辭辛勞地為一些進步譯作寫序和後記，目的是引進並試圖建立「一種新型的文學樣式，一種『無產者』的文學。」〔註 29〕正如魯迅所說：「只要有新生的嬰孩，『毀滅』便是『新生』的一部分。中國的革命文學家和批評家常在要求描寫美滿的革命，完全的革命人，意見固然是高超完美之極了，但他們也因此終於是烏托邦主義者。」〔註 30〕文革期間的文學翻譯更是惟政治是從，譯介動機自然是從政治出發。如 1973 年譯介出版的《母親》被譽為「第一次塑造了具有社會主義覺悟的無產階級英雄形象，深刻地反映了馬克思列寧主義政黨領導下的偉大的群眾革命鬥爭，在世界文學史上

〔註27〕梁啟超《譯印政治小說序》，載陳平原、夏曉虹編《二十世紀中國小說理論資料》（第 1 卷），第 21～22 頁，北京大學出版社，1989 年版。
〔註28〕林紓《〈黑奴籲天錄〉跋》，載陳平原、夏曉虹編《二十世紀中國小說理論資料》（第 1 卷），第 44 頁，北京大學出版社，1989 年版。
〔註29〕王友貴《翻譯家魯迅》，第 201 頁，南開大學出版社 2005 年版。
〔註30〕魯迅《魯迅全集》第 10 卷，第 372 頁，人民文學出版社 2005 年版。

開闢了無產階級革命文學的全新歷史時期」〔註31〕的作品。譯介阿爾巴尼亞作品《阿果里詩選》是為了「鼓舞我們在反對帝國主義和反對現代修正主義的鬥爭中並肩戰鬥」。〔註32〕

第三種譯介動機是出於譯者個人的喜歡。譯者在閱讀原著時，被它吸引，喜歡它，興趣被調動起來，把它翻譯出來，好讓更多的人與自己一起分享這作品。這類譯介動機在新文學翻譯文學作品中也不在少數，沒有功利性目的的譯作更能體現譯者的情致，也使得各樣風格的域外文學作品得到引進。如徐志摩在與沈性仁合譯的《瑪麗瑪麗》序中說：「我說我的翻譯多半是興致，不錯的。我在康橋譯了幾部書。第一部是渦堤孩。第二部是法國中古時的一篇故事，叫作吳嘉與倪珂蘭，第三部是丹農雪烏的死城。新近又印了一冊曼殊斐爾的小說集，還有凡爾泰的贛第德。除了曼殊斐爾是我的溺愛，其餘的都可算是偶成的譯作。」〔註33〕梁實秋在譯作《〈幸福的偽善者〉譯後記》也交代了他譯此書的動機：「我自己十分喜歡這篇作品，故事美，文筆更美，所以用了兩天半的工夫譯成中文，給不懂英文的人看。」〔註34〕50年代，周作人在翻譯《〈狂言十番〉序》中也說：「我譯這狂言的緣故只是因為它有趣，好玩，我願讀狂言的人也只得到一點有趣味，好玩的感覺，倘若大家不怪我這是一個過大的希望。」〔註35〕大量的翻譯實踐表明，這種出於個人喜好的翻譯活動，更能保證譯作的質量。

隨著出版業的興盛，職業作家、翻譯家開始出現，「著書都為稻梁謀」在新文學時期的作家中十分普遍。魯迅、茅盾、巴金等人就是主要以寫作、翻譯謀生。為了維持自己以及家人的生活開支，通過翻譯文學作品換得稿酬也是許多作家翻譯作品的動機之一。與古代讀書人羞於談錢相反，新文學作家認同這樣的謀生方式，如魯迅為了維護自己的經濟利益，可以與李小峰對簿公堂；創造社諸君群起反抗趙南公的剝削。為了養家糊口，翻譯文學作品實

〔註31〕《〈母親〉出版說明》，（蘇聯）高爾基著、南凱譯《母親》，人民文學出版社1973年版。
〔註32〕鄭恩波《〈阿果里詩選〉譯後記》，（阿而巴尼亞）阿里果著、鄭恩波譯《阿果里詩選》，人民文學出版社1974年版。
〔註33〕徐志摩《〈瑪麗瑪麗〉序》，（英）占姆士·司蒂芬世著、徐志摩譯《瑪麗瑪麗》，上海新月書店1927年版。
〔註34〕梁實秋《〈幸福的偽善者〉譯後記》，（英）畢爾邦著、梁實秋譯《幸福的偽善者》，上海東南書局1928年版。
〔註35〕周作人《知堂序跋》，第41～42頁，中國人民大學出版社2004年版。

在是一件正當的活計，如郭沫若在《序〈戰爭與和平〉》中交代自己在避難日本時，為了緩解經濟的壓力，曾答應上海文藝書局翻譯托爾斯泰的《戰爭與和平》。王實味《〈珊拿的邪教徒〉序》也這樣坦白他翻譯《珊拿的邪教徒》的目的：「是兩個月以前的事了吧，為了要想法子弄錢吃飯，譯者開始譯這本書，……因為此外找不出吃飯的法子來──這是無可奈何的事。」〔註36〕此外，作家進行文學翻譯的動機還有很多，如作為練習、無事可做，藉此翻譯打發時間、出於偶然因素等等，而且不同的譯作，翻譯的動機也是千差萬別，而序跋顯然是弄清譯者翻譯動機、目的的重要途徑。

二、譯介思想、翻譯理論的載體

譯本序跋是在譯者完成翻譯實踐之後的文字，除了對譯作動機、目的有過說明之外，往往就翻譯活動本身發表一些個人看法，涉及譯學思想、翻譯理論等內容。陳福康在《中國譯學理論史稿》文末列出了截止1949年前的翻譯文論參考篇目500餘篇。而其中所選譯本序跋有150篇（特別是晚清以前的篇目幾乎全是譯本序跋），約占所選篇目的三分之一。從此書的內容來看，「《中國譯學理論史稿》就在研究和論述中與各類譯本序跋保持緊密的聯繫，全書以從古自今近百位人物為線索，探索中國譯學理論的發展脈絡，其中多數為翻譯家，他們的譯學理論基本都體現在他們為自己或為他人寫作的譯本序跋中。」〔註37〕可見，譯本序跋是考察翻譯思想、翻譯理論的重要載體。在20世紀的大量翻譯序跋中，譯本序跋仍舊充當了翻譯思想、理論的載體。

還是從嚴復、林紓的譯本序跋談起。1897年，嚴復翻譯完成了赫胥黎的《進化與倫理》的《序論》和《本論》兩篇，出版時名為《天演論》。在1898年6月10日，他為該書寫下了《譯例言》，提出了著名的「譯事三難，信、達、雅」的觀點。從20年代開始，賀麟、郁達夫、瞿秋白、茅盾、郭宏安、郭延禮、許鈞、王宏志等人對這個標準進行了深入的研究和探討，可以說，對這個標準的探討從來沒有停止過。林紓是中國近代的翻譯大家，他翻譯了180餘種外國小說，他寫下的譯本序跋類文字也近百篇。這些序跋篇幅雖不長，但是林紓對自己翻譯活動的評介和總結，是研究林紓翻譯思想的必讀文字。

〔註36〕王實味《〈珊拿的邪教徒〉序》，（德）霍布門著、王實味譯《珊拿的邪教徒》，上海中華書局1930年版。

〔註37〕李鋒《開闢翻譯文學研究的新領域》，《東方叢刊》2008年2期。

如林紓在《〈黑奴籲天錄〉例言》中這樣評價該書：「是書開場、伏脈、接筍、結穴，處處均得古文家義法。可知中西文法，有不同而同者。譯者就其原文，易以華語，所冀有志西學者，勿遽貶西書，謂其文境不如中國也。」〔註 38〕這裡就表明了林紓的翻譯思想，他是按中國古典文學作品的標準去評價域外文學，譯介域外作品，也是按我國古典文學作品的「義法」來改造域外文學作品，正因為他有這樣的翻譯思想，才導致了他的譯作與原著差別甚大。

魯迅和周作人的翻譯思想、理論在他們的序跋中也有流露。下面以兩人早期的譯本序跋為例論述。魯迅的翻譯生涯，始於弘文學院。而他 1903 年寫的《〈月界旅行〉辨言》交代了他譯介科幻小說的用心，「掇取學理，去莊而諧，使讀者觸目會心，不牢思索，則必能於不知不覺間，獲得一斑之智識，破遺傳之迷信，改良思想，補助文明，勢力之偉，有如此者！……故苟欲彌今日譯界之缺點，導中國人群以進行，必自科學小說始。」可見，魯迅把譯介科幻小說作為科學救國的一種手段，顯示出強烈的科學啟蒙精神。而周作人從事文學翻譯的時間始稍晚於兄長，始於 1904 年，譯有《俠女奴》、《玉蟲緣》等，而他在《〈俠女奴〉譯文序中也初步表達了自己早期的翻譯思想，有研究者依據此序文認為周作人主張：「以翻譯為媒介，外國優秀的文學作品起到思想上的借鑒作用。具體地說，也就是借用異域文學作品中具有叛逆精神的鮮明的人物形象，來激發國人積極地投身到爭取民族獨立與個性解放的反帝反封建鬥爭中。」〔註 39〕被稱作開闢了現代翻譯史上的新紀元的《域外小說集》是兄弟倆合作翻譯的結果，而魯迅寫的《〈域外小說集〉序言》中以「迻譯弗失文情」〔註 40〕公開倡導直譯。而周作人的直譯觀主要見於他寫的《陀螺〉序言》中，「我的翻譯向來用直譯法，……我現在還是相信直譯法，因為我覺得沒有更好的方法」。但是，他又說：「直譯也有條件，便是必須達意，盡漢語的能力所能及的範圍內，保存原文的風格，表現原語的意義，換一句話就是信與達。」〔註 41〕由此可知，周作人的直譯觀不是逐字譯的死法，而是在「信」與「達」基礎上力求「雅」。

〔註38〕林紓在《〈黑奴籲天錄〉例言》，載陳平原、夏曉虹編《二十世紀中國小說理論資料》（第 1 卷），第 43 頁，北京大學出版社，1989 年版。
〔註39〕劉全福《翻譯家周作人論》，第 14 頁，上海外語教育出版社 2007 年版。
〔註40〕魯迅《魯迅全集》第 10 卷，第 168 頁，人民文學出版社 2005 年版。
〔註41〕周作人《知堂序跋》，第 33 頁，中國人民大學出版社 2004 年版。

據筆者粗略統計，茅盾畢生的譯本序跋有近二百篇，其譯本序跋如《〈盛筵〉附記》、《〈文憑〉譯後記》、《〈復仇的火焰〉序》、《〈茅盾譯文選集〉序》中也記載了他的翻譯思想和翻譯理論。如茅盾對翻譯弱小民族文學的重視，「每見有新譯成英文的小民族的作品，便專函去購買，每見有介紹小民族文學的短篇論文，便抄存下來，舊出的或新出的小民族文學史，也多方弄錢來去購買，甚至因為某種雜誌偶然登了一篇小民族文學作品的譯文，便將這雜誌訂閱了一年，以期續有所得」〔註42〕。在《〈文憑〉譯後記》中他提出把理論文學的翻譯和文藝作品的翻譯分開來看：「就是理論文學的翻譯和文藝作品的翻譯應當分別各定一個現時可能而且合理的標準。在理論文學的翻譯，我以為應當以忠實為第一義，……至對於文藝作品的翻譯，自然最好能夠又忠實又順口，並且又傳達了原作的風韻和『力』」〔註43〕。這也就是茅盾提出「風韻」譯理論的直接表述。而 1980 年發表的《〈茅盾譯文選集〉序》是茅盾對自己一生翻譯活動的歸納和總結，也是考察茅盾畢生翻譯思想、理論的重要資料。茅盾認為：「翻譯一部外國作家的作品，首先要暸解這個作家的生平，他寫過哪些作品，有什麼特色，他的作品在他那個時代占什麼地位等等；其次要能看出這個作家的風格，然後再動手翻譯他的作品。很重要的一點是要能將他的風格翻譯出來。」〔註44〕此外，在這篇序言中，茅盾還專門針對譯詩和譯散文，轉譯和直接從原作譯、復譯等問題發表了自己的看法。

此外，如傅雷所寫的譯本序跋也部分記錄下了其翻譯思想和翻譯理論。有研究者專門從傅雷所寫的譯序言、獻詞等副文本中總結出傅雷的翻譯觀和讀者觀。〔註45〕如傅雷所寫的《〈高老頭〉重譯本序》就凝聚了譯者畢生的翻譯思想，他認為「以傚果論，翻譯應當像臨畫一樣，所求的不在形似而在神似」，〔註46〕這就是他提出的「重神似不重形似」理論。郭宏安寫的《〈惡之花〉譯跋》中也集中體現出他的翻譯觀。他認為：「一個動筆翻譯的人可以沒有系統周密的理論，卻不可以沒有切實可行的原則。他必須對什麼是好的翻

〔註42〕茅盾《〈雪人〉自序》，（匈牙利）莫爾納等著、矛盾譯《雪人》，上海開明書店 1928 年版。

〔註43〕茅盾《〈文憑〉譯後記》，俄·丹青科著、茅盾譯《文憑》，上海現代書局 1932 年版。

〔註44〕茅盾《〈茅盾譯文選集〉序》，《文匯報》1981 年 3 月 29 日。

〔註45〕修文喬《從傅譯副文本看傅雷翻譯觀和讀者觀》，《廣東外語外貿大學學報》2008 年 6 期。

〔註46〕傅雷《傅雷文集》文學卷，第 272 頁，安徽文藝出版社 1998 年版。

譯有自信而且堅定的看法，但是他不一定要固執地認為只有一種翻譯是好的，其餘的都是壞的。」〔註 47〕此外，他還對「信」、「達」、「雅」進行了重新闡釋：「信者，真也，真者，不偽也；達者，至也，至者，無過無不及也；雅者，文學性也，當雅則雅當俗則俗也。」〔註 48〕等等。可見，譯者譯介思想、理論等在其譯本序跋中大量存在，而每個譯者的譯介思想理論的總和就構成了整個 20 世紀的譯學思想大廈。要追索 20 世紀翻譯思想、翻譯理論，作家、翻譯家所寫的譯本序跋顯然是重要的不可或缺的考察對象。

三、翻譯批評（論爭）的平臺

　　作為見證中國翻譯史的一面鏡子，譯本序跋包孕了豐富的歷史信息。作為文學翻譯實踐的重要組成部分，譯者不但圍繞翻譯的立場、方法、效果、價值功能以及譯本優劣等方面有各自的思考，甚至相互有過爭鳴。應該說，翻譯批評就是伴隨著翻譯活動的持續而不斷出現的，而序跋常常充當了翻譯批評的平臺。下面分三個方面來展開論述。

　　與新文學創作領域的論爭一樣，翻譯界的論爭也時有發生。在王向遠等著的《二十世紀中國文學翻譯之爭》中，把 20 世紀翻譯論爭分為十個主題，從「信達雅」之爭到「翻譯文學」之爭，逐一進行梳理，儘管這只是翻譯論爭的一部分，但也可見在翻譯活動的開展的同時，翻譯論爭一刻也沒有停止過。由於序跋與翻譯作品緊密相連，譯者在翻譯實踐之後，在寫序跋時往往借題發揮，發表自己的看法，參與爭鳴，所以，譯本序跋也充當了翻譯論爭的平臺之一。下面僅從序跋的角度，結合其他論文來再現「翻譯文學的國別屬性之爭」。由於翻譯文學特有的跨文化性質，人們不把翻譯文學看成是獨立的文學類型，而習慣於視為外國文學，但翻譯文學和外國文學顯然有明顯的區別。1990 年，施蟄存在《翻譯文學集・導言》的「附記」中對把翻譯文學破例列入《中國近代文學大系》做出了解釋：「外國文學的輸入與我國近代文學的發展有密切的關係。保存一點外國文學如何輸入的記錄，也許更容易透視近代文學發展的軌跡。」〔註 49〕此後不久，賈植芳在《〈中國現代文學總書目〉序言》中不但解釋了把翻譯作品編進總書目的原因，而且正式提出了「翻

〔註47〕郭宏安《雪泥鴻爪》，第 130 頁，湖北教育出版社 2002 年版。
〔註48〕郭宏安《雪泥鴻爪》，第 132 頁，湖北教育出版社 2002 年版。
〔註49〕施蟄存在《翻譯文學集・導言》，《中國近代文學大系》第 26 卷，上海書店出版社 1990 年版。

譯作品是中國現代文學不可或缺的重要部分」。〔註50〕隨後，謝天振也積極響應，連續在學術刊物上發表文章，提倡並論證了這一觀點。但也有王樹榮、施志元等人發文表示異議。施蟄存、謝天振又進行了辯駁。1999 年謝天振的《譯介學》出版，請賈植芳和方平為此書作序。賈植芳在序言中再次對翻譯文學的國別屬性進行了重申，認為謝天振在書中對翻譯文學的理論界定是對「文學翻譯家的創造性勞動的最有力的肯定，也是對那些對翻譯文學抱有偏見的人們的最好的回答」。〔註51〕方平在序中以翻譯家的身份對著者提出「翻譯文學是民族文學或國別文學的一個組成部分」的勇氣、膽識以及論證的周密給予了讚賞，此外，對翻譯文學與創作文學的密切關係也給予了有力的論證，回應了那些對翻譯文學抱有成見的人。

由於多方面的原因，譯者在翻譯文學作品時，錯譯、亂譯時有發生。如20 年代末，趙景深根據英譯本翻譯契可夫的小說《萬卡》時，把其中的 Milky Way 兩詞譯成「牛奶路」（按：應譯為「銀河」），成為譯壇笑話。而在譯本序跋中，對別人的譯本質量的批評也隨處可見。如羅牧在《〈少年維特之煩惱〉譯者瑣言》中對郭沫若的譯本《少年維特之煩惱》就有過這樣的評價：「起初，我也參考過郭譯的，及至發現了『……長的一個有十五歲，與年齡相應地很文雅地親了她……』那段譯文時，我趕快地把那本書放開去，夏綠蒂只有六個弟妹，從二歲起到十二歲為止。郭先生忽然替她母親生了一個十五歲的孩子來，真是可賀之至。」〔註52〕從這段話中可知，羅牧對郭沫若的譯本是十分不滿意的。又如方平在《〈威尼斯商人〉譯者的話》中對顧仲彝、梁實秋、曹未風、朱生豪譯的四種譯本進行了比較分析，他認為，以文字的妥帖和流暢而言，該以朱譯本為第一，這是可以肯定的。梁實秋的譯本是比較可靠的譯本，但遺憾的是，他本可以選擇更好的本子來從事介紹莎劇工作，卻沒有這樣作。而顧譯本可能是最早的一個譯本，儘管是舞臺腳本，有很多不足之處，但在介紹莎劇上，是發揮過一份力量的。曹譯本似乎較顧譯本稍遜一籌，但並非沒有譯的出色的地方，有些地方比其他譯本更妥帖。〔註53〕同樣，除了對別

〔註50〕賈植芳《〈中國現代文學總書目〉序》，賈植芳、俞元桂主編《中國現代文學總書目》，福建教育出版社 1993 年版。

〔註51〕賈植芳《〈譯介學〉序一》，謝天振《譯介學》，上海外語教育出版社 1999 年版。

〔註52〕羅牧《〈少年維特之煩惱〉譯者瑣言》，上海北新書局 1931 年版。

〔註53〕方平《〈威尼斯商人〉譯者的話》，（英）莎士比亞著、方平譯《威尼斯商人》平明出版社 1954 年版。

人的譯本質量提出批評之外，譯者在譯本序跋中，也常對自己的譯作進行自我批評，如巴金在《〈六人〉譯後記》中這樣說道：「看完《六人》的校樣，我坦白地承認這是一件失敗的工作。我用了『試譯』二字，也只是表明我沒有翻譯這本書的能力。……我缺乏駕馭文字的才能，我沒有能夠忠實地表達原意，也沒有能夠傳達原文的音樂美。」〔註 54〕顯然，譯者在序跋中對譯本翻譯質量的批評不但能指導讀者選擇譯本，也對翻譯質量的提高能起到了建設性作用。

　　此外，譯者作為具有很高文學欣賞水平的專業讀者，在翻譯過程中細讀過文本，對作品的語言、技巧以及主旨等都有深入的理解和體會，而且，譯者對該作家作品的文學史地位、風格等都有全面的瞭解，所以，他們對於一國文學、一個作家、一部作品的評價大都比較準確、中肯，同時，由於譯作主要是面向普通讀者，對於外國作家作品，需要譯者在序跋中對所譯作品進行分析評論，進而引導普通讀者的閱讀欣賞。如茅盾寫的譯作序跋大都可歸入文學評論之列，他所寫的譯本序跋中對作家在文學史上地位、作家的寫作的風格、以及作品所傳達的主旨等都有精當的評論。在《〈情人〉譯者前記》中，他把高爾基和托爾斯泰的對比，說：「高爾該（Maxim Gorky）是俄國 Nizhni-Novgorod 人，生於一八六八年，他的文名和托爾斯泰並稱，最著於描寫下流社會人的生活。人家稱托爾斯泰是 The greatman of Russian hall，稱高爾該為 The greatman of Russian mud，他們兩個剛巧是相反的。」〔註 55〕在《〈活屍〉譯者前言》中，他對托爾斯泰主義的歸納：第一是勞動主義，第二就是他所主張的愛他主義，第三便是他的愛情見解。〔註 56〕對《文憑》的主人公的評介是「隱伏於優美的地方色彩的風物人情之下的外衣之下的，已經是一顆在跳躍著被『都市』的喧音所鼓動起來的勇敢的心了」。〔註 57〕傅雷的譯作序跋也有對作品的分析和評論。在序跋中，他用了相當大的篇幅分析原作的觀點、立場，對某些問題進行了深入的探討和評析，如在《〈都爾的本堂神甫〉〈比哀蘭德〉譯者序》中，首先交代原書名

〔註 54〕巴金《〈六人〉譯後記》，（德）洛克爾著、巴金譯《六人》，上海文化生活出版社 1949 年版。
〔註 55〕茅盾《〈情人〉譯者前記》，《時事新報‧學燈》，1919 年 10 月 25 日。
〔註 56〕茅盾《〈活屍〉譯者前言》，《學生雜誌》第 7 卷 1 號，1920 年 1 月 5 日。
〔註 57〕茅盾《〈文憑〉引言》，俄‧丹青科著，矛盾譯《文憑》，上海現代書局 1932 年版。

的來龍去脈，然後逐一介紹作品的主要情節。接著展開評論，揭露作品主題，抨擊了教會和司法界的黑暗，最後指出作者的侷限性，「用麻醉來止痛，以忍耐代替反抗而還自以為苦口婆心，救世救人，是巴爾扎克最大的迷惑之一」。〔註58〕此外，還有葉公超為弟子趙蘿蕤譯作《荒原》所寫的序，序言一開篇，即為艾略特的歷史影響做出令人信服的論斷：「就愛略特個人的詩而論，他的全盛時期已然過去了，但是他的詩和他的詩的理論卻已造成一種新傳統的基礎。這新傳統的勢力已很明顯地在近十年來一般英美青年詩人的作品中表現出來。最近有人說，現在的英文詩只有愛略特派與非愛略特派兩種。這話大致是不錯的。他的影響之大竟令人感覺，也許將來他的詩本身的價值還不及他的影響的價值呢。」〔註 59〕然後，又論述了艾略特的藝術技巧、詩學觀點、理論淵源等，立論精到，分析透闢，是國內研究艾略特的里程碑式經典批評。

四、文學翻譯歷史的見證

20 世紀的文學翻譯，從林紓的翻譯算起，以至到新近出版的譯作，絕大多數文學譯本都有序跋文字。由於序跋與文學翻譯活動密切聯繫，在翻譯實踐的歷史進程中，譯作序跋如影隨形，見證了翻譯文學的全部歷史。下面從四個方面來具體論述。

從「豪傑譯」〔註 60〕到直譯，再到直譯和意譯的辯證統一。譯作序跋見證了翻譯方法的更替。晚清時期，文學翻譯大都採用意譯的翻譯方法。如梁啟超、林紓、蘇曼殊等人的譯作，節譯、轉譯、增刪的現象比較普遍，有的作品甚至出現對原作進行符合時代語境和主題的中國化改寫，如蘇曼殊、陳獨秀翻譯雨果的《悲慘世界》，形式上採用章回體，並從第八回起，整整有六回的篇幅是譯者憑空添加的情節。到了 20 世紀初，「直譯」概念開始出現。周桂笙在 1906 年寫的《〈譯書交通工會試辦章程〉序》有「今之所謂譯書者，

〔註58〕傅雷《傅雷文集》文學卷，第 291～292 頁，安徽文藝出版社 1998 年版。

〔註59〕葉公超《〈荒原〉譯本序》，艾略特《荒原》（趙蘿蕤譯），上海新詩社 1937 年版。

〔註60〕王曉平、郭延禮、王向遠、蔣林均對「豪傑譯」進行了界定，主要是指在翻譯外國作品時，不受原文的束縛，對原作的主題、結構、人物等任意增添、刪減，甚至改寫的一種翻譯方法。清末民初時期，梁啟超、林紓、陳獨秀等人翻譯外國文學作品時，多採用此種翻譯方法。參見蔣林《梁啟超「豪傑譯」研究》，第 37～39 頁，上海譯文出版社 2009 年版。

大抵皆率爾操觚，慣事直譯而已」〔註61〕一句，但是這裡的「直譯」是一種不夠嚴肅的翻譯態度，並不是尊重原文的意思。周氏兄弟翻譯率先把「直譯」運用於翻譯《域外小說集》，但是，他們把直譯看成是逐字逐句的翻譯，如魯迅在《〈譯了〈工人綏惠略夫〉之後〉中，這樣說：「除了幾處不得已的地方，幾乎是逐字譯。」〔註62〕後來，魯迅又在《〈出了象牙之塔〉後記》中說：「文句仍然是直譯，和我歷來所取的方法一樣；也竭力想保存原書的口吻，大抵連語句的前後次序也不甚顛倒。」〔註63〕但是，魯迅這種直譯法，很容易流入「死譯」，梁實秋、趙景深等人則主張尊重讀者，反對逐字直譯，主張意譯，與魯迅展開了論爭。30 年代後期，翻譯家和理論家傾向與把直譯和意譯兩者有機結合，主張辯證統一。50 年代之後，翻譯界的意見基本一致，主張兩種方法的結合，取長補短。茅盾在 1981 年寫的《〈茅盾譯文選集〉序》中回顧 20 世紀翻譯方法的更替過程，對「直譯」進行合理的闡釋，也提出了自己的翻譯觀。

　　從譯介現實主義文學、浪漫主義文學到俄蘇革命文學，再到現代派文學，隨譯作不斷產生，譯作序跋見證各種文學思潮及作品在中國的興衰。20 年代開始，由文學研究會發起了聲勢浩大的現實主義文學譯介，「雲集了『五四』以來的文學家、翻譯工作者以二百人，它既是新文學運動的生力軍，又是我國早期翻譯界的主力軍」，〔註64〕而尤以「被損害民族文學」的譯介最為突出，在《小說月報》特設「被損害民族文學」專刊，刊首引言指出：「凡是地球上的民族都一樣是大地母親的兒子；沒有一個應該特別強些，沒有一個配自稱為『驕子』，所以一切民族的精神結晶都應該視為珍寶……」〔註65〕此後，波蘭、捷克、芬蘭等處在帝國主義統治下的文學作品得到了大量的譯介。早在1920 年，瞿秋白就分析了俄羅斯文學在中國得到歡迎的原因：「俄國布爾什維克的赤色革命在政治、經濟上、社會上發出極大的變動，掀天動地，使全世界的思想都受他的影響。大家要追溯他的遠因，考察他的文化……都集於俄

〔註61〕轉引自王向遠，陳言等《二十世紀中國文學翻譯之爭》，第 85 頁，百花洲文藝出版社 2006 年版。
〔註62〕魯迅《魯迅全集》第 10 卷，第 184 頁，人民文學出版社 2005 年版。
〔註63〕魯迅《魯迅全集》第 10 卷，第 271 頁，人民文學出版社 2005 年版。
〔註64〕孟昭毅、李載道主編《中國翻譯文學史》，第 96 頁，北京大學出版社 2005 年版。
〔註65〕《小說月報》第 12 卷 10 期。1921 年 10 月 10 日。

國文學,而在中國這樣黑暗悲慘的社會裏……聽著俄國舊社會崩裂的聲浪,真是空谷足音,不由得不動心,……於是俄國文學就成了中國文學家的目標。」〔註66〕到了 30 年代,在「左聯」的領導下,俄蘇文學及其他國家進步文學作品逐漸成為國內譯介的熱點。魯迅、茅盾、耿濟之、曹靖華、瞿秋白等人都有大量的俄蘇文學譯作問世。解放後,蘇聯及其他社會主義國家的文學佔據國內譯介主流。直到文革結束後的新時期,歐美現代派文學得到了大量的譯介,蘇聯及其他社會主義國家的文學退居邊緣。總之,各種文學思潮在中國 20 世紀文壇的變遷、更替,在不同時期的譯本序跋中都有反映。

由於體裁的差別,譯作的序跋也見證各體文學在中國譯界地位的消長。晚請譯介域外文學,首先是小說,數量最多。如林紓一人就翻譯了 180 多種外國小說。詩歌的譯作,數量少。只蘇曼殊、辜鴻銘、馬君武等數人用力較多。蘇曼殊一人就出版了譯詩集三本,也寫下了不少譯詩序跋。戲劇最少,阿英編的晚清翻譯劇本目錄,共收 14 種。此外,五四之前的散文數目也不會太多。所以,晚清時期,小說譯作序跋是最多的。「五四」之後,翻譯文學中,小說譯介仍然是最多的,詩歌譯介在胡適、周作人等人倡議下,譯詩成為新文學先驅者的大膽嘗試,但是出版的譯詩集較少。而戲劇得到了大量譯介,成為僅次於小說的第二大體裁,散文類譯介也得到了重視,但數量仍然有限。下面根據《中國現代文學總書目》中 1922 年出版的翻譯作品為例,小說 23 部,戲劇 9 部,詩歌 2 部,散文 2 部,童話 2 部。可見,還是譯介小說的序跋最多。三四十年代的文學翻譯,仍然是小說佔據絕對優勢,小說譯本序跋最多。以 1948 年為例,小說 124 部,戲劇 21 部,散文 17 部,詩歌 11 部。詩歌成為譯介最少的體裁,譯本序跋的數量自然也是最少的。總之,就整個 20 世紀的譯介作品的體裁看,小說一直佔據譯介文學的主要部分,詩歌、戲劇、散文類作品譯介的數量遠遠低於小說。可以肯定,小說譯本序跋的數量也是最多的。

由於譯介文學國別的不同,有日譯本,英譯本、德譯本、法譯本序跋等。這些不同國別譯作的序跋也見證了各國文學在中國的傳播史。以日本文學的譯介為例,晚清開始,中國先進知識分子注意到了小說在日本明治維新中的作用,康有為在《〈日本書目志〉識語》中已經從日文書目中看到了小說在泰

〔註66〕瞿秋白《〈俄羅斯名家短篇小說第一集〉序》,沈穎等譯《俄羅斯名家短篇小說第一集》,北京新中國雜誌 1920 年版。

西和日本的書籍中所佔的位置，以及在啟發民智方面所起的作用。1898 年，
梁啟超發表的著名文章《譯印政治小說序》也正是從日本政治小說《佳人奇
遇》受到的啟發和觸動。後來，又親手翻譯該書，並在《清議報》上連載，
1901 年廣智書局出版單行本。可見，政治小說成為近代中國最先譯介日本小
說的開始。到了二三十年代，在周作人、創造社等作家的努力下，中國翻譯
日本文學作品在選題上出現了明顯的變化，浪漫主義文學受到青睞，譯介最
多的是白樺派的人道主義、理想主義文學。夏目漱石、森鷗外、武者小路實
篤、田山花袋、谷崎潤一郎等人的作品得到了大量譯介，這一時期的譯本大
多「附了譯者或專家撰寫的上萬字的序言，或者附了作家評傳。」〔註 67〕抗
戰開始到 1949 年期間的日本文學翻譯，數量驟減，有人統計，這一時期日本
文學在中國的譯本只有五十來本，平均每年不到七本，〔註 68〕而譯本序跋也
隨之減少了。建國後以及新時期的日本文學翻譯各自呈現複雜的情形，也能
通過這些日譯本序跋，考察日本文學在當代文學期間的譯介情況。

　　此外，從整體上看，根據不同時期出版的譯本序跋數量的多少，還能從
側面考察新文學翻譯活動在不同時期的興衰。如新文學二三十年代翻譯活動
大盛，刊載和出版的譯作序跋數量自然也很多。文革時期翻譯活動受到政治
的干擾，文學翻譯以及譯作出版均處於畸形的翻譯格局，從這一時期的序跋
數量自然少。而到了新時期，文學翻譯出現了全面繁榮，譯本數量急劇膨脹，
譯本序跋也隨之猛增。總之，新文學譯本序跋見證了新文學文學翻譯活動的
全部歷史。

第三節　譯本序跋與中外文學交流

　　無論是漢代開始大量引進西域的佛經，還是唐文化的世界傳播，中外
文化交流淵源流長。文學作為文化的一種表現形式，中外文學的交流溝通
很早就開始了。近代以來，隨著交通的現代化、留學生的增多、印刷技術
的進步等因素，中外文學的交往的密度加大、加深。從古至今，實現中外
文學的交流溝通的主要渠道仍然是翻譯。通過翻譯，域外各國的文學作品

〔註67〕王向遠《二十世紀中國的日本翻譯文學史》，第 44 頁，北京師範大學出版社
　　　　2001 年版。
〔註68〕王向遠《二十世紀中國的日本翻譯文學史》，第 173 頁，北京師範大學出版社
　　　　2001 年版。

得到了大量的引進和介紹、中國的文學作品也大量地為外國讀者所認識和接受。無論是域外文學作品翻譯成中文，還是中國文學作品譯成外文，在此過程所產生的譯文序跋本身就記錄了譯者作為中外文學交流使者在架設溝通橋樑上的辛勤勞動，見證了中外文學交流的歷史事實。下面具體從四個方面進行論述。

一、作為傳播中外文學的窗口

譯本序跋不僅僅是翻譯文學研究的考察對象，它也是考察中外文學交流的重要載體。譯本序跋不僅僅是譯者對翻譯活動的總結、介紹等，更重要的它是面向普通讀者，譯者要通過序跋把域外文學作品介紹給讀者。序跋對作品的評介和分析的最終目的是要讀者感受有別於自己民族文學的獨特魅力。翻譯家智量就認為：「每一本外國文學作品翻譯作品，都應該有一篇認真寫來的譯序，這是對讀者的必要的引導。……有必要也向讀者彙報你是怎樣理解和評價這部作品的。」〔註 69〕譯本序跋就是要充當引導讀者閱讀外國文學作品的嚮導，所以，在大量的譯本序跋中體現出譯者明顯的引導意識。如巴金寫的《〈婦女解放的悲劇〉譯後記》，文章開始就說：「高德曼要我把她的著作譯成中文貢獻與中國的青年。特別是在她赴中國的計劃失敗後（暫時）她這個希望更是熱烈。她希望由此她的理想可以感動中國青年如像她感動歐美青年那樣。」引出原著者的「希望」，自是點出此書對中國青年的價值所在。然後巴金又說：「我自己便是一個受了她感動的青年，自然我也希望她的作品能感動別人，如像感動我那樣。」以自己受感動的經歷來證明「她的著作的力量是沒有人能夠抵抗的」。從這篇短小的《譯後記》中，可大致瞭解巴金翻譯此書的目的以及此書內容上的特色。

為了在譯本序跋中實現引導讀者的目的，譯本序跋常採用介紹與評論相結合的寫法來實施。對於普通讀者來講，域外作家作品大都非常陌生，有必要簡要介紹作家生平事蹟，使得讀者在閱讀作品之前先瞭解作者本人及作品的一些背景知識。如李劼人就曾感歎「因為有《茶花女遺事》的一篇序，才知道是法國的小仲馬」。〔註 70〕所以，在序跋中，譯者常介紹作家生平，結合

〔註 69〕智量《我譯〈上尉的女兒〉》，楊絳等《一本書和一個世界》，第 280 頁，崑崙出版社 2005 年版。

〔註 70〕李劼人《〈小東西〉改譯後細說由來》，亞爾風士・都德著、李劼人譯《小東西》，上海作家書屋 1947 年版。

該書對其創作生涯、寫作特點等給予說明，或對作品展開分析和評價，或介紹譯本的成因以及出版後的接受情況等等。總之，要在較短的篇幅中對作家進行介紹，對作品進行評論，使讀者在閱讀正文之前能對作家作品有一些感性認識，如朱維基譯介莫里哀的《偽君子》寫的譯序，主要以介紹為主，先就簡要介紹莫里哀生平，然後列舉畢生所作劇本，接下來在重點介紹《偽君子》，最後交代譯介的情況。王獨清在譯泰戈爾的《新月集》時寫的《譯者敘言》中有一段文字，既有介紹又有評析：

> 《新月集》（The Crescent Moon）是太戈爾名著之一；他的詩集還有《禱歌》（Gitanjali）《園丁》（Gardener）等，都是有同樣身價的著作。他是能以淡淡的文筆，自然的音韻，寫出活鮮的詩；同時卻有最濃麗的情緒，極高深的理想。他沒有一篇詩不是由人的生命內邊發出來的調子，沒有一篇詩不是歌人生向上的心，而這《新月集》，要算能充分代表他的「愛之哲學」的文藝作品。

此外，有的譯本不但有譯者序跋，有的還在正文前附有作者像或作家小傳，如樊仲雲譯介梅禮美的《嘉爾曼》，書前有梅禮美肖像一幅，葉紹鈞、徐志摩合譯的《牧羊兒》（童話集）書前有小川未名和安徒生的肖像，上海泰東書局出版的《紅衣記》（法·布里安著，陳良猷譯），在譯者序之後就有《布里安小傳》。有時作家小傳作為附錄放在書後，如商務印書館出版徐志摩譯的《曼殊斐爾》時，就把沈雁冰寫的《曼殊斐爾略傳》作為附錄放在書後。序跋、作家肖像、作家小傳等共同營造出一種域外文學的接受氛圍。

譯本序跋中，不但有譯者寫的序跋，而且還有大量名家寫的譯作序跋。如胡適、魯迅、周作人、梁實秋、葉公超等名家為別人的譯作寫了大量的序跋，如《知堂序跋》中就收錄了周作人為別人的譯本序跋《〈人的生活〉序》、《〈兩條腿〉序》等 20 餘篇。名家序跋除了對譯作的評論精當之外，重要的目的還有為此書作宣傳、導引。普通讀者崇拜名人，名家在序跋中對作品介紹、評論也更容易打動讀者、指導讀者進行閱讀。如周作人在《〈兩條腿〉序》說：「《兩條腿》是真意義的一篇動物故事，普通的動物故事大都把獸類人格化了，不過保存他們原有的特性，所以看上去很似人類社會的喜劇，不專重在表示生物界的生活現象；《兩條腿》之所以稱為動物故事卻有別的意義，便因它把主人公兩條腿先生當作一隻動物去寫……《兩條腿》寫人類生活，而能夠把人當作百獸之一去看，這不符合於科學的精神，也使得這件故事更有

趣味。」〔註 71〕這裡，周作人把這個故事與普通的動物故事進行了對比，突出這個故事的獨特之出就是把動物還原成動物去寫，而且還把人也作為百獸之一看待，這樣的立意自然是與眾不同，獨具隻眼。讀者很容易被這樣的介紹所打動，而急欲一讀正文的詳細內容了。除了對譯作的內容進行介紹和評論之外，為別人的譯作寫序跋，自然也會論及譯者的譯文質量，在某種程度上講，譯文的質量也是讀者所必須考慮的因素，好的譯文能讓讀者暢快淋漓地領略原著的魅力，相反味同嚼蠟的譯文則傳達不出原著的韻味和風格，使讀者望而卻步。所以，在他序中對譯者的譯文也常常不吝讚美之詞。梁實秋在《〈造謠學校〉序》對伍光建的譯本的評價：「伍光建先生恐怕是國內最有經驗的翻譯家了，他的譯述極富，他的譯筆實在是很靈活，在頂困難的地方能有傳神之妙，我校閱這部《造謠學校》，實在是自始至終很愉快的一件工作。」〔註 72〕梁對伍譯的推崇自然會讓一些普通讀者信以為真！

　　一般情況下，譯本序跋刊載在書前書後，但為了擴大譯作影響，增進讀者對作家作品的瞭解，序跋文字還時常出現在時效性強和發行量高的報紙和文學期刊上。如周作人在《〈兩條腿〉序》就發表在《語絲》11 期，《〈陀螺〉序〉載《語絲》32 期。郭沫若的《〈赫曼與竇綠苔〉書後》最初發表在《文學》月刊第八卷 1～2 期，後收入 1942 年重慶文林出版社版的《赫曼與竇綠苔》。茅盾的《〈茅盾譯文選集〉序》最初發表於 1981 年 3 月 29 日《文匯報》，同時收入 1981 年上海譯文出版社初版的《茅盾譯文選集》。可以說，這些序跋文的重複刊載增加了普通讀者接觸的可能性，擴大了域外文學在國內的傳播和接受。

　　當然文學交流是雙向的。如果僅僅談及域外文學輸入中國，那還只是體現中外文學間的單方面交流。在 20 世紀裏，中國也有許多作品也得到了機會譯介到國外，魯迅、老舍、茅盾、巴金、沈從文、丁玲以及後來的王蒙、賈平凹、格非、余華等人的作品也被譯介到國外，而他們也為此寫了一些面向外國讀者的序跋文字。這些面向域外讀者的序跋也是中外文學交流的重要載體。如茅盾就為其《子夜》寫過《〈子夜〉蒙文版序》、《〈子夜〉朝文版序》、《致德國讀者》等，這些序文顯然是《子夜》傳播到世界各國的見證。總之，

〔註71〕周作人《知堂序跋》，第 251 頁，中國人民大學出版社 2004 年版。
〔註72〕梁實秋《〈造謠學校〉序》，謝立敦《造謠學校》（伍光建譯），上海新月書店1928 年版。

譯者為了把域外文學作品輸入到異域而產生的譯本序跋，是考察 20 世紀中外文學交流的一個重要窗口。

二、作為中外文學比較研究的嘗試

翻譯「它不僅決定著跨文化文學交往的質量，而且譯作本身形成了獨特的文學體系，也是比較文學研究不可或缺的重要組成部分」。〔註73〕但是，中外文學比較是一種跨文化的文學研究，涉及的是中國文學與外國文學之間關係的探討，而外國文學與翻譯文學既有密切的聯繫，但也有本質上的區別。翻譯文學是譯者翻譯外國文學過程中的一種創作，「含著翻譯家自身獨特的創造性，是在原作基礎上的再創造，而不是與原作一模一樣的簡單的複製」。〔註74〕所以，在我看來，真正的中外文學比較研究不應該在中國文學與翻譯文學（譯文本）之間進行，而是在中國文學與外國文學（原文本）之間展開，當然，要實現中外文學的比較研究，翻譯是一條重要的渠道，文學翻譯研究只是實現中外比較文學過程中的一個有機組成部分而已。

從中外文學比較的角度而言，譯本序跋的獨特性就明顯體現出來。由於譯者大都精通外語，他們利用自己掌握的外語閱讀外文原著，而不是翻譯文學，而且由於譯者都毫無例外地受過中國古代詩文的訓練、薰陶，具有深厚的中國古典文學功底，知悉中國文學的發展狀況。所以，譯者是在洞悉中外文學的背景下進行序跋寫作並在序跋中常常就帶有比較的眼光來看待中外文學現象，如林紓在他所寫的序跋和題記中對中西小說的主題思想、創作方法和藝術特點等進行了多側面、多角度的比較。在《〈賊史〉序》中把歐洲19 世紀以狄更斯為代表的批判現實主義作家與中國的「譴責小說」作家聯繫起來。「所恨無迭更司其人，如有能舉社會中積弊著為小說，用告當事，或庶幾也。嗚呼！李伯元已矣，今日健者，惟孟樸及老殘二君。」〔註75〕李劼人在再版《小東西》時寫的序《〈小東西〉改譯後細說由來》中同樣把中國文學與法國文學聯繫起來，在談到亞爾風士・都德的《達哈士孔的狒狒》時說：「這書的作風略似《儒林外史》，雖然狒狒並非文人，然其寫法，則無異

〔註73〕樂黛雲等《比較文學原理新編》，第 27 頁，北京大學出版社 1998 年版。

〔註74〕王向遠《翻譯文學導論》，第 13 頁，北京師範大學出版社 2004 年版。

〔註75〕林紓《〈賊史〉序》，載陳平原、夏曉虹編《二十世紀中國小說理論資料》（第 1 卷），第 353 頁，北京大學出版社，1989 年版。

於吳木山。」〔註76〕吳宓曾將朗費羅的長篇敘事詩《伊凡吉琳》改譯為中國式傳奇《滄桑豔》，在《敍言》中對作品進行了分析和評價，還和《桃花扇》作了比較。「朗法羅之生，……乃忽無端掇此纏綿之情，麗以哀豔之辭，以傳其事，而兼寫阿克地村（Acadie）遺民之奇痛，此與《桃花扇》同其用意，同其結構。故亦蔚為雄文，其足以動人者，蓋有由矣。」〔註77〕葉公超為趙蘿蕤譯出《荒原》全詩作序時，他也自覺地把艾略特的詩歌理論與中國古代文論相比較，在詳盡論述了艾略特的藝術技巧、詩學觀點、理論淵源的同時，還大量徵引《蔡寬夫詩話》、《冷齋夜話》等中國古代文論著作及蘇軾、杜甫和黃山谷等人的詩句，與艾略特的詩歌理論進行相互參證、相互闡發。可見，譯者在翻譯外國文學作品時，在對作家作品的暸解之後，已自覺或不自覺地試圖在中外文學之間找到共同點、相通點。

作為抱著向域外文學學習目的的文學譯者，他們不但在尋找中外文學中的共同之處，更在尋找我們自身文學中所不具有而域外文學中卻大量存在的文學思潮、文學觀念、文學精神等，而這也是他們所著力發掘、著力提倡的新東西。以周作人的譯本序跋為例，他在《〈點滴〉序》中就竭力提倡文學中的人道主義精神。先揭示出這些小說的共同之處：「這些並非同派的小說中間，卻仍有一種共通的精神，——這便是人道主義的思想。無論樂觀，或是悲觀，他們對於人生總取一種真摯的態度，希求完全的解決」。然後指出：「真正的文學能夠傳染人的感情，他固然能將人道主義的思想傳給我們，也能將我們的主見思想，從理性移到感情這方面，在我們的心的上面，刻下一個深的印文，為從思想轉到事實的樞紐：這是我們對於文學的最大的期望與信託，也便是我再印這冊小集的辯解（Apologia）了。」〔註78〕中國傳統文學歷來主張「文以載道」，而周作人大力提倡文學中「人道主義精神」，顯然是借西方文學觀念來重構新文學的內在品格。此外，他在引進西方的文學觀念的同時，就是對我們自己的傳統文學觀念又給予一定的批判，如在《〈文學的藝術〉譯本序》中，周作人把亞列士多德的《詩學》和中國的《文心雕龍》相比，指出：「劉彥和於博學明辨之中很明顯露出一種教徒氣，處處不能忘記他的聖

〔註76〕李劼人《〈小東西〉改譯後細說由來》，（法）亞爾風士‧都德、李劼人譯）《小東西》上海作家書屋 1947 年版。
〔註77〕吳宓《滄海豔傳奇》敍言》，《益智雜誌》第 1 卷 3 期，1913 年 7 月。
〔註78〕周作人《知堂序跋》，第 17 頁，中國人民大學出版社 2004 年版。

道，不及東周時代的亞列士多德之更是客觀的，由此可知兩者雖是同類而其價值又殊有高下不同了。」〔註79〕

在譯本序跋中，除了中外文學全方位的比較外，還有域外作家作品之間的比較分析。以茅盾所寫的譯本序跋為例，他在《〈一段弦線〉譯者前言》中就把法國的莫泊桑與俄國契訶夫進行比較，並進而比較了法國與俄國文學。「法國文學家的冷風吹到俄國，俄國文學家添上了『人類同情』（human sympathy）的熱氣，便變成了俄國的文學；我以為法俄文學的分別，大概如此了。」〔註80〕在《〈情人〉譯者前記》中把迭更司（狄更斯）和高爾該（高爾基）進行過比較。「英國迭更司總算是個會描寫下流社會苦況的文學家了，但總覺得不親切，似乎他的神氣是叫讀者『看呀，社會的那面是這樣的！』所以他的文學是顯然以上流人道下流人苦味，卻不是『個中人語』，不是真從社會下層喊出來的血淚聲，俄國文學便不同，你看了總以為作者也是此中一人；而高爾該的小說尤富於這特點，他當然不像乞戈夫一樣『自然派』色彩極濃（有人說乞戈夫竟是繼 Maupassant 的自然派鉅子），他很有些『寫實』氣味。」〔註81〕由於這類文學比較的分析是中國譯者所為，也可作納入中外文學比較的範圍內。

文學譯本序跋中不僅僅有中外文學領域內的比較分析，在其他方面如文化、國民性等方面，譯者也常常借題發揮，如在魯迅的《〈醫生〉譯者附記》、《譯者序》、《〈出了象牙之塔〉後記》等中就有中國人與歐洲人的國民性的比較、中國語與日本語等的比較。但是，或許是序跋文體、篇幅等的限制，在譯本序跋中對中外文學的比較僅僅還是一種印象式的對比，幾乎沒有作更深入的探討。「僅僅對兩個不同的對象同時看上一眼就作比較，僅僅靠記憶和印象的拼湊，靠些主觀臆斷想把可能游移不定的東西扯在一起來找類似點，這樣的比較決不可能產生論證的明晰性」。〔註82〕但是，由於譯者獨特的立場和背景，在序跋中所作的比較文學的嘗試為後來比較文學的建立以及發展提供一些借鑒和參考，作為中外文學比較的初步嘗試是值得肯定的。

〔註79〕周作人《知堂序跋》，第 17 頁，中國人民大學出版社 2004 年版。
〔註80〕茅盾《〈一段弦線〉譯者前言》，《時事新報・學燈》，1919 年 10 月 7 日。
〔註81〕茅盾《〈情人〉譯者前記》，《時事新報・學燈》，1919 年 10 月 25 日。
〔註82〕（法）巴爾登斯伯格《比較文學：名稱與實質》，干永昌等選遍《比較文學研究譯文集》，第 33 頁，上海譯文出版社 1985 年版。

三、作為作家接受影響的記錄

　　由於新文學作家大多既是作家又是翻譯家的雙重身份，他們的創作與翻譯幾乎同時進行，而作為抱著引進域外文學建設新文學為目的作家，他們大多是在接受域外文學的影響下開始文學創作的。所以，在探討域外文學如何影響作家創作方面，這些譯本序跋也真實地記錄下了中國作家對外國文學的分析與評價、選擇和接受等，這對我們考察新文學作家接受外來文學的影響提供了直接的依據。下面以具體作家為例。

　　郭沫若接受域外文學的影響是多方面的，從浪漫主義文學、現實主義文學等文學思潮以及歌德、雪萊、尼采等人的文學思想中吸取了營養。他在二三十年代也翻譯了大量外國文學作品，這些譯作在發表或出版時幾乎都有他所寫的序跋文字，從這些序跋文字中，可以看到他在翻譯文學作品時，對域外作家作品產生了強烈的認同感，如在《〈少年維特之煩惱〉序引》就逐一列出了自己與歌德思想的種種共鳴之處：一是他的主情主義；二是他的泛神思想；三是他對於自然的讚美；四是他對於原始生活的景仰；五是他對於小兒的崇拜。〔註83〕正如有學者認為：「文學上的接受影響，往往源自對他者的一種自覺認同，而且有時認同本身即體現了一種影響關係。」〔註84〕從郭沫若的作品看，顯然他受到了這些思想的影響，他在此時期的詩歌創作無疑從歌德思想中吸取了營養，如在泛神論思想的形成過程中，歌德思想是一個重要的來源。又如郭沫若的詩作《勝利的死》的產生也可以從此詩的「附白」中找到淵源，「這四節詩是我數日間熱淚的結晶體，各節弁首的詩句都是從蘇格蘭詩人康沫爾（Thomas Campbell，1977～1844）二十二歲時所作《哀波蘭》（The Downfall of Poland）一詩引出……」〔註85〕《〈雪萊的詩〉小引》中也能找到郭沫若與雪萊的聯繫。「雪萊是我最敬愛的詩人之一個。他是自然的寵子，泛神論的信者，革命思想的健兒……我愛雪萊，我能聽得他的心聲，我能和他共鳴，我和他結婚了。——我和他合而為一了。他的詩便如像我自己的詩。我譯他的詩，便如像自己在創作的一樣。」〔註86〕從這些自述性語句

〔註83〕郭沫若《〈少年維特之煩惱〉序引》，《創造季刊》第 1 卷 1 期，1922 年 5 月 1 日。

〔註84〕方長安《選擇‧接受‧轉化》，第 310 頁，武漢大學出版社 2003 年版。

〔註85〕郭沫若著、桑逢康校《〈女神〉匯校本》，第 123 頁，湖南人民出版社 1983 年版。

〔註86〕郭沫若《〈雪萊的詩〉小引》，《創造季刊》第 1 卷 4 期。

中，可看出郭沫若對雪萊的無限崇拜，郭沫若從雪萊身上得到的「不僅是革命精神，而且還有那『破了一切的既成規律，不必是強學時髦』，『絕對自由』，『想怎麼樣就怎麼樣』的寫詩的創造本領」。〔註87〕

巴金的一生受人道主義、無政府主義思想影響甚深，他在所寫的作品序跋中作了坦白，如在《〈巴金譯文選集〉序》中，他就承認一生自始至終接受並認同人道主義思想。「我的寫作生活就是從人道主義開始的。《滅亡》，我的第一本書，靠了它我才走上文學的道路，即使杜大心在殺人被殺中毀滅自己，但鼓舞他的犧牲精神的不仍是對生活、對人的熱愛麼？……還有，我最近的一部作品，花了八年的時間寫成的《隨想錄》，不也是為了同一個目標？」〔註88〕在巴金的翻譯生涯中，無政府主義代表人物克魯泡特金、巴枯寧、赫爾岑等人的作品是其翻譯的重要對象，如克魯泡特金的《麵包略取》、《人生哲學：其起源及其發展》、《我的自傳》等作品還多次重譯。正因為巴金自己對無政府主義思想的認同，才使得他不辭辛勞地翻譯了他們的著作。在《〈人生哲學：其起源及其發展〉譯者序》中，巴金就談及自己從這部書中受到的鼓勵以及堅信自己的道德理想。從《〈往事與隨想〉後記》中，也能找到它與《隨想錄》之間的密切聯繫。「我有感情需要發洩，有愛憎需要傾吐。我也有血有淚，它們要通過紙筆化成一行、一段的文字。我不知不覺間受到了赫爾岑的影響。」可以說，正是從譯介和閱讀《往事與隨想》的過程中，作者產生了自己最後的壓卷之作——《隨想錄》。

在新文學時期，文學創作不但從西方文學作品吸取營養，就是文學批評領域，也主張譯介域外各式各樣的批評理論，而白璧德的人文主義批評理論為胡先驌、梅光迪、吳宓、梁實秋等人所大力引進和提倡，白璧德的著作也在他們的努力下得到了廣泛的譯介。這些譯本序跋也記錄了他們如何接觸並服膺其理論的過程，如梁實秋在《〈白璧德與人文主義〉序》中就專門談及自己如何接受其理論的。「我聽了白璧德一年演講之後，我的思想變了，我懂得了白璧德教授的思想，我知道《學衡》裏那幾篇翻譯的文章是不可埋沒的。……白璧德的學說我以為是穩健嚴正，在如今這個混亂浪漫的時代是格外的有他的價值，而在目前的中國似乎更有研究的必要。」〔註89〕可知，梁的文學批

〔註87〕王錦厚《五四新文學與外國文學》，第393頁，四川大學出版社1996年版。
〔註88〕巴金《〈巴金譯文選集〉序》，臺灣東華書局1990年版。
〔註89〕梁實秋《〈白璧德與人文主義〉序》，（美）白璧德著、吳宓等譯《白璧德與人文主義》，上海新月書店1928年版。

評理論的形成直接來源於白璧德的人文主義理論，以致於梁在晚年仍念念不忘他所終身接受並踐行的白璧德的人文主義思想。「從一九二四年到現在，我的觀點沒有改變，……我讀了他的書，上了他的課，突然感到他的見解平正通達而且切中時弊。」〔註90〕

上面所列出的序跋例子都是比較明顯地顯示出作家接受了域外文學的影響。此外，在一些譯作序跋中，譯者並沒有直接表明接受了作家作品的影響，只有一些暗示，這些暗示同樣是研究者追溯作家接受外來影響的重要依據。事實上，大量的譯作序跋並沒有明顯地交待譯者如何接受外來文學影響，更多的是對此作家作品的介紹和評論。作家接受域外文學的影響必須通過作家的創作實踐來證實，只能說譯本序跋給研究者提供了一條探求新文學作家接受影響的途徑或引線。

同時，在考察作家接受域外文學影響時，還必須區分作家所接受的域外文學是翻譯文學還是外文原著。對大多數新文學作家而言，由於他們精通外語，所接受的又多是外文原著，他們的創作與外國文學直接發生聯繫，而不是依據翻譯文學作為中介實現的，但是，也有大量的作家是通過閱讀翻譯文學作品而接受的外國文學，顯然，作家接觸翻譯作品和外文原著所產生效果會不一樣。特別是晚清以及「五四」以前的翻譯作品多是一種中國化的改寫，作家閱讀翻譯作品與閱讀原著所產生的效果差別很大，而對作家創作所帶來的影響也會有所不同。如魯迅在《英譯本〈短篇小說選集〉自序》中就說過，他看了一些外國小說，「尤其是俄國，波蘭和巴爾幹諸小國的，才明白了世界上也有這許多和我們的勞苦大眾同一命運的人……而歷來所見的農村之類的景況，也更加分明地再現於我的眼前。偶然得到一個可以寫文章的機會，我便將所謂上流社會的墮落和下層社會的不幸，陸續用短篇小說的形式發表出來了」。〔註91〕顯然魯迅看到的域外文學作品並不都是外文原著，更多的是翻譯作品。陳寅恪甚至認為間接傳播文化會帶來不良後果，「輾轉間接，致失原來精義，如吾國自日本、美國販運文化中之不良部分，皆其近例」。〔註92〕在筆者看來，儘管陳的「有害論」有些危言聳聽，但作家在翻譯作品時從中所受的影響比作家閱讀他人的翻譯作品所受到的影響更準確、更真實則是肯定的。所以，作家所寫的譯

〔註90〕梁實秋《〈梁實秋論文學〉序》，《梁實秋論文學》臺灣時報文化出版事業有限公司 1979 年版。
〔註91〕魯迅《魯迅全集》第 7 卷，第 411 頁，人民文學出版社 2005 年版。
〔註92〕蔣天樞《陳寅恪先生編年事輯》，第 83 頁，上海古籍出版社 1981 年版。

本序跋也是考察作家如何接受域外文學影響的證據之一。

四、作為文化、政治過濾的表徵

　　從晚清開始，在中外文學的雙向交流過程中，主要以域外輸入為主。但是，由於接受主體本身的文化、政治立場以及傳統資源的潛在作用，接受域外文學時，本身也就是一個選擇、接受以及轉化的過程。具體而言，就是在面對域外文學作品、文學思潮時，「接受者並非將自己先行具有的『前理解』及『接受視野』消弭乾淨，而是必然受到本土民族文化及時代審美心理的制約」，〔註93〕這種由傳統文學觀念和審美習慣等構成的內在心理機制是接受主體在接受域外文學的過濾器，它制約著新文學作家對域外文學的選擇、接受和轉化。有學者甚至認為：「接受本身就是批評。每一次接受，接受者都有意無意地作出了選擇，而文化框架在文學接受中默默起著過濾作用。」〔註94〕從這個意義上看域外文學的影響和接受，它本身也是一個文化過濾的過程。所謂文化過濾，「指的是根據自身文化積澱和文化傳統對外來文化進行有意識的選擇，分析，借鑒與重組」。〔註95〕所以，因為有文化過濾的存在，在中外文學的對話中，接受與影響中最重要的因素有時不一定是影響本身，而恰恰是被影響者所處的環境和時代的要求。作為開展中外文學交流的主體──文學翻譯者，由於受到環境、時代以及本身的文化審美心理的制約，在具體的翻譯實踐以及對域外文學作品的評論分析中不自覺地實現了文化過濾。而譯者所寫的序跋，無疑是呈現 20 世紀作家接受過程中的主體意識、接受心理的重要表徵。

　　就 20 世紀中國文學接受外來文學中的文化過濾機制來看，除了翻譯者本已具有的文學觀念和審美情趣之外，主要還有兩方面的因素：一是中國傳統文化的積澱，二是現實政治的變遷。「文化是一個複合的整體，它包括知識、信仰、藝術、法律、道德、風俗以及人作為社會成員而獲得的任何其他能力和習慣。」〔註96〕東西方文化在歷史發展中各自建立了一套文化體系，而文

〔註93〕楊乃喬主編《比較文學概論》，第 362 頁，北京大學出版社 2002 年版。
〔註94〕金絲燕《文學接受與文化過濾──中國對法國象徵主義詩歌的接受》，第 2 頁，中國人民大學出版社 1994 年版。
〔註95〕樂黛雲等《比較文學原理新編》，第 92 頁，北京大學出版社 2000 年版。
〔註96〕鄧炎昌、劉潤清《語言與文化──英漢語言文化對比》，第 159 頁，外語教學與研究出版社 1898 年版。

學是文化的一種表現方式。事實上，在文化學派看來，翻譯過程本身就是文化過濾的過程。如瑪利亞‧托莫茨科就指出翻譯是一種轉喻過程（metonymic process），是將原語作者、文本和文化嫁接入主體文化的過程；轉喻體現了翻譯的功利性，以便加入主體文化的權力對話，成為當時政治話語和社會變動策略的一部分。〔註 97〕所以，在以翻譯為主要渠道進行的中外文學的交流溝通實際上也是中外文化之間的交換和選擇。20 世紀中國政治的變幻，也使得中國文學氣候一次又一次的改變。它不但影響域外文學的選擇，而且也對域外文學的分析評價有影響。如六七十年代中，出版界兩次較大規模地出版過「內部讀物」，其中就有大量文學譯作，如有《解凍》、《索爾仁尼琴短篇小說集》、《等待戈多》等，這些譯作大多附有出版說明，這種作為「批判性閱讀」的序跋，打上了強烈的時代烙印。如果把文化維度視為縱座標，那麼政治維度即為橫座標，域外文學無不是在經過這兩道無形的標尺丈量或測量之後，才能到達中國讀者的手中。下面從譯本序跋角度分析普希金傳播到中國的過程中所遭遇的文化過濾。

　　1898 年，梁啟超為了強調小說的政治作用，在《譯印政治小說序》中大力提倡譯介小說。域外小說也因此成為譯介的主要對象。從晚清開始，普希金就納入了翻譯家的視野，但是卻不是以詩人的身份而是以小說家的身份來到中國的。而且在普希金的名字自 1897 年被譯介到中國後的將近 30 年間，人們也只是見其小說不斷被譯介出來而未見其詩歌。黃和南為戢翼翬譯介的《俄國情史》所寫的《緒言》認為：「我國之小說，皆以所謂忠君孝子貞女烈婦等為國民鏡，遂養成一奴隸之天下。然則吾國風俗之惡，當以小說家為罪。是則新譯小說者，不可不以風俗改良為責任也。」〔註 98〕由此可見，譯介《俄國情史》是有強烈的政治目的。「五四」之後，在文學研究會的提倡下，翻譯界開始大量譯介富有人道主義色彩的現實主義作品，普希金的小說作品就是在這一時期得到了譯介的機會，但是，從耿濟之為安壽頤所譯介的小說《甲必丹之女》所寫的序言中，我們可以看出譯者以及評價者明確的選擇傾向，他強調介紹外國文學「當以寫實派之富有人道色彩者為先」，指出在寫實派與

〔註 97〕轉引自胡翠娥《文學翻譯與文化參與》，第 19 頁，上海外語教育出版社 2007年版。

〔註 98〕黃和南《〈俄國情史〉緒言》，普西金著、戢翼翬譯《俄國情史》，上海大宣書局 1903 年版。

浪漫派之間雖然不能截然劃出一條鴻溝，並特別肯定這部小說的現實主義精神，「能將蒲格撒夫作戰時代之風俗人情描寫無疑，可見其中見出極端之寫實主義」。〔註99〕

　　從 20 年代後期開始，普希金的詩歌才開始得到譯介，如 1927 年出版的《文學週報》第 4 卷 18 期上就刊載了孫衣我譯的《普希金詩三首》。直到 1938年，普希金的第一本漢譯詩集《蒲式庚詩鈔》在廣州出版。此後普希金的詩集續有出版，到 50 年代結束，出版的各種普希金漢譯詩集計 10 多種。〔註100〕就選譯的詩歌而言，主要突出普希金詩歌中的革命思想內涵，突出普希金對政府當局的反抗，塑造出一位革命詩人的形象。譯者在這些詩集的序跋文字中就有申說，如在《戀歌》書後附曹辛寫的跋《普式庚，俄羅斯詩歌的太陽》，其中這樣評論普希金的詩《自由》，「表現了革命傳統的一切因素：反抗暴政與宗教，反對奴隸制，要求運動的自由與立憲的政府」。〔註101〕顯然，拔高普希金作為革命詩人的形象與中國局勢的變化、左翼文學革命的迅速發展密切相關。

　　普希金是文學創作的多面手，除了詩歌和小說之外，他還寫了為數不少的散文、遊記、戲劇等形式的作品。1937 年，他的戲劇《鮑利斯·戈都諾夫》得到了譯介。最早是楊騷譯的《波利斯·哥東諾夫》發表於《中蘇文化》第二卷第 2～3 期。1947 年時代書報出版社出版的《普希金文集》中，又收入林陵譯的《鮑利斯·戈都諾夫》。1956 年 11 月人民文學出版社出版了經過譯者校訂的單行本，書後有譯者長達兩萬言的《譯者後記》。此外，1956 年音樂出版社出版了由卡拉姆編劇、穆索爾斯基作曲的四幕八景歌劇《鮑利斯·戈杜諾夫》（陳綿、靳驂譯）也可視為普希金作品的中國譯本。從《譯者後記》中可以看出 50 年代中國文壇對普希金劇本的接受是突出其人民性的一面，認為該劇「表現的中心思想是人民在歷史上占著決定性的地位，看到人民是革命的潛在的動力，革命沒有人民就沒有力量」，〔註102〕但也指出其歷史侷限，認

〔註99〕耿濟之《〈甲必丹之女〉序言》，普西金著、安壽頤譯《甲必丹之女》，上海商
　　　　務印書館 1921 年版。
〔註100〕戴天恩《百年書影：普希金作品中譯本（1903 年～2000 年）》，第 33 頁，天
　　　　地出版社 2005 年版。
〔註101〕曹辛《普式庚，俄羅斯詩歌的太陽》，普式庚著、曹辛編《戀歌》，重慶現實
　　　　出版社 1942 年版。
〔註102〕林陵《譯者後記》，普希金著、林陵譯《鮑利斯·戈都諾夫》，作家出版社 1956
　　　　年版。

為普希金還沒有真正懂得人民的革命。這顯然與新中國成立後的「人民當家作主」的思想相契合。文革結束以後，對於普希金的接受在經歷了一番大起大落之後，逐漸顯示了他作為人和詩人的本色。1982 年灕江出版社出版了第一部完整的普希金戲劇集，而作為普希金戲劇代表作的《鮑利斯‧戈都諾夫》當然是首先得到了出版機會，而譯者在《譯本前言》中對該劇也有分析和評價：「直接反映沙皇和人民之間的歷史衝突，進行了『廣泛而自由』的性格描繪，貫穿了作者對國家命運的思考，探討了人民在歷史上的作用。」〔註 103〕與 50 年代的評價相比，此時期對普希金戲劇的評價顯然更全面，更客觀，這又與新時期文壇的撥亂反正和解放思想密切相關。

第四節　微觀視閾下的譯本序跋研究例論

　　對於譯本序跋的研究，不但需要宏觀、整體的視角，從微觀的視閾切入也有其獨特意義。就具體的譯本序跋而言，其產生也是在譯作刊載或出版之際，主要由譯者或他人撰寫的並附載於譯作前後的文字，涉及的內容十分廣泛，包括譯介緣起、譯介過程以及對原著者的簡要介紹、作品的分析評論等，其最初的目的是介紹和評價譯作。近代以來，翻譯域外文學主要有兩類渠道：一是轉譯，另一是直接從原文翻譯。新文學期間的文學譯作不但有大量的轉譯現象，就是直接從原著翻譯，特別是文學名著，「復譯」或「重譯」現象也十分普遍。由於不同譯者的介入，產生了不同的譯本序跋。就是同一譯者，隨著時間的變化，也會不停地修改譯作，並產生不同的序跋。其他還有因縮譯而產生的序跋等。由於譯本序跋的大量存在，研究者可從不同的角度切入，如從譯者序跋的寫作考察譯者的翻譯實踐，從譯者為同一譯作寫的不同的序跋，考察譯者在不同時期對譯作認識的變化以及窺探譯作在不同時代的接受情況等。此外，還可依據不同譯者翻譯同一作品所寫的序跋，考察譯者間不同的翻譯思想等。總之，從序跋進入譯本研究的角度多種，拓展了序跋與譯作之間的闡釋張力。下面以具體譯作序跋為例來論及序跋切入譯作的多元闡釋空間。

一、從譯本序跋看作家個體的翻譯實踐

　　梁實秋不但是作家、文藝批評家，也是翻譯家，其主要的譯作就是《莎

〔註 103〕戴啟篁《譯本前言》，普希金著、戴啟篁譯《普希金戲劇集》，灕江出版社 1982
　　　　年版。

士比亞全集》，這是他耗時最長、花費精力最多的一項工程。以一人之力花費近 40 年時間譯成全部莎作，被譽為中國獨自一人翻譯《莎士比亞全集》的第一人。梁從 30 年代初著手翻譯，1936～1939 年年商務印書館出版他譯的莎劇 8 種，以後由於各種原因中斷了譯介，到了 50 年代末，梁又開始翻譯莎劇，60 年代中期終於大功告成。1967 年梁實秋翻譯的《莎士比亞全集》第一版由臺灣遠東圖書公司出版。此後，他又用一年的時間譯完了莎士比亞的三部詩集。1968 年臺北遠東出版公司出齊了梁譯《莎士比亞全集》，共 40 卷，前 37 卷為戲劇，後 3 卷為詩歌。確乃實至名歸。

作為翻譯家的梁實秋，為譯作寫序跋是他一慣的主張。從他的翻譯生涯看，他的譯作在出版時都有序或跋（多為自己撰寫，也有少量他序），有的作品由於再版等原因他還另寫序跋，如《阿伯拉與哀綠綺絲的情書》就有《譯後記》、《再版後記》、《臺灣版後記》三篇。《潘彼得》初版有葉公超序，1978 年臺北九歌出版社新版時，他又寫下了《新版後記》。在《莎翁名著〈哈姆雷特〉的兩種譯本》中，他批邵挺先生的譯本「前無序文，後無跋語，譯者所根據的是何版本，凡例如何，均無從查考」，再加上譯文疵謬百出，這個譯本是整個的要不得。進而責備王雲五先生，「竟把這樣的譯本編在《萬有文庫》，任其流傳，這不能不說是失察」。〔註104〕可見，梁不但主張寫序跋，而且還提倡寫較詳細的序跋，如在批評田漢先生的譯本時，在表達對田譯本短序的不滿之際，也說出了自己的序跋觀。

> 《譯敘》占一頁半，未免太短。像這樣一部傑作的譯本，卷首要有幾十頁的序文也不算長。田先生的《敘》除了些無大關係的話以外，只有二三百字寫莎士比亞的生涯，既不詳盡，又不扼要。論及《哈孟雷特》，只下了「沉痛悲愴」四字的批評！我覺得這篇《敘》有引申的必要，作者傳略，本劇的版本的歷史，故事的來源，本劇在舞臺上的歷史，著作的年代，人物的分析，以及著名的「哈孟雷特問題」的涵義，都不妨寫進去，於讀者當有裨益。〔註105〕

在梁實秋看來，對於莎士比亞的偉大劇作，每一部都應該都有一篇譯序，交代著作的年代、故事來源、舞臺歷史、人物的分析等各個方面的情況，這些內容對於普通讀者以及研究者都有好處，可以促進讀者對譯本的理解和接受。

〔註104〕梁實秋《雅舍談書》（陳子善編），第 315 頁，山東畫報出版社 2006 年版。
〔註105〕梁實秋《雅舍談書》（陳子善編），第 316 頁，山東畫報出版社 2006 年版。

事實上，梁實秋在後來的翻譯實踐中，也確實是持著這樣的序跋觀，為每一部莎劇劇本都寫了序。筆者粗略統計，僅為《莎士比亞全集》，梁就寫下了40篇序，總計約20餘萬字。〔註106〕這些序跋對每一部劇作都進行全方位的介紹，不但能引導讀者更好地閱讀正文、瞭解和欣賞莎劇，而且還具有其他方面的意義。

從這些序跋來看，最大的價值在於其文獻價值。這些序跋記錄下了每一部戲劇作品的版本、著作年代、故事來源、舞臺歷史等情況，這些為我們研究莎士比亞戲劇作品的生成史、傳播史提供了大量的歷史資料。如《〈羅密歐與朱麗葉〉序》首先梳理了該劇的版本源流情況，並逐一簡要介紹了每一版本的情況。初刊於1577年，是為第一個四開本，是盜印本。第二個四開本刊於1599年，是從劇院裏用的腳本印出來的。第三個四開本刊於1609年，是根據第二個四開本而略有改正。第四個四開本約刊於1609至1637年，繼承第三個四開本而偶有參考第一個四開本。第五個四開本（1637）是根據第四個四開本的。關於該劇的寫作年代，梁儘管難以考證出完成該劇的具體年代，但列舉出兩種結論，以供參考，一是通過劇中的「地震」一詞，得出寫作該劇為1591年。二是一般學者的斷定，此劇寫作應在1595年。關於故事來源，主要交代這個故事又是如何在不同作者的手中得到改造，莎士比亞又如何從已有的故事中吸取營養，並加以天才的改造。最後提及舞臺歷史，主要交代該劇從1660年開始的演出情況，由於劇情為大團圓，最先並不為觀眾認同，以致在舞臺上消失了大半個世紀。在18中恢復了上演，但仍有些修改。等到19世紀中葉，此劇的本來面目才得以在舞臺上重現，現在此劇已在全世界流行。可見，梁撰寫的這些序跋中提供了每一部莎士比亞戲劇的版本、故事來源、著作年代、演出歷史等方面的史料信息，值得每一位莎劇研究者參考。

這些文獻史料的梳理本身應算是梁對莎劇的外部研究。而序中對劇作的意義的分析以及對劇作的《幾點批評》更是梁實秋關於莎劇「內部」研究的集中體現。不但如此，作為深受人文主義思想影響的他，在對劇作的分析與評價中還打上了人文主義的烙印，如在《〈暴風雨〉序》中的《〈暴風雨〉的

〔註106〕目前，梁譯《莎士比亞全集》已有大陸簡體字版，現已出版的有1995年中國廣播電視出版社出版的中英文對照版，共十冊，是從臺灣遠東圖書公司引進的版權。同年，內蒙古文化出版社又出版了梁譯《莎士比亞全集》（上下二冊），只是中文版。這裡統計的譯序是以內蒙古文化出版社的梁譯《莎士比亞全集》為依據的。

意義》部分，梁就發表了自己的看法：「我們不必把《暴風雨》當作『比喻』，我們越想深求它的意義反倒越容易陷入附會的臆說。……《暴風雨》裏描寫的依然是那深邃繁複的人性——人性的某幾個方面……《暴風雨》終究是一個浪漫故事，比較的嚴重處理了的浪漫故事，內中充滿了詩意與平和寧靜的氣息，如是而已。」在《〈雅典的泰蒙〉序》之《幾點批評》中，他首先就指出該劇在藝術方面不是一部完成的作品，劇本顯示許多不和諧的和不夠標準的地方，進而探討為什麼會出現這樣的缺陷，梁認為不是莎士比亞江郎才盡，而是泰蒙的故事先天的不易發展成為偉大的悲劇，莎士比亞只是把一個大家所熟悉的故事加以戲劇化而已。序文末，梁還指出本劇的幾段精彩的臺詞，特別是泰蒙咒罵黃金那段，認為是莎士比亞借了泰蒙的瘋狂誕謾發揮了他的深刻的見解，但又提醒我們，不要把把泰蒙的恨世的看法全部的認定為莎士比亞的主張。儘管人性中含有可鄙性，但人決不是獸。

作為翻譯家的梁實秋，在長期的翻譯實踐中建立了自己的翻譯觀。《莎士比亞全集》的翻譯自然也踐行了自己的翻譯思想，而他為《全集》所寫的《例言》以及每一篇序也是探究梁實秋翻譯思想的重要文本，如他寫的《例言》：

一、譯文根據的是牛津本，M・J・Craig 編，牛津大學出版部印行。

二、原文大部分是「無韻詩」，小部分是散文，更小部分是「押韻的排偶體」。譯文一以白話散文為主，但原文中押韻初以及插曲等悉譯為韻語，以示區別。

三、原文常有版本困難之處，晦澀難解之處亦所在多有，譯者酌採一家之說，必要時加以注釋。

四、原文多「雙關語」，以及各種典故，無法逐譯時則加注說明。

五、原文多猥褻語，悉照譯，以存其真。

六、譯者力求保存原作標點符號。

有研究者曾歸納出梁實秋的翻譯觀：一是「信」與「順」的統一；二是以句譯為基礎的直譯，三是翻譯與文本研究相結合，四是譯入語的「國化」，五是反對轉譯。〔註107〕這五條翻譯主張可以在這《例言》裏一一得到印證。

〔註107〕趙軍峰、魏輝良《梁實秋翻譯觀初探》，《湖北師範學院學報》1996 年 4 期。

二、從譯本序跋看作品在不同時期的接受

在 20 世紀中國翻譯文學史上，名著的復譯現象十分普遍，數量較多。如《哈姆雷特》、《歐根·奧涅金》、《荒原》、《紅與黑》、《簡·愛》、《上尉的女兒》、《瓦爾登湖》、《牛虻》、《鋼鐵是怎樣煉成的》、《洛麗塔》等等，上至古典文學名著、下至當代名作，小說、詩歌、戲劇、散文等領域都出現了數量驚人的復譯本。如《上尉的女兒》從 1903 年到 2003 年，先後有 21 個不同的版本。《歐根·奧涅金》從 1942 年出版的第一個譯本始，迄今為止至少有 10 個漢譯本。1929 年，在中國出現了《紅與黑》的第一個中譯本（馬宗融譯）。此後，有黎烈文、趙瑞蕻、羅玉君、郝運、郭宏安、羅新璋、許淵沖和聞家駟等人的譯本，這部名著的中譯本共有十三四種。儘管對於復譯一直存在不同的看法，但是作為一種譯本類型，復譯的產生有其必然性和必要性，不但是不同歷史階段不同翻譯方法不斷更替的表現，也是現代漢語不斷發展演變和完善的體現。魯迅在 1935 年撰文分析了復譯的必要和意義，堅決提倡復譯，認為「非有復譯不可」，〔註 108〕郭沫若認為「翻譯不嫌其重出，譯者各有所長，讀者盡可自由選擇」。〔註 109〕茅盾也認為真正的名著應該重譯，可以從不同的譯本來比較研究譯者不同的翻譯方法，對於提高翻譯質量很有好處。〔註 110〕由於大量名著的復譯本不斷出現，也使得某一作品的序跋越來越多，這些因復譯而出現的序跋在研究名著的接受、考察不同譯者的翻譯方法以及比較分析譯本質量等方面均有獨特的價值和意義。下面具體以《瓦爾登湖》的不同的譯本序跋為例。

迄今為止，有徐遲、吳明實、王光林、潘慶舲、王家湘、林誌豪以及許崇信和林本椿等人翻譯過《瓦爾登湖》，出版的中文譯本多達十餘種。該書第一個譯本出版於 1949 年 3 月，作為上海晨光出版公司出版的《晨光世界文學叢書》之一種，漢譯本名為《華爾騰》，譯者徐遲。90 年代開始，不斷有人進行重譯，譯本越來越多。就是筆者寫作此文的 2009 年，還出現了新的譯本，如 2009 年 1 月北京十月文藝出版社出版的王家湘的譯本，2009 年 4 月武漢出版社出版的穆紫譯的《瓦爾登湖》。隨著譯本數量的增加，序跋數量也十分可觀，筆者粗略統計有十餘篇。下面以徐遲、吳明實、王光林、潘慶舲四人的譯本序為對象，考察該譯作在半個世紀中所經歷的不同評價和接受。

〔註 108〕魯迅《魯迅全集》第 6 卷，第 283 頁，人民文學出版社 2005 年版。
〔註 109〕郭沫若《〈屠爾格涅甫之散文詩〉序》，《時事新報·學燈》，1921 年 2 月 16 日。
〔註 110〕茅盾《〈茅盾譯文選集〉序》，《文匯報》1981 年 3 月 29 日。

　　上海晨光出版公司出版徐遲的譯本《華爾騰》，只在正文前有趙家璧寫的《〈晨光世界文學叢書〉出版者言》，主要交代該叢書的緣起、編譯情況以及以後的遠景規劃等。徐遲在 1948 年的夏天用了一個多月時間譯完該書，既沒有校對，也沒寫序跋，直接就交稿，顯得匆忙而草率。應該說，此譯本生不逢時，「那時正好舉國上下，熱氣騰騰。解放全中國的偉大戰爭取得了輝煌勝利，因此注意這本書的人很少」。〔註111〕解放後很長一段時間，此書在大陸也沒有受到重視，所以沒有再版。直到 1982 年，上海譯文出版社重印徐遲的修訂版，書名改為《瓦爾登湖》，徐遲為此寫了《譯後記》。在《後記》中，徐遲除對梭羅的生平作了簡單的介紹外，主要對作品發表了自己的看法，認為「這是一本寂寞的書，恬靜的書，智慧的書。其生活分析，批判習俗，有獨到處」。書中儘管有一些難懂的地方，但有許多篇頁的形象描繪，優美細緻，說理透徹，十分精闢。提醒讀者，如果你能靜下心來，細細品味，則不僅不會感到晦澀，反而是「語語驚人，字字閃光，沁人肺腑，動我衷腸」。最後，譯者還指出，梭羅能從食物、住宅、衣服和燃料這些生活之必需出發，以經濟作為本書的開篇，崇尚實踐，含有樸素的唯物主義思想。1985 年，徐遲訪美歸來後，準備寫一篇新序，終因心情沒有安靜下來，新序一直沒有寫出來。到了 1993 年，中國社會科學院外國文學研究所、人民文學出版社和上海譯文出版社聯合編輯出版《外國文學名著叢書》，徐遲的譯本被納入其中，藉此機會，徐對譯文又作了些修訂，並在原來的《譯後記》的基礎上寫出了《譯序》。《譯序》中，徐遲開始就交代只有把心安靜下來，才會讀下去，如果你的心沒有安靜下來，恐怕你很難進入到這本書裏去。不但如此，徐遲還認為這是一本很有思想的書，在閱讀的時候，此書還能引起你的思考，思考一下自己，更思考一下更高的原則。與 1982 年的《譯後記》相比，徐遲對《瓦爾登湖》以及作者的看法顯然有了一些改變。

　　在國內對《瓦爾登湖》不夠重視的年代裏，此書反而在港臺地區受到了歡迎。1963 年 6 月出版了吳明實譯的《湖濱散記》，〔註112〕此書大受讀者歡

〔註111〕徐遲《〈瓦爾登湖〉譯序》，亨利・梭羅著、徐遲譯《瓦爾登湖》，吉林人民出版社 1997 年版。

〔註112〕徐遲認為吳明實譯的《湖濱散記》是在盜用他的譯本，在我看來，這一說法並不確實。譯者無疑是參考了徐遲的譯文，但在題目、篇目上有變化，就是具體譯文與 1949 年版的《華爾騰》也有較大差別，此外，譯者還在正文前寫了《作者簡介》作為序。

迎，1968 年重印三次，70 年代還不斷重印，到 1977 年為止，共印行過八版，
可見該書在港臺與大陸境遇的巨大差別。此譯本有一篇《作者簡介》作為序
置於正文之前。從這裡也可瞭解香港一地在 60 年代對《瓦爾登湖》的認識和
評價。《作者簡介》中對作者的人生經歷作了簡要的介紹，突出其政治主張，
反對蓄奴，認為政府應無為而治等。最末談及了作者如今在美國文學史上的
崇高地位，認為他的作品對於現代的讀者有幾種特殊的吸引力。「他主張過簡
樸的生活，現代人被繁華的生活攪得頭暈腦脹，梭羅的話正好是一貼清涼劑。
他和大自然純真的交誼，也已深深感動了和大自然脫節、過著虛偽生活的一
代。他那固執而富有反抗性的個人主義思想，對於生活在組織愈趨嚴密的社
會中的人士，特別有動人的力量。總之，我們在梭羅的作品中，可以拾回我
們已經喪失的人生價值，這些價值對於我們心靈的健康、活潑和安寧，已愈
來愈重要了。」〔註 113〕可見，譯者已看到了作品對現代人心靈的撫慰和治療
價值。

　　90 年代以來，隨著全球化的加劇，人類生存環境的惡化，生態思想逐漸
得到了廣泛的認同，伴隨而來的生態文學、生態批評開始興起，而《瓦爾登
湖》中的生態思想也得到了重新發掘，作為生態文學的經典被重新認識。在
王光林和潘慶舲的譯本序中，這種思想得到了體現。王光林的第一個譯本《湖
濱散記》於 1998 年在作家出版社出版，書前有譯者《序》，高度評價了梭羅
那種崇尚自我、追求自由、自力更生的精神，重點論及梭羅接受超驗主義的
影響，以及由此帶給他思想行動上的改變，認為此書就是記錄下梭羅如何生
活的書。七年以後，長江文藝出版社又出版了王光林譯本，改名為《瓦爾登
湖》，在書前有《譯序：重新認識梭羅》，兩年後，長江文藝出版社社在重版
時，王光林又寫了《譯序》，〔註 114〕這兩篇序與 1998 年的《序》相比，譯者
的認識前進了一大步，序中重點探究了梭羅的生態思想，認為梭羅反對以人
類為中心的思想，《瓦爾登湖》體現的就是作者對以非人類為中心的倫理道德
的持久探索。「《瓦爾登湖》的偉大之處就在於它通過藝術的形式，通過創造
一個有機的整體，來獲得人類的新生。……是作者對業已丟失的現實世界的

〔註113〕吳明實《作者簡介》，第 6 頁，梭羅《湖濱散記》（吳明實譯），今日世界出版
　　　　社 1977 年版。
〔註114〕需要說明的是，兩篇序所傳達的思想基本沒有變化，07 年寫的序只是在 05
　　　　年序的基礎上的縮寫而已。所以，筆者把它們作為一個整體與 98 年的序相
　　　　比。

追尋……使整個人類看到了問題的癥結和希望所在。」2008 年中國國際廣播
出版社出版的潘慶舲的譯本《瓦爾登湖》，書前也有譯者序《梭羅：崇尚人與
自然和諧的先驅》，文中開始就指出梭羅作為美國生態文學批評的始祖大聲疾
呼人與自然和諧相處，他在促進生態文學創作方面功不可沒，借用喬治‧艾
略特的評語，認為《瓦爾登湖》是一本超凡入聖的好書。

三、從譯本序跋看譯者不同時期的接受

　　翻譯一部域外文學作品不是一勞永逸的工作，隨著時代環境、政治語境
以及譯入語語言等的變化，譯者還會對自己的譯作不停地修改。正如巴金說
作家有修改舊作的權利一樣，譯者對於自己譯作更不會有所顧忌，在譯者看
來（有時編輯也參與其中），只要譯文存在若干問題，就要時時加以修改、潤
飾。在 20 世紀翻譯文學史上，譯者不斷修改自己譯作的例子大量存在。至於
修改、潤飾的原因也是多方面的，如為了求得譯文的完美而不斷修改，如梅
益譯的《鋼鐵是怎樣煉成的》，自 1942 年上海新知書店初版以來，梅益對譯
文從頭到尾對譯文修改過多次，「只要買到新譯本，我都會再將舊譯核對一
遍，凡是需要修改的，我都改了」。〔註 115〕為了緊跟政治形勢而修改的，如
1957 年邵荃麟在再版自己 1943 年譯作《被侮辱與被損害的》時，對譯作進行
了全面的修改，並專門寫了《校訂後記》，對陀斯妥耶夫斯基的消極思想進行
了批判，以圖來指導讀者的閱讀。此外，還有因為從轉譯到直譯的變換譯者
所作的修改等。總之，譯者不斷地修改譯作，在譯本版本不斷增多的同時，
譯者也會因不同的譯本而撰寫新的序跋，而這些不同時期的序跋，不但可追
溯譯者對譯作評價的變化，梳理譯者對譯作的完善過程，探究譯本版本的流
變，還可以據此考察不同時期政治、文化徵候等。下面以蔣路譯《怎麼辦》
所寫的序跋為例。

　　在國內，最先譯介車爾尼雪夫斯基的小說《怎麼辦？》的是羅淑，但她
的是依據法文轉譯的一個縮本，書名為《何為》，於 1936 年上海文化生活出
版社初版。出版後，此書並不太受人關注。而把車爾尼雪夫斯基的這部小說
書名定為《怎麼辦？》並使之廣受讀者歡迎的是蔣路的譯本。蔣路的譯本從
1951 年 10 月由時代出版社初版後，於 1953 年再版一次。同年，人民文學出

〔註115〕梅益《〈鋼鐵是怎樣煉成的〉翻譯前後》，楊絳等《一本書和一個世界》，第
　　　　12～13 頁，崑崙出版社 2005 年版。

版社又重印該書。1959 年人民文學出版社把譯本改為橫排本，全書重排出版。
到 1984 年為止，人文版印數達 226000 冊。此後，人民文學出版社又出版過
藍封皮本、插圖本等，粗略估計蔣譯本的發行量高達 30 萬冊。在不斷重印、
再版過程中，蔣路對譯文進行過多次修改。隨著譯本版本的變化，蔣路為《怎
麼辦？》寫下了《譯者後記》、《譯本序》、重寫的《譯本序》和《前言》四篇
序跋。

由於譯者太年輕，知識儲備不夠，寫於 1951 年 9 月的《譯者後記》，對
譯作的人物形象、主題等沒有進行深入分析，主要向讀者交代了與譯本有關
的事。一是依據的版本，主要依據 1947 年莫斯科文學出版社的版本，但又參
考了 1948 年青年近衛軍出版社和 1950 年兒童文學出版社以及 1950 年文學出
版社出版的《車爾尼雪夫斯基選集》。二是交代譯本序跋、附錄的來源情況，
考慮到中國讀者的接受情況，刪掉了伏陀伏卓夫教授寫的一篇跋，而選譯兒
童版編注者波果斯洛夫斯基寫的序，作為譯本的附錄的第一篇。而附錄中第
二篇盧納察爾斯基寫的《車爾尼雪夫斯基的長篇小說》也來自兒童版。兒童
版附的畢莎萊夫的評述《怎麼辦？》，因分量太大，沒有選入。三交代正文的
注釋、插圖等情況。注釋一部分錄自青年版、兒童版和選集版三種，一部分
是譯者所加。書中插圖來自青年版，卷首的一幅來自兒童版，封面的車爾尼
雪夫斯基木刻像採自別里契科夫的《車爾尼雪夫斯基評傳》（文學出版社 1946
年版）。書中引用的詩歌是孫瑋譯的。四是交代小說題目的譯法。譯者借列寧
那本與此書同名的著作被譯成《做什麼？》，認為含義不明，沒有力量，更沒
有表達出問題的尖銳性。所以，按照這句原文的習慣用法，譯成《怎麼辦？》。
五交代自己譯介此書的難度和不足。因為車爾尼雪夫斯基是一個百科全書式
人物，這部小說曾是俄羅斯青年的聖經，此外，原著者特殊的風格也讓譯者
增加了難度。所以，譯者最後坦白：「我不知道我究竟把車爾尼雪夫斯基的精
神傳達了多少給讀者，但我已經使出了我的全部力量，譯文中的不妥之處，
只好希望公平的讀者來幫助我改正了。」〔註 116〕

1955 年 12 月 30 日，文化部發布了《關於漢文書籍、雜誌橫排的原則規
定》。1956 年開始，報社、雜誌社、出版機構的出版物紛紛由直排改橫排。一
直直排的《怎麼辦？》也面臨著改版。1959 年人民文學出版社首次出版了橫

〔註116〕蔣路《譯後記》，車爾尼雪夫斯基《怎麼辦？》（蔣路譯），時代出版社 1951
年版。

排《怎麼辦？》，譯者「趁這個機會將全書校訂了一遍，又根據讀者對書中內容提出的疑問寫了譯本序」。〔註117〕這是一篇長達兩萬字的長序，共九個部分。具體如下：（1）簡要交代車爾尼雪夫斯基革命的一生。（2）《怎麼辦？》的寫作和刊載情況。（3）結合書中人物，解釋「新人」。（4）對文中幾個人物形象的分析和評價。（5）解釋薇拉的四個夢。（6）結合小說，分析車爾尼雪夫斯基的「合理利己主義」。（7）《怎麼辦？》出版後引起的爭論。（8）《怎麼辦？》所帶來的深遠影響。（9）論述列寧對《怎麼辦？》的高度評價。可見，從這篇序言是譯者對《怎麼辦》的一次全面的介紹和評價。譯者在評價該書的歷史意義、文中的主人公形象以及作者的思想時，主要突出其革命性的一面，而且，在分析和評價作家思想、人物形象時，嚴格按階級屬性、階級立場展開分析，所以，他借車氏肯定人有權利享受幸福的觀點，進一步認為只有通過鬥爭才來得到幸福。「為了給個人幸福創造先決條件，只有投身革命鬥爭，變革社會制度，而且不但是鬥爭的結果，甚至艱苦的鬥爭過程本身，也能給人帶來幸福，因為鬥爭會促進個人精神上的發展，使個性更豐富、更廣闊、更深刻。」他指出車氏的倫理觀是有缺點，「用『利益』去解釋所有的人的行為動機，他所說的人只是抽象的『一般的人』，而沒有注意到時間、地點和人的階級屬性，所以他不能從各種各樣的『利益』中指出階級利益是其基本的利益，於是階級意識、階級自覺的概念，在他也就比較模糊了。」〔註118〕可見，由於50年代末特殊的政治形勢，譯者在序中的分析明顯帶有時代特色。

80年代以後，加在文學上的各種政治束縛得以去除，文學創作、研究恢復到了正常的軌道。《怎麼辦？》又得到了重印的機會，譯者依據當時蘇聯最新的1985年的校勘本，又重新修訂了譯文，1989年3月重寫了譯本序。這篇序分八個部分，也全面地分析了作家思想、作品的藝術特色、主人公形象以及《怎麼辦？》出版後的遭遇等。但與1959年相比，最大的變化是階級、革命話語沒有大量出現，序中的分析和評價也體現了80年代思想解放的時代特徵，但由於最新修訂的《怎麼辦？》在80年代沒有得到出版機會，重寫的譯本序也沒機會與讀者見面（後收入《蔣路文存》）。1996年本書再版時，譯者

〔註117〕凌芝《蔣路與〈怎麼辦？〉》，楊絳等《一本書和一個世界》，第29頁，崑崙出版社2005年版。

〔註118〕蔣路《譯本序》，車爾尼雪夫斯基《怎麼辦？》（蔣路譯），人民文學出版社1959年版。

「根據陳馥提的意見，有選擇的又一次對譯文作了修改」，〔註 119〕並於 1994 年 5 月寫了《前言》，把《前言》和 1989 年的譯本序進行對比，可以看出，《前言》是在 1989 年重寫的序的基礎上發展而來的，篇幅大大縮減，對作家、作品的認識又有新進展。譯者不但拋棄了從階級立場去分析作品及人物，而且也沒有論及車爾尼雪夫斯基的歷史侷限性，而主要分析作品中的新人形象以及車氏思想的進步意義，如對在小說中倡導的「合理的利己主義」的看法，「『新人』的利己主義不同於庸俗的自私自利，他們的『利』必須受理性的調節和制約，他們的『己』是具有社會性的『己』。他們利己而不損人，或者人我兼顧，義利雙行，既要實現自我價值，又能實現社會價值」。〔註 120〕顯然，譯者看到了車爾尼雪夫斯基這種思想的歷史意義，認為「車爾尼雪夫斯基正是這樣一座橋樑，使人從利己主義自願過渡到為公眾服務的大道上去」。〔註 121〕總之，由於時代環境、政治形勢的影響，譯者身處不同的政治語境，由此帶來對作品的分析和評價也時時處於修正之中，寫於不同時期的譯本序跋無疑是最好的見證。

〔註 119〕凌芝《蔣路與〈怎麼辦？〉》，楊絳等《一本書和一個世界》，第 29 頁，崑崙出版社 2005 年版。

〔註 120〕蔣路《前言》，車爾尼雪夫斯基《怎麼辦？》（蔣路譯），人民文學出版社 1996 年版。

〔註 121〕蔣路《前言》，車爾尼雪夫斯基《怎麼辦？》（蔣路譯），人民文學出版社 1996 年版。

第五章　新文學序跋與文學史

第一節　序跋與新文學歷史的共生

　　文學史，顧名思義，即文學的歷史。文學的歷史也只能通過一定的載體來呈現，而最常見的就是關於文學歷史的著作。每一本文學史都試圖還原曾經的文學歷史，但由於文學史著者本身的認識侷限、時代隔膜以及政治語境等各種因素的制約，文學史著作所呈現的只是著作者的文學史，與曾經的文學的歷史往往並不完全一致，甚至可以這樣說，任何文學史都只是著者基於一定的立場、視角對文學歷史的有限度的部分還原。

　　不過，如果文學史著作者更注重序跋的作用，也許可以縮小其著作與文學的歷史的距離。這是因為，序跋本身的紀實性決定了作為歷史現場記錄下的文學史實的準確性和鮮活性，序跋可謂是新文學的一面鏡子。其次，序跋的產生具有即時性。在新文學作品產生的同時，序跋也就產生了。所以，在我看來，新文學序跋與新文學歷史之間是一種共生關係。考察新文學歷史的角度非常多，就現今出版的文學史著作而言，既有總體視閾的文學史，如王瑤的《中國新文學史稿》、唐弢等的《中國現代文學史》等，也有具體視閾的文學史，如思潮史、體裁史、論爭史、文學期刊史、翻譯文學史、作品出版史等。筆者擬從四個方面來具體論述序跋與新文學歷史的共生。

一、序跋與各體文學史

　　迄今為止，新文學所確立的四大體裁都出版過序跋選集。如陳紹偉編選

的《中國新詩集序跋選（1918～1949）》，黃禮孩、陳陟雲主編的《新詩90年序跋選集》，楊中正等編的《中國現代文學序跋叢書》（小說卷，上下冊），蕭斌如等編的《中國現代文學序跋叢書》（散文卷，上下冊），周靖波編的《中國現代戲劇序跋集》（上下冊），這些大都按照時間順利排列的各類體裁作品的序跋集本身就是各體文學發展歷史的記錄和見證。如臧克家就認為可從《中國新詩集序跋選（1918～1949）》中「看出中國近代新詩的發展概況，還可以從中看到每一個時期詩歌的流派及其作品發生的影響」。〔註1〕而黃侯興也指出《中國現代戲劇序跋集》「將這些材料（序跋）匯聚在一起，不僅可以顯示出中國話劇的歷史軌跡，也會為讀者帶來一種全新的閱讀體驗」。〔註2〕可見，序跋與文學的歷史密切相關，從各體文學的序跋中，可清晰地勾勒出各體文學發展的歷史。這裡僅以詩歌序跋為例做些分析。《中國新詩集序跋選（1918～1949）》主要收集了現代文學時期「體現新詩的發展輪廓主流和重點作品，兼及各種流派」〔註3〕的詩集序跋120篇。儘管相對於現代文學史上出版的詩集1200餘種而言，序跋近1200篇。〔註4〕該書只收了不到十分之一的篇目（還有部分單篇詩作前後也有一些序跋文字，還根本沒進入編者的視野），但是這本序跋選集收錄的序跋，均是研究新詩歷史和新詩藝術的重要論文，有助於梳理現代文學三十年新詩的發展概況（其實，有些序跋本身就是簡要的新詩史，如朱自清的《〈中國新文學大系・詩集〉導言》和王翊、康鑄合寫的《〈新詩三十年〉導言》〔註5〕等。）

　　《中國新詩集序跋選（1918～1949）》中收錄的第一篇是《吾們為什麼要印〈新詩集〉》，是作為中國第一部白話詩選集《新詩集（第一編）》的序言，該詩集出版於1920年1月。編者在序中開宗明義就列出了新詩的價值：

〔註1〕臧克家《〈中國新詩集序跋選〉小序》，陳紹偉編《中國新詩集序跋選》，湖南文藝出版社1986年版。

〔註2〕黃侯興《〈中國現代戲劇序跋集〉序》，周靖波編《中國現代戲劇序跋集》（上），北京廣播學院出版社2003年版。

〔註3〕陳紹偉《〈中國新詩集序跋選（1918～1949）〉編後記》，湖南文藝出版社1986年版。

〔註4〕對於現代文學三十年到底有多少詩集，目前也無法確證。《民國時期總書目》詩歌部分收有700餘種，陳紹偉估計有2000餘種，此處的1200餘種是依據《中國現代文學總書目》統計的結果。

〔註5〕這篇導言是一篇很有學術價值的新詩三十年的史論，在全文126條注釋中，其中有45條來自於序跋（占全部注釋的三分之一強），據此可見，序跋與文學史的關係密切。

（1）合乎自然的音節，沒有規律的束縛；

（2）描寫自然界和社會上各種真實的現象；

（3）發表各個人正確的思想，沒有「因詞害意」的弊病；

（4）發抒各個人優美的情感。

顯然，這是早期新詩實踐者對新詩的看法和設想，立志要打破傳統詩歌的禁錮，創造具有現代特色的新詩，可謂新詩草創期的第一份宣言。同年 3 月，新詩史上第一部個人專集《嘗試集》出版，書前有錢玄同和胡適的序。胡適的自序儘管交代的是《嘗試集》產生的歷史，但完全可看作是新詩如何一步一步背叛傳統走向新的開始的歷史。胡適從民國前六年談起，從白話作小說、論文開始，一個偶然的機會得以讀古詩，遂產生了作詩的衝動。美國留學期間，胡適在與好友爭辯中，明確提出了「作詩如作文」的主張。回國以後，在寫詩實踐中，胡適又提出了「詩體大解放」的主張：「若要做真正的白話詩，若要充分採用白話的字，白話的文法，和白話的自然音節，非做長短不一的白話詩不可。」〔註6〕而胡適印行《嘗試集》的理由在自序中也明確交代，即推出自己所實驗的成果，引起更多人的注意，吸引更多人來參加這個未完成的實驗，進而推動白話新詩的真正出現。可以說，《自序》中所彰顯的嘗試精神為新詩界後來所不斷開創的新局面樹立了典範。從 20 年代初開始，康白情、俞平伯、冰心、汪靜之、周作人、劉大白等人在胡適嘗試精神的影響下，也出版了自己的詩集，掀起新詩創作、出版的第一個高潮，而他們為詩集所寫的序跋自然是第一個高潮的見證。

在胡適自覺地進行新詩創格嘗試的同時，留學日本的郭沫若也進行了自己的努力，他借助泛神論，以自己卓越的天才、不羈的個性為新詩的自由化帶來新的衝擊。《女神》的問世，標誌著「中國新詩到郭沫若才真正塑造了主體形象，才真正具有審美意識的主體性，中國新詩才真正躍進到現代化的行列」。〔註7〕而《〈女神〉序詩》形式上所體現的自由風格，無疑是郭沫若新詩實驗的典範，序詩中所體現的內在情緒和自我觀也把胡適的新詩實踐向前推進了一大步，但是，胡適、郭沫若所提倡的自由詩在實踐過程中卻出現了無節制的自由，詩有成為散文的傾向。所以，到了 1923 年 7 月，「第一個有意

〔註 6〕胡適《〈嘗試集〉自序》，陳紹偉編《中國新詩集序跋選》，第 31 頁，湖南文藝出版社 1986 年版。

〔註 7〕龍泉明《中國新詩流變論》，第 153 頁，人民文學出版社 2003 年版。

實驗種種體制，想創新格律的」〔註 8〕陸志韋出版了《渡河》，他在《自序》中說「作者的主張，尋常人看了他的著作，大概不致有所誤會」。〔註 9〕到了民國十五年，《晨報詩鐫》問世，聞一多、徐志摩、朱湘、劉夢葦、陳夢家等人重新確立了新詩的發展方向，這就是新詩規範化的提倡。徐志摩在《〈詩鐫〉弁言》中宣稱：「我們的責任是替它們構造適當的軀殼，這就是詩文與各種美術新格式與新音節的發見。」〔註 10〕到了 1931 年，陳夢家在《〈新月詩選〉序言》中對他們的主張和實踐進行了總結，他認為本集所選的詩算是為新詩的發展指出了一個約略的方向，主張新詩成為醇正和純粹的詩，在表現上，「它所希求的是新的創造，是從鍛鍊中提煉出的堅實的菁華，它是一個靈魂緊縮的軀殼。在詩的靈感上，需要那些新的印象的獲取（就是詩的內在是一首新的詩的發現）」。在形式上，格律可以使詩更明顯，更美，但「決不堅持非格律不可的論調，因為情緒的空氣不容許格律來應用時，還是得聽詩的意義不受拘束的自由發展」。〔註 11〕

　　20 年代中後期開始，當新月派正努力將一些形式準則引入詩歌的時候，李金髮在接受異域詩以及古典詩歌營養的基礎上，開始了中國詩歌的象徵主義實踐。在 1927 年 5 月寫下的《〈食客與凶年〉自跋》中記錄下了他把目光從異域移向古典詩歌的轉變。「余每怪異何以數年來關於中國古代詩人之作品，既無人過問，一意向外採集，一唱百和，……余於他們的根本處，都不敢有所輕重，惟每欲把兩家所有，試為溝通，或即調和之意」。〔註 12〕繼李金髮的中國新詩象徵主義實踐之後，戴望舒的象徵主義詩歌創作，既有縱向的繼承和革新，也有橫向的借鑒與融合。蘇汶在《〈望舒草〉序》中，借用一位北平朋友的話說，戴的詩是「象征派的形式，古典派的內容」。〔註 13〕

　　隨著政治形勢的變幻，無產階級革命運動催生「革命文學」的出現。在詩歌領域，蔣光慈為先驅，他在 1925 年就出版了自己的第一本詩集《新夢》，在《自序》中清楚地表明了自己的革命文藝觀，「用你的全身：全心，全意識

〔註 8〕朱自清《〈中國新文學大系‧詩集〉導言》，上海良友圖書出版公司 1935 年版。

〔註 9〕陸志韋《〈渡河〉自序》，《渡河》，上海亞東圖書館 1923 年版。

〔註 10〕徐志摩《〈詩鐫〉弁言》，《晨報‧詩鐫》，1926 年 4 月 1 日。

〔註 11〕陳夢家《〈新月詩選〉序言》，陳紹偉編《中國新詩集序跋選》，第 226 頁，湖南文藝出版社 1986 年版。

〔註 12〕李金髮《〈食客與凶年〉自跋》，陳紹偉編《中國新詩集序跋選》，第 186 頁，湖南文藝出版社 1986 年版。

〔註 13〕蘇汶《〈望舒草〉序》，戴望舒《望舒草》，上海復興書局出版 1932 年版。

——高歌革命啊！」〔註14〕1928 年 5 月，他（華西里）為錢杏邨的詩集《暴風雨的前夜》作序時明確主張詩歌應當為革命服務。〔註15〕到了 30 年代，領導革命文學的中國左翼作家聯盟成立，新詩逐漸開始承擔起直面現實的重任，「左聯」下的中國詩歌會成員蒲風、任均、楊騷、雷石榆等詩人順應了時代和詩壇的要求，在詩中發出了現實鬥爭的呼喊。蒲風在《〈我們的堡〉序》中，就對詩人離開社會現實拼命在腦海裏找尋靈感提出了批評，「人們對於現實不僅沒有體驗，簡直是沒有關心。一支筆，寫來寫去結果還離不開一個文雅的自己。我真懷疑：這種詩人做起文章來也配說詩人是時代的前驅」？〔註 16〕後來，臧克家、艾青以及七月派詩人群的出現都或多或少繼承了中國詩歌會的直面現實的傳統，在他們的詩歌序跋中都可以找到依據。

　　40 年代的解放區，在《在延安文藝座談會上的講話》精神引領下，出現了「中國作風和中國氣派」的詩歌，以 1946 年出版的《王貴與李香香》為代表。該詩集的序跋中說李季「用陝北民歌《信天遊》的形式，寫出了陝北民間革命和愛情的歷史故事」，〔註17〕詩歌中的思想、感情、生活、語言是人民的，是發自人民內心的真實的聲音。而這「人民意識中發展出來的人民的文藝，正是今天和明天的文藝」。〔註18〕而作為現代文學詩歌史的漂亮的收尾是以從馮至等校園詩人到以穆旦為代表的「中國新詩派」，他們重新界定了詩歌的觀念，依據現代人的思維的變化，捕捉現實與靈魂的生命交感，實現「知性的提升與融合」與「文本實驗」的自覺，產生了真正的現代詩，如唐祈在1947 年寫的《〈詩第一冊〉後記》中就說這些詩歌是自己在激情時或孤獨時經驗過的人和事物，給讀者映出的只是自己所看見的世界的一小部分。

　　如上所述，中國新詩所走過的曲折歷程都在當年的序跋中留下了鮮活的景象，並被收入了《中國新詩集序跋選（1918～1949）》，這些隱藏著詩人思想、詩壇往事、新詩歷史細節的序跋成為中國新詩史不可或缺的重要參照。

〔註14〕蔣光慈《〈新夢〉自序》，《新夢》，上海書店 1925 年版。

〔註15〕華西里《〈暴風雨的前夜〉自序》，錢杏邨《暴風雨的前夜》，上海泰東圖書局 1928 年版。

〔註16〕蒲風《〈我們的堡〉序》，陳紹偉編《中國新詩集序跋選》，第 303 頁，湖南文藝出版社 1986 年版。

〔註17〕周而復《〈王貴與李香香〉後記》，李季《王貴與李香香》，太嶽新華書店 1946 年版。

〔註18〕郭沫若《〈王貴與李香香〉序》，李季《王貴與李香香》，太嶽新華書店 1946 年版。

二、序跋與文藝思潮嬗變史

胡秋原曾對文藝思潮作過界定：「文藝思潮者，一方面是文藝創作之基調與底流，一方面是文藝領域所表現的氛圍氣。所以，文藝思潮史擴大起來說，是文化史之一斷面，是文藝史之縮圖，是文藝理論史，是藝術家之思想史；在文藝思潮史上可以看見文藝作品背景之流變，創作態度之變遷，藝術之形式作風及其表現的思想形態──文藝 ideology 之歷史。」〔註19〕歷來的新文學史著作中，文藝思潮是其重要的組成部分。嚴家炎認為：「在文學的實際發展中，思潮也許可算是個綱。將文學思潮真正研究清楚，會使文學史上很多問題迎刃而解。」〔註20〕就 20 世紀中國文學而言，在不同的歷史時期，呈現出紛紜的文藝思想和文藝創作傾向，這些不同文學思想的流變過程構成了 20 世紀「趨新·多變·實驗」〔註21〕為特徵的文藝思潮史。寫於不同時期的新文學序跋不但記錄下了時代精神的脈搏，記錄下了 20 世紀中國作家的心靈歷程，也記錄下了 20 世紀文藝思潮的嬗變歷程。如有研究者依據郭沫若畢生的序跋，認為它是「瞭解世界文藝思潮，特別是中國現代文藝運動和時代精神演變的極為難得的資料」。〔註22〕下面結合具體作家所寫的序跋來勾勒 20 世紀上半期聲勢最大、影響最廣的現實主義文學思潮的嬗變歷程。

1902 年，梁啟超為《新小說》雜誌寫下了一篇著名的發刊詞《論小說與群治之關係》，在文章中，他率先提出了「理想派小說」和「寫實派小說」的稱謂，但尚未明確提出「現（寫）實主義」。1919 年，茅盾在《〈近代戲劇家傳〉前言》中從時間角度主要梳理了西方戲劇的源流，他認為到了近代，西方戲劇的主要傾向是寫實主義。1920 年，茅盾在《小說新潮欄宣言》中大力倡導寫實主義派小說的翻譯和創作：「西洋的小說已經由浪漫主義（Romanticism）進而為寫實主義、表象主義、新浪漫主義，我國還是停留在寫實以前，這個又顯然是步人後塵。所以新派小說的介紹，於今實在是很急切的了」。〔註23〕他的探索比梁啟超更進一步，但惜未釐清現實主義與自然主

〔註19〕胡秋原《文學史之方法論》，《讀書雜志》1931 年第 2 卷 4 期。
〔註20〕嚴家炎《文學思潮研究的二三感想》，《河南大學學報》1992 年第 5 期。
〔註21〕劉增傑《雲起雲飛──20 世紀中國文學思潮研究透視》，第 4 頁，上海文藝出版社 1998 年版。
〔註22〕編者《〈郭沫若集外序跋集〉後記》，上海圖書館文獻資料室等編《郭沫若集外序跋集》，四川人民出版社 1982 年版。
〔註23〕茅盾《小說新潮欄宣言》，《小說月報》第 11 卷 1 號，1920 年 1 月。

義的界限。1921 年 1 月，文學研究會的成立，《文學研究會宣言》中也宣稱「文學是一種工作，而且又是於人生很切要的工作」。〔註24〕與現實主義文學理論提倡的同時，魯迅、耿濟之等人借助翻譯開始了現實主義文學的實踐。耿濟之在《〈前夜〉序》中說：「文學一方面描寫現實的社會和人生，他方面從所描寫的裏面表現出作者的理想。其結果：社會和人生因之改善，因之進步，而造成新的社會和新的人生。這才是真正文學的效用。」〔註25〕現實主義文學的真諦至此可說是發掘完全。魯迅 1918 年發表的《狂人日記》就是借用異域作家的寫實形式，把目光瞄向桎梏人的封建禮教，揭示其吃人的本質。他在《〈吶喊〉自序》中就已經表明試圖用文學來改變國民的精神，吶喊幾聲來慰籍那在寂寞裏奔馳的猛士。「將所謂上流社會的墮落和下層社會的不幸，陸續用短篇小說的形式發表出來。願意只不過想將這示給讀者，提出一些問題而已⋯⋯」〔註26〕這也許只是現實主義的一端，而後繼者循此前行，引領了「問題小說」的潮流。汪敬熙在《〈雪夜〉自序》中則說自己「力求著忠實的描寫我所見的幾種人生經驗。我只求描寫的忠實，不攙入絲毫批評的態度。⋯⋯竭力保持一種客觀的態度」。〔註27〕與其說他遵循的是現實主義，不如說是自然主義更為恰當。

早在 1924 年，蔣光慈在莫斯科寫下的《〈新夢〉自序》中就提出了革命文學的主張，發出文學創作必須為政黨政治服務的強烈呼聲。隨後在 1925 年發生的「五卅」工人運動以及慘案，極大地激發起了進步作家的愛國心和正義感，使作家從藝術的「象牙塔」走到了社會的「十字街頭」，促使他們的文藝觀發生了改變。到了 20 年代後期以及 30 年代初，由於革命運動的風起雲湧，受蘇聯的「拉普」派和日本左翼文學理論的影響。文學納入到政治運動之中。此時，「現實主義思潮也逐漸演化為一種具有鮮明的時代色彩和激進的社會蘊涵的文學思潮，『為人生』的文學觀念為無產階級的文學觀念所替代，寫實主義創作方法躍向新寫實主義，馬克思主義文學理論得到初步的傳播，並發生實際的影響。」〔註28〕「革命文學」的倡導和興起，使得現實主義文

〔註24〕《文學研究會宣言》，《小說月報》第 12 卷 1 號，1921 年 1 月。
〔註25〕耿濟之《〈前夜〉序》，屠格涅甫著，沈穎譯《前夜》，上海商務印書館 1921 年版。
〔註26〕魯迅《魯迅全集》第 7 卷，第 411 頁，人民文學出版社 2005 年版。
〔註27〕汪敬熙《〈雪夜〉自序》，汪敬熙在《雪夜》，上海亞東圖書館 1925 年版。
〔註28〕劉增傑，趙福生，杜運通《中國現代文學思潮研究》，第 66～67 頁，河南大學出版社 2000 年版。

學思潮逐漸演變為無產階級文藝思潮，但是由於無產階級文藝本身處於草創期，使得此類作品出現了種種問題。最突出的就是「革命＋戀愛」的公式化小說。1932 年 4 月，瞿秋白、茅盾、鄭伯奇、錢杏邨與作者本人為小說《地泉》三部曲重版作序。序作者們試圖對「革命的羅曼蒂克」進行清算，否定將人物描寫變成「時代精神號筒」的簡單化寫法，引導革命文學走上「唯物辯證法創作方法」上去。

「七七」事變以後，抗日成為中國全社會民眾的主要任務。戰爭改變著文學，「戰時特殊的政治文化氛圍包括思維方式與審美心態，促成了許多唯戰時所特有的文學現象；戰爭直接影響到作家的寫作心理、姿態、方式以及題材、風格。即使是某些遠離戰爭現實的創作，也會不自覺地打上戰時的烙印。而且由於戰爭局勢的變化發展，不同階級有不同的時代審美傾向，這又決定著不同的創作潮流與趨勢。」〔註 29〕首先是抗戰文學思潮成為現實主義文學思潮在三四十年代的主要體現。為抗戰服務的文學成為這一時期作家創作的主要傾向，文學為政治服務的信念由此而被普遍接受。如老舍在《〈打小日本〉序》就說：「這名為唱本，實乃說明對日抗戰的始末根由；唱本好念，救國可不容易；除非大家受苦死幹，國家是不會強起來的。」隨著《七月》雜誌的創刊，「七月派」的文學創作代表了現實主義文學思潮的新變，他們主張現實主義文學的重要要求就是反映大眾底生活真實，叫出人民大眾底生活欲求，把我們的實踐和文藝活動獻給當前的神聖的戰爭。胡風在《七月》的代致辭中說：「在神聖的火線後面，文藝作家不應只是空洞地狂叫，也不應該作淡漠的細描，他得用堅實的愛憎真切地反映出蠢動著的生活形象。」〔註 30〕稍晚於「七月派」文學的，是暴露、諷刺文學。張天翼、沙汀、艾蕪、駱賓基等人的小說，相當充分地暴露了社會的陰暗面。此外，由於 1942 年毛澤東《講話》的發表，工農兵成為現實主義文學的重點寫作對象，如周揚在《〈解放區短篇小說創作選〉編者的話》中要求作品「比較真實，比較生動地反映出抗日戰爭與農村改革，反映出工農兵的鬥爭與生活」。〔註31〕這又開了文學創作必須配合政黨某一時期中心工作的先河。在丁玲的《〈太陽照在桑乾河上〉前言》、以群的《〈新人的故事〉序》、草明的《〈今天〉後記》、葛琴的《〈結親〉

〔註29〕錢杏邨《〈地泉〉序》，華漢《地泉》，上海湖風書局 1932 年版。

〔註30〕胡風《願和讀者一同成長》，《七月》第 1 集 1 期，1937 年 10 月 16 日。

〔註31〕周揚《〈解放區短篇小說創作選〉編者的話》，丁玲等《解放區短篇小說創作選》，華東新華書店 1949 年版。

後記》中記錄下了作家們現實主義文學創作的新主張。總之，從 40 年代作家寫的序跋看，由於地域的分割以及政治形勢的變幻等因素，現實主義思潮表現出多種形態，而不同地域的作家在其序跋中對現實主義文學的發展形態、創作方法、技巧等方面看法不一。

三、序跋與文學社團流派史

自東漢末年開始，傳統的文人會社制度開始形成規模，此後便在不同的歷史時期呈現出不同的風貌特徵，成為中國古代文學和文化歷史上的一個重要現象。而關於文人聚會結社的情形，在古代許多序跋中也有大量的記錄，如石崇的《金谷園詩序》、王羲之的《蘭亭集序》等。「五四」以來，隨著新文學的發展，各種文學社團和流派如雨後春筍，據統計，在「五四」文學革命發動以後的第一個十年間，在各地成立的大小不等的文學社團多達 150 餘個，如果加上後來的兩個十年間所建立的，則在 700 個以上。可見，現代文壇上的文人聚會結社的規模、數量等都遠遠超過古人。文學社團的不斷湧現是中國新文學走向成熟的標誌之一。現代社會管理學理論認為，對社會組織結構起作用的主要是知識、經濟、行政三大權威。現代文學社團流派的形成自然也與這三種要素密切相關。作為新文學序跋，不但記錄或見證了新文學期間的文學社團、流派的形成以及發展，而它的寫作本身也可以反映知識、經濟和行政權威在文學社團流派形成中的重要作用。所以，新文學序跋不僅是研究作家間際關係的依據，也是考察新文學社團流派的重要資料。下面結合具體序跋來考察知識、經濟和行政權威在文學社團流派形成過程中的作用。

朱壽桐認為：「在現代中國文學社團的運作中，知識權威乃是最根本的支撐。絕大多數文學社團都是因為知識權威的作用得以形成並順利運作。」〔註32〕「五四」以後，新文壇知識權威得以出現，如胡適以文學革命的首倡者和新詩的嘗試者奠定自己在新文學文壇開創者地位，周作人以新文學革命的理論家為世人所知，而魯迅以其文學創作的實績確立自己的文壇地位，郭沫若以《女神》問鼎文壇中心，茅盾以《小說月報》的主編引領新文學前進的方向等。由於這些「知識權威」已被廣大讀者所認同，加上他們直接或間接控制著書局、文學期刊，所以在文壇擁有了一定的話語權，這自然很容易吸引

〔註32〕朱壽桐《中國現代社團文學史論》，第 29 頁，人民文學出版社 2004 年版。

一大批追隨者，如胡適為首的嘗試詩人群、新月派，魯迅為領袖的語絲社、未名社、莽原社等、郭沫若為精神領袖的創造社、茅盾為代表的文學研究會等。這些掌握文壇話語權的知識權威，他們的觀點、見解就能直接影響到「粉絲（fans）」的行為，所以，正是這種無形的文壇權力使得他們成為了求序的對象，而這些序跋文字也正是「知識權威」的體現之一。同時，對寫序者來講，為別人作序本身也是同氣相求的表現。他們也樂意通過作序來提倡某種觀點、宣揚某種精神、扶植自己的力量等，如胡適在 20 年初曾為許多年輕詩人的詩集作序、寫評論，自然也帶有號召年輕的朋友都來嘗試新詩的目的，他在《〈蕙的風〉序》這樣說：「我讀靜之的詩，常常有一個感想，我覺得他的詩在解放一方面比我們做過舊詩的人更徹底的多。」〔註 33〕他不但對汪靜之的努力給予了較高的評價，也連同對康白情、俞平伯的新詩創作給予了好評。

三四十年代，胡風作為「七月派」的領袖，為自己一派作家的作品寫了大量的序、後記、題記等序跋文字，這些文字顯然是胡風指導、幫助、提攜他們的證據。如曹白是在胡風的鼓勵下開始寫作，他的報告文學集《呼吸》，作為「七月文叢」之一出版，書前有胡風的小引，胡風追憶了他與曹白的文字之交，以及此書出版的艱辛歷程，對「躍動著的生命」也給予好評：「在他的筆下出現的那些人物，受難的人物，戰鬥的人物，或者在受難裏面戰鬥、在戰鬥裏面受難的人物，卻都那麼生動，那麼親切，──被作者本人的情緒活了起來，好像呼吸在我們的眼前一樣。」〔註 34〕曹白在《後記》中記敘了此集的產生過程，對胡風對他的鼓勵和提攜表示感謝。而對最為欣賞的小說家路翎，胡風更是不遺餘力地提攜和幫扶。在《〈財主底兒女們〉序》中，胡風不但對該小說給予了激賞，而且還給予它很高的文學史地位。可見，胡風為「同夥」寫下這些序跋，事實上也成為了建構以自己為中心的文藝小團體的重要紐帶。

如果說現代文學期間的社團流派的形成主要靠知識權威的作用，那麼解放後，建立的各級文聯組織、作家協會等（也可視為文學團體）則主要由黨確立的行政權威來建立的〔註 35〕。新中國成立以後，要重建新的文學史秩序，

〔註33〕胡適《〈蕙的風〉序》，汪靜之《蕙的風》，上海亞東圖書館 1922 年版。
〔註34〕胡風《〈呼吸〉小引》，曹白《呼吸》，上海海燕書店出版社 1941 年版。
〔註35〕需要說明的是，由行政權威所建立的文學社團，不容許與自己相異的文學社團的存在，容易導致文學社團的消失。

建構當代文學新格局，成立各級領導作家的機關，把作家納入黨的領導之下。
同時，為了確立從批判現實主義到革命現實主義文學的發展過程，開明書店
以及後來成立的人民文學出版社則分別承擔了「新文學選集」和 1952～1957
年人文版現代作家選集的出版任務。「新文學選集」由文化部部長茅盾主編，
文化部「新文學選集編委會」編選，在 1950～1952 年間由開明書店出版。1951
年 3 月，在時任宣傳部副部長周揚的提議下，文化部和出版總署共同領導下
成立了新的國家專業出版機構——人民文學出版社，第一任社長為馮雪峰。
「新文學選集」的人選畢竟太少，還不足以反映前 30 年新文學發展的大致面
貌。所以，人文社自成立初，就開始有計劃地出版現代作家選集。共出版了
45 位作家的 45 本選集。這兩套選集的出版，滿足了廣大讀者瞭解新文學發展
歷史的需要，在當代文學的建構中具有里程碑意義。

　　兩套選集的出版都是國家主管部門領導下的組織行為，入選以及編選的
作品都有嚴格的標準，作品出版代表了主流意識形態對作家作品的承認和肯
定。兩套選集在體例上也有連續性，主要由序言（後記）、選目與正文三個部
分構成，三者既自成一體，又相輔相成。對已故的作家的選集，附有他序或
代序，健在的作家的選集，附有自序。如《魯迅選集》就有馮雪峰的《代序》，
《葉聖陶選集》有《自序》等。個別作家選集還有多序，如《殷夫選集》有
馮雪峰的《代序》和丁玲的《序》。這些序跋中，序者不約而同地指出了「共
產黨」以及毛主席對作家本人的巨大影響。老舍在《〈老舍選集〉自序》中，
說道：「假若沒有人民革命的勝利，沒有毛主席對文藝工作的明確的指示，這
篇序便無從產生，……我希望，以後我還不偷懶，還繼續學習創作，按照毛
主席所指示的那麼去創作。」〔註36〕沈從文在《〈沈從文小說選集〉題記》中
說：「祖國在偉大的共產黨的正確堅強領導下，通過億萬人民的努力，有了個
嶄新的面貌。文學藝術在人民教育中，也佔有了個歷史所少有的異常莊嚴的
位置。」〔註37〕而廢名在為《廢名小說選》所寫的序言中表示了對共產黨的
好感：「解放後我受了中國共產黨的教育。是的，可以說是中國共產黨使得我
『頑夫廉，懦夫有立志』。」並表示：「在前進的偉大時代裏，我希望我能有
貢獻。要符合人民的利益才算貢獻，要對創造社會主義文化有貢獻才算貢獻，

〔註36〕老舍《〈老舍選集〉自序》，《老舍選集》開明書店 1951 年版。
〔註37〕沈從文《〈沈從文小說選集〉題記》，《沈從文小說選集》，人民文學出版社 1957
　　　　年版。

我很有這番良心。」〔註 38〕可見，是中國共產黨以及國家政權成為領導作家並迅速在大陸形成現實主義文學一元化的局面的決定性力量，而這些序跋無疑是認同並心甘情願接受規訓的表徵。

此外，還有經濟權威促成社團流派的形成，主要指一些書店。如亞東圖書館、泰東書局、現代書局、新月書店、北新書局、文化生活出版社以及後來的人民文學出版社等出版機構，這些書局的老闆或著名編輯作為新文學生產的「把關人」也直接或間接促成了文學社團和流派的生成，可從趙家璧、趙景深、巴金等人的序跋中找到證據。儘管經濟權威作用於文學社團流派的情形在 20 世紀文學史上並不十分明顯，不過隨著市場經濟的發展，經濟因素將越來越成為一個非常重要的因素，但需要指出的是，大多數文學社團、流派的出現並不是由單一種權威所能實現，乃是由行政權威、經濟權威和知識權威等多種因素共同作用的結果，比如上面論及的「七月派」，儘管胡風作為知識權威起了決定性的作用，但《七月》和《希望》帶給作家們經濟上的收益也起了一定的輔助作用。又如「九葉派」由來則主要是因出版《九葉集》（經濟權威）以及袁可嘉寫的《〈九葉集〉序》（知識權威）而得名的。

四、序跋與新文學的出版文化史

阿英在總結晚清小說空前繁榮局面的原因時，所列舉的第一條就是「由於印刷事業的發達」。〔註 39〕同樣，新文學的發展壯大也與中國現代出版與傳播事業的發展密不可分。孔範今認為，「新文學出版之於新文學發展的研究，同樣也是不容忽視的一個方面，因為它直接決定著文學的生產方式和體制」。〔註 40〕正是《新青年》、《語絲》、《創造月刊》、《現代》、《文學》、《文藝陣地》等期刊不斷問世，以及亞東圖書館、泰東書局、北新書局、現代書局、開明書店、生活書店等熱衷於新文學圖書業的經營，使得新文學才有一個個展示的平臺，廣大讀者才有機會不斷購買、閱讀到新文學作品。所以，探討新文學發展的歷史還應包括對新文學出版史的考察。儘管新文學序跋有單篇作品序跋、期刊序跋以及圖書序跋之分，但是這些序跋均與作品出版而密切聯繫，有些序跋甚至就是出版社點名由某位作家撰寫。所以，新文學序跋的大量產

〔註38〕廢名《〈廢名小說選〉序》，《廢名小說選》，人民文學出版社 1957 年版。
〔註39〕阿英《晚清小說史》，第 1 頁，東方出版社 1996 年版。
〔註40〕孔範今《〈現代出版與二十世紀三十年代文學〉序》，秦豔華《現代出版與二十世紀三十年代文學》，山東人民出版社 2008 年版。

生不僅僅是作家本人的內在要求，也是出版、傳播等外部的現實要求。筆者認為，新文學序跋是新文學與出版業緊密聯繫的重要見證。考察新文學的出版文化史，從這些序跋中也能發現許多具有歷史現場感的記錄。

一般而言，每一種期刊在創刊時總要發一篇開場白性質的文字，諸如發刊詞、創刊詞、弁言、告讀者、宣言、社告等。實際上，這些不同稱謂的文字可以統統歸入序跋類文體。〔註41〕這些序跋「不外乎將創刊的目的、意義、緣由、背景、編輯方針、刊物性質以及政治的、學術的、文化的、思想的主張等告訴讀者。而恰恰正是這些內容，表達了其所處時代的思潮，記錄了其所處時代各個學科的發展狀況。這些內容，到了今天，就成為瞭解那個時代不可多得的珍貴文獻資料」〔註42〕新文學期間出現了大約3500種的文學期刊，隨這些期刊誕生的序跋數量也數以千計。而這些期刊序跋具有多方面的研究價值。把這些發刊詞按時間先後排列，也就是研究新文學期刊出版史的重要文獻。如周作人寫的《〈語絲〉發刊詞》，就交代了創刊緣由：我們只覺得現在中國的生活太枯燥，思想界太沉悶，感到一種不愉快，想說幾句話。創刊目的：「只是想衝破一點中國的生活和思想界的昏濁停滯的空氣。……提倡自由思想，獨立專斷，和美的生活。」刊物的內容：「大抵以簡短的感想的批評為主，但也兼採文藝創作以及關於文學美術和一般思想的介紹與研究，在得到學者授助時也要發表學術上的重要論文。」〔註43〕這些文字是刊物同人最初對它的期望和要求，但隨著《語絲》的問世，以及後來遷移到上海出版、主編的更換等波折，刊物是否發生了不同程度的轉向，通過與創刊詞的對比也就能得出結論。又如1938年茅盾寫的《〈文藝陣地〉發刊詞》，此時日本帝國主義全面侵華，正值國共合作剛剛建立，所以本刊所建立的文藝陣地就是為了「擁護抗戰到底，鞏固抗戰的統一戰線」！文藝界的抗戰，「只要是為了抗戰，兵器的新式或舊式是不應該成為問題的。我們且以為祖傳的舊兵器亟應加以拂拭或修改，是能發揮新的威力」。〔註44〕可見，在國難當頭的危急時刻，文藝也應該成為救國的重要利器，而《文藝陣地》的出版自然為團結文

〔註41〕事實上，在清末民初時期創刊的許多刊物，其發刊詞就是以「序」或「弁言」為題，所以新文學期刊的發刊詞也可歸入新文學序跋之列。

〔註42〕劉宏權《出版說明》，劉宏權、劉洪澤《中國百年期刊發刊詞600篇》，解放軍出版社1996年版。

〔註43〕周作人《〈語絲〉發刊詞》，《語絲》第1期，1924年11月17日。

〔註44〕茅盾《〈文藝陣地〉發刊詞》，《文藝陣地》第1卷1期，1938年4月16日。

藝界創作更多抗戰文學作品起到一定的作用。此外，80 年代以來，許多新文
學期刊得到了影印，隨之又出現了期刊影印本序，如趙景深為《文學週報》
寫的前言《文學研究會與〈文學週報〉》、施蟄存寫的《重印全份〈現代〉引
言》，馮至寫的《〈駱駝草〉影印本序》、劉延陵寫的《〈詩〉月刊影印本序》
等等。這些親歷者所寫的序同樣可為文學期刊的出版研究提供重要的依據，
如有學者認為劉延陵寫的《〈詩〉月刊影印本序》「回憶了當年他與朱自清、
葉聖陶合辦《詩》月刊的經過並論及了其中重要的詩文。無不令人起敬歎服。
序文為研究我國新文學史提供了一份極有價值的資料。」〔註45〕

　　圖書序跋記錄的出版情況主要是針對具體的作品而言，如董紹明、蔡詠裳
合譯《土敏土》的《譯者題記》詳細記錄下了該書翻譯、改譯、校對以及代序
和圖書的來源等，說明這本書的問世凝聚了魯迅、許廣平、馮雪峰等多人的心
血。但如果從整個新文學序跋來看，由於序跋中記錄了眾多出版歷史細節，這
些大量的出版細節就構成了不同時期的出版情形，如再加以歷時的考察，這些
細節就是新文學圖書出版歷史中的重要組成部分，如郁達夫在《〈達夫代表作〉
自序》中有一段文字，為 20 年代出版界的促銷宣傳情況做了一個記錄：

　　　　出一本選集，是沒有什麼問題的，我最怕的就是書店的廣告，
　　如「以一手奠定中國文壇」、「中國有新文學以來的第一部書」、「天
　　才作家」等等文句，所以當出書之際，我要求書店同人，廣告不要
　　太做得過火。〔註46〕

可見，新文學出版界也有商業推銷術，在某些書刊廣告中，出版社不惜誇大
作品的內容和意義，讓作者、讀者都覺得太過火。當代詩人廖亦武在為《沉
淪的聖殿》所寫的《楔子》中，記錄了他的一個朋友的談話，從中可以窺測
國內 90 年代的出版情形：

　　　　其實現在國內出版界（特別是「二渠道」中）也不乏一些有思
　　想、有品味的人，至於他們在現實生活中能起多大作用，我想這不
　　僅與他們的能力及水平有關，更取決於我們國家的出版社政策。如
　　果有一天圖書出版開放，像國外一樣民間能……好了……〔註47〕

<hr>

〔註45〕徐重慶《劉延陵與〈詩〉月刊》，俞子林編《書的記憶》，第38頁，上海書店
　　　　出版社 2008 年版。
〔註46〕郁達夫《〈達夫代表作〉自序》，《達夫代表作》，上海春夜書店 1928 年版。
〔註47〕廖亦武《〈沉淪的聖殿〉楔子》，廖亦武主編《沉淪的聖殿》，新疆清少年出版
　　　　社 1999 年版。

可見，序跋中不但有出版的具體細節，序跋中也有當時出版風氣、情形的介紹。

　　新文學圖書出版中，許多是作為叢書的之一種出版的，而出版叢書時，主編或責任人也習慣寫一篇《出版緣起》或《總序》等序跋文字，如魯迅寫的《〈未名叢刊〉是什麼，要怎麼樣？》、趙家璧的《〈中國新文學大系〉前言》、《〈良友世界文學叢書〉出版者言》等，這些序跋為考察該叢書的緣起、宗旨以及出版歷程等方面也提供了大量信息。如《〈良友世界文學叢書〉出版者言》中，交代了該叢書的由來，是上海文協和北平分會與美國國務院及新聞署合作出版「美國文學叢書」，由美方出資，上海文協和北平分會組織譯者，選定具體題目，而上海晨光出版公司負責具體出版發行，為了與「晨光文學叢書」相對應，正式定名為「晨光世界文學叢書」。1949 年初開始出版，第一批十八種，並計劃翻譯英國、蘇聯、法國、日本、德國、舊俄國的優秀作品，「每一國將介紹二三十部代表作品，按月絡續出版。我們希望在五年之內，出足二百種，成為一套國內最完備的世界文學叢書」。〔註 48〕

　　對於單篇作品，作者有時也在前後寫了短小的序跋文，這些序跋對作品的產生以及發表過程也有一些記錄。如郭沫若寫的《〈騎士〉後記》是這樣寫的。

　　　　這篇小說是 1930 年所寫，全稿在十萬字以上。一九三七年，曾加以整理，分期發表於《質文》雜誌。此雜誌乃當時在東京之一部分留學生所辦，僅出兩期即遭日本警察禁止。此處所收《質文》所登載者。未幾抗戰發生，余由日本潛逃回國，余稿亦隨身帶回。上海成為孤島後，余往大後方，稿託滬上友人某君保管。忽忽八歲，去歲來滬十問及此稿，友人否認其事。大率年歲久遠，已失記憶，而稿亦已喪失。我已無心補寫。特記其顛末如此。1947 年 8 月 23日。〔註 49〕

這則後記詳細記錄了這篇作品所經歷的曲折過程，不但是這篇作品的生成史，也是作者近 20 年來動盪生活的真實寫照，從中反映出時代、政治等多方面的變幻情況。新文學序跋中的單篇作品序跋數量相當多，這些作為歷史現場的記錄為新文學的出版史研究也提供了大量的鮮活材料，應該加以仔細地收集

〔註 48〕趙家璧《書比人長壽——編輯憶舊集外集》，第 123 頁，中華書局 2008 年版。
〔註 49〕郭沫若《〈騎士〉後記》，《沫若文集》第 5 卷，人民文學出版社 1957 年版。

整理。此外，新文學序跋中還記錄下了大量出版控制與反控制的鬥爭情形，這些序跋為考察新文學的文網史提供了大量證據（前文已有所涉及，此處從略）。總之，新文學序跋不但記錄了新文學作品的具體出版過程，也見證了新文學出版的歷程，是新文學出版文化史的重要組成部分。

第二節　序跋與新文學史的建構——以《中國新文學大系》序跋（導言）為例

迄今為止，已出版的大系有 10 餘套，即分別有《中國新文學大系 1917～1927》（10 集，上海良友出版公司 1935 年版），《中國新文學大系續集 1928～1938》（10 集，香港文學研究社 1968 年版），《中國新文學大系 1927～1937》（九集，上海文藝出版社 1984 年版），《中國新文學大系 1937～1949》（十一集，上海文藝出版社 1990 年版。《中國新文學大系 1949～1976》（十一集，上海文藝出版社 1997 年版），《中國新文學大系 1976～2000》（十一集，上海文藝出版社 2009 年版），《中國近代文學大系 1840～1919》（十二集，上海書店 1996 年版）。此外，從 1982 年開始，由中國文學藝術界聯合會領導，成立了中國新文藝大系總編輯委員會，中國文聯出版公司開始進行《中國新文藝大系》的編輯出版工作，從 1917 年至 1982 年共分五輯，第一輯（1917～1927，未出），第二輯（1927～1937，未出），第三輯（1937～1949，十五集，1995 年版），第四輯（1949～1966，十九集，1987 年版），第五輯（1976～1982，二十三集，1984 年版），此外，還有《抗日戰爭時期大後方文學書系》（重慶出版社 1989 年版）、《中國解放區文學大系》、（重慶出版社 1992 年版）《中國淪陷區文學大系》（廣西教育出版社 1998 年版）、《東北現代文學大系》（瀋陽出版社 1996 年版）、《山西文學大系》（山西人民出版社 2005 年版）等，而所有這些已出或即出的大系各集幾乎無一例外地在書前有導言等序跋文字。

新文學（新文藝）大系的源頭應是 1935 年良友圖書出版公司發起出版的《中國新文學大系》，它的開創性、獨特性使這套大系成為新文學以來流傳最廣最久、影響最為深遠的一部新文學總集。〔註 50〕大系本身也成為了重要的研究對象。如楊義、溫儒敏、劉禾、羅崗等人的專題論文，甚至還出現了《〈中

〔註50〕儘管後來的大系承襲或發揚了先驅者的體例和優點，但無論是歷史地位，學科的開創價值以及編選人員的構成等遠不能與 1935 年出版的大系相比。

國新文學大系〉研究》這樣的專著。實際上，《大系》的構成包括兩部分，一是編選者所選的作品，二是編選者所寫的序跋。而使《中國新文學大系》具有巨大的言說空間、研究價值以及在現代文學學科開創史上有巨大意義的還是那些編選者所寫的序跋，即各卷的導論。「各集『導言』所具有的文學史研究眼光和方法，對後來的文學史寫作有不可替代的巨大影響。甚至可以說，後來幾十年關於新文學發生史與草創階段歷史的描述，離不開《大系》所劃定的大概框架，而《大系》所提供的權威的評論，也被後來的許多文學史家看作研究的經典，文學史教學常把《大系》列為基本的參考書。」〔註 51〕所以，在我看來，討論序跋與新文學史建構的關係的一個重要立足點無疑可以放在《大系》系列的導言上。〔註 52〕

一、序跋與新文學史的分期的劃定

　　任何書面的歷史都有一定的時間起訖，新文學的歷史也不例外。柄谷行人認為：「分期對於歷史不可或缺。標出一個時期，意味著提供一個開始和一個結尾，並以此來認識事物的意義，從宏觀的角度，可以說歷史的規則就是通過對分期的論爭而得出的結果，因為分期本身改變了事件的性質。」〔註 53〕關於新文學的起點，普遍的看法是以 1917 年胡適發表《文學改良芻議》為標誌。而具體使這個新文學歷史的起點得以確立的就是首先在大系的序跋中得到了具體的表述。如趙家璧在大系的《前言》中明確指出了大系的起訖時間：

　　　　我國新文學運動，自從民國六年（一九一七）在北京的《新青
　　　年》上由胡適陳獨秀等發動以來，至今已近二十年。……這二十年
　　　的時間，大約可以分做兩個不同的時期：從民六（一九一七）的發
　　　難到民十六（一九二七）的北伐一直到現在。前一時期的新文學，
　　　貫穿著「文學革命」的精神，到北伐成功，便變了一付面目。……
　　　為事實上的便利計，就先把民六至民十六的第一個十年間，關於新

〔註 51〕溫儒敏《論〈中國新文學大系〉的學科史價值》，《文學評論》2001 年 3 期。
〔註 52〕迄今為止，把大系的導論（言）結集出版的有：《中國新文學大系導論集》（蔡
　　　元培等著，上海良友復興圖書印刷公司 1940 年版）、《中國新文學大系續編導
　　　言集》（出版社、出版年不詳）、《中國近代文學的歷史軌跡》（本社編，上海
　　　書店出版社 1999 年版）、《中國新文學大系導言集(1917～1927)》（劉運峰編，
　　　天津人民出版社 2009 年版）。
〔註 53〕柄谷行人《現代日本的話語空間》，張京媛主編《後殖民理論與文化批評》，
　　　第 416 頁，北京大學出版社 1999 年版。

　　　　文學理論的發生，宣傳，爭執，以及小說，散文，詩，戲劇諸方面
　　　　所得來的成績，替他整理，保存，評價。……

自然，確立「第一個十年」的提法並不是青年編輯趙家璧個人的主張，而是
經過鄭伯奇、鄭振鐸以及茅盾等人的爭論得以確立，趙家璧作為主編，在大
系的《前言》中正式加以了表述。

　　由於主編確立了大系的時間起訖，自然也給編選者指定了編選範圍。正
如魯迅在給趙家璧的回信中說的「《新文學大系》的條件，大體並無異議」，〔註
54〕「無異議」自然也包括了趙所確立的時間起訖。事實上，作為大系的編選
體例之一的時間範圍，在編選者的操作過程中幾乎都得到了遵守。在各卷選
入的作品中，涉及的時間段也基本上嚴守第一個十年。如茅盾、鄭振鐸、魯
迅、洪深、朱自清等所選的作品都在這個時間範圍之內，即使最不遵守這個
時段的周作人和郁達夫也明確表示「是以一九一七到一九二七的十年間的作
品為重心」。〔註55〕和大多序跋的寫作順序一樣，編選者都是在完成了作品編
選或對選入作品有大致的掌握之後，再來寫作各卷的導言部分，導言不但基
於編選的內容而展開，而且論述的時間起訖也主要以第一個十年為中心。如
洪深所寫的導論就是從五四運動的前一兩年，即胡適發表《文學改良芻議》
談起，接著逐一詳細交代新文學運動中戲劇領域的革新實踐，最後以民國十
五十六兩年的戲劇界的情形結尾。所以，正是各位編選者的自覺認同和遵守
大系所確立的時段，也使得選入的作品與大系的導論之間就形成了一種互為
說明、互為闡釋的關係，從而使《大系》的時間起訖得以建立。

　　可以說，新文學「第一個十年」概念的確立不但使新文學確立了自己合
法的歷史地位，而且也為後來新文學歷史確立了一個大致的框架。這也要歸
功於蔡元培為大系所作的《總序》，在《總序》末尾，他據「第一個十年」推
出了「第二個十年」和「第三個十年」。「所以對於第一個十年先作一總審查，
使吾人有以鑒既往而側將來，希望第二個十年與第三個十年時，有中國的拉
飛爾與中國的莎士比亞等應運而生呵！」〔註56〕看來，被學界廣泛接受的「中
國現代文學三十年」的提法是淵源有自。即使到了 20 世紀末，在影響較大的

〔註54〕魯迅《魯迅全集》第 13 卷，第 311 頁，人民文學出版社 2005 年版。
〔註55〕郁達夫《散文二集導論》，《中國新文學大系·散文二集》，上海良友圖書出版
　　　　公司 1935 年版。
〔註56〕蔡元培《總序》，胡適編《中國新文學大系·建設理論集》，上海良友圖書出
　　　　版公司 1935 年版。

《〈中國現代文學三十年〉前言》中，著者還交代了採用「三十年」的原因：
「由於本書的教科書性質，必須適應現有的大學中文系課程的設置，以及現
有的學術研究格局，在未做全國性的變動之前，以『三十年』為一個歷史敘
述段落，仍有其存在的理由和價值。」〔註57〕可見，「三十年」的提法影響之
深。

　　至於為什麼以十年作為新文學第一個階段，有學者專門論及過理由，因
為它「既保留了中國社會歷史的重大事件來劃分文學時段的特點，又避免了
後者隱含的激進的意識形態傾向，為容納不同的政治和文化立場提供了空間，
且在表述上也更符合中國人的思維和接受習慣。……它不僅包含著『新文學
發生』的全部秘密，而且構成了『新文學發展』的基本起點，同時也上升為
衡量『新文學前途』的價值標準。」〔註58〕不得不承認，《大系》確立以1917
～1927 十年為期的時段既有基於時間本身的考慮，更體現出重大政治事件對
文學分期的影響。當鄭振鐸和阿英就選稿年限爭執不下時，而茅盾把時間推
至1927 年則更多的是為了強調「1927 年標示出『大革命』及其『失敗』的意
義，賦予20 世紀30 年代的『左翼文學』以特別的歷史感：五四思潮止於『大
革命』思路的興起，新的歷史從此開始，一直延續至今。」〔註59〕所以，1935
年《大系》所確定的時間起訖為後來的大系編撰提供了以十年為期和以重大
政治事件為時間起訖的兩種體制。如 1968 年香港版《中國新文學大系續編》
明確表明繼承了1935 年大系以十年為期的時段選擇。在大系續編《前言》中，
編者規劃了《續編》和《三編》大系的時間範圍：「《續編》當是第二個『十
年』（一九二八～一九三八），《三編》當是第三個十年（一九三八～一九四
八），如果能如我們所願，那麼，中國『新文學運動』的歷史大致完整了。」
〔註60〕80 年代初，上海文藝出版社也開始了大系續編的編纂工作，在《出版
說明》中也交代續編的時間起訖：為了發揚「五四」新文學的革命傳統，展
示新文學運動的輝煌實績，本社在影印《中國新文學大系》第一個十年不久，
便開始第二個十年（一九二七～一九三七）的編纂工作。〔註61〕而《中國新
文藝大系》所確立的五輯的時間段既有以十年為期的方式，如前三輯，也有

〔註57〕錢理群等《〈中國現代文學三十年〉前言》，北京大學出版社1998 年版。
〔註58〕羅崗《危機時刻的文化想像》，第271～272 頁，江西教育出版社2001 年版。
〔註59〕羅崗《危機時刻的文化想像》，第271 頁，江西教育出版社2001 年版。
〔註60〕譚詩園等《中國新文學大系續編導言集》（內部資料），第1 頁，出版地不詳。
〔註61〕《出版說明》，周揚編《文學理論集》（一），上海文藝出版社1984 年版。

按重大政治事件所確立的文學分期方式，如第四輯、五輯。

　　由於《大系》的分期時間的確立，給新文學文學史寫作帶來的影響也是廣泛而持久的，如1939年李何林在撰寫《近二十年中國文藝思潮論（1917～1937）》時，就基本沿用了《大系》在文學分期上所採取的分法。50年代王瑤的《中國新文學史稿》把新文學的發展劃分為四個階段：偉大的開始及發展（1919～1927），左聯十年(1928～1937)、在民族解放的旗幟下(1937～1942)，文學的工農兵方向（1942～1949）。臺灣周棉的《中國新文學史》將 1949 年前的文學史分為三期，初期 1917～1928，第二期 1928～1937，第三期 1937～1949，幾乎原封不動地按照大系所確立的分期時間來構建其文學史的時間緯度。而錢理群等人的《中國現代文學三十年》所確定的分期方法，與《大系》當初的設想完全吻合。新世紀初出版的朱棟霖等人的《中國現代文學史》（上下冊）也仍然是依照《大系》系列所確立的時段來展開論述的。直到現在，大多數中國現代文學史仍沿用了這種分期方法。

二、序跋與新文學史的「四大板塊」的確立

　　事實上，「文學史」概念以及文學史著作本是由西方轉道日本傳入中國的，1903 年清政府在制定京師大學堂的章程時，提出可以仿傚日本的《中國文學史》，來自行編撰我國的文學史，用於「歷代文章流別」的課程。所以，20 世紀初，中國文人開始從「詩文評」、「文苑傳」轉為「現代型的文學史」的編撰。如林傳甲在 1906 年就寫出了第一部《中國文學史》，稍後又出現了黃人的《中國文學史》。隨著大學教育課程設置的需要，不斷有學者開始寫作文學史。新文學運動以來，以新文學史為對象的著作也在二三十年代開始出現，如朱自清的《中國新文學研究綱要》〔註 62〕和王哲甫的《中國新文學運動史》等。但早期的新文學史著作在編撰體例、文體選擇等方面標準不一，沒有一本產生了廣泛的社會影響。真正初步完成新文學史的框架設計並得到廣泛認同的還是要從《中國新文學大系》開始。由於編選者是新文學史上最重要的人物，他們本身就是新文學的參與者、創造者，熟悉第一個十年的歷史，因此他們所撰寫的導言，就是這一時期的歷史總結。曹聚仁曾認為：「假使把這幾篇文字彙刊起來，也可以說是現代中國新文學的最好

〔註62〕此書最先是以講義的形式印行，沒有正式出版。到了 1980 年，趙園對三種原稿進行了整理，發表於《文藝論叢》第 14 輯（上海文藝出版社 1982 年版）。

綜合史。」〔註63〕所以，《中國新文學大系》以及各集導論初步建立了新文學史的編撰體例，具體體現在以下幾個方面。

確立文學史內容的四大板塊〔註64〕。從文學史的內容上看，到底由哪幾部分構成一直沒有形成共識，而《中國新文學大系》則初步確立了一個可以借鑒的範例。大系一共十集，除了建設理論集、文學論爭集、史料索引集三集之外，其餘七集均為文學作品，包括詩歌一集，小說三集、散文二集、劇本一集。分別從文學理論、文學運動、文學作品以及文學史料四個方面論述了這一階段的文學史。胡適和鄭振鐸編選的兩集，以及其餘各卷的導言，與蔡元培的總序一起，介紹了新文學及各部門的理論，構成了文學理論板塊。胡適和鄭振鐸的關於新文學發展過程的闡釋，再加上其他編選者在導言中敘及的各部門的發展歷程，實質上構成第一個十年的文學運動板塊。而詩歌、小說、散文、戲劇部分共七集導言涉及到的是各類文學作品的論述，這些導言共同構成文學史的主體板塊——文學作品板塊。〔註65〕阿英編選的《史料·索引》及所寫的序例共同構成文學史料板塊。《大系》出版以後，它所確立的文學史的四大板塊已經成為每位治史者構建文學史的四大支柱。儘管就一部文學史著作來看，四大板塊處於一種時空交錯的狀態，很難截然分開，只是為了便於行文的需要加以分別論述而已。如王瑤的《中國新文學史稿》，作為建國後第一部現代文學史著作，就是完全按照這四大支柱來建構起文學史的。《史稿》設「緒論」，下分「開始」、「性質」、「領導思想」、「分期」四小節，為全書之統領，可看作是文學理論部分。而在每一個時期，分別評價文藝運動、詩歌、小說、戲劇、散文，可看作是文學運動和文學作品部分。而史料部分則體現在全書的行文中，著者「在文獻資料的抄攝、收集、積累與整理方面下了極大的工夫，每涉及一個論題，幾乎窮盡當時可能得到的材料。《史稿》的文獻資料極為豐富，超出後來許多文學史，對後來的研究產生極大的影響。」〔註66〕

〔註63〕曹聚仁《文壇五十年》（續編），第172頁，香港新文化出版社1937年版。
〔註64〕徐鵬緒先生認為《大系》確立了文學史的三大版塊，即文學理論板塊、文學運動板塊和文學作品板塊，而筆者認為，作為文學的歷史，還應該加上「文學史料板塊」。
〔註65〕徐鵬緒、李廣《〈中國新文學大系〉研究》，第339頁，社會科學出版社2007年版。
〔註66〕溫儒敏等《中國現當代文學學科概要》，第86頁，北京大學出版社2005年版。

　　早在新文學運動初期，陳獨秀、胡適、錢玄同等人就開始積極探索中國文學分類。如陳獨秀在《文學革命論》及其他地方多次提及，文章可以大別為二：一曰「文學之文」，例如詩歌、戲曲、小說等；一曰「應用之文」，例如評論、日記、信札等。這樣一來，就可以把文學從文章中分離出來，確立文學作品的獨特性，而使詩歌、小說、戲劇和散文成為新文學作品的集中體現。可見，中國新文學的分類在繼承中國古代文體分類的基礎上，又參照了西方文學分類的標準〔註67〕，使得「這些文類範疇被理解為完全可以同英語中的 fiction，poetry，drama 和 familiar prose 相對應的文類。這些『翻譯過來』的文學形式規範的經典化，使一些也許從梁啟超那個時代就已產生的想法最終成為現實，這就徹底顛覆中國經典作為中國文化和中國文學的意義的合法性源泉。」〔註68〕而在《大系》十二篇序跋中，文學卷的序跋最多，共7篇，這自然與文學作品部分占《大系》大半有關。從這七篇導言看，只是詩歌、小說、散文、戲劇四種文體而作。由於《大系》的編選者所具有的文壇地位以及《大系》本身在新文學史上的地位，這四種文體的確立為後來的文學史寫作起著導向甚至規範的作用。「這種以文體為結構框架，並適當注意流派分類的方法，後來成為一種常見的文學史結構的模式，許多文學史寫作自覺不自覺都受到影響。」〔註69〕儘管後來出現了新文體，如報告文學、電影文學等，但絕大多數文學史著作都繼承了《大系》的文體四分法。如王瑤的《中國新文學史稿》、唐弢主編的《中國現代文學史》、洪子誠的《中國當代文學史》、王慶生主編的《中國當代文學》等著作無一例外地按文體四分法來組織文學史。可以說，《大系》及導言所確立的文學「四大家族」至今仍然影響著文學史家對文學史著作的框架設計。

　　《大系》是一項歷史性工程，作為主編的趙家璧自然是功不可沒，但各卷編選者的積極參與、合理分工以及編選過程中互相協作等確保了《大系》在短時間內的順利問世。所以，從某種意義上說，《大系》也開創了合作寫史的先例。縱觀中國文學編纂史，儘管有幾部個人撰寫的文學史著作，但合作寫史仍占主流。正如趙家璧在編纂之初的設想：「這樣一項大工程，我一定要去物色每一方面的權威人士來擔任，由他擇優拔萃，再由他在書前寫一篇較

〔註67〕此觀點散見於陳獨秀的《答胡適之》、《文學革命論》以及他為劉半農《我之文學改良觀》一文的按語等。
〔註68〕劉禾《跨語際實踐》，第324頁，生活·讀書·新知三聯書店2008年版。
〔註69〕溫儒敏《論〈中國新文學大系〉的學科史價值》，《文學評論》2001年3期。

長的序言，論述該一部門的發展歷史，對被選入的作家和作品進行評價。」〔註70〕從趙所確定的編選人員看，也確實考慮到每位編者的專業特長，如胡適編選建設理論卷，周作人和郁達夫負責散文部分，洪深負責戲劇的編選，阿英負責史料索引卷等，這些人都是每一領域的不二人選，充分發揮了編選者的優勢，人盡其長。對於同一文體的編選，編選者也密切合作，如魯迅、茅盾和鄭伯奇三人在小說領域的分工，周作人與郁達夫在編選過程中既有分工又有合作。正是在趙家璧的主持下，編選者分工合作，發揮各自的優勢，最終圓滿完成了大系的編選以及導言的撰寫任務，使得《大系》成為新文學歷史上的一個里程碑式的成果。後來的文學史著作有許多也都是合作寫史。

三、序跋與文學史的述史模式的形成

　　文學史家黃修己歸納了兩種撰寫文學史的有效方法和既成模式：實證方法的描述性模式和突出主體性的闡釋性模式。描述型模式的表現形態是「重視史料的搜集、整理，著重點在於記述歷史發展過程、作家生平和創作；作者對史的評論較少，態度較為客觀」。而闡釋型模式的表現形態則是「不喜用客觀的筆調，其著重點在於表現作者對歷史的看法，並且往往鮮明顯豁而不是含蓄隱蔽的。其價值標準首先不在於史實的翔實程度，而是看作者對歷史的評判、解釋、分析、論斷」。〔註71〕如果按這兩種標準來看，《大系》編選者在各自所寫的導言中大多對新文學的歷史採用了描述性敘述模式。如茅盾在《小說一集導言》是這樣開頭的：

> 　　民國六年（一九一七），《新青年》雜誌發表了《文學革命論》的時候，還沒有「新文學」的創作小說出現。
>
> 　　民國七年（一九一八），魯迅的《狂人日記》在《新青年》上出現的時候，也還沒有第二個同樣惹人注意的作家，更其找不出同樣成功的第二篇創作小說。

顯然，茅盾採用的是實證方法的描述性模式。其他人的導言也多採用此法。如鄭振鐸所寫的《文學論爭集導言》，文章資料豐富，論述詳盡，從容有度，特別是對於《新青年》、《小說月報》、文學研究會、創造社及當時的出版物都有簡要的評價，被譽為「是一篇極好的現代新文學小史，……他所說的，都

〔註70〕趙家璧《編輯憶舊》，第 163～164 頁，生活·讀書·新知三聯書店 1984 年版。
〔註71〕黃修己《中國新文學史編纂史》，第 318 頁，北京大學出版社 2007 年版。

是很真實而且很公正的」。〔註72〕還有洪深的《戲劇集導言》，近於史料長編，也是言必有據，事事都有書為證，顯得內容豐富紮實。但是，導言中也有突出主體性的闡釋寫史模式，如鄭伯奇在《小說三集導言》的開頭：

> 美國心理學家史丹萊‧霍爾（Stanley Hall）提倡發生心理學（Genetic Psychology）的學說，是將以前已經通過了的進化過程反覆一番而後前進的。文明人的兒童反覆著野蠻人的過程，人類的胎兒又反覆著動物的過程。……
>
> ……
>
> 如今，讓我將這學說試應用在文學史的上面罷。

鄭顯然想借助於霍爾的理論來闡釋文學史上的現象，而全文也是圍繞這一理論展開文學史的寫作，開了以論代史的濫觴。《大系》導言中的兩種文學史的寫作模式影響了後來的文學史寫作。解放後的 30 年裏，儘管王瑤、唐弢等人的文學史中存有描述性模式的寫史類型的文字，但主體性的闡釋模式成為文學史寫作的主要方法，主要體現在以毛澤東的《新民主主義論》為理論指導，文學史的寫作成為論證毛澤東文藝觀點的演繹。新時期以來，實證方法的描述性寫史模式又再次成為許多文學史家的共同選擇。

作為以描述型寫史模式為主的《大系》導言還因其不同編選者的個人風格呈現出不同的敘事風貌。如郁達夫、周作人的導言突出個人性情和才情。茅盾、洪深、朱自清等人的導言則注重文學史現象的勾勒與文學歷史現象的呈現，而把這兩個方面有機融合在一起行文的是魯迅的《小說二集導言》。此集所選的範圍很廣，除了文學研究會與創造社之外，其他小說作家都納入此集考察的範圍，儘管涉及到的範圍廣、對象繁雜，但「他簡潔明瞭，勾玄提要，概述各團體的主要藝術特徵，勾勒出大輪廓，也逐個介紹其主要作家的成就，多用三數語以概其總體風貌，或舉一二代表作品，以少見多，以顯其神態風韻，飽含深刻見地。褒貶均十分講究分寸，無論好處壞處，說得恰到好處。故雖一家之言，卻能得多數人的首肯，一言之出，即成公論」。〔註73〕它給後來的文學史寫作樹立了典範，具體體現在以下幾個方面。〔註74〕

〔註72〕曹聚仁《文壇五十年》（續編），第 172 頁，香港新文化出版社 1937 年版。
〔註73〕黃修己《中國新文學史編纂史》，第 318 頁，北京大學出版社 2007 年版。
〔註74〕以下的幾個方面歸納來自黃修己《中國新文學史編纂史》和溫儒敏的《論〈中國新文學大系〉的學科史價值》，特此說明。

　　一是從大量的文學現象中識別有歷史意義的現象，並歸納出幾種不同的創作特徵和流向。如對《新潮》雜誌上的作家作品的分析，「自然，技術是幼稚的，往往留存著舊小說上的寫法和情調；而且平鋪直敘，一瀉無餘；或者過於巧合，在一剎時中，在一個人身上，會聚集了一切難堪的不幸。然而又有一種共同前進的趨向，是這時的作者們，沒有一個以為小說是脫俗的文學，除了為藝術之外，一無所有的」〔註75〕後來一些學者就採納了魯迅的看法，稱之為「《新潮》作家群」。魯迅又將蹇先艾、許欽文、王魯彥、黎錦明等作家定位為「鄉土文學派」。「凡在北京用筆寫出他的胸臆來的人們，無論他自稱為用主觀或客觀，其實往往是鄉土文學，從北京這方面說，則是僑寓文學的作者。」〔註76〕他的這一命名至今已成為公論。其他對於淺草社、莽原社、狂飆社等社團的描述中，魯迅也分析了他們的共同創作趨向，確立了這些社團的文學史地位。總之，在魯迅的筆下，把這些繁雜的文學現象納入一個個具有相同藝術歸趨的團體中，使得新文學初期的發展歷史得到了清晰的梳理，起到了撥雲見日的效果。

　　二是從複雜的文學創作流變中抽取有典型意義的現象，以這些典型現象為點，去把握文學發展的線索。文學史實只是一個個獨立的歷史碎片，要把原生態的文學史實納入文學史的建構中，就必須有所選擇，以點帶面，點面結合進行描述。魯迅是這樣論述新文學小說創作的開端的：

　　　　在這裡發表了創作的短篇小說的，是魯迅。從一九一八年五月起，《狂人日記》、《孔乙己》、《藥》等，陸續的出現了，算是顯示了「文學革命」的實績，又因那時的認為「表現的深切和格式的特別」，頗激動了一部分青年讀者的心。然而這激動，卻是向來怠慢了介紹歐洲大陸文學的緣故……此後雖然脫離了外國作家的影響，技巧稍微圓熟，刻畫也稍加深切，如《肥皂》，《離婚》等，但一面也減少了熱情，不為讀者所注意了。

魯迅從自己的創作出發，以「點」進入，隨後又論述了受到他的小說影響的《新潮》、彌灑社以及淺草—沉鐘社等，這樣就把新文學十年間的歷史過程連綴起來，使之成為一個有機的體系。這種「通過文學現象的提煉去展示文學

〔註75〕魯迅《小說二集導言》，《中國新文學大系·小說二集》，上海良友圖書出版公司 1935 年版。

〔註76〕魯迅《小說二集導言》，《中國新文學大系·小說二集》，上海良友圖書出版公司 1935 年版。

發展過程的方法，能夠抓住要點總攬全局，抓環節體現過程，這是文學史研究的一種有效的方法，至今仍不失其方法論上的啟示意義」。〔註77〕

三是採用歷史辯證的方法，對作家作品都下了評語，好壞都有十分準確的論述。在文學史中，對於文學現象、文學作品的評析，既要看到其在文學史的地位，作品呈現的藝術獨特性，也要看到其不足之處。這種平穩的敘述風度貫穿在魯迅的導言中。如對廢名作品的論述：

> 後來以「廢名」出名的馮文炳，也是《淺草》中略見一斑的作者，但並未顯出他的特長來。在一九二五年出版的《竹林的故事》裏，才見以沖淡為衣，而如著者所說，仍能「從他們當中理出我的哀愁」的作品，可惜的是大約作者過於珍惜他有限的「哀愁」，不久就更加不欲像先前一般的閃露，於是從率直的讀者看來，就只見其有意低徊，顧影自憐之態了。

魯迅對廢名小說的評價可謂深中肯綮，他對廢名早期小說的優點和缺點的論斷也被後來大多數文學研究者所接受。總之，魯迅的導言實現了用學者治學的態度來總結歷史，用藝術家的眼光來品評作品的高度統一，給後來的文學史寫作樹立了一個高標。

四、序跋與合作寫史模式的建立

如果把《中國新文學大系導論集》看成新文學第一個十年歷史的剪影，那麼可以說，它是由蔡元培等十餘人共同完成的，然而，由於這些參與者的政治立場、個人性情以及不同的文學史觀和文藝觀等不盡相同，雖然他們都是歷史的親歷者和見證人，在回顧那段過去的歷史時，編選者也會出現不同的看法，從而使這部《導論集》中呈現一種複調敘事，「使《大系》成為一個高等級的又能容納眾說的文學史『論壇』」。〔註78〕這種多元互補的有整體感的對話無形中使得這段文學史具有一種很強的張力，給後來的研究者留下了較大的闡釋空間。下面以具體的導言之間形成的互補、對話關係來說明這種合作寫文學史所形成的闡釋張力。

為了建立起新文學歷史的秩序，必須論證新文學歷史的合法性。作為新文學開創史的自我證明的《大系》及導言首先論證了新文學歷史的合法性。

〔註77〕溫儒敏《論〈中國新文學大系〉的學科史價值》，《文學評論》2001年3期。
〔註78〕溫儒敏《論〈中國新文學大系〉的學科史價值》，《文學評論》2001年3期。

具體來看，就是對文學革命發難過程的詳細追憶。在《建設理論集·導言》中，胡適突出其個人的歷史功績，不惜濃墨重彩津津樂道於他在美國留學時與朋友的討論，追述文學革命的歷史緣起，也藉此證明文學革命的歷史合法性。胡適歷數了晚清的桐城文體的失敗、嚴復和林紓譯書的失敗、王照等人的音標文字運動失敗，而失敗原因正是「士大夫階級想用古文來應付一個新的時代的需要」和「士大夫之中的明白人想創造一種拼音文字來教育『芸芸億兆』的老百姓」〔註79〕這兩個潮流始終合不攏來所致。所以，他們只好「逼上梁山」，舉起文學革命的大旗。接著胡適詳細闡釋了他們革命的中心理論：一個是我們要建立一種「活的文學」，一個是我們要建立一種「人的文學」。前一個理論是文字工具的革新，後一種是文學內容的革新。最後，他總結道：

> 這一冊的題目是「建設理論集」，其實也可以叫做「革命理論集」，因為那個文學一面是推翻那幾千年因襲下來的死工具，一面是建立那一千年來已有不少文學成績的活工具；用那活的白話文學來代替那死的古文字，可以叫做大破壞，可以叫做大解放，也可以叫做「建設的文學革命」。

縱觀胡適的導言，他對文學革命的時代背景、發難過程以及如何建立文學革命的目標進行了充分的論證，從理論上論證了新文學歷史的開創是歷史賦予他們的光榮任務，而他作為其中的先驅人物只是順應了歷史的要求而已。

　　而鄭振鐸則突出先驅們的集體努力，在《文學論爭導言》中，他逐一論述了文學革命發難過程中與反對派的論戰。如對曾毅、方宗嶽等折衷派的商榷，以陳獨秀、胡適為代表的革命派始終抱著不退讓、不妥協的態度，對於自己的主張是絕對的信守著，不容反對者有談論之餘地。對林紓古文派的反對，蔡元培給以了辭正義嚴的回擊，使得林紓只好寫小說來謾罵、詛咒文學革命的先驅們。不但要迎戰保守派的攻擊，還要主動攻擊落後的文學派別，如文學研究會成員竭力攻擊鴛鴦蝴蝶派和復古派，展開了對「甲寅派」的回擊。鄭振鐸把十年論爭分為兩期：

> 第一期是新文化運動和白話文運動。一方面對於舊文化、傳統的道德，反抗，破壞，否認，打倒，一方面樹立起言文合一的大旗，要求以國語文學為文學的正宗。就文學上來說，這初期運動者所要

〔註79〕胡適《建設理論集導言》，《中國新文學大系·建設理論集》，上海良友圖書出版公司1935年版。

求的只是「文學」的形式上的改革。

　　第二個時期是新文學的建設時代，也便是文學研究會和創造社
的時代。不完全是攻擊舊的，而且也在建設新的。不完全是在反抗，
破壞，打倒，而也在介紹創作，整理。

與胡適宏觀論證新文學發難的歷史不同，鄭則重於先驅人物具體的革命實踐。
突出正是他們紮硬寨，打死戰，一點也不肯表示退讓，才取得了新文學革命
的初步勝利。在胡適的導言中，更多強調文學革命的理論主張，要做「活的」
文學和「人的」文學。而鄭則歷數文學革命以來各個領域的成就，「無論在詩，
小說，戲曲以及散文方面都有了長足的進步」。〔註80〕可以說，兩篇導言共同
展示出新文學第一個十年間文學革命形勢的整體風貌。

　　周作人和郁達夫在《導言》中對中國新文學散文史的描述亦可作如此觀，
即通過個性觀照、互為補充，進而達到整體觀照。從 20 年代初開始，周作人
就致力於散文的寫作和散文理論的探討，在他編寫的散文集序跋中多有引申。
而他寫的《散文一集導言》，嚴格地說並不具有史家的風格，他側重從散文理
論的角度，按照個人的審美標準，以歷史循環的觀點，逐一挑出一些小品味
濃的作品來品評鑑賞，不考慮其在文學史上的地位，而是藉此表達個人對散
文發展歷史、文類特徵等的看法，對現代散文的論述可謂理路圓熟，自成一
家。這篇導言可謂散文理論的集大成者。他把歷代言志派特別是公安派的小
品散文視為現代散文的源流，使得現代散文獲得了歷史的依據，但是又認為
現代散文還在思想上接受了西方科學民主思想的洗禮而呈現出明顯不同於傳
統散文的特色。導言「既追溯了它與中國傳統散文的淵源關係，也分析了它
所受西方的思想藝術影響，同時也沒有忽視形成現代散文的時代因素」。〔註
81〕所以他得出結論：

　　我相信新散文的發達成功有兩重的因緣，一是外援，一是內應。
外援即是西洋的科學哲學與文學上的新思想之影響，內應即是歷史的
言志派文藝運動之復興。假如沒有外來思想的加入，即使成功了也沒
有新生命，不會站得住。假如沒有歷史的基礎這成功不會這樣容易。

〔註80〕鄭振鐸《文學論爭集導言》，《中國新文學大系‧文學論爭集》，上海良友圖書
　　　　出版公司 1935 年版。
〔註81〕徐鵬緒、李廣《〈中國新文學大系〉研究》，第 328 頁，社會科學出版社 2007
　　　　年版。

儘管郁達夫所寫的《散文二集導言》也是不宣講歷史，但是他對現代散文特徵的分析真是入骨三分，成為後來研究者的必讀文獻。全文共分六部分，前四部分主要論及散文的概念、外形、內容和特徵。郁從古代文章談起，認為古代的文章就是指散文，中國向來沒有「散文」這個名字，現在所用的散文的名字，是西方文化東漸後的產品。對現代散文，郁指出了三個特徵：第一是作家個性的滲透比以往來得強，帶有自敘傳的色彩。第二是寫作範圍擴大，形式種類多樣。第三是人性、社會性和大自然的調和。如果說周作人強調現代散文的歷史淵源，郁則看重現代散文不同於古代散文的新的特徵。《導言》的價值還體現在最後一節《妄評一二》中，郁對選入的作家作品給予了精彩的點評，這些評價至今仍具有生命力。如他對周氏兄弟散文的比較分析：

> 魯迅的文體簡練得像一把匕首，能以寸鐵殺人，一刀見血，重要之點，抓住了之後，只消三言兩語就可以把主題道破……次要之點，或者也一樣的重要，但不能使敵人致命之點，他是一概輕輕放過，由它去而不問的。……周作人的文體，又來得舒徐自在，信筆所至，初看似乎散漫支離，過於繁瑣！但仔細一讀，卻覺得他的漫談，句句含有分量，一篇之中，少一句就不對，一句之中，易一字也不可，讀完之後，還想翻轉來從頭再讀的。

可見，周、郁兩人的導言形成一種對話關係，可互相補充，新文學第一個十年期間散文的發展狀況（特別是理論上的探討）可據此得到了一個整體的印象。

第三節　作為新文學史上的「序跋事件」

和詩歌、小說、戲劇、散文一樣，新文學序跋中也有大量的經典作品，如魯迅的《〈吶喊〉自序》、《〈野草〉題辭》、周作人的《〈陀螺〉序》、《〈苦茶隨筆〉小引》、何凝（瞿秋白）的《〈魯迅雜感選集〉序言》以及《中國新文學大系導論集》等。劉象愚從四個方面歸納了經典作品所具有的本質特徵：（一）是具有內涵的豐富性，（二）具有實質的創造性，（三）具有時空的跨越性，（四）具有可讀的無限性。〔註82〕顯然上面所列舉魯迅等人的一些序跋

〔註82〕劉象愚《總序》（二），（美）勒內·韋勒克、奧斯丁·沃倫《文學理論》，江蘇教育出版社 2005 年版。

文具有這四個方面的特徵。但是，劉象愚所列出的特徵更多是從作品審美內涵上來講，而序跋並不都是純散文作品，有些序跋是批評性的論文，有些是作品問世過程等的敘述文等，如僅從審美上考察這些序跋，它所具有的獨特的文學史價值就很難顯現。

所以，筆者認為，除了從審美角度考察新文學序跋中的經典，還應從新文學史角度確認序跋中的經典，考察序跋在文學史上的意義。如上節談到的《中國新文學大系導論集》等序跋及周作人的《〈莫須有先生傳〉序》、茅盾的《〈呼蘭河傳〉序》、胡風的《〈財主的兒女們〉序》等。這些序跋不但是考察作家創作心理、時代環境、文學思潮、文壇論爭等的實證依據，而且在確立作品的歷史地位、分析作品產生的歷史意義以及闡釋作家的創作觀等方面皆已成為文學史上的定評或重要的參考依據。從某種程度上講，這些序跋的問世本身就成為文學史上的重要事件，所以，考察那些在新文學史上具有特殊地位的序跋，無疑會給文學史研究帶來新的拓展。本文擬從《嘗試集》序跋、《地泉》序跋、《現代散文十六家》序跋以及曹禺為《雷雨》和《日出》寫的序跋為對象，來考察序跋的文學史意義。

一、《嘗試集》多序

從 1918 年至 1922 年，圍繞著胡適的詩集《嘗試集》，共出現了 6 篇序跋（包括兩篇代序），它們共同構成了中國新詩史上的「序跋事件」，在參與者的共同努力下，新詩發展史得以初現端倪。1920 年 3 月，上海亞東圖書館出版了新文學史上第一部個人詩集《嘗試集》。初版《嘗試集》在書前有兩篇序跋文字，一篇由新文學運動的重要參與者錢玄同所寫的《〈嘗試集〉序》，一篇是詩集作者胡適的《〈嘗試集〉自序》。同年 9 月，胡適利用再版的機會，又寫下了《〈嘗試集〉再版自序》。1922 年 3 月，他又為《嘗試集》寫了《四版自序》，並還附了兩篇代序。作為新詩歷史的起點的《嘗試集》一直是文學史家在進行新詩歷史考察的第一個重要對象，而它所負載的序跋也成為新詩歷史敘述的開始。

1917 年初，當胡適在《文學改良芻議》和陳獨秀在《文學革命論》中提出「文學革命」的主張後，作為語言文字學家的錢玄同就率先響應，他在致《新青年》的信中，從語言文字進化的角度說明了白話文取代文言文勢在必行。稍後，又和劉半農合作弄出了所謂「雙簧信」，迅速引起了廣泛的社會影

響。可見，儘管錢玄同不是新文學革命的首創者，但絕對是最好的應和者。而在《嘗試集》的出版上，錢玄同又充當了一回應和者。錢序寫於 1918 年 1 月 10 日，〔註83〕並迅速在《新青年》第四卷第 1 期（1918 年 1 月 15 日）刊出，這是率先為《嘗試集》的出場鳴鑼開道的文章。在序中，他先肯定了胡適在提倡白話文學、用白話文作詩的開創之功：

> 適之是中國現代第一個提倡白話文學——新文學——的人。我以前看見適之作的一篇《文學改良芻議》，主張作詩文不避俗語俗字；現在又看見這本《嘗試集》，居然就實行用白話來作詩。我對於適之這樣「知」了就「行」的舉動，是非常佩服的。

然後，他從語言和文字的改革談起，闡述提倡白話文學的必要和可能。他指出「民賊」和「文妖」弄壞了白話文章，弄壞了「二千年來的文學」，認為他們是毫無支配社會的能力，從而宣稱我們現在作白話的文學，就應該自由使用現代的白話，自由發表我們自己的思想和情感。最後，他認為胡適的《嘗試集》「就是用現代的白話達適之自己的思想和情感，不用古語，不抄襲前人詩裏說過的話」。〔註84〕勾勒了胡適詩歌寫作中從「未脫盡文言窠臼」到「長短無定」，再到「極自然的句調」的發展歷程。顯然，錢序的價值並不在於對詩作的具體評論，而是為第一部個人新詩集的歷史性出場營造一種氛圍。

而寫於 1919 年 8 月的《〈嘗試集〉自序》則是胡適對自己新詩寫作歷史的一次深情回顧，「是我個人主張文學革命的小史」。〔註85〕民國前六七年到民國前二年（留學前），在學作律詩的過程中產生不滿。美國留學時期，又受西方文學的影響，逐漸認識到文言是半死的文字，主張白話代文言。同時，又在與友人任叔永、梅覲莊等人的爭論中確立了歷史的文學進化觀念的理論基礎，形成了自己的文學革命的主張，而詩歌寫作無疑是自己文學革命主張的具體實踐。作為一次大膽的嘗試，詩越寫越多，自然有印行的必要，所以，胡適又交代了印行的三點理由：第一是引起一般人的注意，也許可以供贊成和反對的人作參考的材料。第二，把自己實驗的結果貢獻給國內的文人，使之成為一個可供研討的標本。第三，大膽展示一種「實驗的精神」，引起更多人來嘗試，所謂「自古成功在嘗試」。胡適不吝筆墨不厭其煩地介紹自己寫作

〔註83〕胡適請錢玄同作序，大概是在 1917 年 10 月間，錢花了三個月的時間，可見是很用心的。
〔註84〕錢玄同《〈嘗試集〉序》，胡適《嘗試集》，上海亞東圖書館 1920 年版。
〔註85〕胡適《〈嘗試集〉自序》，胡適《嘗試集》，上海亞東圖書館 1920 年版。

新詩的全過程，顯然是為了再現新文學（詩歌）是如何衝破文言走向白話的過程，目的是為了說明新文學（新詩）出場的必然性。

初版的兩篇序言，錢序和胡適的自序，「兩文分工明確，又配合完美，一為白話文的歷史展開，一為個人的故事講述，組合成一個完整的『新詩』的歷史敘述。」〔註86〕但是，初版《嘗試集》的問世僅是個開始，作為新文學史上第一部個人新詩集出版後，讀者購讀的反應實在是好。時為中學生的馮至在報紙上讀到《嘗試集》出版的消息，「不等到北京來書，便迫不及待地給上海亞東圖書館寄去幾角錢的郵票訂購。書寄到後，如獲至寶，其中有些詩我很快就能背誦」。〔註87〕可以說，正是有眾多像馮至一樣的讀者，使得詩集初版6個月後又開始再版。胡適利用再版的機會，又寫了《再版自序》。序的開始說，「這一點小小的『嘗試』，居然能有再版的榮幸，我不能不感謝讀這書的人的大度和熱心」，〔註88〕可見胡適的喜悅之情溢於言表。讀者的踴躍購讀大大增強了他的信心，與自序中謙虛的態度相反，他申說了再版的兩點理由：第一，是自己的新詩寫作歷程見證了新詩誕生的歷史。第二，詩集中幾十首詩代表了二三十種音節上的試驗，可以給新詩人提供參考。可見，初版的暢銷使胡適看到了新文學運動在廣大讀者中的巨大影響，而新文學作品也能爭取到普通讀者。自然，再版也顯得十分必要。而對於批評他詩歌的古文家，他僅僅給以守舊的蔑稱，就不屑於與之論爭了。最後，胡適還不惜背著「戲臺裏喝彩」的指責，表達了再次作序的原因。「『戲臺裏喝彩』是很難為的事情；但是有時候，戲臺裏的人實在忍不住喝彩的心境，請列位看官不要見笑。」〔註89〕所以，再版自序無疑是胡適新詩實踐取得初步成功的宣言。

到了1922年，《嘗試集》已出到了第四版。與兩年前相比，新文學無疑得到了更廣泛的認同，新文學作品不斷問世，文學團體紛紛建立。新文學在文壇逐步取得了壓倒性優勢。所以，四版還附有代序兩篇《五年八月四日答任叔永》和《嘗試篇》（五年九月三十日）。在前一篇代序中，他這樣寫到：「倘數年之後，竟能用文言白話作文作詩，無不隨心所欲，豈非一大快事，我此時練習白話韻文，頗似新闢一文學殖民地。」〔註90〕後一篇是胡適作的「嘗

〔註86〕姜濤《「新詩集」與中國新詩的發生》，第136頁，北京大學出版社2005年版。
〔註87〕馮至《馮至全集》第5卷，第110頁，河北教育出版社1999年版。
〔註88〕胡適《〈嘗試集〉再版自序》，胡適《嘗試集》，上海亞東圖書館1922年版。
〔註89〕胡適《〈嘗試集〉再版自序》，胡適《嘗試集》，上海亞東圖書館1922年版。
〔註90〕胡適《五年八月四日答任叔永》，胡適《嘗試集》，上海亞東圖書館1922年版。

試歌」，其中有「我生求師二十年，今得『嘗試』兩個字。作詩做人要如此，雖未能到頗有志。作『嘗試歌』頌吾師，願大家都來嘗試。」〔註 91〕這兩篇文章的寫作時間都是 1916 年，記錄下了胡適早期的文學革命主張。到了 1922 年，白話文運動取得了初步勝利，他的《嘗試集》也得到很好的社會反響，他把這兩篇體現自己早期文學主張的舊文作為代序放在書前，可謂大有深意。

《嘗試集》在兩年時間內已銷售到一萬部，胡適很高興看到這樣的結果。作為新詩史上第一本個人詩集，歷史地位不容質疑，但胡適顯然還有更大的「野心」，他的詩集應不僅僅是一次新詩的嘗試，它應該成為新詩寫作的典範。但由於這些詩作是胡適個人的探索性實驗，良莠不齊，還有許多「太不成樣子或可以害人的」〔註 92〕詩作，這樣的作品會給後來的新詩寫作者帶來負面的影響。所以，為了能夠確立新詩的範本，胡適花了 3 個月的時間，對詩集進行了刪減、增補，並認真撰寫了《四版自序》。序中，胡適詳細地記錄了刪詩的過程：

> ……當時我自己刪了一遍，把刪剩的本子，送給任叔永陳莎菲，請他們再刪一遍。後來又送給魯迅先生刪一遍。那時周作人先生生病在醫院裏，他也替我刪一遍。後來俞平伯來北京，我有請他刪一遍。他們刪過之後，我自己又仔細看了好幾遍，又刪去幾首，同時卻也保留了一兩首他們主張刪去的。……

從序中可以看出，胡適對這次的刪增是慎重的，而且為了使這部詩集成為新詩的典範，他不吝邀請當時的名流來為他這部詩集定稿，還欣然接受蔣百里、康白情的建議。

可見，胡適通過請人刪詩、重寫自序以及編排代序來打造《嘗試集》第四版，不僅僅是為了保存歷史的文獻，而是為了確定新詩史上的經典。〔註 93〕後來的事實也證明，《嘗試集》序言的寫作不僅為中國新詩史的寫作提供了歷史文獻，也無疑成為了中國新詩史上的歷史事件。

〔註91〕胡適《嘗試篇》，胡適《嘗試集》，上海亞東圖書館 1922 年版。

〔註92〕胡適《〈嘗試集〉四版自序》，胡適《嘗試集》，上海亞東圖書館 1922 年版。

〔註93〕事實上，胡適在序中的苦心得到了部分的實現，《嘗試集》（第四版）也成為最為通行的版本。具體可參見陳平原《觸摸歷史與進入五四》（北京大學出版社 2005 年版）之第五章《經典是怎樣形成的》。

二、《地泉》五序

　　1932 年，因上海湖風書局重版《地泉》時加的五篇序言，也堪稱中國現代文學史上的「序跋事件」，在參與者的共同努力下，「革命＋戀愛」的寫作傾向得以糾正，使普羅文學得到了一次澄清。20 年代末，創造社、太陽社借鑒日本、蘇聯無產階級文學理論積極在國內倡導普羅文學運動，而作為革命文學實踐的代表人物蔣光慈也迅速在上海乃至全國走紅。蔣光慈小說的流行並形成了「革命＋戀愛」的革命浪漫主義文學模式，而這一模式也在其他普羅作家作品中得到採用。顯然，這種概念化、模式化寫作的泛濫不但不利於「革命文學」的繼續發展，更不能實現文藝的大眾化目標。這種不良的寫作傾向很快就引起了批評家們的重視，1932 年上海湖風書局重印華漢（陽翰生）的小說《地泉》三部曲，作者特邀請瞿秋白（易嘉）、茅盾、鄭伯奇、錢杏邨四位批評家為小說各寫一篇序言，加上作者本人的自序，小說前附有五篇序。批評家和作家攜手合作，以作序的方式對以《地泉》為代表的普羅文學中的革命浪漫主義傾向進行了清算和檢討。

　　瞿秋白的序名為《革命的浪漫諦克》，他引用法捷耶夫《打倒席勒》的一段話開始，指出普羅文學應該怎麼寫。而據此來對比華漢的《地泉》，指出這部作品最大的毛病就是「充滿著所謂的『革命的浪漫諦克』」〔註 94〕，然後，他逐一選取《深入》、《復興》、《轉換》三部曲中的人物、情節進行分析，指出作品沒有表現中國社會的現實，沒有對社會現象的深刻的辯證法的理解，甚至抱著朱買臣休妻、馬前潑水那樣庸俗勢力的意識，並指出作品中非現實的人物關係、突變式的英雄、浪漫的題材、事變的機械描寫等不足，認為它只是「新興文學所要學習的『不應當這麼樣寫』的標本」，「這種浪漫主義是新興文學的障礙，必須肅清這種障礙，然後新興文學方才能夠走上正確的路線」。最後，他對創作普羅文學提出了自己的看法，「應當走上唯物辯證法的現實主義的路線，應當深刻的認識客觀的現實，應當拋棄一切自欺欺人的浪漫諦克，而正確反映偉大的鬥爭，只有這樣才能夠真正幫助改造世界的事業」。

　　茅盾是以「讀後感」的形式發表了自己對《地泉》以及普羅文學的看法，但他與瞿秋白的批評採取幾乎同樣的論證方式。首先，他就列出了一部作品在產生時必須具備兩個必要條件：（一）社會現象全部的（非片面）認識，

───────────────

〔註94〕瞿秋白《革命的浪漫諦克》，華漢《地泉》，上海湖風書局 1932 年版。

（二）感情地去影響讀者的藝術手腕。據這兩個條件來批評這本書，茅盾得出「這本書非但不能達到它寫作的本來目的，且亦濃厚地分有了那時候同類作品的許多不好的傾向」。而且這還不僅僅是這本書的缺點，1928 到 1930 年期間的大多數作品都帶有許多不好的傾向。他具體分析這部作品在這兩個方面的缺陷，導致出現「臉譜主義」地去描寫人物，「方程序」地去布置人物，作品自然難有感人的力量。所以，茅盾提出了自己的三點建議：「作家們還當更刻苦地去儲備社會科學的基本智識，更刻苦地去經驗複雜的多方面的人生，更刻苦地去磨練藝術手腕的精進和圓熟。」〔註 95〕

與瞿秋白、茅盾嚴正地否定《地泉》相反，鄭伯奇則以平和的口氣談了自己的一點看法。首先，他把作家視為自己的同行，指出自己和作家都在犯同樣的錯誤，同時也指出這部作品中活躍著普羅文學共有的兩種壞的傾向：一個是革命遺事的平面描寫，一個是革命理論的擬人描寫。他認為作品的題材的剪取、人物的活動，完全是概念在支配著，這種革命故事的抽象描寫顯然是普羅革命文學發展的歧途。所以，他認為只有克服了這種錯誤的傾向，普羅寫實主義的文學才可以產生，唯物辯證法的文學方法也能夠獲得。錢杏邨儘管也看到了作品的不足，但在序中卻對《地泉》等普羅文學持一種同情的理解。首先，他列出了初期普羅文學的四種不正確的傾向：第一，是個人主義的英雄主義的傾向。第二，是浪漫主義的傾向。第三，是才子佳人英雄兒女的傾向。第四，是幻滅動搖的傾向。儘管這些作品有各種錯誤的傾向，但這些作品曾扮演過重要的角色，曾經產生過大的影響，確立了中國普羅文學運動的基礎。所以，「我們不能忘記它，不能說是『革命的不肖子』，而『一腳踢開』，我們固然不應該上不頂天，下不著地的過高的評價，說是『龐然大物也』，可也不能前無古人，後無來者的說僅只是『白紙黑字』」。〔註 96〕

作為本書的著者，華漢在《〈地泉〉重版自序》中也發表了自己對《地泉》為代表的普羅文學的看法。在逐一交代了三部曲的創作過程以及初版後的反響後，他分別對瞿秋白和茅盾兩人嚴正的批評進行了回應。他承認瞿對《地泉》是浪漫諦克的路線的判斷非常正確，但又指出瞿沒有指明為什麼我們那時幾乎無一例外的大都去走浪漫主義的路線，沒有告訴我們究竟怎麼樣才能走到唯物辯證法的現實主義的路線上去。他只教我們應該怎樣走，還沒有告

〔註 95〕茅盾《〈地泉〉讀後感》，華漢《地泉》，上海湖風書局 1932 年版。
〔註 96〕錢杏邨《〈地泉〉序》，華漢《地泉》，上海湖風書局 1932 年版。

訴我們究竟要怎樣才能走得到。在他看來，造成普羅文學這種不良傾向的根本原因是「作家的生活觀點和立場都是小資產階級的」。〔註97〕華漢認為我們只有拋開小資產階級的生活，克服小資產階級的意識，深入群眾中，直接參加殘酷的現實鬥爭，才能真正創作出反映現實鬥爭，創作出「大眾化」的新興文學。對於茅盾的兩點批評，他表示誠意接受。但對於茅盾的批評方法以及基於這種方法所得出來的結論，他則並不完全同意。他認為茅盾所確立的成功作品的兩個必要條件只是一個注重作品形式的基本觀點，如按照這種批評方法去批評作品，不但不能全面地評價作品的成敗，反而會導致忽視作品內容上非無產階級意識和形式上離開大眾文化水平的歐化主義。他認為：「如果我們竟看輕了作品的內容，或竟抹殺了作品中的階級的戰鬥任務而不加以嚴厲的檢查，只片面的從作品的結構上，手法上，技巧上，即整個的形式上去著眼，這不僅在一般的文藝批評方法上不容許，而且，其結果，卻更將有離開我們新興文學運動正確的路線的危險。」最後，針對茅盾對普羅作家的三點建議，他認為我們最重要的是要面向大眾，到大眾中去，到大眾現實的鬥爭中去認識社會生活，去批判地學習大眾所需要的作品的內容與形式。

《地泉》重印本的五篇序言實際上形成了一個對話的論壇，開創了文學創作與文學批評良性互動模式，批評家和作家就初期革命文學的理論與創作的反現實主義傾向做了一次集中的反省和批判。他們從總結經驗教訓著眼，在肯定了普羅文學的歷史意義的基礎上，深入剖析了初期革命文學創作實踐中的問題，提出了各自的解決辦法。儘管他們之間有嚴重的分歧，而且也沒有達成一致的意見。但是由於他們都是「革命文學」運動的領袖人物、文壇的著名批評家、作家，這次集體對話或集體批評對左翼文學後來的發展還是起到了警示和促進作用，正如艾曉明所說：「正是通過對《地泉》的批判，左翼文學從左傾機械論的桎梏中掙脫出來，向著現實主義邁出了決定性的一步」。〔註98〕所以《地泉》五序也無疑是中國新文學史、批評史上的標誌事件之一。

三、《現代十六家小品》序群

30年代初，各種散文選本（特別是晚明的散文小品）充斥著市場，為了對抗這股復古的逆流，總結新文學革命以來，現代散文取得的成就，阿英編

〔註97〕華漢《〈地泉〉重版自序》，華漢《地泉》，上海湖風書局1932年版。
〔註98〕艾曉明《中國左翼文學思潮探源》，第168頁，北京大學出版社2007年版。

選了《現代十六家小品》，除了總序外，他給每位入選的作家都寫了序，這十七篇序也是現代散文史上的「序跋事件」。新文學第一個十年中，散文的成績無疑是最大的。魯迅就曾說：「散文小品的成功，幾乎在小說戲曲和詩歌之上」。〔註99〕到了 30 年代，隨著政治的分野，散文並未因為政治的動盪和諸多論爭而走向危機，相反，由於作家們多方面的藝術探索使得這一文體獲得了發展的生機，雜文、小品文和抒情性散文各自都取得了長足的發展。而率先對二三十年代散文發展情況進行整體檢閱的是阿英。1934 年，他參照陸雲龍編選的《皇明十六家小品》遍選了《現代十六家小品》。這十六家包括周作人、俞平伯、朱自清、鍾敬文、謝冰心、蘇綠漪、葉紹鈞、茅盾、落花生、王統照、郭沫若、郁達夫、徐志摩、陳西瀅、林語堂。幾乎囊括了現代文學史上所有的散文名家。儘管阿英在編選時有受政治立場的影響，但就他所選的散文作家而言，主要還是基於作家在散文領域取得的成就，以他們的作品所給予讀者的強烈影響為標準。此書除書前有阿英寫的《〈現代十六家小品〉序》外，他還逐一給選入該集的十六位作家寫了序，這 17 篇序是阿英總結二三十年代散文成就的具體體現。

在《〈現代十六家小品〉序》中，阿英表達了自己的企圖：「我企圖這選本能成為小品文活動的一篇總結」。〔註100〕他在序中對近 20 年來中國小品文的發展的形勢做了一個簡單的勾勒。先從胡適的《五十年來之中國文學》、朱自清的《論現代中國的小品文》、陳子展的《最近三十年的中國文學》的開始，阿英認為他們只是一種量的側重形式的總結，而他將把內容和形式作為不可分離的統一來加以考察。他把小品文分為三個時期，第一時期是新文學運動初期到五卅，初期以「隨感」為主，充當了反封建的工具，但在 1920 年後，冰心、周作人確立了小品文的美文風格，戰鬥的意味喪失了。第二個時期是「五卅」到「九・一八」事變，小品文開始分化，一方面是更進一步的風花雪夜，向趣味主義方向跑。一方面卻轉向革命，反對帝國主義、抨擊現實、反個人主義。第三個時期是「九・一八」事變至今（即 1934 年），小品文發展迅速。隨著時局的發展，進步的小品文作者有了非常明確的社會觀點，反對帝國主義與封建勢力的要求也更熱烈，而它的短小精悍的體制也更有力量。

〔註99〕魯迅《魯迅全集》第四卷，第 592 頁，人民文學出版社 2005 年版。
〔註100〕阿英《〈現代十六家小品〉序》，阿英編《現代十六家小品》，上海光明書局 1935 年版。

但由於政治高壓、出版審查等原因，文字上被迫彎彎曲曲，越弄越晦澀。而另一部分小品文作家卻閒對美人花草，作畫彈琴，絲毫不接觸苦難的人間，走向沒落。

在對 20 年來小品文歷史的總體勾勒之外，阿英還在各家小品文選之前，各寫了一篇千字左右的短序，對每位小品作家的風格、傾向、藝術特徵等進行了簡要而精當的分析和評論。如在《葉聖陶小品序》中，指出他的小品文的特色：即在內容上和表現形式上的寧靜淡泊，是以寫實主義者的態度從事小品文的寫作。他還指出葉聖陶作品的一個獨具的特徵，「作者是以哲學家的頭腦寧靜的心，在對一切的自然現象，人生事物，刻苦的探索人生的究竟，在每一篇小品文裏，他都有很深刻的指示出一個人生上的問題」〔註101〕在《茅盾小品序》中，他分析了茅盾散文前期和現在風格的不同，前期帶有散文詩的風格，象徵了時代的苦悶。現階段的小品文無論是內容上，還是形式上，有的是憤怒和冷刺的笑，有的是樂觀的自信，並嘗試用新的觀點考察一切，預測茅盾的小品文會隨著社會的發展不斷前進。在《郁達夫小品序》中，他認為郁達夫的小品文，是充分的表現了一個富有才情的知識分子在動亂的社會裏的苦悶心懷。

在探討單個作家的散文風格時，還聯繫到源流以及流派。如在《俞平伯小品序》中，認為俞是周作人體系裏面的一個支流。把周作人和俞平伯的小品文之間的關係比作公安派與竟陵派。在《鍾敬文小品序》中，他認為周作人這一流派的小品文作家還有鍾敬文。鍾的小品文不但作風上與周作人近似，而且思想體系上也有合致的所在，即田園詩人的思想與情懷。在《蘇綠漪小品序》中認為蘇是冰心傾向的一個支流。在《徐志摩小品序》中認為志摩可以與冰心女士歸在一派。此外，他還善於在比較中分析各個作家的差別。如在《周作人小品序》中，指出周的小品文與魯迅的雜感文是代表兩種不同的方向，「周作人小品生活的過程，說明了他如何的從向舊的社會肉搏的戰敗中退了下來，走向『閉戶讀書』，走向專談『草木蟲魚』的路；而魯迅的雜感文，卻正相反，說明了他不但不對黑暗顫抖，退卻，且是用這些黑暗來更進一步的鍛鍊自己，使自己戰鬥的精神一天堅強一天。」〔註102〕在《朱自清小品序》中，他又對朱自清和俞平伯進行了分析比較，一個（朱自清）是帶著傷感的

〔註101〕阿英《葉聖陶小品序》，阿英編《現代十六家小品》，上海光明書局 1935 年版。
〔註102〕阿英《周作人小品序》，阿英編《現代十六家小品》，上海光明書局 1935 年版。

眼看著「現在」，一個（俞平伯）眼睛雖依舊向著「現代」，而他的雙雙的腳印，卻想向回兜轉，也指出：無論是內容上，文字上，還是對讀者的影響上，俞高於朱，但在文字樸素、通俗以及情緒的豐富上，朱高於俞。這 16 篇序中，在分析這些不同作家的風格特徵上，阿英不但有自己的結論，而且也善於借鑒別人的觀點來論證，如在《魯迅小品文序》中完全借用了何凝在《〈魯迅雜感選集〉序》中的觀點，在《謝冰心小品文序》和《俞平伯小品序》中還引用李素伯的《小品文研究》的結論來說明這些作家的特徵，借用周作人的評價來論證俞平伯的散文等。這種引別人的評語來分析和評價作家作品的論證方式使自己的結論更有說服力。

　　總的來看，阿英通過這 17 篇序實現了對 20 年來小品文的整體檢閱。他對作家作品的分析大都是中肯的。但不得不說，編選者的政治立場限制了編選的視野和評價標準。由於阿英身處左翼文學的陣營，儘管他試圖超越政治的標準來選擇和分析作家作品，但實際上卻沒能完全克服這一侷限，如他在《陳西瀅小品序》中，僅僅因為陳西瀅是魯迅的論敵，就按著政治的標準給作家戴了帽子，稱他為虛偽的自由主義者、卑劣的紳士、偽善者。在序中幾乎沒有對陳的小品文進行藝術上的分析，只是在魯迅和陳西瀅對五卅的不同態度的對比中給予陳一番痛斥。事實上，陳西瀅的散文具有行文流暢，議論由事而發，富有幽默感等特色。當然，在這 20 年來，還有一些取得了不俗成績的散文家，如鄭振鐸、豐子愷、梁遇春等（而郁達夫在《中國新文學大系‧散文二集導言》中對他們卻有較高的評價）作家作品並沒有進入阿英的編選視野。雖然如此，阿英開創了一人序眾家的序跋寫作模式，為中國現代散文史及散文批評史提供了豐富的史料和證詞。

四、《雷雨》《日出》序跋

　　30 年代，在戲劇領域也發生了一件「序跋事件」。即曹禺利用《雷雨》和《日出》出單行本的機會，通過序跋回應了批評家的誤讀、曲解，也闡述了自己的戲劇理論、戲劇美學。在經過了長期的實踐摸索之後，戲劇領域在 30 年代迎來了自己的新階段。這一時期，中國現代話劇史上終於出現了一位大師級的劇作家——曹禺。1934 年，年僅 23 歲的曹禺在《文學季刊》第 3 期上發表了自己的處女作《雷雨》。1936 年，《日出》在《文季月刊》第 1 卷 1 至 4 期上連載。《雷雨》、《日出》的接連問世標誌著中國話劇走向成熟。但隨著

劇作的發表和演出，對其劇作的誤讀、批評不斷出現。如《雷雨》在東京首演時，導演就把該劇的序幕及尾聲刪除了。批評家劉西渭（李健吾）、張庚、黃芝岡、周揚等人分別發表了自己的批評意見。《日出》問世後，茅盾、葉聖陶、沈從文、巴金、李廣田、朱光潛等在《大公報》上紛紛發表了自己的看法，既有表揚，也有批評。而作為對批評的抗辯，曹禺在作品出單行本時寫了《〈雷雨〉序》（後改名為《我如何寫〈雷雨〉》，發表在《大公報》1936 年11 月 19 日）、《〈日出〉跋》（後改名為《我如何寫〈日出〉，發表在《大公報》1937 年 2 月 28 日）。這兩篇序跋文字是作者針對批評家、導演對作品的批評而進行的申辯，也讓我們看到了中國現代話劇史上一場作家與批評者之間的論爭。

其實，在《雷雨》發表後的一年多時間裏，並沒有引起批評家的重視。直到 1935 年 4 月中國留學生在東京首演成功，以及同年 8 月天津師範學校的演出獲得了較大的反響之後，《雷雨》進入了批評家們的視野。但從導演、批評家的意見來看，他們還沒有真正理解作家寫這一戲劇所要表達的意圖，如導演在編排時刪掉序幕和尾聲，批評家指責作家同情資本家周樸園和他的夫人繁漪。所以，他在序中首先就表達了自己對此情形的不滿：

> 這一年來批評《雷雨》的文章確實嚇住了我，它們似乎刺痛了我的自卑意識，令我深切地感觸自己的低能。他們一針一線地尋出個原由，指出究竟，而我只有普遍地覺得不滿不成熟。每次公演《雷雨》或者提到《雷雨》，我不由自己地感覺到一種局促，一種不自在，彷彿是個笨拙的工徒，只圖好歹做成了器皿，躲到壁落裏，再也怕聽得顧主們惡生生地挑剔器皿上面花紋的醜惡。

接下來，他就對本劇幾個引起批評家誤解的幾個問題逐一發表了自己的看法。（1）「為什麼寫這一類問題」，他交代自己的寫作動機：寫《雷雨》只是一種情感的迫切需要，心中鬱積的憤懣太多了，而寫作就是為了釋放這原始的情緒，表現自己對宇宙的一種崇敬。所以，他在劇中並沒有明顯地要匡正諷刺或攻擊些什麼。（2）對於劇中人物的批評，他主要對繁漪和周沖的性格內涵進行了介紹，毫無掩飾地表達了對繁漪這個人物的同情和喜愛，「她們都在陰溝裏討著生活，卻心偏天樣的高；熱情原是一片澆不熄的火，而上帝偏偏罰她們枯乾地生長在砂上。……雖然依舊落在火坑裏，熱情燒瘋了他的心，然而不是更值得人的憐憫與尊敬麼？」對於周沖，作者是把他作為一個不可缺

少的視角，作家的憧憬、理想、希望，作家的歡樂、痛苦、失望，都透過周沖來體現，有了他，才顯示出《雷雨》的明暗，他顯示著現實的殘忍和不公。（3）對於演出中所刪掉的序幕和尾聲，他認為導演並沒有真正理解自己的用意。「簡單地說，是想送看戲的人們回家，帶著一種哀靜的心情」，「引導觀眾的情緒入於更寬闊的沉思的海」。作者是想通過序幕和尾聲的設置把觀眾從現實帶入故事中，從故事中帶回到現實，從而製造出一種欣賞的距離感。

　　《〈雷雨〉序》隨著單行本問世以後，仍有批評家對劇作進行批評，如張庚的《悲劇的發展》。此後隨著《日出》的問世，批評家對這部新劇又有了批評，如孟超的《捨不得分手》、陳荒煤的《「磅礴的氣魄」和「熟練的技巧」》等。如李蕤認為作者對《日出》中的人物有些「過分的護短」，謝笛克認為該劇犯了「重描」（Overemphasis）的毛病，荒煤認為作家只「突擊了現象」而忘了應該突擊的現實等等。有的還對他的兩部戲劇進行了整體批評，如黃芝岡的《從〈雷雨〉到〈日出〉》。可見，曹禺在《〈雷雨〉序》中的申辯並沒有得到批評家們（特別是左翼批評家）的認同。隨著《日出》的問世，又產生了大量的批評。作家只好借《日出》出單行本的機會寫下了《〈日出〉跋》，再次對批評家們的批評作了回應。首先，他坦白了自己創作《日出》的煩躁心境，因為親眼看到四周的黑暗和不公，為了宣洩一腔的憤懣，怒斥那些荒淫無恥的人們。所以他說：

> 　　我求的是一點希望，一線光明。人畢竟是要活著的，並且應該幸福地活著。腐肉挖去，新的細胞會生出來。我們要有新的血，新的生命。剛剛冬天過去了，金光射著田野裏每一棵臨風抖擻的小草，死了的人們為什麼不再生出來！我要的是太陽，是春日，是充滿了歡笑的好生活，雖然目前是一篇混亂。於是我決定寫日出。

在寫作中，他試圖作一次新的試探。用片段的方法、零碎的人生來結構一個觀念，即「人之道，損不足以奉有餘」。針對批評家對第三幕的看法，他則毫不客氣的進行反駁。他認為第三幕與全劇是一個有機的整體，也是他用力最多，最貼近自己的部分，它所展示的底層人民的生活片段，不但能「加強了對現實的抨擊力量，也加深了對社會人生相的深刻概括」，〔註103〕而且從時間上也能清清楚楚地劃成三個時間的段落。所以，他堅決不同意批評家、導演的看法：「《日出》不演則已，演了，第三幕無論如何應該有。挖了它，等於

〔註103〕田本相《曹禺傳》，第185～186頁，北京十月文藝出版社1988年版。

挖去《日出》的心臟，任它慘忘。」〔註104〕在回應朱孟實的批評時，他又針對戲劇同觀眾的關係發表了自己的見解。在他看來，每個弄戲的人都想獲得觀眾，因為普通的觀眾顯然是劇場的生命。但究竟是寫殘酷冷靜的揭開人生世相的戲劇，還是在戲劇中為了取悅觀眾而弄些打鼓罵曹式的噱頭，這就需要作者基於人生世相的本來面目和藝術的規律。所以，他說：「怎樣一面會真實不歪曲，一面又能叫觀眾感到愉快，願意下次再來買票看戲，常是使一個從事戲劇的人最頭痛的問題。」〔註105〕

從曹禺兩次在序跋中對批評家的回應可以看出，作者不只是總當挨批評、受批判的角色，也有為自己作品申辯的自由和權利。批評家和作者，批評者同批評者之間，是一種平等的、相互尊重的關係。如果從接受美學的角度來看，作家與批評家的看法是可以並存的，作家並不能以「作家意圖」來掩蓋「詮釋者意圖」和「作品意圖」，批評家也如是。中國話劇史上的精彩的一幕就是批評家與曹禺之間所進行的批評與反批評，而這兩篇序跋就是曹禺實現反批評的主要方式。「正是風華正茂的歲月，正是英氣勃發的年華，他毫無顧忌地坦誠地傾訴創作的甘苦，真摯地表述著自己的心曲，勇敢地抗辯著一切的誤讀、誤解和曲解。正是在人們的批評面前，他寫出了對於中國話劇最寶貴的經驗，最燦爛的戲劇批評的文字」。〔註106〕曹禺的這些文字不但闡述了一個作家創作的規律、經驗，也闡述了中國的戲劇理論，中國自己的戲劇美學。給中國的現代戲劇的發展提供了諸多可資借鑒的經驗。但歷史的弔詭之處就在於，曹禺在這兩篇序跋中所竭力申辯的東西，在五十年代他所寫的一些序跋中卻遭到了他本人的全盤否定，不過那又是一起「序跋事件」了！

第四節　新文學序跋研究的文學史意義

如果把序跋作為一個整體的研究對象，它與新文學史又呈現出什麼樣的關係呢？這顯然涉及到新文學序跋研究本身的價值和意義。從文學史的角度考察序跋，不但能擴大序跋研究的視野，也能拓展文學史研究的空間。長期以來的文學研究，形成了作家研究、作品研究、文學思潮研究、文學史研究等幾大固定板塊。而新文學序跋要麼作為散文之一種，要麼作為文學批評的

〔註104〕曹禺《〈日出〉跋》，《日出》，上海文化生活出版社 1937 年四版。
〔註105〕曹禺《〈日出〉跋》，《日出》，上海文化生活出版社 1937 年四版。
〔註106〕田本相等《中國戲劇論辯》（上），第 157 頁，百花洲文藝出版社 2006 年版。

一種形式，或作為一種文學史料而存在，沒有作為一個獨立、整體的研究對象。忽視新文學序跋的研究不但與序跋這一文體在 20 世紀的尷尬境遇有關，也與新文學作家以及研究者缺乏把序跋作為一個獨立文體存在的意識相連。到目前為止，新文學序跋的研究成果鳳毛麟角，更談不上系統的把握。筆者不揣淺陋，試圖就新文學序跋研究的文學史意義做一些探討。

一、提升新文學序跋的文類地位

　　為了擺脫序跋在新文學文類中尷尬地位，筆者試圖借用「副文學」這一概念來囊括除了四大體裁之外的一切新文學作品。如果這一概念成立，則序跋作為副文學之一種，其文體的獨立地位也將得以確立。而序跋成為新文學「副文學」〔註107〕之一種。「副文學」相對於四大正式的文體而言，確立「副文學」的存在價值自然也就確立了序跋作為一種文體的獨立地位。儘管把序跋作為一種「副文學」試圖取得與「正文學」同等的文類待遇是筆者個人的大膽設想，但這一設想也不無可操作性。

　　首先，新文學序跋作為一個獨立的文類能夠得到確認，使得我們可以像對小說、詩歌、戲劇、散文一樣，對序跋類文體在 20 世紀的發展演變過程進行共時性及歷時性的觀照。從漢代開始，序已開始有比較完整的形態，著者不但比較自覺地寫序，而且把它視為全書的一個重要組成部分。唐宋以來，跋文體出現，序跋各自的位置基本確定，並有了分工。到了晚清，白話序跋開始出現。「五四」以後，白話序跋逐漸取代文言序跋的主流位置。新文學的出現也催生了現代序跋。儘管 1918 年魯迅發表《狂人日記》時，作品前面還是文言小序，但 1919 年他寫的《〈一個青年的夢〉譯者序》，已經是一篇白話文序言了。可以說，序跋的現代轉型，文言到白話的轉變是其顯著的標誌。按現代語言學的看法，語言的更新必然帶來思想內容的更新。與古序跋相比，現代序跋是現代人表達現代思想的一種表意形式。除了思想內容的更新之外，作為現代序跋的新文學序跋主要在兩個方面發生了新的變化。

　　一是序跋的表現形式隨依附載體的增加而擴大。就文學作品而言，就有散文、詩歌、小說、戲劇四類。而期刊則是近代以來的新產物，隨著現代期

〔註107〕新文學的「副文學」就是指除了小說、詩歌、散文、戲劇四大文類之外的作家創作。具體而言，包括報告文學、電影劇本、文論、書評、序跋、日記、書信、廣告、彈詞、大鼓詞、數來寶等等。

刊的出現，作為期刊的序跋——發刊詞（有些刊物就是以「序」作為發刊詞）、編後記等開始出現。還有以「出版說明」、「內容提要」以及出版叢書時的總序、編選凡例、編輯例言等文章。文學翻譯作品的出現也導致了譯本序跋等的大量出現。序跋也因此出現了許多新的名稱，如「××篇前」、「寫在××的前面」、「篇後致讀者諸君」、「作完××後的說話」、「××編者的話」、「附記」、「附識」等等。可見，就表現形式而言，序跋在 20 世紀的文學發展中得到極大的繁榮。

二是把序跋寫作的嚴肅、慎重變為靈活而不失隨意。在古代序跋史上，序跋一直是作為一種獨立的文體，撰寫者是把序跋作為一種獨立的文體來經營，所以寫作序跋顯得嚴肅而慎重，這些置於書前後的文章都是具體的作品而寫，自然也沒有「代序」這一說。而在「五四」以後，「代序」「代跋」則大量出現，可視為序跋在 20 世紀發展中的一種變體。如孫伏園寫的《記顧仲雍》、周全平的《夢裏的友人》就分別成為《昨夜》（顧仲雍著，上海北新書局 1924 年版）、《夢裏的微笑》（周全平著，上海光華書局 1925 年版）的代序和代跋。這些「代序」的初衷並不是單單為作品而寫，只是在作品出版之際，附在正文之前的一篇文章，當然這些代序同樣具有了序跋的功能。在新文學作家看來，具有序跋功能的文章也可以充當序跋。所以，作家把一些與本書有關的評論、書信放於書前後充當了序跋的功能。可以說，序跋的變體的出現打破了序跋作為一種文體在寫法上的保守性，使得序跋的靈活性大為增強。

其次，作為「副文學」的序跋落腳點是文學，是作為文學作品來對待的。上個世紀 20 年代以來，新文學作品的範圍就限定在四大文體之內，而忽視了序跋、日記、書信、廣告等「副文學」種類，顯然這沒有反映出新文學發展的實際情況。在新文學發展過程中，在小說、詩歌、戲劇和散文類作品不斷問世的同時，作家所創作的「副文學」也不斷出現，甚至這些「副文學」的數量、種類遠遠超過正文學。僅就「副文學」之一種的新文學序跋數量就令人驚歎。大量的新文學序跋使得我們不可忽視它的存在，對序跋的研究也是新文學作品研究的重要組成部分。由於對「副文學」的輕視，新文學中「副文學」的文學史地位更無從談起。在現今眾多的新文學史著作中，幾乎還沒有一部把新文學的「副文學」納入其文學史的視野。顯然，這樣的文學史著作自然很難再現、還原新文學本來的面目。如果通俗文學未能進入新文學史，

那是因為其本身的舊文學屬性，那新文學的「副文學」未能進入新文學歷史，只能歸結為新文學研究者的集體盲視。把新文學序跋作為一個獨立的研究對象，不但可以彌補文學作品研究的空白，也可以增加新文學歷史的視閾。新文學歷史不但是正文學的歷史，也是副文學的歷史。

最後，把「副文學」納入新文學作品範圍，那麼它與「正文學」之間又有什麼差別呢？如前所述，正副文學劃分的標準是「文學性」，副文學也可稱「亞文學」，這主要基於把新文學四大文類確立為純文學而言。確定「副文學」的目的就是要把那些不被認為具有純文學性的文類納入到新文學作品之中。「五四」文學革命之初，陳獨秀、胡適、劉半農等人就依據文學性把「文學」集中為四大文類，確立了新文學作品主要包括詩歌、小說、戲劇和散文。如果說新文學先驅試圖對新文學作品進行提純，是把文學從文章中分離出來。那麼「副文學」的提出則是基於新文學歷史發展的現狀，試圖對「文學」重新進行界定的一種嘗試。事實上，把新文學作品嚴格確定為四大文類，不但不利於新文學各個文類的發展，而且使得新文學作品有了高下之分、等級之別。新文學作品不但有「純文學」的四大文類，也有種類繁多的「亞文學」。搞清了「副文學」與「正文學」的差別後來看序跋，或許能糾正現今劃分文學作品的標準的片面性。在一些新文學作家、研究者看來，新文學序跋是屬於散文一類，是看到了序跋具有的「文學性」。但新文學序跋有文學性的一面，也有非文學的一面。如果按照四大文類的「文學性」標準來對待序跋，不但看不到它作為新文學作品的特殊性，它也難以進入新文學史的歷史敘述。

二、確立序跋的文類特性

儘管「副文學」提升了新文學序跋獨立的文類待遇，但就新文學序跋而言，它在文類上所具有的跨文類性確實是客觀存在。也可以說，正因它具有的跨文類特徵，才使得人們對於它的文類歸屬產生了巨大的爭議。具體而言，新文學序跋的跨文類性表現在兩個方面，一是與「正文學」類別之間，主要體現在序跋與散文、詩歌之間。二是與「副文學」其他類別之間。主要體現在序跋與書話、書評、廣告之間。儘管作為「副文學」的序跋與「正文學」的詩歌、散文、以及書評、書話等在文體上存在著交叉現象，但是序跋與它們之間也有一些細微的差別。為了釐清序跋這一文類的獨特性。筆者採用比較的方法，對序跋與其他文類進行具體比較，試圖在與其他文類的比較中看

清序跋本身的獨特性。

　　嚴格地講，序跋與散文在文體特徵上既有共同點也有不同點，異大於同。「序」和「跋」這類文體的出現遠早於「散文」的出現。儘管有研究者認為，「散文」概念最早出自唐代佛教徒口中。如《宋高僧傳》卷三《唐大聖千福寺飛錫傳》中就有「今所譯者多作散文」一語。〔註108〕但事實上，把「散文」作為一種文類的名稱確立是在「五四」之後的新文學中。郁達夫就曾說：「正因為說到文章，就指散文，所以中國向來沒有『散文』這一個名字。〔註109〕若我的臆斷不錯的話，則我們現在所用的『散文』兩字，還是西方文化東漸後的產品，或者簡直是翻譯也說不定。」〔註110〕四大文體確立後，古代的多文體體制被徹底拋棄，序跋被強行納入「散文」中。從寫作風格上看，散文和序跋確有一些相同之處。如唐劉知幾在《史通·序例》中說：「孔安國有云：『序者所以敍作者之意也。』竊以《書》列典謨，《詩》含比興，若以先敍其意，難以曲得其情。故每篇有序，敷暢厥義。降逮史漢，以記事為宗，至於表志雜傳，亦時復立序。文兼史體，狀若子書，然可與《誥》《誓》相參，風雅其列矣。」〔註111〕在他看來，序文在寫作上應該開宗明義地敍事、說理、議論。而明徐師曾在《文體明辨》中從寫作上把序分為兩類，「其為體有二：一曰議論，二曰敍事」。〔註112〕當然，議論與敍事並不是截然分開的，更多的時候是交融在一起。此外，隨著序跋文學性的增強，特別是詩序等的大量出現，使得序跋在議論、敍事類外還增加了抒情的特徵。正是散文與序跋寫作風格上具有議論、敍事、抒情等共同特徵。所以，序跋被現代文體分類制度強行「招安」。但是，從序跋所存在的獨特位置以及它所具有的功能上看，序跋的應用性特徵就體現出來了，這又是一般的散文所不具備的特徵。

　　書評與序跋之間既有相同點，也有相異處。書評在中國有悠久的歷史。

〔註108〕馬茂軍《中國古代「散文」概念發生研究》，《文學評論》2007 年 3 期。

〔註109〕龔鵬程甚至認為散文並非一種文學類型，「散文」一詞，只有相對於「駢文」一詞才有意義。參見其著作《文學散步》，第 191 頁，世界圖書出版公司 2006 年版。

〔註110〕郁達夫《中國新文學大系·散文二集·導言》，《中國新文學大系·散文二集》（影印本），上海文藝出版社 2003 年版。

〔註111〕（唐）劉知幾撰、（清）浦起龍釋，《史通通釋》，第 87 頁，上海古籍出版社 1978 年版。

〔註112〕（明）吳訥《文章辨體序說》，（明）徐師曾《文體明辨序說》，第 135 頁，人民文學出版社 1998 年版。

《史記‧孔子世家》云：「孔子晚而喜《易》，序《彖》、《繫》、《象》、《說卦》、
《文言》。」〔註113〕可見，在春秋戰國時期，圖書評介活動就出現了。正如孔
子通過作序的方式進行書評一樣，「古代的圖書評論及文獻主要表現在古人文
集中的序跋文上（又主要在他序、他跋和古代官修私藏目錄中的敘錄、解題、
提要中）」〔註114〕近代以來，隨著出版業以及報刊雜誌的興盛、書評活動愈來
愈多，儘管有大量專業性書評文章問世，但序跋還是部分承擔了書評的任務。
如梁啟超在主持《時務報》期間，發表了《沈氏音書序》、《〈會報〉敘》、《讀
〈日本書目志〉書後》、《〈俄土戰紀〉敘》、《論〈經世文新編〉序》等就是以
序跋充書評。「五四」以後，新文學開始興盛，書評逐漸成為一門學問。如1935
年，商務印書館就出版了蕭乾的《書評研究》這樣的長篇論文。後來，在眾
多新文學作家、批評家的努力下，「現代書評學」得以建立，「書評」也成為
一種獨立的文章類別。要比較書評與序跋，可從書評的定義著手。徐柏容認
為，「書評就是對書籍進行評論，分析、探討書籍的內容──思想性、科學性、
藝術性乃至書籍的形式，從而對書籍進行價值判斷，包括對書籍正面的價值
判斷與負面的價值判斷的文章」。〔註115〕可見，與序跋相比，書評的論說範圍
集中在書裏邊，序跋則兼顧書裏邊、書外邊兩個方面。書評還要進行價值判
斷，而序跋則顯得靈活得多。序跋為作者認可，依附於書籍而存在，而書評
則是批評家的自作，獨立於書籍之外。總之，序跋與書評有相交之處，可以
把序寫成書評，但並不是每一篇序都是書評。

　　序跋在完成現代轉型之後，出現了各種變體。如前提及的「代序」，還有
詩歌序（此處的詩序不是指為詩集作的序，而是以一首或幾首分行書寫的詩
歌作為序置於作品前）。如《〈女神〉詩序》、《〈星空〉獻詩》、《〈昨夜〉序詩》、
《新詩歌》的發刊詩等，就是以一首詩作為該作品的序出現的。在古代序跋
發展中，序跋都是按著散文體式來寫作，即使是詩集的序也用的是散文體式。
如唐宋以來大量出現的詩集序（但有在散文體式的序跋中包含著一首或多首
詩歌的情況）找不到單獨以詩歌形式表現的詩歌序。詩歌序的出現擴展了序
跋的表現形式，使得序跋不但可以按散文體式來表現，也可以按分行詩歌的
形式來表達。除了數量相對多的詩歌序外，新文學作品中還有以圖畫、對話

〔註113〕司馬遷《史記》，第1937頁，中華書局1959年版。
〔註114〕孟昭晉《中國近代書評源流初探》，《北京大學學報》，1991年4期。
〔註115〕徐柏容《現代書評學》，第22頁，蘇州大學出版社2005年版。

等變體形式來充當序的少數例子，如《洪深戲曲集》就是以「歐尼爾與洪深
———度想像的對話」作為序，《華君武漫畫 1984～1985》就是以一幅畫作為
序。

在現今出版的一些書話類書籍中，編選者不加選擇地收入了大量的序跋
類文章，使得書話變得無所不包，使得阿英、唐弢等人苦心建立起來的「書
話」成為書評、隨筆的別稱。所以，有必要對序跋與書話進行一些比較分析。
書話，是從中國藏書家的題跋發展而來。按朱金順的說法，「書話的體式，恐
古已有之，……在古代學者和藏書家筆下，撰寫過大量的題跋、藏書記之類
的文字，這也就是書話的品式了。」〔註 116〕現代書話的開創者唐弢對書話有
這樣的看法：「書話的形式也確是多種多樣的，怎麼寫都可以。但我反對有些
人把書話僅僅看作資料的記錄，在更大程度上，我以為它是散文，從中包含
一些史實，一些掌故，一些觀點，一些抒情的氣息，給人以心地舒適的藝術
的享受。」〔註 117〕有人給書話歸納了四個基本要素：第一，必須是著眼於「書」
本身，是關於「書」的話。第二，書話絕不是「書評」。第三，必須具有「書
卷氣」。第四，書話的作者必須是一位「愛書家」，至少要有多年淘書、讀書、
藏書的經歷和體會。〔註 118〕書話與序跋比較，兩者儘管在寫作上都可以靈活、
多樣，但序跋（特別是他序）中有作品內容的評論、作家思想的流露等內容。
書話更注重書籍問世過程中的故事，以及作品的版本、裝幀等情況。序跋以
學理性為主，而書話更側重故事性。所以，序跋與書話儘管有些特徵相同，
但差別也是明顯的。從魯迅、周作人以及唐弢等人所寫的序跋和書話文章看，
他們的書話與序跋之間重合的並不多。

此外，序跋與廣告也需要加以辨別。從西晉大名士皇甫謐為左思《三都
賦》作序後的效果看。序在作品促銷上確有廣告的功效。新文學時期，由於
新書出版業競爭激烈，新文學書刊廣告大盛，名家序確能引起紙貴洛陽的促
銷效果。所以，不但報刊上登載序跋，就是有些廣告文本也直接截取名家序
跋中的文字。但是，序跋儘管發揮了廣告功用，但它的主要價值並不是為了
促銷，而是對作家作品的介紹和評論，而且廣告的內容幾乎是讚美居多，這
與序跋中的內容也並不完全一致。

〔註 116〕朱金順《唐弢先生與〈書話〉》，《唐弢紀念集》，社會科學出版社 1993 年版。
〔註 117〕唐弢《〈林真說書〉序》，林真《林真說書》，中國友誼出版公司 1988 年版。
〔註 118〕王成玉《書話史隨箚》，第 3 頁，河北教育出版社 2006 年版。

三、促進作品作家研究的深入

借用「副文學」的概念來提升序跋還只是宏觀地提升了序跋的文學史地位。從作家、作品的角度來探討序跋則能從微觀上提升序跋研究的文學史意義。下面逐一分析。

現今通行的文學史主要由三大板塊構成：即文學理論、文學運動和文學作品。這三大板塊中，無論是文學理論，還是文學運動，最終還是需要文學作品來體現，所以文學史的敘述是以文學作品為中心。但是新文學作品由什麼來體現呢？具體還是落腳到一個個新文學作品的版本實物。而這些版本實物中，序跋是作為版本實物的一個重要元素而存在。而不同的版本、不同的序跋之間本身就構成了一一對應關係。一部具體的文學作品，序跋與封面、扉頁、正文以及版權頁等版本元素構成了一個特定的意義單元，一個特定的意義單元一經形成就具有一定的穩定性，不能任意分開。而與其他版本元素如封面、插圖、版權頁、目錄等相比，儘管都是與作品發生聯繫，但序跋與作品之間的聯繫最為緊密，它們與作品之間構成一種闡釋與被闡釋的關係。所以，一個版本實物的文學圖書，序跋等元素與所指涉的文本（作品）共同構成了一個個具體的新文學作品。

序跋不僅僅是隨著某一具體的文學作品的產生而產生，而且序跋的產生也具有唯一性和依附對象的唯一性。序跋是依附於某一具體的文學作品的產生而產生，因而它們與依附對象的關係具有同一性和唯一性。如魯迅 1922 年寫的《〈吶喊〉自序》依附於 1923 年 8 月北京新潮出版社初版的小說集《吶喊》。自序與小說集中 15 篇小說以及紅色的封面等版本元素構成了一個特定的意義單元。後來在再版時，小說篇目、封面風格等發生了變化。如 1930 年 1 月第 13 次印刷時，作者抽去其中的《不周山》，形成了一個新版本。嚴格地講，《吶喊》的不同版本形成不同的意義單元，《吶喊》不同的意義單元又形成一個意義系統。儘管就《吶喊》的不同版本而言，這些意義單元差別不是很大，但在新文學史上，許多作品因序跋等版本元素的改變而導致意義發生了大的改變。如巴金、茅盾、老舍等人為小說《家》、《子夜》、《駱駝祥子》的不同版本寫了大量的序跋，這些不同的序跋與具體的版本形成了一個個意義單元，而這些意義單元有時甚至發生了根本的變化。

他序與作品的關係亦與自序與作品的關係類似，即也具有同一性與唯一性。從新文學作品的版本形態上講，他序與作品也構成了一個具體的版本實

物，只要具體序跋與特定的作品的關係一旦建立，那麼一個完整的意義單位也就生成了。如汪靜之的《蕙的風》（1922年上海亞東圖書館初版）不但有作者自序，也有朱自清、胡適、劉延陵三人的他序，自序、他序與作品以及其他版本元素構成一個完整的初版本意義單元。瞿秋白編選並作序的《魯迅雜感選集》（上海青光書局1933年版），這部作品的序言和所選的作品已經成為不可分割的一個整體進入了文學史。如果把作品與序跋分開，作品的版本元素的完整性受到破壞，對特定作品的解讀也會出現變化。所以，特定的序跋與特定的作品一旦形成，它們就構成了新文學作品的版本實物，也就形成一個特定的不可分割的意義系統。總之，無論是新文學作品的版本構成、還是意義構成，序跋都是新文學作品的組成部分，序跋與新文學作品共生、共存。

一般來講，作家研究包括作家思想、作家的人生歷程、社會活動、作家的作品等幾個方面，但主要還是集中於作家作品的創作上。而作品，又主要集中於作家的詩歌、小說、戲劇和散文方面，對於作家創作出的大量序跋幾乎沒有納入作家作品研究的範圍內。事實上，幾乎每位新文學作家都曾寫過序跋。有些新文學大家，如魯迅、郭沫若、周作人、巴金、茅盾等文壇大家，他們畢生所寫的序跋在他們的創作生涯中佔有相當的分量。值得慶幸的是，新文學作家序跋的結集出版已取得了一定的成果，如周作人、巴金、臧克家等人在生前就出版過自己的序跋集。在一些全集中（如《魯迅全集》和《巴金全集》）還單獨設有「序跋卷」。但令人遺憾的是，作家序跋的研究則相對滯後，如郭沫若、茅盾、巴金等人的序跋集早在上個世紀80年代就出版了（儘管都只是選集，還不是作家序跋全集），至今仍鮮有研究成果問世。既然文壇大家的序跋尚且不被重視，那麼其他新文學作家序跋的搜集、系統研究更是無人問津了。

如果對作家畢生的序跋和作品加以梳理，可以發現作家序跋的寫作歷程貫穿其創作的全過程，甚至還要長於創作正文學的過程。特別是一些作家到了晚年，序跋寫作幾乎成為他們的主要創作。如季羨林、賈植芳、臧克家等人幾成「序跋專業戶」。可見，作家的創作生命並不能僅僅通過四大文類來體現，序跋、日記、書信等「副文學」仍然是作家創作生命的一個重要組成部分。作家寫於不同時期的序跋本身就是作家生命歷程、思想變遷、社會活動和作品創作等的表徵。如以一個作家畢生所出版的文學作品書籍為對象，通過對作品前後刊載序跋的多角度分析，可以為作家研究提供新的可能。如通

過序跋撰寫者的考察，可以分析作家在文壇上的交際、作家所屬的文壇流派、傾向以及作家的成名過程等。通過序跋對作品的闡釋，可以分析作家的創作心理歷程、作品的接受情況等。還可以通過序跋考察作家的文壇的地位、生存狀態等。

所以，對作家作品的研究就應該包括對以序跋為代表的「副文學」的研究。如對於張愛玲的研究，要關注其序跋，她的序跋「不僅標示她在不同時期的心境與眼光，也常常展示了她獨特的文學意見」。〔註119〕對茅盾序跋的研究也可為確立「文章家」的茅盾提供依據。在比較魯迅與巴金的序跋時，可以發現魯迅作品中幾乎沒有一篇「代序」，而巴金的作品中「代序」數量較多；魯迅為同一篇作品寫過多篇序，而巴金經常還一序多用。魯迅為了扶持青年人，樂意為他們的著作寫作序，晚年的賈植芳也通過為青年人作序來不遺餘力地廣而告之。總之，作家序跋的研究是作家作品研究中的重要組成部分。

四、提供文學史寫作的細節

法國年鑒學派第一代學者呂西安・費弗爾和馬克・布洛克等人在歷史研究中提倡總體歷史學，提倡把研究的觸角伸入到人類歷史的每一個細節。這種注重歷史細節的研究方法為新文學史的研究提供了啟示。如文學史家陳子善曾說：「我研讀中國現代文學史，歷來注重歷史的細節，作家的生平、生活和交遊細節，作品的創作、發表和流傳的細節……歷史的細節往往是原生態的、鮮活的，可以引發許許多多進一步的研究。」〔註120〕保存新文學歷史細節的載體很多，如新文學書刊、作家的書信等。新文學序跋顯然也是大量存留著新文學各個方面歷史細節的重要載體，而且從價值判斷上看，序跋中存留的歷史細節大多為第一層位〔註121〕的文學史料，序跋作者大多為當事人，他們寫於當時的序跋無論如何總會提供一些文學史實方面的信息，這些史實對新文學作家、作品以及文學史的研究具有重要的參考價值。具體來看，新

〔註119〕周芬伶《張愛玲與中國文學》，第169頁，中國華僑出版社2003年版。
〔註120〕陳子善《〈邊緣識小〉楔子》，《邊緣識小》，上海書店出版社2009年版。
〔註121〕有學者按價值的大小把文學史料劃分為三個層位：第一層位的史料指作家本人的著作，群體性文學活動的當事人或事件的目擊者的撰述。第二層位的史料指同時代的非當事人的記錄。第三層位的史料指後代根據前代（或前幾代）遺存的史料進行綜合、分析、篩選而寫成的史料性著述。參見潘樹廣在《中國文學史料學》，第121～123頁，黃山書社1992年版。

文學序跋給文學史研究提供了文學史料、文學現場以及文學生態等方面的歷史細節。

文學史料，「是歷史上有關人類文學活動與各種文學現象的資料。具體而言，包括：文學作品本身，文學理論批評著作，作家傳記資料，文學作品的背景資料，文學社團與流派資料，文學期刊與報紙副刊資料，文壇風尚與文學事件資料，文學形式範疇的資料等等」〔註122〕文學史料是文學史的基礎，文學的歷史就是建立在大量文學史料的基礎上。周谷城在《中國通史》中說：「史料是歷史的片斷的記錄。……從史料裏，我們可以獲得歷史的消息，或體會出完整的歷史來，離開史料不能講歷史。」〔註123〕就序跋而言，如果說文學作品（尤其是小說、戲劇、詩歌）的正文本帶有更多的虛構、想像的成分，那麼其序跋則帶有更多的紀實性。它是對作家、作品等內容的一種真實的及時的交代和說明。其時效性不亞於作家的日記、創作談等，其真實性遠在作家的回憶錄、口述歷史等之上。所以，序跋在新文學研究中具有史料價值。

現今出版的文學史真是汗牛充棟，每種文學史都試圖最大程度地還原文學的歷史原貌。就文學史著作而言，當代人寫過去的歷史本身就與過去的歷史存在著隔膜，文學史的研究必須首先要回到歷史的現場。所以，「還原現場」也成為文學史研究者追求的目標。作為「還原歷史」的重要入口的序跋，可以提供大量的文學史料，更為獨特的是能夠再現大量的某些稍縱即逝的文學現場。如老舍在《〈火葬〉序》中的這一段文字：

> 天奇暑，乃五時起床，寫至八時即止，每日可得千餘字。本擬寫中篇，但已得五六萬字，仍難收筆，遂改作長篇。九月尾，已獲八萬餘字，決於雙十日完卷，回渝。十月四日入院割治盲腸，一切停頓。而是日出院，仍須臥床靜養。時家屬已由北平至寶雞：心急而身不能動，心乃更急。賴友好多方協助，家屬於十一月中旬抵碚。二十三日起，緩緩補寫小說；傷口平復，又患腹疾，日或僅成三五百字。十二月十一日寫完全篇，約十一萬字，是為《火葬》。

這段較為詳細地記載了老舍抗戰住北碚期間寫作長篇小說的過程，從奇暑寫到冬天，從中篇改寫成長篇，中途經歷了住院手術、臥床休息以及等待家屬

〔註122〕潘樹廣《學林漫步》，第126頁，東南大學出版社2002年版。
〔註123〕周谷成《中國通史》，第1頁，上海人民出版社2003年版。

來渝等細節。老舍有寫作構思的困擾、盲腸疼痛、為家人安全的焦慮以及來渝後的喜悅、病休時的艱難寫作等情狀。依據這段文字，我們可以遙想到當年老舍困居一隅而筆耕不輟的寫作現場。此外，在《〈吶喊〉自序》中再現的「幻燈片」和「S館的對話」等場景、《〈嘗試集〉自序》中的綺色佳爭論，《小雨點》自序和序中勾勒出三個朋友間的友誼，《〈冰心小說集〉自序》中記敘作家在市場看到自己作品被盜版的情形等等，這些具體的文學現場實錄給文學史研究者提供了回到歷史現場的入口。總之，作家在序跋中記錄的昔日寫作環境、文壇交往、出版現狀的情形，可以為再現鮮活的文學史原貌提供直接的依據。

　　此外，序跋還能為考察新文學的文學生態提供歷史在場者的證言。有研究者認為「文學生態」就是把文學視為一個生態系統，即從相互制衡、衍生循環的「文學生態鏈」的角度，來考察與判斷文學作品、文學史、文學理論，以及作家生存與創作、讀者接受與批評等。可分為文學的政治生態、文學的經濟生態、文學的文化生態、文學的人性生態等幾個方面。〔註124〕新文學序跋中有作家間友誼與恩怨的記錄、社團流派的發生的歷史、作品出版以及接受的情況以及時代風尚的印記等等。可以說序跋裏面涉及到新文學發展內外部各個方面的情況，也是考察新文學生態的重要依據。文學的政治生態方面，如黃炎培的《黃海環遊記》（1931年11月初版，1932年7月二版，1932年12月三版）的三篇序文就記錄下了三十年代初的政治事件。初版序寫於九・一八事變後，東北淪於日本帝國主義手中，序言中希望全體國民克服恐慌、消極心理，積極團結起來。二版序寫作時，日本已佔領錦州，且有襲取平津之說，故序中有「哀我中華，難道我政府永遠無準備，不抵抗，我老百姓永遠安於讓政府無準備、不抵抗嗎」之疑問。寫三版序時，東三省抗日義勇軍蜂起，故即以所作《義勇軍行》五首詩為序。也有記錄了大量作品遭到當局無端查禁的歷史事實，如魯迅的序跋中「用實錄的方法錄以備忘地抄記了中國現代文網史的大量素材」。〔註125〕從文學的經濟生態上，可在大量序跋中找到作家與出版社之間、作家與讀者以及讀者與出版社之間的經濟關係。如郭沫

〔註124〕俞兆平、羅偉文《「文學生態」概念的提出與內涵界定》，《南方文壇》2008年3期。

〔註125〕散木《於無聲處聽驚雷——魯迅與文網》，第61頁，百花文藝出版社2002年版。

若在《〈少年維特之煩惱〉增訂本序》反映出作家與出版社之間的剝削與被剝削關係。關於文學的文化生態和文學的人性生態方面，也能新文學序跋中找到例證。如陳三立在《散原精舍詩》再版時，刪掉好友鄭孝胥的序，體現出散原老人對鄭投靠日本的蔑視，在民族大是大非面前堅守住了自己的道德底線。

結語 「大文學」觀下的序跋研究

　　如前所述，為了提升新文學序跋的文類地位，筆者引進了「副文學」這一概念，顯然它是相對於純文學而言的學術界定。確立這一認識性裝置不但可以看到現存的文學界定、文類劃分的不足，而且使「文學（純文學）與副文學成為彼此的『他者』是成全『大』文學的必然」，〔註1〕這恰恰與現今提倡的「大文學」觀相暗合。

　　「大文學」這一提法早在謝无量的《中國大文學史》（1918年版）中就出現了。但謝所談及的「大文學」包括了文學、經學、史學、文字學、理學、諸子哲學等不同門類，實際上就是「雜文學」。新時期以來，隨著文學研究的深入，原確立的「純文學」和「純文學史」觀存在的問題愈來愈突出，再加上文化研究的興起，90年代之後，「大文學」和「大文學史」觀在文學研究界再度得到重視。最先在古代文學領域開始，在傅璇琮、陳伯海、董乃斌等人的提倡下，「大文學史」的研究取得了重要的研究成果。顯然，傅璇琮等人的「大文學」與謝所界定的「大文學」有本質上的差別。如傅璇琮主編的《大文學史觀叢書》（5種）、陳伯海、董乃斌主編的《宏觀文學史叢書》（7種），主張「把文化史、社會史的研究成果引入文學史的研究，打通文學史相鄰學科的間隔」，〔註2〕「就文學與某一相關的學科領域展開交叉性研究」。〔註3〕

〔註1〕馬利紅《阿蘭-米歇爾‧布瓦耶的副文學觀初探》，《法國研究》2009年4期。
〔註2〕傅璇琮《〈大文學史觀叢書〉總序》，韓經太《心靈現實的藝術透視》，現代出版社1990年版。
〔註3〕陳伯海、董乃斌《〈宏觀文學史〉總序》，袁進《中國小說的近代變革》，中國社會科學出版社1992年版。

趙明等主編的《先秦大文學史》力圖在文化發生學的大背景下，突出文學的文化性徵和綜合的特點，由文化而切入文學來考察先秦時期的文學現象，拓展了文學研究的範圍，揭示了文學文本中的文化內蘊。〔註4〕

在世紀之交，「大文學」和「大文學史」的觀念開始從古代文學向現當代文學、文藝學和比較文學領域擴展。如賈植芳在《〈中國近現代通俗文學史〉序》中就提出了自己的希望：「我所期望於這一科研群體的是，在這部專著出版後，再接再厲，寫出一部有純文學和通俗文學兩翼的，中外文學雙向交流影響的《中國現代大文學史》。」〔註5〕黃曼君在《中國現代文壇的雙子星座——魯迅、郭沫若與新文學主潮》中大力提倡文學研究應當「同時從東方的和西方的，傳統的和現代的美學和文藝學、民俗學、心理學、文化人類學乃至自然科學等交叉學科中汲取營養，實現創造性的轉換，進而形成一種所謂『大文學理論』統攝下的現代中國文學研究格局」〔註6〕新千年到來的前夕，在古典、現代文學領域遊走的楊義在《光明日報》上提出了他的「文學三世」說，認為「古代文史混雜，奉行的是『雜文學』觀念；20世紀接受西方『純文學』觀念，把文學祛雜提純，採用詩歌、散文、小說、戲劇四分法；到了世紀之交，文學開始懷著強烈的欲望，要求在文化深度與人類意識中獲得對自己存在的身份和價值的證明，從而逐漸形成了一種『大文學』的觀念。」〔註7〕試圖在新世紀的文學研究中以「大文學」觀來重新建構「既融合純文學觀的精審，又融合雜文學觀的淵博，從這裡探討出具有中國特色的學術體系、話語體系」。〔註8〕

在「大文學」和「大文學史」觀指導下的文學研究實踐中，「大文學」的研究思路得以初步形成：「首先將文學視為一種文化存在，以原有的純文學界定為內核，以文化相關性為原則適當擴大文學研究的邊界，對文學史現象、文學史料、文學文體進行擴容；其次是在宏觀的大文化背景下，對文學作文

〔註4〕趙明《先秦大文學史・導論》，第4頁，趙明等主編《先秦大文學史》，吉林大學出版社1993年版。

〔註5〕賈植芳《〈中國近現代通俗文學史〉序》，范伯群主編《中國近現代通俗文學史》，江蘇教育出版社2000年版。

〔註6〕轉引自周思明《「大文學理論」觀照下的魯迅、郭沫若》，《全國新書目》2000年11期。

〔註7〕楊義《認識「大文學觀」》，《光明日報》2000年12月27日。

〔註8〕楊義《重繪中國文學地圖——楊義學術講演集》，第454頁，中國社會科學出版社2003年版。

化發生學研究和文化影響研究,打破了純文學觀長期堅守的文學內部研究,和現象分析中單一的政治、經濟、社會歷史視角。再次是方法論上的跨學科交叉研究。」〔註9〕就 20 世紀中國文學研究而言,「大文學」和「大文學史」觀的建立,不但打破了長期以來「純文學」的禁錮,建立了文化——文學之間的新向度,也為 20 世紀文學研究提供了廣闊的研究領域。而本文所進行的序跋研究就是在「大文學史」觀的指導下,踐行「大文學」的研究思路,在 20 世紀中國文學領域內進行的一次嘗試。

自五四文學革命之後,20 世紀中國文學史是以『純文學』作為作家作品入史的唯一標準,詩歌、小說、散文和戲劇成為新文學史的四大支柱,而大量的文學樣式被忽略,嚴重地削弱了新文學史的豐富性。正如陳伯海所說:「純文學觀的要害在於割裂文學與相關事象間的聯繫,致使大量非文學作品卻具有相當文學性的文本進不了文學史家的眼界,從而大大削弱了乃至扭曲了我國文學的傳統精神,造成殘缺不全的文學史景觀。」〔註10〕而序跋類文體,從漢代產生以來,一直是中國文學的重要組成部分。在歷代的文學總集、別集中都是作為一個重要的部分。從蕭統的《昭明文選》開始,姚鼐的《古文辭類纂》、清末吳曾祺撰的《涵芬樓古今文抄》,以及民初薛鳳昌的《文體論》中,序跋都是作為一類重要文體納入其中。但在新文學領域中,由於西方文體分類學的引入,以「純文學」為標準,確立了四大文類,序跋一直以來的獨立文體地位被取消。在新文學史著作中,「在將許多原先不受重視的文學樣式,如小說、戲劇……一些所謂『下里巴人』的東西請進文學史殿堂的同時,卻把很有特色的傳統文學樣式驅逐出了文學史」。〔註11〕序跋顯然就是被驅逐出新文學史的傳統文學樣式之一。

如前所述,序跋不但完全可以作為新文學作品中一個獨立的文類而存在,而且是新文學作品的重要組成部分。序跋本身有自己獨立的發展、演變歷史,如序跋與其他文學類別一樣在近現代之交經歷了自身的文學轉型,序跋這一文體從內容和形式上都發生了一些改變,如表現形式多樣、適用範圍的擴大、語言載體的更迭、思想內容的更新等。不但如此,序跋與其他文類之間的關係也出現了變化,序跋與各文類作品不但有物理位置上的聯繫,就是在文體

〔註 9〕胡景敏《大文學觀與文學史研究的文化轉向》,《北方論叢》2008 年 6 期。
〔註10〕陳伯海《雜文學、純文學、大文學及其他》,《紅河學院學報》2004 年 5 期。
〔註11〕董乃斌《論文學史範型的轉變——兼評傅璇琮主編的〈唐五代文學編年史〉》,《文學遺產》2000 年 5 期。

特徵上，序跋本身出現的跨文類性使得與散文、詩歌、戲劇、小說以及文論、書評、書話等有了聯繫。可以說，新文學序跋的存在使我們對原有的按「純文學」標準界定文學作品的合理性產生了懷疑，有重新界定「文學」的必要。正如楊義所說：「文學在中國，是一個開放的系統，一個向其他人為學科開放的系統。……提純的洗禮帶有某種人為的閹割性，使文學與整個文化渾融共處的自然生成形態被閹割了，因此在進化中隱藏著某種退化。」〔註12〕顯然，把新文學序跋作為獨立的文類並加以研究本身也是擴大新文學邊界，對新文學文體擴容的具體體現。

　　傳統的文學研究主要集中在作家、作品上，以作品研究為中心。作品研究，又主要是從文本出發，探討作品的創作的主題、內在意蘊以及體現出的政治、經濟、時代等特徵。就文學作品研究而言，應該是文本外與文本內的結合。任何一部作品，它的產生以及作品的內容與作家、時代、政治等因素密不可分，割裂作品的外部關係而進行的「內部」研究，其結果的正確性本身就值得懷疑。因序跋是附著在作品之外的，不但對作品內容有聯繫，而且它還記錄了時代政治、出版環境、文化思潮等，它密切聯繫著作品的外部與內部，成為了外部研究和「內部」研究的集合點。從作品的序跋切入能為作品研究提供一個獨特的視角。對於作家研究而言，研究者更多地是考察作家的創作歷程、思想變遷以及生存狀態等。而研究作家所寫的序跋不但能為考察作家的創作、思想提供依據，而且還能考察為作家的生存狀態、作家間的關繫以及作家與時代、政治等之間的關係提供記錄。如從魯迅的序跋中，不但可瞭解作家的文壇生存環境、出版環境，體味作家頑強的戰鬥精神，還能看到團結在魯迅周圍的年輕力量。從胡適所寫的序跋中，不但可看到他「整理國故」的實績，看到敢為人先的嘗試精神，也能看到他在文壇、學界、政界、出版界等各個領域的廣泛交遊。從文學史的角度而言，序跋不但見證了新文學發生、發展的歷史，而且還參與了新文學歷史的建構，如《中國新文學大系》導言這類經典序跋的問世本身就標誌著新文學歷史初創時期的努力。此外，還有一些序跋或序跋群，它們的出現成為了重要的「文學事件」，因其具有的歷史意義也成為了新文學歷史中不可忽視的一部分。對於譯介序跋的研究，則打開了一個文學研究的新領域。長期以來，新文學時期的翻譯文學得不到新文學史的承認，乃至作家文集、全集中也幾乎不收錄作家的翻

〔註12〕楊義《認識「大文學觀」》，《光明日報》2000 年 12 月 27 日。

譯成果。而對翻譯序跋的研究則證明，**翻譯文學是新文學的重要組成部分**，譯介序跋與譯介作品本身就是一個整體。總之，序跋研究就是建立在序跋與作品、作家、文學史和譯介等的關係上，通過對它們之間複雜關係的梳理，為作品、作家、文學史和譯介的研究提供一個獨特的視閾，同時也確立了序跋研究本身的文學史意義。

在「大文學」觀下的序跋研究，不但可以考察序跋類文體的獨特之處，如它的文本構成特徵、寫作藝術以及表現意蘊等，更能看到序跋在文學生態、文學生產、文學接受與闡釋等方面所具有的意義。從序跋的產生來看，序跋是作品的衍生物。它指向作品，與作品構成闡釋關係。從序跋的寫作者來看，序跋也體現出作家在文學生態中的文事交際、文壇恩怨等。對序跋的研究，讓我們看到因序跋而體現出的序跋文本以外的關係。所以，在本書的研究中，既有對序跋文體在 20 世紀中的發展演變進行本體上的研究，也有對序跋文本內容的全面考察，還有從「關係」出發，對序跋與作品、作家和文學史等密切聯繫的探討，用以確立起序跋在新文學研究中的價值和意義。由於序跋本身的獨特性，本書在研究方法上採用了跨學科交叉研究。如從接受美學、解構學以及符號學等角度對序跋進行觀照，通過序跋，可以發現作品與序跋之間複雜的多層面關係，既構成一種寫作與闡釋、副文本與正文本的關係，也構成一種結構與解構、解構與被解構解構的關係。又如從傳播學、文藝生態學、文藝社會學等角度，通過序跋，可以發現文學作品的傳播與接受，考察作家的序跋觀、人生歷程、思想變遷，考察文壇的文學生態、逸聞逸事，考察翻譯文學，考察文學史等等。

概而言之，筆者希圖在「大文學史」觀的指導下，在現有的文學分類、文學研究的基礎上，通過對新文學序跋以及序跋所連接的「關係千萬重」的研究，重新審視新文學並確立起新文學本身具有的生命整體性、豐富性、複雜性。

參考文獻

一、工具書

1. 北京圖書館編：《民國時期總書目》（中國文學卷上下冊、外國文學卷），書目文獻出版社 1992 年版。

2. 賈植芳、俞元桂主編：《中國現代文學總書目》，福建教育出版社 1993 年版。

3. 北京圖書館書編：《中國現代作家著譯書目》，書目文獻出版社 1982 年版。

4. 北京圖書館書編：《中國現代作家著譯書目》（續編），書目文獻出版社 1986 年版。

5. 徐迺翔、欽鴻編：《中國現代文學作者筆名錄》，湖南文藝出版社 1988 年版。

二、序跋作品

1. 樓滬光、孫琇主編：《中國序跋鑒賞詞典》，河北教育出版社 2003 年版。

2. 蔡元培等著：《中國新文學大系導論集》，上海良友復興圖書公司 1940 年版。

3. 上海書店出版社編：《中國近代文學的歷史軌跡》，上海書店出版社 1999 年版。

4. 譚詩園等著：《中國新文學大系續編導論集》，出版地點、時間不詳。

5. 楊正中等編：《中國現代文學序跋叢書》（小說卷）上下冊，海南人民出版社 1988 年版。

6. 陳平原、洪子誠等編《二十世紀中國小說理論資料》（1～5 卷），北京大學出版社 1997 年版。

7. 蕭斌如等編:《中國現代文學序跋叢書》(散文卷)上下冊,海南人民出版社 1988 年版。

8. 周靖波主編:《中國現代戲劇序跋集》(上下冊),北京廣播學院出版社 2003 年版。

9. 陳紹偉編:《中國新詩集序跋選》,湖南人民出版社 1986 年版。

10. 黃禮孩、陳陟雲主編:《新詩 90 年序跋選集》,出版社不詳,2009 年版。

11. 佘樹森編:《現代散文序跋選》,百花文藝出版社 1983 年版。

12. 單純、曠昕主編:《良知的感歎——二十世紀中國學人序跋精粹》,海天出版社 1998 年版。

13. 劉宏權、劉洪澤主編:《中國百年期刊發刊詞 600 篇》(上下冊),解放軍出版社 1996 年版。

14. 古敏編著:《頭版頭條——中國創刊詞》,時事出版社 2005 年版。

15. 陳漱渝編:《魯迅序跋》,百花文藝出版社 1986 年版。

16. 劉運峰編:《魯迅序跋集》,山東畫報出版社 2004 年版。

17. 鍾叔河編訂:《知堂序跋》,中國人民大學出版社 2004 年版。

18. 上海圖書館文獻資料室、四川大學郭沫若研究室合編:《郭沫若集外序跋集》,四川人民出版社 1982 年版。

19. 黃保定、季維龍選編:《胡適書評序跋集》,嶽麓書社 1987 年版。

20. 丁爾綱編:《茅盾序跋集》,生活·讀書·新知三聯書店 1994 年版。

21. 巴金著:《序跋集》,花城出版社 1982 年版。

22. 巴金著:《巴金全集》第 17 卷,人民文學出版社 1990 年版。

23. 巴金著:《再思錄》(增補本),廣西師範大學出版社 2004 年版。

24. 老舍著:《老舍序跋集》,花城出版社 1984 年版。

25. 葉聖陶著:《葉聖陶序跋集》,生活·讀書·新知三聯書店 1983 年版。

26. 朱自清著:《朱自清序跋書評集》,生活·讀書·新知三聯書店 1983 年版。

27. 俞平伯著:《俞平伯序跋集》,生活·讀書·新知三聯書店 1986 年版。

28. 林語堂著:《林語堂書評序跋集》,嶽麓書社 1988 年版。

29. 阿英著:《阿英序跋集》,河南大學出版社 1989 年版。

30. 梁實秋著:《雅舍談書》,山東畫報出版社 2006 年版。

31. 劉增人編:《臧克家序跋選》,青島出版社 1989 年版。

32. 賈植芳著:《劫後文存——賈植芳序跋集》,學林出版社 1991 年版。

33. 季羨林著:《季羨林序跋集》,新世界出版社 2008 年版。

34. 秦牧著:《秦牧序跋集》,花城出版社 1982 年版。

35. 郁達夫著：《郁達夫散文》（下），中國廣播電視出版社 1992 年版。

36. 王富仁著：《王富仁序跋集》，（上中下），汕頭大學出版社 2006 年版。

37. （英）莎士比亞著、梁實秋譯《莎士比亞全集》，內蒙古文化出版社 1995 年版。

38. 張澤賢著：《中國現代文學翻譯版本聞見錄 1905～1933》，上海遠東出版社 2008 年版。

39. 張澤賢著：《中國現代文學翻譯版本聞見錄 1934～1949》，上海遠東出版社 2009 年版。

40. 傅雷著：《傅雷文集》（文學卷），安徽文藝出版社 1998 年版。

41. 錢鍾書著：《錢鍾書選集》（散文卷），南海出版公司 2001 年版。

42. 郟宗培主編：《中國新文學大系 1976～2000》（第三十集·史料索引卷二），上海文藝出版社 2009 年版。

43. 書人文叢·序跋小系（《施蟄存序跋》、《舒蕪序跋》、《姜德明序跋》、《鍾叔河序跋》、《陳子善序跋》、《陳平原序跋》、《王稼句序跋》、《徐雁序跋》於 2003 年由東南大學出版社出版，《夏志清序跋》、《黃裳序跋》、《董橋序跋》、《隱地序跋》、《止菴序跋》《謝大光序跋》《祝勇序跋》《李輝序跋》於 2004 由古吳軒出版社出版。

三、序跋相關論著

1. （南朝）劉勰撰、詹瑛義證：《文心雕龍義證》，上海古籍出版社 1999 年版。

2. （唐）劉知幾撰、（清）浦起龍釋：《史通通釋》，上海古籍出版社 1978 年版。

3. （宋）王應麟撰、翁元圻注：《困學紀聞》卷十，商務印書館 1935 年版。

4. （明）吳訥撰、于北山校點：《文章辨體序說》，人民文學出版社 1962 年版。

5. （明）徐師曾撰、羅根澤校點：《文體明辨序說》，人民文學出版社 1962 年版。

6. （清）趙翼撰：《陔餘叢考》，河北人民出版社 1990 年版。

7. （清）章學誠撰、倉修良編：《文史通義新編》，上海古籍出版社 1993 年版。

8. （清）姚鼐撰、王先謙編《正續古文辭類纂》，第 5 頁，浙江古籍出版社 1998 年版。

9. （美）勒內·韋勒克、奧斯汀·沃倫著：《文學理論》，江蘇教育出版社 2005 年版。

10. （美）海登·懷特著：《形式的內容：敘述話語與歷史再現》，文津出版

2005 年版。

11. （法）米歇爾·福科著：《規訓與懲罰》，生活·讀書·新知三聯書店 2007 年版。

12. （法）熱拉爾·熱奈特著：《熱奈特論文集》，百花文藝出版社 2001 年版。

13. （法）弗蘭克·埃夫拉爾著：《雜聞與文學》，天津人民出版社 2003 年版。

14. （法）羅貝爾·埃斯卡皮著：《文學社會學》，浙江人民出版社 1987 年版。

15. （法）皮埃爾·布迪厄著：《藝術的法則》，中央編譯出版社 2001 年版。

16. （德）瓦爾特·本雅明著：《發達資本主義時代的抒情詩人》，生活·讀書·新知三聯書店 1989 年版。

17. （德）漢斯·羅伯特·姚斯著：《審美經驗與文學解釋學》，上海譯文出版社 1997 年版。

18. （意大利）安伯托·艾柯等著：《詮釋與過度詮釋》，生活·讀書·新知三聯書店 1997 年版。

19. （日）川合康三著：《中國的自傳文學》，中央編譯出版社 1999 年版。

20. （美）劉禾著：《跨語際實踐》，生活·讀書·新知三聯書店 2008 年版。

21. 魯迅著：《魯迅全集》，人民文學出版社 2005 年版。

22. 胡風著：《胡風全集》，湖北人民出版社 1999 年版。

23. 余嘉錫著：《目錄學發微》，中國人民大學出版社 2004 年版。

24. 阿英著：《晚清小說史》，東方出版社 1996 年版。

25. 戈公振著：《中國報學史》上海古籍出版社 2003 年版。

26. 王先霈著：《古代小說序跋漫話》，遼寧教育出版社 1992 年版。

27. 石建初著：《中國古代序跋史論》，湖南人民出版社 2008 年版。

28. 高玉海著：《古代小說續書序跋釋論》，中國社會科學出版社 2007 年版。

29. 王瑾著：《互文性》，廣西師範大學出版社 2005 年版。

30. 季元龍著：《魯迅書評序跋論稿》，電子科技大學出版社 1999 年版。

31. 馮光廉主編：《中國近百年文學體式流變史》（下），人民文學出版社 1999 年版。

32. 李澤厚著：《中國近代思想史論》，天津社會科學院出版社 2003 年版。

33. 李澤厚著：《中國現代思想史論》，天津社會科學院出版社 2003 年版。

34. 曹之著：《中國古籍版本學》，武漢大學出版社 1992 年版。

35. 王錦厚著：《五四新文學與外國文學》，四川大學出版社 1996 年版。

36. 劉炎生著：《中國現代文學論爭史》，廣東人民出版社 1999 年版。

37. 金宏宇著：《新文學版本批評》，武漢大學出版社 2007 年版。

38. 金宏宇著：《中國現代長篇小說名著版本校評》，人民文學學出版社 2007 年版。

39. 吳永平著：《隔膜與猜忌——胡風與姚雪垠的世紀紛爭》，河南大學出版社 2006 年版。

40. 姜德明著：《新文學版本》，江蘇古籍出版社 2002 年版。

41. 高玉著：《現代漢語與中國現代文學》，中國社會科學出版社 2003 年版。

42. 王成玉著：《書話史隨札》，河北教育出版社 2006 年版。

43. 袁進著：《中國近代文學的近代變革》，廣西師範大學出版社 2006 年版。

44. 昌切著：《清末民初的思想主脈》，東方出版社 1999 年版。

45. 黃修己著《中國新文學史編纂史》（第二版），北京大學出版社 2007 年版。

46. 唐弢著：《晦庵書話》，生活·讀書·新知三聯書店 1998 年版。

47. 劉納著：《嬗變——辛亥革命時期至五四時期的中國文學》，中國社會科學出版社 1998 年版。

48. 解志熙著：《考文敘事錄》，中華書局 2009 年版。

49. 陳平原：《中國小說敘事模式的轉變》，北京大學出版社 2003 年版。

50. 陳平原：《觸摸歷史與進入五四》，北京大學出版社 2005 年版。

51. 錢理群、溫儒敏、吳福輝著：《中國現代文學三十年》（修訂本），北京大學出版社 1998 年版。

52. 洪子誠著：《中國當代文學史》，北京大學出版社 1999 年版。

53. 散木著：《魯迅與文網》，百花洲文藝出版社 2002 年版。

54. 張鐵夫主編：《普希金與中國》，嶽麓書社 2000 年版。

55. 陳改玲著：《重建新文學史秩序》，人民文學出版社 2006 年版。

56. 龔明德著：《新文學散札》，天地出版社 1996 年版。

57. 楊絳、李文俊等著：《一本書和一個世界》，崑崙出版社 2005 年版。

58. 姜濤著：《「新詩集」與中國新詩的發生》，北京大學出版社 2005 年版。

59. 方長安著：《選擇·接受·轉化》，武漢大學出版社 2003 年版。

60. 溫儒敏等著：《中國現當代文學學科概要》，北京大學出版社 2005 年版。

61. 郭延禮：《中國近代翻譯文學概論》，湖北教育出版社 1998 年版。

62. 郭延禮著：《中國前現代文學的轉型》，山東大學出版社 2005 年版。

63. 陳建華著：《20 世紀中俄文學關係》，學林出版社 1984 年版。

64. 謝天振著：《譯介學》，上海外語教育出版 1999 年版。

65. 陳玉剛主編：《中國翻譯文學史稿》，中國對外翻譯出版公司 1989 年版。

66. 王向遠著：《翻譯文學導論》，北京師範大學出版社 2004 年版。

67. 王向遠、陳言等著：《二十世紀中國文學翻譯之爭》，百花洲文藝出版社 2006 年版。

68. 許鈞、宋學智著：《20 世紀法國文學在中國的譯介與接受》，湖北教育出版社 2007 年版。

69. 王建開著：《五四以來我國英美文學作品譯介史（1919～1949）》，上海外語教育出版社 2003 年版。

70. 王向遠著：《二十世紀中國的日本翻譯文學史》，北京師範大學出版社 2001 年版。

71. 樊星著：《中國當代文學與美國文學》，中國社會科學出版社 2009 年版。

72. 衛茂平著：《德語文學漢譯史考辨》，上海外語教育出版社 2004 年版。

73. 葛桂錄著：《中英文學關係編年史》，上海三聯書店 2004 年版。

74. 陳思和著：《中國新文學整體觀》，上海文藝出版社 2001 年版。

75. 趙家璧著：《編輯憶舊》，生活·讀書·新知三聯書店 1984 年版。

76. 趙家璧著：《文壇故舊錄》，生活·讀書·新知三聯書店 1991 年版

77. 汪原放著：《亞東圖書館與陳獨秀》，學林出版社 2006 年版。

78. 楊義著：《通向大文學觀》，安徽教育出版社 2006 年版。

79. 李應志著：《解構的文化政治——斯皮瓦克後殖民文化批評研究》，上海三聯書店 2008 年版。

80. 陳明遠著：《文化人的經濟生活》，文匯出版社 2005 年版。

81. 朱壽桐著：《中國現代社團文學史》，人民文學出版社 2004 年版。

82. 王彬彬著：《往事何堪哀》，長江文藝出版社 2005 年版。

83. 湯晏著：《一代才子錢鍾書》，上海人民出版社 2005 年版。

84. 徐鵬緒、李廣著：《〈中國新文學大系〉研究》，社會科學出版社 2007 年版。

85. 羅崗著：《危機時刻的文化想像》，江西教育出版社 2001 年版。

86. 劉增傑、趙福生、杜運通著：《中國現代文學思潮研究》，河南大學出版社 2000 年版。

87. 楊乃喬主編：《比較文學概論》，北京大學出版社 2002 年版。

88. 金絲燕著：《文學接受與文化過濾——中國對法國象徵主義詩歌的接受》，中國人民大學出版社 1994 年版。

89. 郭宏安著《雪泥鴻爪》，第 132 頁，湖北教育出版社 2002 年版。

90. 張如法著：《編輯社會學》，第 64 頁，河南大學出版社 1989 年版。

91. 高信著：《常蔭樓書話》，陝西師範大學出版社 1998 年版。

92. 路英勇著：《認同與互動——五四新文學出版研究》，安徽文藝出版社 2004 年版。

93. 秦豔華著：《現代出版與二十世紀三十年代文學》，山東人民出版社 2008年版。

94. 陳樹萍著：《北新書局與中國現代文學》，上海三聯書店 2008 年版。

四、相關外文論著

1. Derrida, Jacques. "*Of Grammatology.*" John's Hopkin University Press, 1976.

2. Boyer, Alain-Michel. "*Les paralittératur.*" Armand Colin Press, 2008.

3. Lundberg, Lennart. "*Luxun as a Translator: Lu xun's Translation and Introduction of Literature and Literary Theory, 1903-1936.*" (Dissertation), 1989.

4. Xiefirer, Y. "*Comparative Literature Today.*" Thomas · Le Feisen University Press, 1995.

後記一

　　寫完博士論文，還應寫一後記，使之與正文構成一個完整的意義單元。4月16日午夜，於心情極為煩悶之際，我特作了一首打油詩，以記自己在武大五年的學習生活，聊博一笑。

　　枯讀楓園寂寞伴，聊借群書怡倦眼。背倚珞珈山，面朝東湖，此之謂楓園。楓園環境優美、寂靜，確實是個讀書、治學的理想之地。三年來，我有幸寄居於此。讀書、購書、借書、還書是我主要的日常生活，坐擁書城是我的理想。多虧這些書，使我這篇博士論文有了資料儲備。

　　珞珈五年金門破，訪師問惑哪多嫌。碩士、博士期間，一直跟隨金先生問學，校對新文學版本、整理新文學廣告、研究新文學序跋等等，毫無疑問，我的學問之門是先生打開的，對此，我將終身銘記。同時，本專業以及校外的一些老師對我也有過教誨、幫助、提攜，從其人其文中受益匪淺，這些點點滴滴，我又怎能忘記？

　　同儕東湖共泛舟，聚談交歡已成煙。忘不了在炎熱的夏季，三五同學在東湖洗澡時的暢快，忘不了在籃球場上的同場競技，忘不了聚餐會上的口無遮攔、大放厥詞，更忘不了討論會上大家的滔滔不絕、口若懸河，這是屬於我們的美好回憶，值得每個人珍藏心底。

　　今朝勞燕紛飛去，流落廣闊天地間。今年六月，我將告別蒼翠的珞珈、浩淼的東湖，還有那些可敬的老師，可愛的同學。揮一揮衣袖，帶走的只是我的身影，留下了美好的回憶。無論流落何處，這曾經生活過、戰鬥過的幸福之地，都是我夢裏依稀的棲居。

　　謹以此作為後記。

2010 年 4 月 18 日晚寫就，室外大雨傾盆

後記二

提筆為這部書稿再寫後記時，浮現在眼前的是十年前博士論文答辯時的情景。白駒過隙，博士畢業已整整十年了啊！博士畢業時的豪氣早已被現實磨礪得無影無蹤了。剩下的只是年復一年、日復一日的各種日常生活的瑣碎，也許這就是生活的本相！

博士畢業後在高校謀生，教學、科研兩手抓，兩手都要硬，談何容易？在這十年間，我上過「散文創作」、「大學寫作」、「文學鑒賞與評論」、「中文寫作實訓」等大量與我的專業不太對口的課程，但在教學工作量的考核下，只得勉為其難，在學生面前照本宣科，有時自己都覺得不知所云。多虧學生們寬容，沒有把我轟下講臺！目前我身處的科研環境，課題是衡量一個研究者科研水平的重要標誌，高校老師申請各類課題幾乎是他們的日常生活，我也概莫能外。前幾年的課題申請幾經折戟，使我的學術信心大受打擊。好在有眾多師友們的鼓勵，使我至今還對學術研究頗有些興趣！

按理，博士畢業後，我應該在 20 世紀中國序跋領域繼續耕耘。但限於自身學養，對序跋的深入總覺得難以為繼。故在這十年裏轉而對新文學廣告、新文學叢書、新文學版本、新文學出版等進行了游擊式研究。

現在這本《中國新文學序跋的整體研究》就是從我的博士論文《新文學序跋研究》改名而來。儘管十年裏，20 世紀中國序跋研究已有了很多成果，為了保持原貌，我還是決定不再對其進行修改！

首先感謝李怡教授的推薦，這本小書能納入他主編的叢書中出版。再次感謝花木蘭文化事業有限公司編輯先生們對拙稿的細心審讀、編排，小書能以如此面目示人！

2020 年 5 月 14 日於碧雲湖之雙牖室